A^{t}V

THEODOR FONTANE (1819–1898) verbrachte nicht nur einen Sommer in England. Auf eine vierzehntägige London-Reise im Jahre 1844 folgte 1852 ein mehrmonatiger Aufenthalt in der pulsierenden Metropole. 1855 begab er sich erneut in sein »einziges London«, nunmehr im Auftrag der preußischen Regierung und diesmal für mehr als drei Jahre. Im Sommer 1858 erfüllte er sich einen Jugendtraum und bereiste zusammen mit Freund Lepel das romantische Schottland. Die karge, doch reizvolle Landschaft faszinierte ihn, und an den Schauplätzen von Shakespeares Stücken und Scotts Erzählungen entzündete sich seine poetische Phantasie. Nach der endgültigen Rückkehr nach Berlin galt Fontanes Hauptinteresse den »Wanderungen durch die Mark Brandenburg«. Neben einer umfangreichen Tätigkeit als Kriegsberichterstatter, Reiseschriftsteller und Theaterkritiker schuf er seine berühmt gewordenen Romane und Erzählungen sowie die beiden Erinnerungsbücher »Meine Kinderjahre« und »Von Zwanzig bis Dreißig«.

Ob mit dem Steamer »Nixe« unterwegs oder auf seinem Lieblingsplatz hoch oben neben dem Omnibuskutscher, ob als gehetzter Fußgänger oder geruhsamer Wanderer, Fontane war vom Zauber Londons und der Schönheit seiner idyllischen Umgebung immer wieder in den Bann geschlagen. Der spontane Eindruck verbindet sich mit dem historischen Rückblick, die Würdigung des Großartigen mit der augenzwinkernden Betrachtung manches kuriosen Reisegefährten. Die Feuilletons über London, Oxford, Manchester und Edinburgh haben nichts von ihrem einladenden Charme eingebüßt.

Theodor Fontane

Glückliche Fahrt

Impressionen aus England und Schottland

Herausgegeben
von Gotthard Erler

Aufbau Taschenbuch Verlag

Mit einer Abbildung

ISBN 3-7466-5248-0

1. Auflage 2003
© Aufbau Taschenbuch Verlag GmbH, Berlin 2003
Umschlaggestaltung Torsten Lemme unter Verwendung
des Gemäldes »Blue Thames, End of Summer Afternoon,
Chelsea«, 1889, von Théodore Roussel
Satz LVD GmbH, Berlin
Druck Clausen & Bosse, Leck
Printed in Germany

www.aufbau-taschenbuch.de

Inhalt

Erste Reise nach England. 1844 7
  Reise 7
  England und die Engländer 20
  London 26
  Greenwich. Blackwall. Woolwich. Windsor 30
  Ein Tag in einer englischen Familie 36
  Brighton 49
  Rückreise 57

Ein Sommer in London 64
  Von Gravesend bis London 64
  Ein Gang durch den leeren Glaspalast 67
  Die öffentlichen Denkmäler 69
  Die Musikmacher 76
  Die Dockskeller 81
  Tavistock-Square und der Straßen-Gudin 85
  Richmond 88
  Der Tower 92
  Das Leben ein Sturm 101
  Ein Picknick in Hampton-Court 103
  Von Hydepark-Corner bis London-Bridge 116
  Out of Town 120

Von der Weltstadt Straßen 128
  Frühling in St. Giles 128
  Wapping 130
  Tower-Hill 134
  London-Bridge 136

Waltham-Abbey 140

Oxford 146
    Die Stadt Oxford. Vergleich mit Nürnberg und Edin-
    burg 146
    Die Colleges; ihre Geschichte, Zahl und Einrichtung.
    Ein College-Garten. Was ist ein »Fellow«? – Wie
    wird man »Fellow«? 154

Aus Manchester 163
    Erste Eindrücke. Die Stadt im Festkleid. Der Einzug
    der Königin 163
    Eine Omnibusfahrt von der Stadt bis zum Ausstel-
    lungsgebäude. Das Ausstellungsgebäude selbst . . 166
    Ein Wolkenbruch. Ausflug nach Liverpool. Besuch
    auf der Fregatte »Niagara« 173
    Abschied. Ausflug nach Chester. Rückkehr nach
    London 181

Jenseit des Tweed. Bilder und Briefe aus Schottland . . 190
    Von London bis Edinburg 190
    Johnstons Hotel. Erster Gang in die Stadt 195
    Edinburg-Castle 200
    Linlithgow 208
    Von Edinburg bis Stirling 215
    Von Perth bis Inverneß 222
    Inverneß 237
    Der Kaledonische Kanal 242
    Staffa 249
    Von Oban bis zum Loch Lomond. Rückkehr nach
    Edinburg 253
    Lochleven-Castle 266
    Abbotsford 276

Zu diesem Band 291
Nachbemerkung 292

Erste Reise nach England
1844

Reise

Ich war auf Königswache. Andren Tages sollte große Parade sein, und wie gewöhnlich unter solchen Umständen, mußte der Schund aller Regimenter (aus den Lahmen, den Schneidern und den Freiwilligen der Garnison bestehend) den Wachdienst leisten. In der Wachstube sah's so bunt aus, wie's die wunderbar zusammengeflickte Besatzung mit sich brachte. Weinflaschen, französische Karten, Gedichte von Thomas Moore und perlengestickte Geldbörsen lagen in friedlicher Gemeinschaft mit der dritten Verdünnung Berliner Weißbiers, Wachschmökern und schweinsblasenen Tabaksbeuteln; – Varinas und Uckermärker »Schifflein lüfte die Segel« verstreuten um die Wette ihre Wohlgerüche; ich aber ritt auf einer Holzbank und seufzte, vergeblich eine Lehne suchend, »Sofa, wo bist du!« Ich blickte mich um, gewahrte eine Pritsche, dies Marterwerkzeug jedes wohlkonditionierten Hinterteils, dies Überbleibsel aus den Zeiten der Tortur, und seufzte schwerer denn zuvor. – »Raus!« schrie urplötzlich der vorm Gewehr wachestehende Schneider, die Whistkarten fielen unter den Tisch, so hastig sprang alles auf; mein Nachbar trat mich auf den großen Zeh; »Au!« schrie ich im Hinauslaufen – »Entschuldigen Sie«, hieß es von seiner, »Hol Sie der Teufel!« von meiner Seite; und eh wir uns weiter unterhalten konnten, standen wir schon unterm Gewehr. Der Lieutenant steckte urplötzlich den gezogenen Degen in die Scheide, und mein Hintermann murmelte »Schafskopf!« mit einem verächtlichen Blick auf die

Schneider-Schildwacht, die eines königlichen Bedienten halber die Whistpartie gesprengt und meinen großen Zeh in Lebensgefahr gebracht hatte. Eben hing ich wieder meinem Sofa-Kummer nach, da ward die Tür weit aufgerissen, und ein Mensch, wie ich mir früher die Buschmänner dachte, mit ganz behaartem Gesicht, trat herein. Dies Geschwisterkind der Hottentotten war mein Freund H. Scherz, eins der verrücktesten Genies auf der Kränzliner Feldmark. »Hurra!« rief ich, auf die Bank springend, reichte ihm die Hand, die er mit seinen drei Fingern nach Kräften drückte, dann hieß es in bekannter geistreicher Weise: »Wie geht's, altes Kamel?« und dann wieder: »Was machst du, altes Seitengebäude?« und zur Abwechselung mal: »Hat dich der Deibel schon wieder hier?« usw.

»Na, nun halte mal das Maul!« meinte endlich der Buschmann, »und laß mich meine Grüße an dich ausrichten; ich komme von Letschin, dein Alter ist ein prächtiger Kerl und läßt dir gute Beßrung von deinen verrückten Ansichten wünschen, im übrigen ist deine Mutter sowohl wie deine Tante eine interessante Frau und deine Schwester namentlich ein sehr liebenswürdiges Mädchen.« – »Erlaube, daß ich meinen Helm abnehme; mein brüderliches Herz zwingt mich, dir meine Hochachtung zu bezeugen.« – »Bist doch ein verrückter Kerl« (wir halten uns nämlich gegenseitig für total verrückt und zweifeln an der Möglichkeit gänzlicher Herstellung) – fuhr der fort –, »aber laß das und komm lieber mit mir nach England!« – »Nach England?« – fragt ich stutzig –, »nach dem Königreich Großbritannien, nach dem Lande, wo London die Hauptstadt und Shakespeare geboren ist, wie? nach *dem* England willst du?« – »Wenn du nichts dagegen hast, ja! und wenn du was dagegen hast, auch ja! indes zu meiner Frage: *willst du mit*?« – »Ob ich mit will?! kann das zweifelhaft sein? aber sieh dort jenen schlappen Grenadierbeutel, jenes ehemalige Mausefell, mit seinem Sechsdreierinhalt – sieh ihn dir an; er gleicht meiner Börse auf ein Haar.« – »Nun das wär von keinem Belang, ich habe mehr, als ich brauche, und wenn du sonst Lust hast, so mach ich mir ein Vergnügen daraus …« – »Mensch« – rief ich –, »ist es möglich, oder reißt du einen schlechten Witz, nein, nein, es ist dein Ernst, du machst ja das ehrlichste Gesicht von der Welt, nun denn – topp, ich bin der Deine, hier meine Hand!« – »Raus!« ließ sich abermals die Zwirnsfadenstimme des Schneiders vernehmen und diesmal ohne die Besatzung zu mystifizieren. Es war 9 Uhr, und auf Kommando wurde der Tschako abgenommen und gebetet. Es ist das eine schmähliche Unsitte, denn die meisten Kerle kauen Kommißbrot, während sie das Gesicht mit dem Helm verdecken, ich aber hätte wenigstens alle Ursach zu einem »Himmel, ich danke dir!« gehabt. »Ablösung vor!« schnarrte jetzt der Offizier, und in einer Stimmung, die mich fast Kobold schießen machte, mußt ich kerzengrade meinem lahmen Gefreiten folgen. Ich schilderte vor dem Hause des Gouverneurs. Es mag vor der Tür des alten Müffling selten ein Grenadier in einer Stimmung gleich der meinigen auf und ab patrouilliert sein. Jetzt macht ich mir ein Bild vom Tower und glaubte schon den Wehruf der Gemordeten zu hören, wenn die Akazienbäume im Garten des alten Gouverneurs melancholisch flüsterten, dann wähnt ich mich wieder in Piccadilly und Regent Street, die ganze Pracht der Metropole um mich her, dann wieder in den Kloaken der Hauptstadt, wie ich sie aus Bozschen Romanen kennengelernt hatte. – Es begann leise zu regnen; die kalten Regentropfen brachten mich wieder zu mir selbst. Ernüchtert beim Anblick des gegenüber hängenden Kellerschildes mit seinem »Hier wird mittags und abends warm gespeist!«, kamen mir urplötzlich Zweifel an meiner englischen Sprachkenntnis bei. Ich sah gen Himmel, und ihn samt seinen Wolken und Sternen betrachtend, murmelt ich unwillkürlich »the heaven der Himmel, the cloud die Wolke, the star der Stern«, so fuhr ich fort, für alles, was ich sah, das englische Wort zu suchen, und mich kindisch über mein brillantes Examen freuend, schloß ich mit einem tröstlichen: »Es wird schon gehn!« Die Straße war tot, ich stellte mich hinter das Schilderhaus und präsentierte vor mir selber, weil ich nun ein ganzer Kerl sei, brummte dann den Hamlet-Monolog in den Bart, und von den Akazienbäumen an den Rand des Rinnsteins tretend, zitiert ich pathetisch aus Byron:

> There is a pleasure in the pathless woods
> There is a rapture on the lonely shore.
> (O welche Lust im ungebahnten Wald
> Und an des Meeres einsam stiller Küste.)

Meiner Aufregung folgte die Reaktion, und mehr denn ruhig schlich ich 12 Stunden später von der Königswache in meine Wohnung. Hier aber galt es sich aufzurappeln, um – von Pontius zu Pilatus trabend – den erforderlichen Urlaub zu erlangen. Die Beharrlichkeit siegte. Sonnabend, den 25. Mai, brachen wir nach Magdeburg auf. Das Treiben auf dem Berliner Bahnhof, vor Abgang der Züge, war ein würdiges Vorspiel zu einer London-Reise. Man schlug sich um Billette; drei Züge hintereinander sausten die Bahn entlang; wahrlich, es war ein Gedränge, ein Menschenwogen, wie ich's wenige Tage später in der Londner City gäng und gebe finden sollte. Gegen Mittag trafen wir in Magdeburg ein und schleppten uns und unsre Sachen unverzüglich in das nach Hamburg bestimmte Dampfschiff. Die Zeit war kurz gemessen und gestattete mir nur einen flüchtigen Blick auf die Festungswerke und den in der Tat herrlichen Dom. Bald peitschte das Räderwerk die gelben Wogen, und die schönen Elbufer betrachtend, schwammen wir den Strom hinunter. Gegen nichts wird man so schnell gleichgültig wie gegen Naturschönheiten; es ist, als könne sich die Seele nur eine gewisse Zeit auf ihrem Höhenpunkt erhalten und bedürfe der Erholung zu einem neuen Freudenrausch. Ich kenne nichts Schöneres als die Abendröte; hundert- und tausendmal hab ich träumend in ihren Glanz geblickt, aber immer nur auf Minuten; meine Seele bedarf einer Pause, wenn sie wieder genießen will. Staunend blickt ich von der Bastei auf die Felsen, Schluchten und Täler der Sächsischen Schweiz und drehte schon nach einer Viertelstunde der ganzen Herrlichkeit den Rücken zu, weil ich einzuschlafen drohte. Ich halte das für die naturgemäße Reaktion der höchsten Seelenspannung. Der Anblick des Meeres wirkt in derselben Weise. – Doch zurück zum »Courier«, der uns seines Namens würdig von dannen trug. Aus der Kajüte dringt bereits ein überaus einladender Duft in die respektiven Nasen der Landschaftsschwärmer, und die Mehrzahl begibt sich zur Table d'hôte. Ich für mein Teil sprach der Fischpastete und ihrer Krebsschwanzsauce so wacker zu, daß ich trotz des bezahlten Guldens unzweifelhaft auf meine Kosten gekommen bin. Denn ach, ich war noch ziemlich nüchtern; nur in Köthen hatt ich, nach alter Gewohnheit, um Kaffee und Kuchen gebeten, mehr aus Neugier als aus Magendrang. Sooft ich nämlich Köthen passiert habe, ward ich mit *altem* Kuchen heimgesucht. Meine Ahnung hatte mich nicht getäuscht, weshalb ich Veranlassung nahm, den Kellner zu fragen: »ob hier der Kuchen gleich alt gebacken würde?« Der Mensch machte ein verblüfftes Gesicht, als hab er mich nicht verstanden, und trollte sich von dannen, während ich meine falschen Zähne die Feuerprobe an seinem Kuchen bestehen ließ. – Die Gesellschaft auf dem Dampfschiff war gemischt und zerfiel deshalb in viele Gruppen; hier saßen Offiziere mit blonden Schnurrbärtchen und sauberen Glacéhandschuhen, dort Berliner und Leipziger Philister, die sich nur durch den Dialekt, nicht aber durch geistigen Gehalt unterschieden. Gutsbesitzer, Juristen, Studenten, Kaufleute, jede Kaste versammelte ihre Glieder an bestimmten Plätzen. Es fehlte der Gesellschaft ein witziger, ungenierter Sprecher, der die Ausgleichung, das Nivellieren übernommen hätte. Endlich fanden wir den rechten Mann in einem Stadtrichter aus Eilenburg, der, wie er mir im Vertrauen mitteilte, gleichzeitig erster Komiker (auch letzter) am Hoftheater seines Städtchens war. Dieser Bursche hatte wirklich viel Humor; er entwürdigte sich zum Hanswurst und Kulissenreißer, hatt aber auch unzweifelhaft das Verdienst, eine Gesellschaft von 150 Personen binnen weniger Minuten erheitert zu haben. Scherz nannte ihn stets »Herr Stadtrichter!«, worauf er erwiderte: »Bitte, nennen Sie mich *Mensch*! ich reise wie alle Leute von Distinktion inkognito.« Ich fragt ihn, ob er bloß als Stadtrichter oder auch als »Mensch« inkognito reise, eine Malice, die nicht verstanden wurde. Anfangs vor einem gewählten Kreise, der sich bald jedoch mächtig erweiterte, hielt er ein großes Deklamatorium ab. Sein Vortrag war überaus humoristisch; und am komischsten, wenn er steckenblieb und dann ein Glas bayrisch Bier mit dem Bemerken leerte: »Meine Herrn, bloß um die Memorie zu stärken!« Vom Deklamatorium ging er zum Konzert über, bat aber jetzt um die Mitwirkung der verehrten Anwesenden. Es waren saubre Stimmen; wenn es mir gestattet ist, den Schluß eines W. Müllerschen Griechenlieds zu variieren, so möcht ich jedem die Worte:

> Und mit einem heisren Raben stimm ich einen
> Wettstreit an,
> Wer am schauerlichsten kreischend Ohr und Herz
> zerreißen kann

als charakteristisch für ihre Leistungen in den Mund legen. Auch als Sänger glänzte der Eilenburger und erntete reichen Applaus, als er den Fibelvers: »Der Affe gar possierlich ist« usw. unter frommem Augenverdrehn choralartig nach der

Melodie: »Nun danket alle Gott« als seine sogenannte Bravour-Arie zum besten gab. Gegen zehn Uhr abends erreichten wir Havelberg, wo uns die Zierde unsrer Gesellschaft, diese personifizierte »musikalisch-deklamatorische Abendunterhaltung« unter dem Hurra- und Vivat-Rufen aller am Bord Befindlichen verließ. Jetzt gestalteten sich die Verhältnisse äußerst kriegerisch. Auf dem Schiff befanden sich höchstens 30 Betten, wie sollten 150 Passagiere darin untergebracht werden? Fünf Personen auf ein Bett! Ich, in angeborner Milde, verpflichtete mich, mein keusches Lager mit drei blassen Damen aus Hamburg zu teilen, unter denen ich die nächste Nähe der Ältesten mit schwarzem Haar und schwarzen funkelnden Augen gesucht haben würde. Wie oft jedoch, verkannte man auch hierin die Menschenfreundlichkeit meiner Absichten. Doch zur Sache, d. h. zur Bataille. Jeder hatte sich ein Plätzchen ausgesucht, und wer nicht eine Sofa- oder Kanapee-Ecke ergattern konnte, der bivouakierte in seinen Mantel gehüllt auf platter Erde. Ich saß, zusammengekauert wie ein Klümpchen Unglück, auf einem Seegras-Diwan, der unter andern guten Eigenschaften auch keine Lehne hatte. Bei Gott, der Platz war nicht beneidenswert, und doch … Eben einnickend, ward ich aus dem Antichambre des Zauberers »Traum« durch sehr anzügliche Bemerkungen auf die Straße des wirklichen Lebens herausgerissen. Vor mir standen drei Individuen, die ich bis dahin für Mitglieder einer Kunstreitergesellschaft gehalten hatte. Der eine schien an der Glut einer sizilianischen Sonne zu einem so spindeldürren Burschen zusammengedörrt zu sein; – er verhielt sich zu jedem andren Menschen wie die Rosine zur Weintraube. Der zweite trug purpurrote Hosen, schwarzgefleckt und Quasten dran; auf seinem säbelzerfetzten Kopf prangte eine orangefarbne, goldgestickte Cerevismütze. Der dritte und letzte hatte sich in Ginghambeinkleidern und einer Schnebbenjacke aus ebendemselben Stoff der

Gesellschaft mehrfach präsentiert; seine Kopfbedeckung war ein perlengesticktes Käpsel und sah ohngefähr aus, als hätt ich aus der blauen Stickerei meiner Briefmappe eine Düte gemacht. »Mein Herr« – begann der erste – »Sie haben meinen Platz eingenommen; ich muß Sie bitten, sich fortzuscheren.«

»So?! – na, wissen Se was Neues? – ich werde lieber sitzen bleiben!«

»Mein Herr, ich finde Ihr Benehmen nicht artig und höchst sonderbar; der Platz gehört mir, ich war nur wenige Minuten auf Deck und reklamiere jetzt mein Eigentum.«

»Das bleibt Ihnen unbenommen, wie mir, mit Gottes Hilfe, der Platz.«

»Was ist denn das für ein Held?« begann jetzt der zweite mit den Purpurpantalons, »den müssen wir uns doch bei Lichte besehn.«

Und siehe da, er machte Anstalten, meine Züge bei Talglichtbeleuchtung zu studieren. Ich sprang auf, und mit dem Rücken meinen Platz deckend, trat ich ihm unter die Augen und sprach: »Da bin ich! Darf ich mir schmeicheln, Ihren Beifall zu haben?«

»Oh, bitte treten Sie doch näher ans Licht, es verlangt auch mich, Sie zu bewundern«, meinte höhnisch der dritte, den ich seiner Jacke nach für den Clown oder Bajazzo der Truppe hielt, während der Italiener sich anschickte, mit einem Sprunge meinen Platz zu erobern, wenn ich in die Falle gehn und dem Lichte näher treten sollte.

»Ätsch!« – erwiderte ich und hätte beinah die Zunge rausgesteckt –, »Ihre Kriegslist, meine Herrn, schlägt mich nicht aus dem Felde. Sie wollen mich überrumpeln, aber fehlgeschossen; mit Ihrer gütigen Erlaubnis werd ich wieder Platz nehmen.«

Jetzt rechnete ich auf Tätlichkeiten; die vermeintlichen Kunstreiter aber waren artiger und vernünftiger, als ich sie von vornherein erwartet hatte, und zwei derselben, die Pur-

purschnecke und die Perlenmuschel (der erste ein Berliner, der zweite ein Leipziger Student) wurden später in London meine guten Freunde. Der Italiener oder richtiger der Pickling (meinetwegen auch Bickling) war ein Tuchfabrikant aus – Burg. Erst auf der Rückreise schlossen wir Frieden; hätt ich im Augenblick der Debatte gewußt, daß mein Gegner ein Burger sei, würd ich wahrscheinlich energischer aufgetreten sein: »Mein Herr, Sie sind aus Burg, genehmigen Sie die Versicherung, daß ich jeden Burger wie die Sünde hasse. Herr, wie kann ein Mensch, der das langweiligste Loch der Erde seine Vaterstadt nennt, mich von meinem Platz vertreiben wollen! Ich werde die Gesellschaft darauf aufmerksam machen, welch ein Individuum sich unter uns befindet; ich werde ängstliche Frauen und Familienväter bitten, schleunigst umzukehren, denn die Götter werden uns mit Unglück heimsuchen, sintemalen hier ein Burger steckt. Verehrte Anwesende, ich schlage unmaßgeblich vor, diesen Pechvogel in spe über Bord zu werfen!« – Ja, so hätt ich gesprochen.

Andren Tages, gegen Mittag, waren wir in Hamburg. Unser Gepäck ward unverzüglich an Bord des »Monarch« gebracht, eines Dampfschiffes von 260 Pferde Kraft. Meine republikanische Gesinnung wurde durch den Namen des Steamers wenig gekränkt, und würd ich ihm vor einem »Washington« von mindrer Kraft und Eleganz zweifelsohne den Vorzug gegeben haben. Die Abfahrt von Hamburg ward auf 6 Uhr festgesetzt; bis dahin begab sich der größte Teil der Gesellschaft an Land. Ich hatte mir Hamburg viel unschöner, aber viel interessanter gedacht, als es mir an jenem Pfingstsonntage erschien. Die Straßen waren öd und leer, alles trug den Stempel der Nüchternheit; doch überzeugt ich mich bei meiner Rückkehr von London, daß meine erste Kritik zwar begründet, aber doch ungerecht gewesen war. Der Sonntag hatte damals alles hinausgelockt und der

Stadt etwas Kirchhofartiges gegeben, auf dem die Häuser als Monumente standen. Ich suchte Wilhelm Thompson auf. »Der ist fort!« lautete die lakonische Antwort, die mir sein dienstbarer Geist der Gebrüder Michahelles auf meine desfallsige Frage gab. Wie ich vorgestern beim Kommerzienrat Krause erfuhr, ist er durchgebrannt, und waltet nur ein Zweifel darüber, ob eine Geld-, Liebes- oder Ehrensache ihn flügge gemacht hat. Soweit ich Thompson kenne, hält er's mit jener Liebessorte, die in Hamburg bei jedem Schritt und Tritt einen würdigen Gegenstand findet; die Ehre wird er vermutlich in Falstaffscher Weise definieren, was anders also als Geld kann ihn veranlaßt haben, die Rockschöße in die Hand zu nehmen.

Aus Thompsons Wohnung begab ich mich in den neuerbauten Teil der Stadt. Wenige Hütten abgerechnet, die zum Schutz gegen Unwetter gleich nach dem Brande errichtet wurden, zeichnet sich jetzt jene flammenverheerte Gegend durch die stattlichsten Gebäude aus. Sie sind durchweg massiv, was in Hamburg eine Seltenheit ist; man begnügt sich dort mit der massiven Beschaffenheit der Bewohner. Viele jener palastartigen Häuser sollen nur zusammengeklappert und mehr durch Schmuck und Zierat als durch Gediegenheit ausgezeichnet sein. Ich vermag das nicht zu beurteilen. Auf der Rückreise nahm ich die Börse, den Jungfernstieg und alle in der Nähe des Alsterbassins gelegenen Prachtgebäude genauer in Augenschein und wurde, obschon direkt von London kommend, durchaus befriedigt. Namentlich stimm ich in das Lob ein, das man den Hamburger Kneipen so reichlich zu erteilen pflegt. Scherz wandte sich zwar an einen der Kellner mit der dringenden Bitte, »kein Flötz zu sein!«, indes beweist diese Polemik des ersten Krakeelers seiner Zeit äußerst wenig. Ein Spaziergang zum Altonaer Tor hinaus machte mich mit den reizenden Partien bekannt, in welche man die ehemaligen Befestigungswerke der Stadt umgewandelt hat. Die Umgebungen derselben, namentlich die Elbufer mit ihren grünen waldgekrönten Hügeln sind überaus lieblich und übertreffen die der Themse bei weitem an Schönheit.

Gegen 5 Uhr nachmittags begab ich mich an Bord des »Monarch«. Eine Stunde später, mit dem Eintreten der Flut, wurden die Anker gelichtet, die gewaltige Maschine setzte sich in Tätigkeit und das Schiff alsbald in Bewegung. Dieser Abschied von Hamburg bildet einen der schönsten Momente unsrer Reise. Die Sonne neigte sich zum Untergang, als wir den Strom hinunterschwammen. Terrassenförmig waren die Ufer mit Menschen besetzt. Aus den Tavernen, dicht am Flusse selbst gelegen, stürzten die Gäste hervor, hißten die Flaggen auf, schwenkten Hüte, Mützen und Tücher, während ein hunderttöniges »Hurra!« zu uns herüberschallte. Die niedrigern Berge, mit schlichten Bauernhäusern geschmückt, zeigten nur hier und da eine fröhliche Familie, die uns ihren Glückwunsch herüberwinkte, während auf den höchsten Spitzen der Hügelreihe die Hamburger Geldaristokratie aus den Fenstern ihrer Sommerhäuser schaute und den »Monarch« mit Tubus und Operngucker verfolgte. Am rührendsten war es, wenn eine Magd, einsam über die Hügel kletternd, plötzlich das laute Hurrarufen hörte und rückwärtsblickend, in Ermangelung eines Taschentuchs, die bunte Schürze nahm, um ihren Gruß uns zuzuschicken. – Und der »Monarch« blieb nicht kalt bei so liebevoller Begrüßung; sein Eisenböller bekam eine Probeladung nach der andern und wurde so warm wie die Herzen derer, die um ihn her standen. Die Matrosen im Takelwerk, die Passagiere teils auf Deck, teils auf dem bauchigen Räderkasten befindlich, ließen keinen Gruß unerwidert; eine böhmische Musikantenbande posaunte langsam und gemessen das »Heil dir im Siegerkranz«, und wahrlich, die Szene hatte so viel Schönes und Ergreifendes, daß ich die Verteidigung eines kleinen Kösliner Fabrikanten übernahm, dem eine Träne dabei ins Auge getreten war. Ich gestehe sehr gern, daß auch ich beinah mit Exeter in Shakespeares »Heinrich V.« ausrufen müßte:

> Doch hatt ich nicht so viel vom Mann in mir,
> Daß meine ganze Mutter nicht ins Auge
> Mir kam und mich den Tränen übergab.

Immer unbelebter wurden die Ufer, immer seltner wurden die Grüße; niemand mehr hißte die rote Freudenflagge auf, seit der Himmel selbst das Abendrot wie eine Purpurflagge ausgebreitet hatte. Auch auf Deck ward es stiller; lauter aber in der eleganten Mahagoni-Kajüte, wo allgemach der Champagnerpfropfen knallte und Mund und Hand in emsiger Bewegung war. Scherz, der bereits fünfundzwanzig Freundschaften geschlossen hatte, beschäftigte sich mit Kellner-Rüffeln, alles schlecht und niederträchtig finden[d], und erreichte binnen kurzem seine Absicht, von der ganzen Gesellschaft für einen sogenannten »Haupthahn« oder »Mordskerl« gehalten zu werden. Mir machte er dann und wann eine Stippvisite, riet mir, etwas weniger Maulaffen feilzubieten und – mit andern Worten – ihn mehr zu meinem Muster zu nehmen, was ich aus Mangel an derartigen natürlichen Anlagen zurückweisen mußte.

In der Nacht erreichten wir Cuxhaven und das Meer. Als ich mich gegen 4 Uhr morgens erhob, schwankte das Schiff schon ganz bedeutend und erschwerte das Anziehen der Beinkleider, wobei man schon auf einem Fuß balancieren muß, nicht unbedeutend. Dabei ward mir allgemach so sonderbar, so »ach Gott, ich weiß nicht wie«, und meine Begeisterung für das »morgenrotumkränzte Meer« konnte kaum noch die Flügel heben. Eben verschwand der Helgolander Felsen am Horizont, und nichts wie Meer und Himmel um uns her, tanzten wir auf den Wellen dahin. Oh, es ist ein ganz schrecklicher Tanz. Man bewegt sich nicht, und doch tritt einem der Schweiß auf die Stirn – es ist der Angstschweiß; – man wird so still, so stumm und expektoriert sich doch in endlosen, unverdaulichen Tiraden; man hält bei solchem Tanz keine »weißbusige Strinadona« des alten Ossian im Arm, und dennoch verliert man das Herz – ach, es fällt einem in die Hosen. Oh, es ist ein beweinenswerter Zustand! – Noch hielt ich mich – nicht bloß angeklammert an Bord oder Mastbaum, nein –, noch hielt ich mich wie ein Held; ich trat an das Vorderteil des Schiffs, gehüllt in meinen Mantel von Marengotuch, und stand mit untergeschlagenen Armen da, als wär ich der Sieger von Marengo selbst. Auf das endlose Meer blickend, zitiert ich leise mit innerlichem Pathos:

> Du tiefes, dunkelblaues Meer, heran!
> Umsonst durchfegt von abertausend Flotten;
> Ist auch die Erd dem Menschen untertan,
> Du darfst noch, Meer, des Erdbedrückers spotten.

Und auf Augenblicke das Stadium höchster Flauheit beherrschend, fuhr ich lauter fort:

> Du wunderbarer Spiegel, draus im Sturm
> Die Gottheit blickt; du Meer, das immerdar
> (Ob's nun den Pol umeist, ob's finster schwellend
> Um den Äquator schäumt) – stets unbegrenzt,
> Urewig, urgewaltig. Selbst dein Schlamm
> Gebiert aus sich ein Leviathanheer.
> Allein – gebietend schreitest du einher,
> Du unergründlich, schreckenreiches Meer!

Jetzt aber brach ich zusammen; kroch auf allen vieren in meine Koje und erschien erst wieder auf Deck, als die englische Küste bereits vor unsren Augen lag. Wie ich mich in der Kajüte beschäftigt habe, davon schweigt die Geschichte; habt ihr eine Träne übrig, so schenkt sie mir, um aller meiner

Leiden willen. Ich habe mir zwar nicht die Seele, aber unzweifelhaft alle Galle aus dem Leibe gebrochen. Scherz meint zwar: »Das will nicht viel sagen«; denn er glaubt es schlechterdings nicht, daß ich überhaupt Galle besitze; doch beruf ich mich feierlich auf den kleinen englischen Steward, der mir in meinem Elend zur Seite gestanden hat. – Den 28. Mai, im Laufe des Vormittags, passierten wir Sheerneß, die erste englische, an der Themsemündung gelegene Stadt. Bald erreichten wir Gravesend und dann in schnellerer Reihenfolge Woolwich, Blackwall und Greenwich, ersteres durch sein Arsenal, letzteres durch Hospital und Sternwarte in aller Welt bekannt. Endlich gegen 4 Uhr nachmittags fuhren wir über dem Tunnel fort und gingen in der Nähe des Towers, der ebenso geschmacklos wie berühmt ist, vor Anker. Eine Stunde später trat ich schon das City-Pflaster.

England und die Engländer

Seit Jahren blickt ich auf England wie die Juden in Ägypten auf Kanaan. Ich kann mich dabei des komischen Gedankens nicht erwehren, daß Scherz auf die Weise mein Moses geworden ist, obschon er bis dato nur den langen Bart und statt des »erschlagenen« Ägypters allenfalls einen »geschlagenen« Kränzliner Pferdeknecht mit ihm gemein hat. – Doch zurück zu meinem Kanaan. Soll ich den Vergleich weiter ausführen? soll ich von den Frondiensten des deutschen Volkes sprechen? soll ich an die ägyptischen Fleischtöpfe mahnen, die freilich selbst im gottgesegneten Lande Hannover zu finden sind? soll ich an den Stumpfsinn, an das heimliche, feige Murren erinnern, das sich nie und nimmer bis zum Ruf nach Freiheit steigern wollte? Oh, Moses – wirst du uns nimmer geboren! soll uns stets ein Führer fehlen, ein Führer aus dem Ägypten knechtischer Bevormundung in das Gelobte Land der Freiheit und Selbständigkeit. Doch da gilt es nicht eilige Flucht, da gilt es mutigen Kampf; beßres Blut wie das des Opferlamms muß fließen, statt des Roten Meeres müssen die Wogen der Begeistrung jeden Feind verschlingen, aber unter Donner und Blitz, wie auf dem Sinai, müssen die Gesetzestafeln errungen werden, sie, die uns Freiheit und Menschenwürde sichern. – Man zucke nicht die Achseln, weil ich England ein Kanaan geheißen; die Macht des Gesetzes, die Freiheit des Individuums geben ihm ein Anrecht, »Gelobtes Land« genannt zu werden. Man spreche mir nicht von verhungerten Irländern, von bleichen Webern, von seufzenden Fabrikarbeitern – man zeige mir einen Winkel auf Erden, wo noch keine Träne floß, man zeige mir den Winkel! – wohin je ein Mensch gekommen, kam auch die Qual. Hundertmal hab ich es ausgesprochen: ein Zustand der Vollkommenheit ist für uns unerreichbar; als Gott die Erde schuf, gab er ihr das bedeutungsvolle Motto »*Strebe*!« mit auf die Welt, und die Vollkommenheit schließt das Streben aus. Die Sonne hat Hungrige in aller Herren Länder gesehn, und Verzweifelnde stürzen sich in die Seine und die Newa, in die Themse wie in die Spree – aber glaubt nur nicht, daß man in England mehr um Brot bettelt als bei uns zulande. Während meines Aufenthalts daselbst hat mich nur einmal ein zerlumpter Zigeunerjunge um ein Almosen angesprochen. Beantwortet mir die Frage: woran liegt das? Ist die Polizei etwa besser? ja, sie ist es, obschon sie sich weniger unerträglich zudringlich zeigt als im Lande der Gendarmen und Viertel-Kommissarien. Ja, sie ist besser, ist rastlos tätig zur Aufrechthaltung der Ordnung, zur Vermeidung jeglichen Unfugs, zur Beschützung Schutzbedürftiger – aber sie beobachtet dabei das Dekorum und besser wie Elias Krumm seligen Angedenkens, sie klappert nicht bei jedem Schritt und Tritt mit der 4 Fuß langen Plempe und stört nimmer den harmlosen Jubel des Volks durch einen betreßten Kragen oder eine beschnurrbartete

Galgenphysiognomie. Ja, sie säubert das Land von etwaigem zerlumpten Gesindel, sie steckt es in die Armen- oder Arbeitshäuser und sorgt für ihren Lebensunterhalt. Alten Invaliden, die, mit der Kanonenmedaille im Knopfloch, auf der Landstraße betteln und bivouakieren müssen (sie haben's ja im Kriege gelernt), alten Invaliden, sag ich, begegnest du nicht; der Staat versorgt sie – geh nach Greenwich und sieh das Hospital der Matrosen und Marinesoldaten, – sieh's und sage dann noch, das Land läßt seine Söhne verhungern. »Aber die Weber, aber die Irländer – diese Heloten der siegreichen Nachbarn!« hör ich den einen oder den andern aufs neue zetern. Diesen erwidr' ich: kennt ihr denn gar nicht die schlesischen Weber, die so entsetzlich hungern, daß sie – das Unerhörte in Deutschland – eine Revolution zustande bringen; kennt ihr nicht die Winzer im Moseltal, die Insassen der Berliner Familienhäuser, die Bewohner des Erzgebirges, wo sich die tragische Anekdote mit dem Heringsschwanz tagtäglich wiederholt? kennt ihr nicht – oder wollt ihr sie nicht kennen – die vagabondierenden Mausefallenhändler aus dem glücklichen Östreich, wo einem ja die Knödel wie gebratne Tauben ins Maul fliegen sollen, wollt ihr die Nassau-Usingschen Weiber nicht kennen, die mit ihren Fliegenwedeln wie eine Heuschreckenplage zahllos über Deutschland hereinbrechen. – Hab ich eurem Gedächtnis jetzt auf die Sprünge geholfen? Gebt ihr's jetzt zu, daß von unsren 35 Millionen Deutschen nicht jeder in Abrahams Schoß sitzt, auch wenn wir seine Lage bloß materiell betrachten wollen? – Schüttelt ihr noch mit dem Kopf? – oh, ich weiß noch mehr! Der Engländer, selbst der gemeine Mann, macht Ansprüche und nennt – das ist ein *Faktum*! – Kartoffeln essen ... *hungern;* im sächsischen Erzgebirge aber heißt Kartoffeln haben – reich, beneidenswert reich sein. Noch mehr! die englische Presse ist *frei,* und der Unterschied zwischen einem Parlaments- und einem Landtagsmitglied ist so groß wie zwischen einem

24-Pfünder und einem Flitzbogen. Beide – die Presse und der Sprecher im Hause der Gemeinen – decken rücksichtslos die Gebrechen des Staatskörpers, die Not der einzelnen auf; – wo aber ist in unsren Landen eine freie Meinungsäußerung gestattet? Auf *Probe* hatten wir mal drei Monate lang *halbe* Preßfreiheit, und siehe da, es kam so viel Schandbares ans Licht der Welt, daß man – oh, treffliches Heilmittel! – der Presse das Maul stopfte. Gebt uns englische Zeitungen, englische Sprecher, und es wird euch klarwerden, daß das Inselvolk auch materiell nicht mehr im argen liegt als das gepriesene Deutschland trotz westfälischer Schinken und Rügenwalder Gänsebrüste. – Zu welchem Resultat führt das Gesagte? Es beweist, daß der Magen des armen Mannes *hier* wie *dort* eine traurige Rolle spielt, daß dem Engländer aber die Genugtuung bleibt, seine Klage verlautbaren zu können, während wir schweigen müssen; – daß er ein freier Mann, wenn schon bedrückt von tausend Sorgen, ist, während wir nicht eine Sorge weniger, aber von seiner Freiheit gar nichts haben. Wenn ein Dritter wählen sollte, wofür würd er sich entscheiden? Ich für mein Teil lobe mir das Land, wo der König eine Puppe und nicht Geburts-, sondern Seelenadel an seiner Statt der Herrscher ist, ich lobe mir das Land der freien, offnen Opposition, die den schwachen Gegner stürzt, denn die Schwäche darf nicht »König« sein. Ich lobe mir das Land der Preßfreiheit, der Meetings und der Klubs, das Land voll politischer Bildung (bis auf den *Omnibuskutscher*) und Intelligenz, das Land, wo Gefühl für alles Große, wo Kraft und Gesinnung nicht nur dem Namen nach, nein, in der Tat zu finden sind, ich lob es und rufe mit einem Blick auf Deutschland aus: »Gott besser's!« (Aber Gott hütet sich wohl und mit Recht; *ein Volk wird nie schlechter behandelt, als es verdient!*)

Und der Engländer! lest ihr's nicht auf seiner Stirn: »Ich bin ein freier Mann!« Drückt nicht sein ganzes Wesen ein Selbstgefühl aus, zu dem er als *Teil des Ganzen* vollauf berechtigt ist; ja, wer wollte es dem Engländer verargen, nationalstolz zu sein? Als ganz Europa noch in jahrhundertlanger Sklaverei seufzte, durfte sich der Brite schon auf seinen Freiheitsbrief – die Magna Charta – berufen; England trotzte der Macht des spanischen Philipp, England gebar in sich eine Reformation der Kirche, entdeckte und eroberte neue Welten, schlug den Korsen, vor dem Europa zitterte, lieh dem größten Dichter aller Zeiten das Dasein, steht – mit Frankreich einen Wettstreit führend – an der Spitze der Intelligenz, und der Sohn eines solchen Landes sollte nicht nationalstolz sein? Was haben wir dagegen aufzuweisen? Nennt mir etwas anders als euer Paradepferd, den Arminius und allenfalls den Luther, so ihr nicht Katholiken seid. Oder soll ich gar als Preuße sprechen? womit geb ich der Waage Gleichgewicht? Der Alte Fritz wiegt schwer, aber er wiegt nicht die ganze glorreiche Geschichte eines Volks von Männern auf. Dafür aber haben wir die Ehre, der französischen Revolution den Krieg erklärt und die niederträchtigsten Sympathien für den Staaten-Haifisch zu haben, der uns jonasartig zu verschlingen droht. (Mög er sich den Magen auf ewig dran verderben.) Dafür teilen wir die Ehre mit Russen und Italienern, keine Preßfreiheit, keine Volksvertretung, keine Öffentlichkeit zu haben; dafür haben wir bayersche Abbitte-Porträts und – nicht zu vergessen – einen König von Hannover – oh, ja, ich fange noch heut an, nationalstolz zu werden.

Man nennt den Engländer kalt und gemessen; ich hab ihn artig und zuvorkommend gegen Fremde gefunden. Freilich jene verdammte Zudringlichkeit, jene waschweiberhafte Neugier, die auf der Stelle mit einem: Wie heißen Sie? Was sind Sie? Wer war Ihr Herr Vater? bei der Hand ist, jene Tugend fehlt ihnen ganz. Sie sind schweigsam. Ich bin von London bis Brighton (50 englische Meil[en]) gefahren, ohne daß im Coupé des Waggons auch nur ein Wort gefallen wäre; so-oft ich mich aber, auf kleineren Strecken selbst, wo die Mi-nute des Kennenlernens auch die der Trennung war, mit einer Frage an diesen oder jenen wandte, sooft man wahr-zunehmen glaubte, daß mir ein Gespräch erwünscht sei, bin ich niemals auf Verschlossenheit oder beleidigende Kälte ge-stoßen.

»Where goes the way to London Bridge?«* – »Is it yet far to Drury-Lane?«** – »How must I go to Hyde-Park?«*** – Solcher Fragen hab ich in den ersten Tagen meiner Anwesen-heit in London Hunderte an die verschiedensten Personen ge-richtet, und nicht nur der freundlichste Aufschluß ward mir gegeben – nein, durch ganze Straßen hat man mich beglei-tet, um mir den Weg zu zeigen. Nur ein einziges Mal hielt ein durstiger Saufaus die Hand hin und forderte statt eines »I thank you!« – »Two pence for half a pint of ale«+ von mir; versteht sich, wurde sein Wunsch erfüllt. Machte dann und wann ein Cab- oder Omnibuskutscher einen schwachen Versuch, uns zu prellen, so war alsbald ein Engländer bei der Hand, der mit größerer Zungengeläufigkeit, als wir aufzu-weisen hatten, unsre Rechte siegreich vertrat. An der Table d'hôte trank man nach englischer Sitte Wein mit mir; eines Abends sogar, mit Scherz und einem sächsischen Advokaten aus dem Hyde-Park kommend, erwiesen uns die Stamm-gäste einer Wurst- und Bierkneipe dieselbe Aufmerksamkeit. Es war just ein wichtiger Tag – O'Connell war verurteilt worden und der Kaiser von Rußland in Woolwich ans Land gestiegen. Die »Times« lag auf dem Tisch; ich fragte, ob das über O'Connell gefällte Urteil darin zu finden sei, und freundlich lachend (vielleicht über einige geschossene Böcke)

* »Wo führt der Weg nach der Londonbrücke?«
** »Ist es noch weit bis Drury-Lane?«
*** »Wie komm ich in den Hyde-Park?«
+ »Zwei Pence zu einer halben Pinte Ale.«

reiche man mir mit einem »Yes, yes!« das Blatt herüber. Augenblicklich ward von seiten der Handwerker (ihr Äußres ließ sie als solche erscheinen) die Unterhaltung fortgesetzt, man reichte jedem von uns ein Glas »Edinburger Doppel-Ale« und leerte dann mit einem »Respect for you all« sich an uns wendend das eigene Glas bis auf die Neige. Alsbald erhob ich mich und erwiderte ihren höflichen Gruß mit einem »Old England and his sons for ever!« Auch heute noch unterschreib ich diesen Toast und würde das »Vivat« augenblicklich durch Doppel-Ale besiegeln, wenn statt des Dintenfasses ein freundlicher Humpen vor mir blinkte.

London

London hat einen unvertilgbaren Eindruck auf mich gemacht; nicht sowohl seine Schönheit als seine Großartigkeit hat mich staunen lassen. Es ist das Modell oder die Quintessenz einer ganzen Welt. Der mehrerwähnte Umstand, daß London mehr Nachtwächter hat* als das Königreich Sachsen Soldaten, ist am ehsten geeignet, eine Vorstellung von den Dimensionen dieser Riesenstadt zu geben.

Wir Deutsche seufzen über »teures Leben« in London; ich will das unerörtert lassen, aber pflichtschuldig versichern, daß ein Paar Schuhsohlen und einige Pence vollkommen ausreichen, das wahre, eigentliche, das unvergleichliche London kennenzulernen. Nicht die italienische Oper, wo man ein Pfund Entree bezahlt, nicht die zahllosen Kirchen und Theater, in denen man mehr oder minder gebrandschatzt wird, nicht der angestaunte Tunnel, nicht Westminster mit seinen Sarkophagen und Marmorgruppen, nicht die prächtigen Squares mit ihren Säulen, nicht die stolzen Themsebrücken, sie alle nicht machen London zu dem, was es ist,

* 12 000.

sie könnten fehlen, ohne ihm seine Großartigkeit zu rauben. Tamburini ist in Paris und London ganz derselbe, und Lablache singt in England um keine Viertelnote tiefer als in Frankreich; auch Wien und Dresden und Berlin haben glänzende Theater, und glänzender zum Teil, als Drury-Lane und Covent-Garden sind. Tritt der Straßburger Münster oder der Kölner Dom vor der Westminster-Abtei in den Hintergrund? und übertrifft nicht vielmehr der Lustgarten Berlins und seine Umgebung den Trafalgar- und Leicester-Square? Die Dresdner Bilder-Galerie ist reicher und wertvoller als die National-Gallery Londons, und selbst der Tunnel macht mehr den denkenden als den fühlenden Menschen staunen, spricht mehr zum Geiste als zum Auge. Nein, wer London wahrhaft erfassen will, der stürze sich, wenn er dreist und ein tüchtiger Fußgänger ist, in das Gewühl der Menschen, oder besser noch, er besteige die Outside (Außenseite) eines Omnibus und fahre straßenauf, straßenab von der City bis nach Paddington, von der Westminster-Brücke nach Vauxhall und von dort zum Hyde- oder Regents-Park. Passiert er Cheapside in der City, so entfaltet sich vor seinen Blicken die summende, rastlose Geschäftigkeit der ersten Handelsstadt der Welt. Er sieht die Straße vor sich mit Menschen, Cabs und Gigs, Frachtwagen und Fiakern wahrhaft bedeckt; mit jedem Augenblick erwartet er die Passage gehemmt oder den Omnibus, der ihn führt, zermalmt zu sehn; – mitnichten, die Übung hat auch hier den Meister gemacht, wo die Ängstlichkeit Gefahr bringen würde, triumphiert die Sicherheit. Womit vergleich ich jenes Treiben? mit einem geschäftigen Bienenschwarm, der dichtgedrängt nach Nahrung ausfliegt, eine untätige, puppenartige Bienenkönigin an der Spitze? nenn ich diese zerrinnenden und rastlos neugestalteten Menschenwogen ein Meer, darin der einzelne als Tropfen verschwimmt? am anschaulichsten mach ich dies Drängen und Treiben vielleicht, wenn ich jede Straße mit einem schmalen Theaterkorridor vergleiche, der nach beendigter Vorstellung die Hindurchströmenden kaum zu fassen vermag. Doch unser Omnibus ist noch weit von seinem Ziel; soeben schneidet er Farringdon-Street und gelangt aus der City nach dem fashionablen Teil der Stadt, nach Westend. Auf dem Holzpflaster des »Strand«, der ersten schönen Straße Westends, die er passieren muß, rollt er dahin. Die Szene verändert sich; die Straßen breit und sauber zeigen nur hier und dort einen Frachtwagen, der sich verirrt zu haben scheint, das Gedränge läßt nach, und Menschen und Fahrwerke werden eleganter. Wir passieren Charing Cross und befinden uns nun auf dem Grund und Boden der Nobility. Piccadilly, Regent- und Oxford-Street, es ist gleichgültig, welche der drei Straßen wir einer besondern Musterung unterwerfen, ich mag nicht der Paris sein, der ihren Schönheitswettstreit entscheidet. Wär es Abend, so würd ich unzweifelhaft für Oxford-Street in die Schranken treten – denn länger und vorzugsweise grader als die beiden andern Straßen gewährt das strahlende Bild der dichtgedrängten Gaslampen, gehoben durch ein aus allen Läden dringendes Lichtmeer, unzweifelhaft den schönsten Anblick. – Welch ein Unterschied zwischen der Handelswelt Westends und der City. Diese führt einen Welthandel und erachtet es für gleichgültig, ob die Wechsel in finstern, verbauten Comtoirstuben oder in sammet- und goldgeschmückten Zimmern geschrieben werden; der Kaufmann in Westend hingegen ist nur ein Krämer, der die Nobility in seiner unmittelbaren Nähe mit ihren Bedürfnissen versorgt. Ihre Ladyschaft könnte selbst einmal sein Geschäftslokal mit ihrer hohen Gegenwart beglücken, daher die flimmernde Pracht desselben. – Die Schaufenster aus Spiegelglas sind von erstaunlicher Größe, alles Holzwerk ist vergoldet, dem Auge des Vorübergehenden bieten sich die kostbarsten Stoffe in geschmackvoller Gruppierung dar. Die Wände des Verkaufslokals bestehen oft aus lauter Spiegeln, und die von zwanzig und mehr Gasflammen beleuchtete Pracht zeigt sich vervierfacht dem staunenden Beschauer. – Der Omnibus-Kondukteur ruft »Hyde-Park!«, wir sind an der Ecke von Oxford-Street und Park-Lane und steigen ab. Nehmen wir an, es sei 5 Uhr nachmittags; wir treten in den vor uns liegenden Park und nehmen Platz auf einer Bank. Hier haben wir täglich das Longchamps der Pariser. Was die Fashion für heute heilig spricht, das bewegt sich an uns vorüber. Ein neuer Gig des Lord L., ein geschmackvoller Reitanzug der Lady M., der falbe Hengst des Baronet V., auf den drei Tage zuvor 1000 Pfund gewettet und gewonnen wurden – hier wirst du sie finden, hier hält die Aristokratie ihre Fensterparade vor sich selbst und dem staunenden Volke ab. Und ist der letzte Reiter an dir vorüber und siehst du im Glanz der untergehenden Sonne London mit seinen Kuppeln und zahllosen schlanken Feueressen, die minarettartig sich hier und da erheben, wie eine Stadt des Propheten vor dir liegen, dann rufe dir alle die verschiedenen Bilder, die es im Laufe des Tages vor dir entfaltete, ins Gedächtnis zurück. Erinnere dich, daß du frühmorgens in die Docks-Keller tratest, die wiederum ein London unter der Erde genannt zu werden verdienen, erinnre dich, daß jede Weinsorte ein unterirdisches Stadtviertel bildete, darinnen die aufgetürmten Fässer als die Stockwerke hölzerner Häuser betrachtet werden konnten – darinnen wir lange dunkle Gassen passierten, lampenerhellt wie unsre Straßen bei Nacht. Erinnre dich, daß wir aus den Docks an Bord eines Dampfers traten und vom Tower aus die Themse hinauffahrend die menschenbedeckten Steamer so zahllos uns vorüberfahren sahn wie die Fiaker in unsren Straßen, erinnre dich der kühngewölbten Brücken, unter denen wir dahinflogen und über welche rastlos eine dunkle Menschenwoge rollte, erinnre dich dann des City-Gewühls und der märchenhaften Pracht des erleuchteten Westends und gestehe, daß London großartig und unvergleichlich ist.

Greenwich. Blackwall. Woolwich. Windsor

Greenwich ist ein Vergnügungsort der Londoner und verhält sich in dieser Beziehung zur Residenz wie etwa Charlottenburg zu Berlin. Greenwich ist aber noch mehr und würd auch ohne Ale und Porter und Ginger-Bier, ohne seine Kellner und Kaffeehäuser eine Stadt von Bedeutung sein. Seine Sternwarte sowohl wie sein Hospital haben es seit lange berühmt gemacht. Ich besuchte es zweimal während meines Aufenthalts in London. Kaum im Adelaide-Hotel angelangt, ward von mehren Seiten ein Ausflug nach Greenwich, wo selbigen Tages Messe war, in Vorschlag gebracht. Die sogenannte Greenwich-Fair (Messe) ist für die Londoner das, was der Stralauer Fischzug oder das Mottenfest für Berlin, noch mehr aber, was der Tauchaer Jahrmarkt für die Leipziger bildet. Es ist ein Volksfest, woran die Noblesse entweder gar keinen Anteil nimmt oder doch nur als Zuschauer zugegen ist. Der Humor feiert an solchem Tage seine Triumphe; der unästhetische Gehalt manches aufgeschnappten Witzes verbietet mir, ihn hier wiederzugeben. Eine Hauptrolle auf der Greenwich-Fair spielen die sogenannten Bürsten, von denen ich euch ein Exemplar mitgebracht habe. Wie ihr euch überzeugen werdet, ist es eine Art Knarre, deren Schreckenstöne jedoch nicht durch Drehen, sondern durch Streichen erzeugt werden. Namentlich sind die jungen Mädchen mit diesen brushes (Bürsten) bewaffnet und fahren jedem Vorübergehenden damit über den Leib. Haben sich fünf bis sechs solcher muntren Dirnen zu gemeinschaftlichen Angriffen verschworen, so weiß man schier nicht aus noch ein. Während man sich zur ersten wendet, die eben vielleicht meinen rechten Arm mit ihrer Bürste kratzte, fährt einem die zweite über den Rücken, eine dritte mit liebenswürdiger Ungeniertheit über die linke Wade, und so bald rechts, bald links, bald vorn, bald hinten bekratzt, bleibt einem schließlich nichts übrig als auszureißen, um der rastlosen Attacke zu entgehn. Ein äußerst borniertes Mitglied unsrer Gesellschaft, der einstimmig »Piesecke« getauft worden war, wurde vorzugsweise zur Zielscheibe solcher Angriffe gewählt; anfangs dachte er nicht anders, als man zerrisse ihm seinen apfelgrünen Mackintosh, und in heiliger Entrüstung rief er: »Liebes Kind, ick verbitte mir des von Sie!«, just als trät ihm ein Knote in Stralau auf die Hühneraugen. Der arme Piesecke hatte vergessen, daß er in England war. Während wir zwischen den hellerleuchteten Buden, die mich lebhaft an den Berliner Weihnachtsmarkt erinnerten, in dieser Weise Spießruten liefen, gelangten wir schließlich an den Greenwich-Park, in dessen Mitte sich die Sternwarte, auf der Spitze eines Hügels gelegen, befindet. Heute war der Park kein Sitz der Wissenschaft, sondern ein Tummelplatz der Lust. Hier vergaß man den Himmel über die Erde, statt der Sterne hatte man Mädchenaugen, man guckte tief ins Glas, aber in kein einziges Fernglas, nicht die Freude über einen neu entdeckten Stern, nur das Doppel-Ale berauschte die Köpfe, und keine andren Berechnungen wurden angestellt als vom Kellner, wenn er den Preis von Beefsteak und Porter auf Shilling und Pence bestimmte. – Leider befand ich mich ausnahmsweise an der Spitze unsres Zuges, als wir den Greenwich-Park betreten wollten, an dessen Türe mir ein »Go back, go back, it is too late!« (Zurück, zurück – es ist zu spät!) entgegendonnerte. Ich, von heiliger Scheu vor einer englischen Holzerei beseelt, war trotz meiner Heldenverpflichtung als Grenadier sofort zum Linksumkehrt bereit; Piesecke und Konsorten aber drängten mich wie toll und machten mir den Rückzug unmöglich. John Bull hielt für Böswilligkeit, was Notwendigkeit war, und hieb mit seinem Knotenstock auf mich los. Mein armer Seidenhut deckte mit dem eigenen Leibe seinen Gefahr bedrohten Herrn. Die treue Seele! »nur über meine Leiche!« schien er zu sprechen und parierte die Hiebe, die wie Hagelwetter niederfielen. Die Verzweiflung lieh mir übernatürliche Kräfte; ich schlug hinten aus wie ein Pferd und war so glücklich, meinen Hauptdränger Piesecke vor den Bauch zu treffen. Er verstand diese leise Andeutung, und unsern vereinten Bestrebungen gelang es, den Rückzug zu bewerkstelligen. Mein schwerverletzter Seidenhut kann sich noch immer nicht erholen; ich zweifle allgemach an seiner Wiederherstellung, seitdem mir ein Kopfschuster versichert hat, die Wunde sei unheilbar. Der Edle nimmt also das Andenken an die Greenwich-Fair mit ins Grab.

Vier Tage später besuchten wir Greenwich im Laufe des Vormittags, lediglich um den Park, die Sternwarte und das Hospital in Augenschein zu nehmen. Der Park ist nicht besser und nicht schlechter als seine Vettern hierzulande. Die Sternwarte entsprach unsren Erwartungen nicht; wir hatten sie größer vermutet. Einer von uns, der das Maul etwas voll zu nehmen pflegte, meinte naiv: er hätte sich den Herschelschen Kometensucher von der Größe der ganzen Sternwarte vorgestellt. Das Innre derselben konnten wir nicht in Augenschein nehmen; man bedarf dazu einer Einlaßkarte, die wir uns anzuschaffen versäumt hatten. Dennoch verlohnte sich's der Mühe, den Hügel erklommen zu haben, auf dem die Sternwarte steht. Bei klarem Wetter hat man von hier aus eine treffliche Aussicht auf London; es soll an Schönheit mit dem Panorama wetteifern können, das sich von der St. Pauls-Kirche aus vor einem ausbreitet. Ich bin zu keinem Vergleich berechtigt, da ich – wiewohl ich das Innre jener Kirche in Augenschein nahm – das Besteigen der Kuppel verabsäumt habe. Höchst interessant ist das Hospital und in der Tat großartig. Schon das Gebäude, wenn ich nicht irre, ein ehemaliges Schloß, ist imponierend. Wir besuchten den Speisesaal, wo gerade achthundert alte Kämpen bei Tische saßen, dann die Kirche und schließlich die sogenannte Greenwich-Galerie. Diese besteht aus zwei Sälen, von denen der kleine vorzugsweise Schiffsmodelle enthält, während der größere, der dem Schiff einer Kirche gleicht, Gemälde aus dem englischen Seeleben und Porträts jener Männer aufweist, denen England vorzugsweise seinen Ruhm als Meerbeherrscherin verdankt. Keins jener Bilder schien mir wahrhaft bedeutend zu sein, wenn ich den »Untergang der französischen Flotte bei Abukir« unberücksichtigt lassen will. Der Maler dieses Bildes hat den Moment gewählt, wo der l'Orient in die Luft fliegt, und die gen Himmel schlagende Glut, die von der Mitte des Bildes aus die übrige Szene schauerlich erleuchtet, scheint mir mit großer Kunst gemalt zu sein. – Du, mein guter Alter, würdest Dich in diesen Räumen außerordentlich ergötzt haben und hättest unzweifelhaft hoch in der Luft den fliegenden Admiral Bruyes entdeckt, obschon ihn ein andres Auge ganz einfach deshalb nicht finden kann, weil ihn der Künstler gar nicht gemalt hat; – ich aber kenne Deine lebhafte Phantasie in solchen Dingen! Die bessern Bilder will ich namhaft machen:

a) Die Zerstörung der Armada.

b) Vernichtung der französischen Flotte im Hafen von La Hogue 1692.

c) Nelson bei St. Vincent den St. Joseph stürmend.

d) Nelsons Tod.

e) Porträts der Admirale Rodney und Nelson.

f) Eroberung Algiers durch Lord Exmouth 1816.

g) Sieg des Lord Howe am 1. Juni 1794.

Das letztre Bild wurde mir dadurch interessant, daß, während ich es betrachtete, ein alter Herr an mich herantrat und ein Gespräch, zu dem das Gemälde Gelegenheit bot, mit mir begann. Im Lauf desselben teilte er mir mit, daß er in jener Schlacht gefochten habe und heut nach Greenwich gekommen sei, um sich am fünfzigjährigen Jubiläum dieses Kampfes (es war gerade der 1. Juni) die hier dargestellte Schlußszene ins Gedächtnis zurückzurufen.

Am jenseitigen Ufer der Themse, Greenwich schräg gegenüber, liegt *Blackwall,* wichtig durch seine Ostindien-Docks, im übrigen von untergeordnetem Interesse. Da es, betreffs der Docks, manchem meiner Leser vielleicht nicht besser wie mir selbst ergeht, der ich auch erst in London erfahren habe, was man darunter versteht, so erlaub ich mir eine kurze Erklärung. Docks sind tiefe gemauerte Bassins, die unmittelbar mit der Themse zusammenhängen und als Flußhäfen betrachtet werden können. Mit Hilfe derselben ist es möglich, die Handelsschiffe bis direkt an die Speicher zu führen, wodurch das Löschen natürlich erleichtert wird. Auch liegen die Fahrzeuge ungleich ruhiger in diesen Bassins als in der wellenschlagenden Themse. Originell ist die Tau-Eisenbahn, welche den Wagenzug von London nach Blackwall führt. Ich bin ein zu jämmerliches mechanisches Genie, als daß ich mich über die Sache bereits im klaren befinden könnte. Nur soviel vermag ich mitzuteilen, daß der Zug durch keine Lokomotive geführt, sondern durch eine Dampfmaschine in Bewegung gesetzt wird, welche in Blackwall oder London tätig ist und an einem wenigstens zehn englische Meilen langen Tau den ganzen Wagenzug heranzieht. Diese Methode ist freilich nur auf kurze Strecken anwendbar, da es schwerhalten dürfte, London und Liverpool durch ein Tau zu verbinden und die Beschaffung einer Dampfmaschine auf *jeder* Station kostspieliger als die Benutzung der Lokomotiven sein würde. Die dabei obwaltende Gefahrlosigkeit macht eine derartige Tau-Eisenbahn auf kleine Strecken sehr empfehlenswert.

Woolwich wetteifert mit Greenwich an Wichtigkeit; es ist zwischen diesem und Gravesend am rechten Themse-Ufer gelegen. Wir finden hier das Arsenal für die Flotte, und bildet Woolwich gleichsam die Ergänzung für Portsmouth. Als wir zur Besichtigung des Zeughauses schreiten wollten, erging es uns um kein Haar besser als in Greenwich, wo wir von der Sternwarte unverrichteter Sache abzogen. Sehr verstimmt eilten wir zum Dampfschiff zurück, um sofort nach London aufzubrechen; unterwegs aber mahnte uns der Magen, daß ihm sein Recht, will sagen ein Mittagbrot, noch nicht widerfahren sei. Kaum lauschten wir dem Knurren des gefährlichsten Rebellen aller Zeiten, als uns der Nachsatz eines Kneipenschildes: »Ici on parle français!« angenehm überraschte. Wir waren unsre viere und ich der beste Franzose, woraus ihr abnehmen mögt, daß eigentlich wenig Ursach zur Freude vorhanden war – die gänzliche Unkenntnis des Englischen aber ließ meinen drei Gefährten diese Kneipe dennoch als ein Glück erscheinen. Der Wirt war aus dem Pays de Vaux, welche Landsmannschaft mit unsrem Rapin mich natürlich lebhaft an die Heimat mahnen mußte. Seine Vaterstadt war Lausanne; ich erwähne das hier, damit unser Schweizer nicht der Hoffnung Raum gibt, er habe auf den Straßen Yverdons mit dem Ale-Kneipier in Woolwich Ball oder Zeck gespielt. Seit 40 Jahren war er nicht wieder in seiner Heimat gewesen; das erste Dezennium hatte er in Hanau verbracht, von wo aus er nach England übersiedelte. Er war noch im Vollbesitz der französischen Lebendigkeit; seine Augen, größer selbst als Deine, Papa, funkelten wie Feuerräder im Kopf, wenn er von den Tagen seiner Jugend sprach. Unsre Verstimmung entschlief sanft selig; ob wir's dem Porter-Bier und Chester-Käse oder der Munterkeit unsres Wirts verdankten, bleibt dahingestellt, jedenfalls schieden wir heitrer aus seiner Kneipe, als wir sie betreten hatten. – Selbigen Tages, genau um die Stunde, wo wir Woolwich verließen, wurde der Kaiser von Rußland daselbst erwartet; unsre Begeistrung für den Herrscher aller Reußen war jedoch nicht der Art, um – ein Hurra auf der Zunge und ein Pereat im Herzen – seine Ankunft abzuwarten. An Blackwall und Greenwich vorüber eilten wir der London-Brücke und unsrem Hotel entgegen.

Windsor besucht ich am letzten Tage meiner Anwesenheit in England. Dem Kaiser von Rußland zu Ehren fand eine

Parade der Gardetruppen statt. Leider versäumt ich diese, die mir über die Haltung der englischen Soldaten den richtigsten Begriff beigebracht haben würde. In den Höfen des Windsor-Schlosses umherwandernd und die mehr eigentümliche als schöne Bauart desselben bewundernd, verstrich die Zeit, und die Parade war bereits vorüber, als wir aufbrachen, um ihr beizuwohnen. Nur den Kaiser, vom Prinzen Albert und dem König von Sachsen sowie von dem ganzen Generalstabe begleitet, sah ich, zwanzig Schritt von mir entfernt, an mir vorüberjagen. – Vom Windsor-Schloß begaben wir uns in den Park, dessen meilenlange, schnurgrade Rüster-Alleen einen imposanten Anblick gewähren. Die Zeit drängte und machte ein näheres in Augenschein nehmen zur Unmöglichkeit; auf einem Omnibus, der innerhalb vier und auf der Außenseite achtzehn, sage achtzehn Passagiere hatte, gelangten wir nach Slough, einer Station der Great-Western-Eisenbahn, von wo aus uns ein Dampfwagenzug nach London und ein Fiaker vom Bahnhofe ins Gasthaus führte, darin Roastbeef und vor allem ein eigens bestellter, deliziöser Plumpudding unsrer harrte.

Ein Tag in einer englischen Familie

Ich saß an der Table d'hôte im Adelaide-Hôtel. Meine Reisekumpane waren noch nicht zurückgekehrt, so glaubt ich mich denn, der Sprache nur unvollkommen mächtig, nicht anders wie verraten und verkauft in der Gesellschaft von sechs Engländern, deren Zuvorkommenheit gegen Fremde ich niemals preisen gehört hatte. Oben an der Tafel präsidierte ein hagres Männchen, mit dem unverkennbaren Ausdruck der Gutmütigkeit in seinen Zügen, und machte nach englischer Sitte den Wirt*. Mir wurde etwas fatal zumut, denn ich hatte nicht die

---

* Allemal derjenige Gast, der aus Wahl oder Zufall präsidiert, übernimmt das Tranchieren und Vorlegen und spielt so gleichsam den Wirt.

Courage, das Maul aufzutun, aus Furcht, einen lächerlichen Bock zu schießen. Die große Zuvorkommenheit des Pseudo-Wirtes, der fast so verlegen war wie ich selbst (denn die Befangenheit ist ansteckend wie's hitzige Nervenfieber) hob meinen Mut endlich insoweit, daß ich an die Stelle eines stummen Kopfnickens ein schüchternes »I thank you« treten ließ. Endlich hatt ich einen ganzen Satz zustande gebracht und auswendig gelernt, noch einmal betrachtete ich ihn von allen Seiten und schickte ihn dann nach vorheriger Räusperung in die Welt hinaus. Hätt er doch kurz geantwortet! aber in schrecklicher Höflichkeit warf er eine ellenlange Tirade die Treppe hinunter; wenigstens glich sein Sprechen einem solchen Gepolter aufs täuschendste. Ich bat ihn, langsam seine Worte zu wiederholen, und siehe da – ich verstand ihn. Jetzt hob mein zerschoßner Mut, urplötzlich genesen, seine Flügel wieder, und fünf Minuten später schlossen sich schon zwei andre Engländer unsrem Gespräche an.

Der Sherry-Wein, der mir mit der bekannten englischen Floskel von Mr. Burford (erst später lernt ich den kleinen Präses bei Namen kennen) angeboten und keinen Augenblick von mir zurückgewiesen wurde, erhöhte meine Lebensgeister und meine Sprachbefähigung in solchem Maße, daß ich mich selbst bewunderte und so recht den Einfluß der jedesmaligen Stimmung auf unsre Leistungen kennenlernte. Laß ich's hier unbesprochen, in welcher Weise und worüber die Unterhaltung geführt wurde, genüg es, daß vorzugsweise der Malerei und Dichtkunst und ihrer vorzüglichsten Jünger in Deutschland und England Erwähnung geschah und daß ich – vermutlich meiner Kenntnis der englischen Dichter wegen – bald in den Ruf eines deutschen Schriftstellers (ohne Ruf!) kam. Da es keinem Engländer einfällt, von Neugier gequält, nach Stand und Namen zu fragen, und nur die Art und Weise des Gesprächs mir jene Meinung über mich außer allen Zweifel setzte, so bewahrt ich verzeihlicherweise mein Inkognito und ließ mir das qui pro quo gefallen. »Hat man dich doch oft genug für einen Schneider gehalten!« dacht ich bei mir, »jetzt stecke den Schriftstellertitel ruhig ein und betracht ihn als Schadenersatz für die oft gespielte Fips-Rolle.« Dem Sherry des Mr. Burford ließ ich Portwein folgen, und Zigarren dampfend und Brotmänner knetend verplauderten wir die Stunden. Es war Abend, als wir uns trennten, nachdem er mich zuvor gebeten hatte, ihn nächsten Sonntag in seiner Villa aufzusuchen. Mir war das ein gefunden Fressen, und ich sagte zu.

Der Sonntag war da; zur festgesetzten Stunde verließ ich London mit dem Croydner Dampfwagenzug und erreichte alsbald Annerley-Station, von wo aus ich den Rest des Weges zu Fuß zurücklegen mußte. Auf der Chaussee zur »Woodside Villa« des Mr. Burford lernt ich zum ersten Male eine englische Landschaft kennen. Ich habe nicht leicht etwas Lieblicheres gesehn als das Panorama, das ich, von einem Hügel herab, vor mir entfaltet sah. Man lernt hier jene Breite, wodurch uns die landschaftmalenden Gedichte der Engländer oft ungenießbar werden, man lernt sie hier, wenn auch nicht schön, so doch natürlich finden; der Anblick hat etwas so Wohltuendes für alle Sinne, etwas so Herzerhebendes, daß man sich nicht nur gedrungen fühlt, in ein »Oh, beautiful earth!« auszubrechen, nein, im Gedicht auch die ganze Szene dem Geiste gegenwärtig zu erhalten. Man pflegt Deutschland seiner Eichen halber zu preisen; die Teile, die ich von England gesehn, scheinen mir fast größren Anspruch darauf zu haben; überall gewahrt ich Laubholzwälder, in denen sich Rüster und Eiche um den Vorrang stritten, wogegen hierzulande die traurige Tanne herrscht. Die Abwechslung, die große Mannigfaltigkeit der Szene leiht vorzugsweise der englischen Landschaft ihren Reiz. Im Norden Deutschlands ist man gewohnt, eine Wiese oder ein Saatfeld ringsum zu erblicken, im glücklichsten Falle gewahrt man am Horizont

hier den Turm einer Dorfkirche und gen Himmel steigenden Hüttenrauch, dort ein Wäldchen, meist aus Kiefern bestehend; – wenn ich mich so ausdrücken darf: unsre nord-
deutschen Landschaften haben zu viel Fläche oder, wie der
Berliner sagt: zu viel Gegend. In England überraschte mich
der stete Wechsel von Hügel und Tal, Wald und Feld, Graben und Hecke, Wiesen und Heideland – was man alles auch
bei uns, aber selten auf so kleinen Raum zusammengedrängt
finden kann. Während ich langsam auf dem Wege zur
»Woodside Villa« hinschlenderte, wollten mir die Worte des
Shakespeareschen Sommernachtstraums:

> Over hill, over dale,
> Thorough bush, thorough briar,
> Over park, over pale
> Thorough flood, thorough fire …
> (Über Hügel und Tal,
> Durch Buschwerk und Ruten,
> Über Garten und Pfahl,
> Durch Fluten und Gluten …)

gar nicht aus dem Sinn, denn mit Ausnahme der »Gluten«,
die weder durch Waldbrände noch Hochöfen anschaulich
gemacht wurden, waren jene Worte das Spiegelbild der
Landschaft um mich her. Gegen 2 Uhr erreicht ich die Villa
des Mr. Burford. In einer Geißblattlaube, die den duftenden
Vorhof zu seiner Wohnung bildete, fand ich ihn am Reiß-
brett mit dem Aufnehmen der Baumgruppen und Laub-
gänge seines Parks beschäftigt. Das in Wasserfarben ausgeführte Bild war seiner Vollendung nah und lieferte den
vorteilhaftesten Beleg für die Geschicklichkeit eines Dilettanten. Freundlich hieß er mich willkommen, stellte mich
seinem Schwager und einem seiner Söhne, einem Knaben
von 14 Jahren, vor, worauf er mich ohne weiteres bat, vorläufig in Begleitung seines Sohnes den Park in Augenschein

zu nehmen, da er noch vor dem Dinner (Mittagessen) sein Bild vollenden wolle. Mir war das eben recht; das frische Grün des Laubholzwäldchens, der Duft des Holunders und der Akazien, vor allem aber das herübertönende Lied der Drosseln und Nachtigallen, die zahlreich in dem Parke nisteten, zogen den Staub und Rauch gewöhnten Städter wie mit magnetischer Kraft in die dunkelsten, abgelegensten Winkel des Parks. Der Knabe führte mich in den verschlungenen Gängen desselben umher und pflückte mir einen Erinnerungs-Strauß aus Ehrenpreis und Vergißmeinnicht, während wir unter einem fremdländischen Baume behaglich auf dem Rasen lagen. Laut auflachen mußt ich, als er mir denselben auf meine Frage als eine Sykomore bezeichnete! Unwillkürlich zitiert ich:

Zitternd über dem Gewalt'gen rauscht das Laub der Sykomore!

und kam mir dann in meiner Löwenrolle mindestens so possierlich vor wie der »gut brüllende Peter Squenz« im »Sommernachtstraum«. Zur Villa zurückgekehrt, zeigte man mir die verschiedenen Räume derselben, namentlich um mich auf die Gemälde und Statuen aufmerksam zu machen, die in keinem der Zimmer fehlten. Eines derselben, von Mr. Burfords eigener Hand in Fresko-Manier gemalt, war das Wohnzimmer der Familie. Auf allen Tischen desselben lagen Mappen mit Landschaften, gotischen Kirchen und den Porträts berühmter Männer; dazu prächtig illustrierte Werke und einzelne Bände verschiedner englischer Klassiker. Eben betrachtete ich das Porträt Byrons, als verschiedne Damen ins Zimmer traten und mir vorgestellt wurden; unter ihnen Mrs. Burford, eine sanfte, anspruchslose Frau, wie ihr Gatte beinah unschön, aber gleich ihm Seelengüte auf den ersten Blick bekundend. Das Porträt Byrons vor mir bot einen Anknüpfungspunkt zur Unterhaltung. Ich sprach mein Erstaunen darüber aus, daß ich seine Statue in der Westminster-Abtei vergeblich gesucht habe, worauf mir eine der Damen lächelnd erzählte, daß sein bereits angefertigtes Standbild in den Kellern des Custom-Hauses (Haupt-Zollamt) Quarantäne halte. In schlechtem Englisch erwiderte ich: die Zollämter würden bei uns zu Lande nicht benutzt, um unsren großen Dichtern den Zoll der Bewunderung zu entrichten. »Die Zeiten werden anders« – lautete ihre Entgegnung –, »die Engländer sind bald vielleicht der Meinung: der große Lord sei nie verpestet und ihre Quarantäne lächerlich gewesen.«

Wir gingen zu Tisch. Fisch und Fleisch machten nach englischer Sitte fast einzig und allein die Mahlzeit aus; zur Feier des Sonntags oder der Gäste halber war noch ein Reiskuchen gebacken, der hierzulande keine Gnade gefunden hätte, zusamt seines Stachelbeer-Kompotts, das sich nicht einmal der Appetitlichkeit rühmen konnte. Soviel zur Zufriedenstellung wißbegieriger Hausfraun. Die Unterhaltung geriet anfänglich oft ins Stocken; meine Furcht vor Lächerlichkeiten, die der Sprachunkundige beim besten Willen nicht vermeiden kann, ließ mich den Einsilbigen spielen. Mein alter Wohltäter der Sherry aber, dem ich wacker zusprach, schlug alle Bedenklichkeiten bald aus dem Felde, und als ich mich gar der Gesellschaft, die aus lauter Unitariern bestand, in einem Religionsgespräch als Theist zu erkennen gab, hatt ich alsbald bei jung und alt einen Stein im Brette. Dem Sherry folgte Johannisbeer- und Ingwer-Wein, um mich mit Getränken bekannt zu machen, die in Deutschland zu den Seltenheiten gehören und mir wenigstens erst seit meinem Aufenthalt in England zur Kenntnis gelangt sind. Die Lebendigkeit der Tischgesellschaft wuchs, und als schließlich gar der Champagner schäumte, schwand selbst die Zurückhaltung der zaghaftesten Lady. Bis dahin war ich artig genug gewesen, England und immer wieder England zum Gegenstand des Gesprächs zu wählen; ich sprach von Drury-Lane und Covent-Garden, von Mr. Cook und Mrs. Stirring,* von David Wilkie und Landseer, von Cobden, Coleridge und Thomas Moore, von Scott und Boz, der beiden Hauptfiguren Shakespeare und Byron gar nicht mal zu gedenken. Jetzt durft ich, ohne unbescheiden zu sein, der Aufforderung genügen, über deutsche Sitten und Zustände sowie über unsre bedeutendsten Künstler der Neuzeit ein Wort verlauten zu lassen. Unsre Zustände überging ich möglichst mit Stillschweigen; auf unsre Sitten, namentlich auf Unterricht und Erziehung in deutschen Landen, durft ich mir mehr zugute tun, und lobte, was des Lobes würdig war. Unsre Kenntnis fremder Sprachen, besonders aber unsre Vorliebe für Musik, die jetzt in jedem Bauernhause einen kleinen Virtuosen erzieht, strich ich gebührend heraus, da namentlich in dieser zwiefachen Beziehung den Engländern wenig Lob zu spenden ist.

Es muß auffallen, daß in demselben Lande, darinnen Malerei und Dichtkunst von vielen tausend Dilettanten mit Erfolg gepflegt werden, daß in demselben Lande so wenig Sinn für Musik anzutreffen ist. Als spät am Abend auch unsrer deutschen Lieder erwähnt wurde, gehorcht ich der Aufforderung, einige derselben vorzutragen, und wählte die bekannten Hauffschen Soldatenlieder: »Morgenrot« und »Steh ich in finstrer Mitternacht«. In keinem andren Lande würd ich es gewagt haben, mich als Sänger zu produzieren; jeder, der je das Unglück hatte, mich singen zu hören, weiß, wie sehr ich zu dieser bescheidnen Äußerung gezwungen bin; die Etüden jedoch, die Mrs. Burford kurz vorher auf einem gänzlich verstimmten Klimperkasten vortrug, hatten mich mutig gemacht, und ich hielt mich schier für einen Persiani, als Mr. Burford schließlich ein irisches Lied zum besten gab, von dem ich – trotz aller sonstigen Hochachtung vor dem Sänger – gestehn muß, daß es »Stein erweichen, Menschen rasend machen« konnte.

* Beide am Drury-Lane-Theater.

Doch zurück zu meiner Tischgesellschaft. Meinem Vortrag über deutsche Sitten füge ich alsbald die Bemerkung hinzu, daß es in unsrem Lande unter andern auch Gebrauch sei, auf das Wohlsein jedes freundlichen Wirts das Glas zu leeren. Hieran knüpfe ich einen kurzen Toast, den Mr. Burford mit einem herzlichen: »To you und your family at home!« sogleich erwiderte. Die Champagner-Flaschen waren leer, die Damen zogen sich zurück, und nur die Männer behaupteten noch das Feld. »William, bring us now a bottle of old Port-wine«*, rief der Wirt jetzt seinem ältesten Sohne zu, einem siebenzehnjährigen jungen Mann, mit klugen, blitzenden Augen und einer Adler-Nase, kurzum, mit einem Gesicht, das er weder von Vater noch Mutter geerbt hatte. »Now let us drink from this here«**, wandte er sich, die Flasche in der Hand, zu mir – »I think, it is an exceedingly good wine, and as mild as Claret.«*** Ich hatte nichts dagegen. Der weitere Verlauf der Unterhaltung führte uns auf deutsche Literatur. Außer unsren Klassikern war ihnen Fouqué und Strauß als Verfasser des »Lebens Jesu« wohlbekannt. Fouqué war erklärter Liebling aller Anwesenden, und hielten sie seine »Undine« für die Perle unsrer Literatur. Sie zogen aus dieser Dichtung Schlüsse auf die Wesenheit des ganzen Volks, Schlüsse, die für die große Armee unsrer Philister allzu schmeichelhaft waren. »You are imaginative; all the Germans have a great imagination«+, ließ man sich mehrfach vernehmen; doch die Phantasie und romantische Schwärmerei Fouqués dürfte für das deutsche Volk so wenig maßgebend sein wie die Tacitussche Beschreibung Germaniens für un-

---

* Wilhelm, bring uns jetzt eine Flasche alten Portwein.
** Nun laßt uns von diesem hier trinken.
*** Ich denk, es ist ein ganz ausgezeichneter Wein und so mild wie Bordeaux.
+ Ihr habt viel Phantasie; alle Deutschen haben eine rege Einbildungskraft.

ser jetziges Deutschland, aus welcher antiken Geographie die ungereisten Engländer noch immer zu schöpfen scheinen, wenn sie unser Vaterland für eine Wildnis mit unterschiedlichen Räuberbanden halten. Schillers Räuber, die in England sehr bekannt und beliebt sind, haben durch ihre vagabondengespickten böhmischen Wälder jene Ansicht noch mehr befestigt. An dies Jugendwerk unsres großen Dichters knüpfte Mr. Burford eine niedliche Anekdote. »Walter Scott« – so erzählte er – »schickte das Manuskript seines ›Robin Roy‹ einem berühmten englischen Kritiker mit der Bitte, es zu beurteilen. Lange mußte der ungeduldige Sir Walter warten, bevor der unbarmherzige Rezensent erklärte: er mög es drucken lassen, solche Bücher wären für das bienenfleißige, rastlos tätige England durchaus empfehlenswert. Neulich hab er die ›Räuber‹ von Schiller gelesen und sei so gefesselt worden, daß er das Buch vor Lesung der letzten Zeile gar nicht aus der Hand gelegt habe. Derartige Werke wären für den Geschäftsmann überaus gefährlich. Was seinen ›Robin Roy‹ beträfe, so könne man denselben ohne großen Kampf beiseite legen und würde in der Handelswelt kein Unglück dadurch herbeigeführt werden. Ergo imprimatur!« Ich versicherte, daß auch Deutschland derartige maliziöse Kritiker aufzuweisen habe, und führte des Beispiels halber an, daß man dem Verfasser der »Lieder eines Erwachenden« geraten habe, »ruhig fortzuschlafen«. – Ein zweites Beispiel, wo man das Motto einer Sammlung politischer Gedichte: »Gott zürnt nicht ewig«, gleichzeitig als kurze und bündige Kritik benutzt hatte, blieb unverstanden, was bei Übertragung witziger Bemerkungen nichts Seltnes ist.

Unter solchen und ähnlichen Gesprächen vergingen die Stunden des Nachmittags. Es mochte sieben Uhr sein, als wir uns von Tische erhoben, und nachdem man meine Rückkehr nach London vorläufig als unzulässig erklärt hatte, schickten wir Männer uns samt und sonders zu einem »woodlandwalk« (Spaziergang durch Wald und Feld) an. Mein höchstes Interesse erregte der Besuch bei einer alten Zigeunerin, deren Bildnis ich bereits in der Zeichenmappe des Mr. Burford gesehn hatte. Auf dem Wege zu ihr fanden wir – gegen Wind und Wetter in einem tiefen Graben Schutz suchend – ein paar zerlumpte Zigeunerknaben. Sie allein haben mich in England um ein Almosen angesprochen; es war die Königin dieser abgerissenen Untertanen, zu der wir uns hinbegaben. In einem kleinen, aber ganz erträglichen Häuschen residierte Ihre Majestät, eine kleine, wohlbeleibte, mulattenfarbige, pockennarbige Frau. Ihr Schloß verdankte sie unzweifelhaft der Güte des Mr. Burford. Ich habe nie den Mut gehabt, mir wahrsagen zu lassen; das kluge freundliche Auge der alten Frau jedoch, vor allem aber die Art und Weise, wie sie ihre Prophetengabe persiflierte, veranlaßten mich, ihr meine Hand hinzustrecken. Sie warnte mich vor einem schwarzbärtigen Freunde, der mein Verderben wolle, und sagte mir drei Frauen und fünfzehn Kinder zu. Als ich sie über meine Vergangenheit befragte, um daran einen Maßstab ihrer Prophetengabe zu haben, meinte sie: »You have been very dangerous for the ladies.«* Ich lachte, versicherte ihr der Wahrheit gemäß das Gegenteil und meinte, sie habe sich wahrscheinlich versprochen und »the ladies have been very dangerous for you«** sagen wollen, wodurch sie den Nagel besser auf den Kopf getroffen hätte. Übrigens dankt' ich meinem Schöpfer, ihr nur einen Schilling vorausbezahlt zu haben; für eine halbe Krone wär ich im Umsehn zu sechs Frauen und vierundzwanzig Kindern gekommen.

Der Abend sah uns wieder im Wohnzimmer der Mrs. Burford, wo zuvörderst am Teetisch, dann bei der Abendtafel die Stunden in ähnlicher Weise wie beim Dinner verplaudert wurden. Mit einer der Damen, der meine Aussprache des

* Sie sind den Damen sehr gefährlich gewesen.
** Die Damen sind mir sehr gefährlich gewesen.

Englischen ungenießbar sein mochte, korrespondiert ich von Zeit zu Zeit auf Visitenkarten. Sie erkundigte sich nach den deutschen Frauen und tat sehr verfängliche Fragen. »Lieben die Damen Ihres Landes den Umgang mit Männern?« lautete wörtlich übersetzt der eine ihrer zweideutigen Korrespondenz-Artikel, worauf ich, ohne dazu ermächtigt zu sein, doch aus vollster Überzeugung mit einem »Yes!« antwortete.

Es war eine Stunde nach Mitternacht, als sich jeder in sein Schlafzimmer zurückzog. Jetzt sollt ich füglicherweise zu einer Apotheose des englischen Bettes übergehn, für das der Ausdruck »Himmelbett« im schönsten Sinne des Worts erfunden zu sein scheint, doch nein, was des Sanges würdig ist, das werde besungen; ein englisches Bett in schlichter Prosa zu beschreiben wäre Profanie. Und wozu auch? Taten sprechen besser als Worte; es genügt, daß ich bis neun Uhr schlief. Die Stimme des Mr. Burford weckte mich. Während des Ankleidens war ich neugierig genug, ein Album zu durchblättern, das elegant gebunden auf einem der Tische lag. Gleich auf der ersten Seite las ich:

> Erloschen war des Tages Feuer,
> Und selbst der Abendröte Schleier
> Verblassend war er hingegangen
> Wie's Rot verschämter Mädchenwangen.*

Die Poesie dieser Schilderung ließ mich auf Augenblicke vergessen, daß der Kaffee, vielleicht auch die Familie bereits auf mich warte; wißbegierig blätterte ich weiter, ein Bildchen hier, ein Verschen dort flüchtig betrachtend, bis die Schönheit einiger Zeilen mich wieder zum Notizbuch greifen und folgende Worte aufzeichnen ließ:

---

* Die Übersetzung ist *verunglückt*. Th. F.

46

Herzen voll Liebe	Hearts, that are fond hearts
Werden nicht alt,	Never grow old,
Herzen voll Treue	Hearts, that are true hearts
Werden nicht kalt;	Never grow cold;
Herzen, die würdig	Hearts, that are worthly
Des Namens: »Herz«,	Of bearing the name,
Bleiben dieselben	In life's snow or its sunshine
In Freud und in Schmerz.	Beat ever the same.

Gesteh ich's nur, ich konnte der Versuchung nicht widerstehn, auch meinerseits ein paar herzliche Worte darin aufzuzeichnen, und ohne eine derartige Aufforderung abzuwarten, schrieb ich:

Bald trägt wieder das Meer den Fremdling zur
    heimischen Küste,
Und die Hoffnung allein bürgt mir Dich
    wiederzusehn; –
Aber ob widriges Glück auch ließe zu Schanden
    sie werden,
Freund, oft eil ich im Geist unter Dein gastliches Dach.

Mr. Burfords Charakter ist mir die beste Gewähr, daß er jene eingeschmuggelten Zeilen nicht als Zudringlichkeit erachten wird.

Nach eingenommenem Frühstück schied ich aus der überaus liebenswürdigen Familie, die mir eine ganz andre Meinung nicht nur über das häusliche Leben der Engländer, sondern auch über den Charakter derselben beigebracht hatte, eine andre Meinung, sag ich, als man bei uns zu Lande fast mit der Muttermilch einzusaugen pflegt. Wenige Abschiedsworte abgerechnet, war fast mein letzter Satz ein Calembourg – eine Lächerlichkeit, vor der mir so lange gegraut hatte. »Do you like bacon?«[*] fragte mich Burford, als

* »Mögt Ihr Schinken?«

Theodor Fontane
Bleistiftzeichnung von J. W. Burford, 1844

ich bereits vom Frühstückstische aufgestanden war. Ich – der Ansicht, er meine den Engländer Bacon – antwortete: ich kenn ihn nur dem Namen nach, gelesen hab ich nichts von ihm. Gleich darauf erschien gebratner Schinken (bacon). »O, take yet some bacon«*, bat Mrs. Burford jetzt, und es fiel mir wie Schuppen von den Augen; mein Wirt hatte bacon – den Schinken, ich aber Bacon den Philosophen gemeint.

Den Schluß möge die Porträtskizze bilden, die Mr. Burfords zweiter Sohn, während ich bei Tische lebhaft sprach, von mir entwarf. Da ich oft beim Sprechen zur Erde blicke, wird das Auge, das mich wie schlafend erscheinen läßt, nicht störend sein. Man will es hier nicht ähnlich finden; auch ist das

* »Oh, nehmt noch etwas Schinken.«

Nebensache, und wäre kein Zug darin richtig, dies schlichte Stückchen Papier würde mich nichtsdestoweniger stets freudig an den Tag erinnern, den ich in jener liebenswürdigen Familie verlebt habe.

Brighton

»Brighton ist die schönste Stadt, die ich jemals kennenlernte, und ich habe Beeskow und Treuenbrietzen gesehn« – meinte ein Berliner Witzling unsrer Reisegesellschaft, der beiläufig bemerkt halb Europa durchreist hatte. Ich unterschreibe jenes Urteil; weder London noch Berlin kann an Schönheit ihm gleichgestellt werden. Im Halbkreis hart am Ufer des Meeres gelegen, mag es als ein Neapel des Nordens zu betrachten sein und dürfte vielleicht an Stockholm oder Christiania erinnern, die ich freilich nur der Beschreibung nach und nicht aus eigener Anschauung kenne.

Gegen 2 Uhr nachmittags langte der Dampfwagenzug auf dem Brightoner Bahnhof an, der sich durch Eleganz und Geschmack hervortut. Der Zug hält unter einem säulengetragenen Dach, das zu größerer Festigkeit nicht dicke schwerfällige Balken, sondern in Strahlen auslaufende Eisenstäbe aufzuweisen hat, die dem Ganzen etwas Leichtes, Schwebendes geben. Die Eisenbahn, die von London nach Brighton führt, zeichnet sich durch die Großartigkeit ihrer Tunnel und Durchstiche aus. Wir pflegen hier in Deutschland den Tunnel bei Oberau, auf der Leipzig-Dresdner Eisenbahn, als ein Mirakel anzustaunen; ohne Übertreibung passiert man auf dem Weg nach Brighton einen derartigen Bau von der dreifachen Länge und passiert ihn erst, nachdem man länger denn eine halbe deutsche Meile in einem Durchstich gefahren, dessen Kreide- und Feldsteinwände zu beiden Seiten sich bergartig erheben.

Vom Bahnhof, der hoch gelegen ist, stieg ich den zur Stadt

führenden Hügel hinunter und gelangte alsbald in Straßen, die mir keine allzu vorteilhafte Meinung von Brighton beibrachten. »Regent-Street« las ich an der Ecke einer unbedeutenden Straße und wurde durch den Namen zu einer Vergleichung mit der Londner Regent-Street aufgefordert, deren Pracht uns hier ein mitleidiges Lächeln über den plebejischen Namensvetter abnötigen mußte. In die Nähe des eigentümlich gebauten königlichen Schlosses gelangt, das vom vorigen Könige oft bewohnt wurde, wich mein Bedauern der Anerkennung, die bald in Bewunderung übergehen sollte.

In der East-Street sucht ich Mr. Schweitzer auf, dessen Anwesenheit in Brighton mich einzig und allein zu einem Ausfluge veranlaßt hatte, der unter allen Umständen empfehlenswert gewesen wäre. Er empfing mich mit einer gewissen Verlegenheit, die man bei lästigen Besuchen in der Regel zur Schau zu tragen pflegt. Die große Zuvorkommenheit, mit der ich von wildfremden Engländern behandelt worden war, ließ mir diese Nüchternheit eines Deutschen, der nach Jahren mal wieder einen Landsmann sah, um so jämmerlicher erscheinen, und ich dachte so bei mir: dem scheint noch der deutsche Philister in den Gliedern zu stecken, der mit verlegner Miene ein »Sein Sie mir willkommen« spricht und »Hol dich der Teufel!« in den Bart brummelt, sobald der Gast den Rücken gewandt. Na, überhaupt die deutsche Treue und Biederkeit, die hab ich gründlich auf dem Strich, diese Bursche, die »mein alter, ehrlicher Freund« sprechen, die Hände schütteln, als wollten sie einem die Finger ausrenken, und hinterher uns an den Pranger stellen. – Was Mr. Schweitzer anbetrifft, so hatt ich ihm durchaus Unrecht getan. Über seine Befangenheit sprach er sich später selbst mit großer Offenheit aus und meinte: er würde nicht selten von vagabondierenden Deutschen aufgesucht, die sich wo möglich ein Verzeichnis aller in England lebenden Landsleute verschafften, um, von Stadt zu Stadt reisend, überall zu pumpen und zu betteln. Solche Fälle wären so häufig und der Besuch eines deutschen *Freundes* so selten, daß er allemal einen Schreck bekäme, wenn sich ihm jemand als Deutscher vorstelle. –

Gleich nachdem ich ihm einen Brief seines Bruders übergeben und mich als einer seiner Nachfolger bei Rose legitimiert hatte, taute er auf, und was mir das allerliebste war, bestellte er sofort Hammel-Koteletts, durch die Brighton berühmt ist wie Gotha oder Braunschweig durch seine Wurst. Denn die Wahrheit zu gestehn, ich war entsetzlich hungrig. Die Koteletts erschienen und Ale und Sherry in ihrer Begleitung – mir wurde äußerst wohl, und mit vollem Munde erzählt ich meinem Wirt, was ich von Berlin, seinen Freunden und Verwandten irgendwie berichten konnte. Ich war jetzt restauriert und nahm mit Freuden einen Verdauungsspaziergang an, der in Vorschlag gebracht wurde. Fünfzig Schritt von der Apotheke des Mr. Schweitzer entfernt gewahrt man bereits das Meer, noch wenige Augenblicke, und man genießt einen zauberhaften Anblick. Tiefblau – saphirblau, wie man die italienischen Seen zu schildern pflegt – ruhte das Meer zur Rechten, nur zunächst dem Ufer schäumte die Brandung; von ihr bespült, erhob sich der Quai, wenn ich nicht irre, in einer Höhe von sechzig Fuß, hart an seinem Rande führte die breite Straße vorbei, an deren entgegengesetzter Seite sich eine palastartige Häuserreihe hinzog, länger als eine halbe deutsche Meile. Nie und nimmer hab ich etwas dem Ähnliches gesehn; Natur und Kunst wetteifern hier, den Menschen staunen zu machen, wohin man blickt, wird einem ein bewunderndes »Ah!« abgerungen. In fast unabsehbarer Länge ziehn sich die beiden Straßen »Marine-Parade« und »Kings-Road« am Strand entlang und werden nur da unterbrochen, wo sich die Häuserfront zu Plätzen erweitert, die an Pracht jene Straßen wieder weit hinter sich zurücklassen. Es sind der Brunswick- und Regent-Square (Platz), die vorzugsweise die Aufmerksamkeit des Fremden erregen müssen. Diese Squares, mit Blumen und Gartenanlagen in der Mitte, kann ich euch nicht besser beschreiben, wie wenn ich sie ein zehnfach vergrößertes Palais des Prinzen Albrecht nenne, von dem ihr euch nur den Säulengang, der die beiden hervorragenden Flügel verbindet, fortzudenken habt. Ganz in dieser Form, nur größer und höher, sind jene Squares. Das Überraschende jener Straßen besteht darin, daß man keinem einzigen unschönen oder zerfallenden Gebäude begegnet, die selbst in den schönsten Stadtteilen andrer Städte nie ganz zu fehlen pflegen. Hier aber scheint jeder gestrebt zu haben, das Schöne durch Schöneres zu überflügeln. – Nachdem wir Kings-Road (Weg, Straße) passiert und das Ende der Stadt erreicht hatten, gelangten wir auf eine Wiese, wo Kricket-Spieler versammelt waren. Ich möchte das Kricket-Spiel eine Kombination unsres Ball- und Kegelspiels nennen. Man verfährt dabei in folgender Weise: Die Spieler teilen sich in zwei Parteien und pflanzen sich, ohngefähr 60 Schritt voneinander entfernt, auf. Jede Partei sticht unmittelbar vor sich drei Stäbe in die Erde, um deren Treffen es sich handelt; wer den Mittelstab umwirft, hat den besten Wurf getan. Dies jedoch ist nichts weniger wie leicht. Der Hauptspieler der A-Partei schleudert den Ball mit sicherer Hand und würde unfehlbar treffen, wenn nicht der Gewandteste der B-Partei den heranfliegenden Ball mit seiner Kelle parierte und zurückschlüge. Hat er drei- oder sechsmal den Ball zurückgeschlagen, so hat die B-Partei gewonnen, und zwar dann um so mehr, wenn er den Ball statt zurück gleich vor sich niederschlagen, ihn zur Hand nehmen und einen Stab der A-Partei umwerfen konnte. Hat umgekehrt der Ballwerfer dieser letztren, trotz aller Paraden der feindlichen Partei, deren Stäbe getroffen, so geht jene siegreich aus dem Kampf hervor. Gemeinhin werden einige Bälle pariert, andre hingegen treffen ihr Ziel, so daß man ein Subtraktions-Exempel anstellen muß, um den Verlust der einen oder andern Partei zu bestimmen. – Beim Kricketspiel – so hört ich – werden Wetten gemacht wie beim Boxen, bei Wettrennen und Hahnenkämpfen, und gibt es renommierte Kricketspieler, die bei besondern Festlichkeiten weither verschrieben werden, wie bei uns die routinierten Scharfrichter. Der Ball, den sie schleudern, soll einem den Finger zerschmettern können; und wird unter Umständen mit 30 Schillingen (10 Rtlr. pr. C.) bezahlt.

Gegen Abend führte mich Mr. Schweitzer in seine nicht allzuweit vom Geschäftslokal gelegene Wohnung und stellte mich seiner Gattin vor. Das Verhältnis beider Eheleute ist eins der merkwürdigsten von der Welt. Sie sind bereits seit 5 Jahren verheiratet, haben ein Kind gehabt, das freilich im ersten Jahre starb, und gelten noch immer als entfernte Verwandte (was sie in der Tat sind), nicht aber als Ehegatten. Selbst die Leute im Geschäft haben keine Ahnung davon, daß Mr. Schweitzer verheiratet sei. Da beide ohnehin verwandt sind und ein und dasselbe Haus bewohnen, findet jedermann das freundschaftliche Verhältnis, das in Gegenwart andrer zwischen ihnen obzuwalten scheint, natürlich. Der Grund, warum sie ihre Verbindung geheimhalten, ist ein zwiefacher. Erstlich würd es nach englischer Sitte der Anstand erfordern, ein Haus zu machen, sobald er seine Verheiratung öffentlich erklärt hätte, und in England »ein Haus machen« ist gleichbedeutend mit »bankerutt machen«, wenn man nicht auf Geldsäcken sitzt. Zweitens ist seine Gattin die Direktrice des dortigen Brunnengartens, der ganz nach Art der Struveschen Anstalten eingerichtet ist. Hier soll sie sich des unbedingtesten Vertrauens aller brunnentrinkenden Damen und infolge medizinischer Kenntnisse auch der Protektion der Londner Ärzte erfreun, die ihre Patientinnen lieber an eine Dame als an die Brightoner Doktoren empfehlen, welche ihnen gefährlich werden könnten. In dieser ihrer Eigenschaft als Doktorin ist sie für das Geschäft ihres Mannes, den niemand als *ihren* Gatten vermutet, rastlos tätig und empfiehlt die »Royal Chemists and Druggists Brew and Schweitzer« als die billigsten und reellsten Leute von der Welt. Von dem Augenblick ab, wo sie als Mistress Schweitzer allgemein gekannt wäre, fielen nicht nur diese Empfehlungen fort, nein, sie müßte auch anstandshalber die Stellung selbst, die überaus einträglich ist, aufgeben. Im Laufe des Abends wurde noch manche Schnurre erzählt, die durch die Unkenntnis des zwischen ihnen bestehenden Verhältnisses herbeigeführt worden war. So verfolgte unter andern ein Vetter des Mr. Schweitzer, der mit letztrem schon seit Jahren in Fehde lebt, die Gattin seines Feindes mit Liebesanträgen, nicht ahnend, daß dieselbe schon seit Jahren verheiratet sei. »Ach, Sie glauben gar nicht« – schloß Mistress Schweitzer die Erzählung ihres Mannes –, »wie wir nach einer Frau für ihn gesucht haben, bloß um ihn endlich loszuwerden.«

Mit solchem Humor führte die liebenswürdige Frau, die weder jung noch schön, aber unzweifelhaft brav und feingebildet war, die ganze Unterhaltung, und die zärtlichen Blicke, die beide Gatten oft miteinander wechselten, ließen mich dem Ausspruch des Mr. Schweitzer vollen Glauben schenken: »daß er glücklich sei!«

Ich blieb noch bis zum Abend des nächsten Tages in Brighton, hebe jedoch aus dem Mannigfachen, das ich dort kennengelernt habe, nur ein Gespräch über »Pharmazie in England« hervor, das ich mit Schweitzer führte. Hieran werd ich eine Beschreibung der englischen Apotheken knüpfen und welche Hoffnungen ich habe, jemals in einer solchen tätig zu sein. – Die Pharmazie in England befindet sich auf keinem hohen Standpunkt. Im allgemeinen sind die deutschen und namentlich die preußischen Apotheker maßlos arrogant, a priori annehmend, daß ihre sogenannte Kunst nirgends so trefflich gehandhabt würde wie in ihrem Lande; in bezug auf England jedoch mögen sie zu solchem Eigenlob berechtigt sein. Schweitzer, der seit 10 Jahren auf englischem Grund und Boden und seit ohngefähr 8 Jahren Vorsteher einer Apotheke ist, muß allerdings ein vollgültiges Urteil darüber abgeben können. Würde man übrigens die dortigen Gehilfen zur Absolvierung eines Examens zwingen und nur examinierte Gehilfen jene Gewerbefreiheit benutzen lassen, die anjetzt jeden versoffenen Schlächtergesellen berechtigt, seine Schlachtopfer unter den Menschen zu suchen, so dürfte den englischen Apotheken alsbald der Vorzug vor den unsrigen gebühren. Man findet selbst in den kleineren Städten eine Eleganz und Sauberkeit, die nicht bloß auf Scharlatanerie beruht, sondern nur eine allgemeine Abneigung gegen jene abscheuliche Schmiererei bekundet, die sich in mancher deutschen Apotheke wahrhaft in Blüte befindet. Dazu kommt eine hohe Vortrefflichkeit der Drogen; was ich davon gesehn habe, übertrifft großenteils unsre deutschen Waren. Namentlich bezieht sich das auf alle überseeischen Produkte, gleichviel ob Ost- oder Westindien ihre Heimat ist. Erst was die Engländer nicht wollen, kommt über Hamburg zu uns. – Manchem Deutschen ist der Verkauf von Zahnbürsten und ähnlichen Gegenständen störend gewesen; jedenfalls aber kommt es dem Apotheker eher zu, mit solchen Dingen, die zur Erhaltung eines Teils an uns notwendig sind, zu handeln, als Haarpomade, Räucherpulver und Eau de Cologne zu verkaufen.

Die Einrichtung der Apotheken ist durchaus geschmackvoll, nur streift der Gebrauch eines Schaufensters und namentlich die Ausstaffierung desselben wieder ans Marktschreierische. Ganz in der Weise wie unsre Seiden- und Galanteriewarenhändler, Leute wie Siegmund, Sy und Fiocati ihre Herrlichkeiten dem vorübergehenden Publikum in Glas und Rahmen zeigen, so findet man auf den Borden dieser pharmazeutischen Schaufenster weiße, schöngeschliffene, furchtbar große Flaschen und Ballons, in denen die gangbarsten Artikel wie Rhabarber, Magnesia, Soda, Isländisch Moos, Senna usf. ausgestellt sind. Die Ballons namentlich, oft von der Größe unsrer umflochtnen Spiritusflaschen, haben einzig und allein den Zweck, Effekt zu machen. Sie sind mit goldnen, alchimistischen Zeichen bemalt und enthalten weiter nichts wie Auflösungen von Grünspan, Kupfervitriol, salpeters[aures] Kobaltoxyd und Chromsalzen, lediglich um abends, wenn ringsumher die Gasflammen leuchten, dem Vorübergehenden ins Auge zu fallen. – Im Innern sind die Apotheken einfacher, aber mindestens mit demselben Geschmack eingerichtet wie die unsrigen. Unter »einfach« will ich hier die geringere Zahl von Arzneimitteln verstanden wissen, denn kaum ein Drittel von dem, was hierzulande gäng und gebe ist, dürfte in den englischen Pharmazien anzutreffen sein. Von unsren Kräutern haben sie schwerlich ein Zehntel; dasselbe gilt von Pflastern, Salben und Extrakten, und seh ich ehrlich gestanden in dieser Vereinfachung einen großen Fortschritt. Ob wohl schon jemals ein Mensch durch »Extract. Trifol.« gerettet worden ist, bei dem »Extract. Cardui« oder »Centaurium« vergeblich angewendet worden war? Wozu also der ganze Schwamm?! Salze und, wenn ich mich so ausdrücken darf, medizinische Kolonialwaren wie Rhabarber, Moschus, China, Harze und Gummata finden wir besser und reichhaltiger in den englischen Apotheken. Es soll das kein Lob von meiner Seite sein, denn Seignette und Glauber-Salz verhalten sich gewiß zueinander wie die obenangeführten Extrakte. Rezeptiertische finden sich nicht überall; der Gebrauch der Waage ist beim Rezeptieren ungewöhnlich (ganz mein Fall), wie in unsren Lazaretten wird alles gemessen. Es versteht sich von selbst, daß das nur auf Fluida Bezug hat. – Die Apotheker, großenteils Krämer und weiter nichts, zählen dennoch einige tüchtige Gelehrte zu den Ihrigen; die Gehilfen sind gewöhnliche Menschen, von höchst mittelmäßiger Bildung; meist mit weißen Schürzen angetan wie unsre Fleischer und Konditoren. Jene äußren Abzeichen wie: Löwe, Adler, Schwan, Sonne usw. haben die englischen Apotheken nicht; überhalb des Schaufensters liest man den Namen, dem ganz kurz ein »Chemist and Druggist« (Chemiker und Drogist) folgt. Der Titel »Apothecary« (Apotheker), obschon im Shakespeare öfters vorkommend, scheint nicht mehr gebräuchlich zu sein.

Aus dem Gesagten wird Dir erhellen, daß ich schwerlich nach England gehn werde, um mich in meinem Fach zu vervollkommnen. Ehrlich gestanden, das ist mir auch große Nebensache. Die Sprache, die Zustände, die Sitten und Gebräuche, die Gesetze und Freiheiten des Volks will ich kennenlernen und nicht eine neue Methode, die Pillen zu wribbeln. Deshalb freu ich mich herzlich über das Versprechen, das mir Mr. Schweitzer mehrfach gegeben hat: eine Defekturstelle nämlich für mich ausfindig zu machen, sobald ich ihm Nachricht erteilen werde, daß ich zur Überfahrt nach England bereit bin.

Rückreise

Am 6. Juni 11 Uhr vormittags befand ich mich wieder an Bord des »Monarch«, der, wie es hieß, inzwischen in Edinburg gewesen war. Ich hatte in England unvergleichlich schöne Tage verlebt, und doch hatt ich nichts dagegen, daß dieser vierzehntägigen Aufregung wieder – Ruhe und der gediegensten Bummelei das alte Schalten und Walten folgen sollte. Immer und ewig zu vagabondieren, Straßenpflaster zu treten und Sherry zu trinken – ist nicht nach meinem Geschmack; lebte man im Paradiese nur für den Genuß, so dank ich dafür und bin dem alten Adam sehr verbunden, daß er uns darum gebracht hat. Die Reisegesellschaft war so ziemlich dieselbe wie auf der Überfahrt von Hamburg nach London; wenige fehlten, die teils durch Geschäfte behindert waren, schon jetzt zurückzukehren, teils von London aus Paris besuchen und dann erst in die Heimat eilen wollten. Die verschiedenen Parteien schienen aufrichtig erfreut, sich wiederzusehn; wohin man blickte, überall ein Händedrük-ken, ein Kopfnicken, ein »Wie geht's?« und wie jene stereotypen Phrasen alle heißen mögen. – Eine halbe Stunde vor Abgang des Schiffes glich das Deck desselben einem Buchhändlermarkt. Die Anwesenheit des Kaisers von Rußland hatte natürlich viel ernste und noch mehr bittre, satirische Zeitungsartikel hervorgerufen, die teils in den bekannten politischen Blättern Englands, vorzugsweise jedoch im »Punch«, dem englischen »Charivari«, abgedruckt waren; letztrer zeichnete sich noch durch einige sehr witzige Karikaturen aus.

Ein spekulativer Kopf kam mit einer ganzen Ladung derartiger Exemplare an Bord, und innerhalb zehn Minuten seinen ganzen Vorrat, zum Teil für den zwölffachen Einkaufspreis loswerdend, hatte er alle Ursach, seinen Einfall einen glücklichen zu nennen. Leider hab ich mein Exemplar verloren; wenigstens die Karikaturen desselben würden Euch Spaß gemacht haben. Für Scherz hab ich die verschiedenen Zeitungsartikel übersetzt – und bedaure sehr, zur Rückerstattung ihn nicht verpflichtet zu haben, um so mehr, als er sie zweifelsohne schon zu Fidibussen gebraucht hat; manches davon war schlagend witzig und wohl des Lesens wert.

Mit dem Eintreten der Flut brachen wir auf. Es war dieselbe Szene wie bei der Abfahrt von Hamburg. Die Böller donnerten wieder, als wäre das Schiff ein schwimmendes Taubstummeninstitut, die böhmischen Musikanten hatten sich ebenfalls wieder eingefunden und begleiteten jedes »Hurra!« mit einem nicht allzu harmonischen Tusch. Nur die lieblichen Elbufer fehlten, sonst war kein Unterschied wahrzunehmen; vielleicht hat der kleine Mann aus Köslin auch wiederum Tränen vergossen, Tränen der Freude über das bevorstehende Wiedersehn von Weib und Kind, die er herzlich zu lieben schien. Ich hatte nämlich *ein* Zimmer mit ihm bewohnt und Gelegenheit gehabt, seine harmlose Seele kennenzulernen; ein dicker Mecklenburger, mit bereits grauem Kopf, der den Freudenmädchen Küsse – einstmals, als er plötzlich verschwunden war, vermutlich auch eine Handvoll halber Kronen (pro studio et labore) – zuwarf, wurde bitter von ihm getadelt, wie das bei *seiner* Liebe für Weib und Kind nicht anders sein konnte.

Was mich anbetrifft, so hab ich mich bis Hamburg lediglich mit Essen, Trinken und Schlafen beschäftigt und namentlich in letztrem ganz Erkleckliches geleistet. Von interessanten Vorfällen oder witzigen Gesprächen wüßt ich nichts zu berichten. Die Schuld, daß jene Überfahrt so spurlos an mir vorübergegangen ist, hab ich mir selbst oder wenigstens meiner großen Brech-Virtuosität beizumessen. Zwar kam es nicht zum Äußersten, teils weil ich erprobt hatte, daß mich die horizontale Lage vor Übligkeit [!] bewahre, dann aber auch, weil das Meer ruhiger war als bei der Hinreise – nichtsdestoweniger befand ich mich (die Fahrt auf der Themse und Elbe, die gar nicht unbedeutend ist, abgerechnet) die ganze Zeit über im Zustande höchster Flauheit. Scherz, der sich dann und wann mit einem »Nun, altes Kamel! wie geht's?« nach meinem Wohlsein erkundigte, futterte mich mit Apfelsinen und Schiffszwieback, welcher Mahlzeit stets ein gebührender Frühstücks-, Mittags-, Vesper- und Abend-Schlaf folgte. Es ist nämlich das einzige Gute jener Flauheit, daß sie müd und matt macht und den Kranken schlafen läßt.

Von den Erlebnissen auf der Überfahrt entsinn ich mich nur eines Feuerwerks, das unser total besoffner Kapitän, der lieber Wasser statt Champagner hätte trinken sollen, mitten auf dem Meere abbrannte. Zwischen dem dunkelblauen Himmel und dem schäumenden Meer dahinfliegend, bedarf es wohl keiner Versicherung, daß die bengalischen Flammen, die ihr weißes blendendes Licht weit über die Wasserfläche ausgossen, der Szene einen zauberhaften Reiz gewährten.

Dreiundvierzig Stunden nach unsrer Abfahrt von London gingen wir in Hamburg vor Anker. Ohne ein Wort des Abschieds trennte sich die Gesellschaft, von der wir den größten Teil nicht wiedersehn sollten, da nur wenige selbigen Tages noch die Rückreise bis Magdeburg fortsetzen wollten. Jene Gleichgültigkeit kam nicht aus dem Herzen; sie wurde durch die Sorge bedingt, die jedem das Auffinden und Fortschaffen seiner Sachen machte. Über meinen Aufenthalt in Hamburg hab ich schon im ersten Kapitel gesprochen und alles erwähnt, was des Erwähnens irgend wert ist. Gegen Abend desselben Tages verließen wir Hamburg. Der Bettstreit hätte füglicherweise derselbe, sogar ein noch mehr erbitterter sein müssen, weil für fünfzig Passagiere nur acht Betten vorhanden oder eigentlich *nicht* vorhanden waren, da man sie für Geld und gute Worte an mitreisende Hamburger, die jener Londner Gesellschaft jedoch keineswegs angehörten, vermietet hatte. Indes alles ging ziemlich friedlich ab; selbst Scherz krakeelte merkwürdig wenig; ich – als Grenadier an die Pritsche gewöhnt – wickelte mich in meinen Marengo-Mantel und schlief auf der Diele, wenn ich nicht etwa die wachsleinene Fußdecke als Pferdehaarmatratze gelten lassen soll. – Die Schiffsbibliothek, die unter vielem langweiligen Zeuge auch einen Band der neusten Nummern unsrer »Grenzboten« enthielt, machte mich wieder ganz deutsch. Ich räkelte mich auf dem Kanapee, legte die kleinen Beinchen auf einen vor mir stehenden Stuhl, trank viel Kaffee und – las; so war ich denn wieder das treue Bild eines konditoreikneipenden, literaturbeflissenen Berliners, wie man sie bei Koblank, Stehely & Spargnapani zu Dutzenden anzutreffen pflegt. Nur von Zeit zu Zeit eilt ich auf Deck, wie der Residenzler nach Stralau, und – kneipte Natur. Daß ich mit diversen Leipzigern, unter andern mit dem Pseudo-Hanswurst der Kunstreitergesellschaft, *Skat* gespielt habe, darf ich namentlich Jenny'n nicht länger verschweigen.

Endlich waren wir in Magdeburg, ich sage: »*endlich*«, denn die Überfahrt von London nach Hamburg hatte nur wenige Stunden länger gedauert. Hier nahmen wir den Dom in Augenschein, ein herrliches Gebäude, dessen Schönheiten aufzuzählen hier zu weit führen würde. Im übrigen ist Magdeburg für den Fremden rechtschaffen langweilig. Wenn der »Breite Weg« die schönste Straße daselbst ist, so mag ich nicht den schmalen sehn; so läßt sich der bekannte Berliner Witz in bezug auf Magdeburgs Prachtstück variieren. Das Bummeln in den Straßen ward Scherzen und mir schließlich ledern; nachdem ich gefrühstückt und einen Brief an Euch geschrieben hatte, griff Hermann zum Billardqueue, was die Lanze ist, mit der er die Langeweile gemeinhin zu bekämpfen pflegt. Um eilf Uhr saßen wir im Waggon. Köthen war alsbald erreicht, wo ich keineswegs versäumte, Kaffee und – alten Kuchen zu genießen. Auf dem Wege von dort nach Berlin macht ich eine eigentümliche Bekanntschaft, deren Entstehen und Auflösen ich schließlich noch zu schildern gedenke.

Ich fuhr natürlich dritter Klasse; Scherz hatte mich in Köthen verloren und saß in einem andren Wagen, der jedoch ebenfalls offen und jedem beobachtenden Auge zugänglich war. Mir vis à vis befand sich eine Dame von 32–34 Jahren; Scherzen gegenüber saß ein junges Mädchen von ohngefähr zwanzig. Letztre, bodenlos verliebt, fing an Scherzen den Hof zu machen, worauf er auch einging; – ein solches Verhältnis, voll des zärtlichsten Entgegenkommens, ist überaus bequem. Mein Vis à vis, anfänglich nichts weniger wie redselig, beobachtete kaum die ungeheure Heiterkeit des schäkernden Pärchens, als sie auf Seelenverwandtschaft zwischen Scherz und mir (sie hatte uns miteinander sprechen hören) schließen und von dem Wunsche beseelt sein mochte, in ähnlicher Weise von mir poussiert zu werden. Sie warf sich ins Zeug, wurde gesprächig und machte vorzugsweise das Benehmen des Liebespärchens vor uns zum Gegenstand höchst zweideutiger Bemerkungen. Sie meinte z. B., »ihr Mann habe ihr erzählt, daß auf Reisen die interessantesten Liebesverhältnisse angesponnen würden«, ferner: »daß sie's keinem jungen Mann verdächte, wenn er annähme, was ihm geboten würde!« Dann fragte sie mich: »wie ich über den Punkt dächte und ob ich wohl ihrer Meinung wäre« – dazu kamen noch äußerst vielsagende Blicke, so daß ich bei mir dachte: halt, die Sache ist richtig! Daß sie dritter Klasse und ohne alle Begleitung fuhr, daß sie am Bahnhof von niemand erwartet wurde und überhaupt in Zweifel schien, wohin sie sich zuerst wenden solle – diese Dinge, die mich teils der Augenschein, teils der Lauf der Unterhaltung lehrte, bestärkten mich in meiner Ansicht, daß sie äußerst poussierbar sei. Da sie hübsche Augen hatte, war ich hocherfreut darüber. Ich spielte den Ritterlichen, versprach ihr sofort eine Droschke sowohl als auch ihr Gepäck herbeizuschaffen und war auch wirklich wie ein Donnerwetter bei der Hand, als wir endlich den Anhaltinischen Bahnhof erreicht hatten. Ich bat um die Ehre, sie begleiten zu dürfen, was sie als »sich von selbst verstehend« keinen Augenblick zurückwies. In der Droschke wurd ich deutlicher und fragte geradeheraus, ob ich vielleicht hoffen dürfe, sie während ihrer Anwesenheit in Berlin wiederzusehn. »Unsre Wünsche begegnen sich hierin« – war ihre Erwiderung, worauf ich ohne weiteres auf ein Rendezvous drang, das ja zu größrer Bequemlichkeit für beide Teile in meiner Wohnung stattfinden könne. – Sie tat anfänglich, als verstände sie mich nicht – als ich aber sehr deutlich wurde, meinte sie naiv: »*Wie man sich irren kann!*« und machte dabei ein pfiffiges, durchaus nicht beleidigtes Gesicht. Meine Beredsamkeit hißte jetzt alle Segel auf; ich schwafelte, was Gott weiß und nicht weiß – endlich meinte sie (wahrscheinlich betäubt): »Bevor ich Ihren Wunsch erfülle, muß ich wissen, mit wem ich die Ehre habe, bis hieher gereist zu sein.« Ich gab ihr meine Karte, der Name aber genügte ihr nicht, so daß ich Veranlassung nahm, mich ihr als »Student« vorzustellen. Weiß der Himmel, ob sie mich für den König Otto v. Griechenland gehalten hatte, als der ich schon mal gereist bin, soviel ist gewiß, sie bekam einen ersichtlichen Schreck und meinte: »Dann, mein Herr, muß ich Ihre Aufforderung aufs bestimmteste von der Hand weisen!« Eh ich noch irgend etwas erwidern konnte, hielt die Droschke vor ihrer Wohnung. Was half's! ich mußte in den sauren Apfel beißen und nach wie vor die Kavalier-Rolle spielen. Ich half ihr aus dem Wagen, duldete nicht, daß sie den Kutscher bezahlte, machte drei Kratzfüße, brummelte unverständliches Zeug in den Bart und sprang dann in die Droschke zurück. »Alexanderstraße 27«, schrie ich voll innrem Gift und notierte in mein Taschenbuch:

Limonade für eine schöne Unbekannte	2 Sgr. 6 Pf.
Einem Kofferträger	2 Sgr. 6 Pf.
Einem Droschkenkutscher	5 Sgr.
zugunsten derselben	
unbekannten Schönheit	

Ich addierte und sprach dann mit einem Seufzer: macht 10 Sgr. – oder vier Tassen Kaffee. Ich schlug mich vor die Stirn und murmelte: »Ochse!« – Mit dieser Selbstkritik beschloß ich meine englische Reise.

Ein Sommer in London

Von Gravesend bis London

Das ist die englische Küste! Durch den Morgennebel schimmern die Türme von Yarmouth. Ein gut Stück Weges noch in der Richtung nach Süden, und die Themsemündung liegt vor uns. Da ist sie: Sheerneß mit seinen Baken und Tonnen taucht auf. Nun aber ist es, als wüchsen dem Dämpfer die Flügel, immer rascher schlägt er mit seinen Schaufeln die hochaufspritzende Flut, und die prächtige Bucht durchfliegend, von der man nicht weiß, ob sie ein breiter Strom oder ein schmales Meer ist, trägt er uns jetzt, an Gravesend vorbei, in den eigentlichen Themsestrom hinein.

Alles Große wirkt in die Ferne: wir fühlen ein Gewitter, lange bevor es über uns ist; große Männer haben ihre Vorläufer, so auch große Städte. Gravesend ist ein solcher Herold, es ruft uns zu: »London kommt!« und unruhig, erwartungsvoll schweifen unsere Blicke die Themse hinauf. Des Dämpfers Kiel durchschneidet pfeilschnell die Flut, aber wir verwünschen den saumseligen Kapitän: unsere Sehnsucht fliegt schneller als sein Schiff – das ist sein Verbrechen. Und doch lebt London schon rings um uns her. Gravesend liegt nicht im Bann von London, aber doch in seinem *Zauberbann*. Noch fünf Meilen haben wir bis zur alten City, noch an großen volkreichen Städten müssen wir vorbei, und doch sind wir bereits mitten im Getriebe der Riesenstadt. Greenwich, Woolwich und Gravesend gelten noch als besondere Städte, und doch sind sie's nicht mehr; die Äcker und Wiesen, die zwischen ihnen und London liegen, sind nur erweiterte Hyde-Parks. Von Smithfield nach Paddington, quer durch die Stadt hindurch, ist eine schlimmere Reise wie von London-Bridge bis Gravesend; nicht mehr Mile-End ist die längste Straße Londons, sondern der prächtige Themsestrom selbst: statt der Cabs und Omnibusse befahren ihn Hunderte von Böten und Dämpfern, Greenwich und Woolwich sind Anhaltspunkte, und Gravesend ist letzte Station.

Der Zauber Londons ist – seine *Massenhaftigkeit.* Wenn Neapel durch seinen Golf und Himmel, Moskau durch seine funkelnden Kuppeln, Rom durch seine Erinnerungen, Venedig durch den Zauber seiner meerentstiegenen Schönheit wirkt, so ist es beim Anblick Londons das Gefühl des Unendlichen, was uns überwältigt – dasselbe Gefühl, was uns beim ersten Anschauen des Meeres durchschauert. Die überschwengliche Fülle, die unerschöpfliche Masse – das ist die eigentliche Wesenheit, der Charakter Londons. Dieser tritt einem überall entgegen. Ob man von der Paulskirche oder der Greenwicher Sternwarte herab seinen Blick auf dies Häusermeer richtet – ob man die Citystraßen durchwandert und, von der Menschenwoge halb mit fortgerissen, den Gedanken nicht unterdrücken kann, jedes Haus sei wohl ein Theater, das eben jetzt seine Zuhörerschwärme wieder ins Freie strömt –, überall ist es die *Zahl,* die *Menge,* die uns Staunen abzwingt.

Überall! Aber nirgends so wie auf der großen Fahrstraße Londons – der Themse. Versuche ich ein Bild dieses Treibens zu geben. Gravesend liegt hinter uns, noch sehen wir das Schimmern seiner hellen Häuser, und schon taucht Woolwich, die Arsenalstadt, vor unsern Blicken auf. Rechts und links liegen die Wachtschiffe; drohend weisen sie die Zähne, hell im Sonnenschimmer blitzen die Geschütze aus ihren Luken hervor. Vorbei! Wir haben nichts zu fürchten: Alt-Englands Flagge weht von unserm Mast; friedlich nur dröhnt ein Kanonenschuß über die Themse hin und verhallt jetzt in den stillen Lüften der Grafschaft Kent. – Weiter schaufelt sich der Dämpfer, an Ostindienfahrern vorbei, die jetzt eben mit vollen Segeln und voller Hoffnung in Meer und Welt hinausziehen; seht, die Matrosen grüßen und schwenken ihre Hüte! Wenn wieder Land unter ihren Füßen ist, so ist es des Indus oder des Ganges Ufer. Glückliche Fahrt! Und jetzt, ein Invalidenschiff sperrt uns fast den Weg. Alles daran ist zerschossen – *es selbst und seine Bewohner.* Ein Dreidecker ist's; seine Kanonenluken sind friedliche Fenster geworden, hinter denen die Sieger von Abukir und Trafalgar, die alte Garde Nelsons, ihre traulichen Kojen haben.

Aber lassen wir die Alten! Das junge, frische Leben jubelt eben jetzt an uns vorüber. Eine wahre Flottille von Dampfböten, eine friedliche Schärenflotte, nur heimisch im Themsefahrwasser, kommt unter Sang und Klang den Fluß herunter. In Gravesend ist Jahrmarkt oder ein Schifferfest, da darf der Londoner Junggesell, der Kommis und Handwerker nicht fehlen; die halbe City, scheint es, ist flügge geworden und will in Gravesend tanzen und springen und sich einmal gütlich tun nach der Melodie des Dudelsacks. Kein Ende nimmt der Festzug: bis hundert hab' ich die vorbeifliegenden Dämpfer (die keine Masten und nur einen hohen eisernen Schornstein in der Mitte tragen) gezählt, aber ich geb' es auf: sie sind eben zahllos. Und welche Jagd! Wie beim Wettrennen suchen sich die einzelnen zu überholen; eine nordische Regatta ist es; welch prächtige Lagune, diese Themse – welch flüchtige Gondel jedes keuchende Boot! Greenwich taucht auf vor uns, immer reger wird das Leben, immer bunter der Strom; – wie wenn Ameisen arbeiten, hierhin, dorthin, rechts und links, vor und zurück, aber immer rastlos, so lebt und webt es zwischen den Ufern. Noch haben wir kein Wort Englisch gehört, und schon haben die Spiegel und Flaggen der vorbeisausenden Schiffe einen ganzen Sprachschatz vor uns aufgeschlagen; wie in Blättern eines Riesenlexikons hätten wir darin lesen können. Noch hat unser Fuß London nicht betreten, noch liegt es *vor* uns, und schon haben wir ein Stück von ihm im Rücken – auf hundert Dampfböten eilte es an uns vorbei. Die Bevölkerung *ganzer Städte* ist ausgeflogen aus der *einen* Stadt, und doch die Tausende, die ihr fehlen, – *sie fehlen ihr nicht.* – Was ein Stück Infusorienerde unter dem Ehrenbergschen Mikroskop, das ist London vor dem menschlichen Auge. Zahllos wimmelt es; man gibt uns Zahlen, aber die Ziffern übersteigen unsere Vorstellungskraft. Der Rest ist – Staunen.

Ein Gang durch den leeren Glaspalast

Es ist ein Etwas im Menschen, was ihn den Herbst und das fallende Laub mehr lieben läßt als den Frühling und seine Blütenpracht, was ihn hinauszwingt aus dem Geräusch der Städte in die Stille der Friedhöfe und unter Efeu und Trümmerwerk ihn wonniger durchschauert als angesichts aller Herrlichkeit der Welt. Ein ähnliches Gefühl mocht' es sein, was mich zum Glaspalast zog. Kaum zwei Stunden in London – und schon saß ich wieder auf meinem alten Lieblingsplatz, hoch oben neben dem Omnibuskutscher, und das vor mir ausgeschüttete Füllhorn englischen Lebens wie einen lang entbehrten Freund nach rechts und links hin grüßend, rollt' ich Regent-Street und Piccadilly hinab bis zu seinem Schlußstein, Apsley-House.

Ich trat in den Hyde-Park; die Sonne stand in Mittag, und unter ihrem Strahlenstrom glühte die noch ferne Kuppel des Kristallhauses auf wie ein »Berg des Lichts«, wie der echte und einzige Kohinur. Es brauchte kein Fragen und Suchen nach ihm: er war sein eigener Stern. Aber welche Stille um ihn her! Verlaufen der bunte Strom der Gäste, kein Fahren und Rennen, kein Drängen am Eingang; gähnend vor Langerweile hält ein einziger Konstabel die nutzlose Wache, und zerlumpte Kinder lagern am Gitter und bieten Medaillen feil oder betteln. Keiner künstlichen Vorrichtung bedarf es mehr, um die Eintretenden zu zählen; die Augen und das Gedächtnis einer alten Frau würden ausreichen, die Kontrolle zu führen, aber niemand kümmert sich um die Handvoll Nachzügler, die wie letzte Funken eines niedergebrannten Feuers hier- und dorthin den weiten Raum durchhuschen.

Wir treten ein. Wie eine Riesenleiche streckt sich dieser Glasleib aus, dessen Seele mit jenen farbenreichen Shawls und Teppichen entflohn, die einst wie Phantasien ihn durchglühten und dessen geistiges Leben mit jenen tausend Meß- und Rechenkräften dahin ist, die eisern und unbeirrt ihr Urteil fällten.

Es ist etwas Eigentümliches um die bloße Macht des Raumes! Das Meer und die Wüste – sie haben diesen Zauber, und leise fühl' ich mich von ihm berührt, als mein Auge die ungeheuren Dimensionen dieses Palastes durchmaß. Der Eindruck mag schöner, erquicklicher gewesen sein, als eine ganze Welt ihr Bestes hier ausgebreitet hatte, imposanter war er nicht. Und als ich nun von Säule zu Säule diesen Raum durchschritt und, fast ermüdet durch die völlige Gleichheit und stete Wiederkehr aller einzelnen Teile, doch nicht aufhören konnte, das riesenhafte Ganze zu bewundern, da erschien mir dies Glashaus wie das Abbild Londons selbst: abschreckende Monotonie im einzelnen, aber vollste Harmonie des Ganzen.

Nur weniges erinnert noch an die Bestimmung des Gebäudes; die Tafeln und Inschriften sind abgebrochen, und nur in der Nähe der Kuppel – wie um dem späteren Beschauer als Fingerzeig zu dienen – lesen wir in großen Lettern »Van Diemens Land«. Aber daß dem Ernsten der Humor nicht fehle: eben hier, wo der rote Federmantel eines neuseeländischen Häuptlings oder wohl gar ein ausgestopfter Kasuar die Blicke

Neugieriger auf sich gezogen haben mochte, hier saß im Schmucke lang herabhängender Locken, den unvermeidlichen meergrünen Schleier halb zur Seite geschlagen, eine blasse Tochter Albions und war eifrig bemüht, die Welt mit der tausendundeinten Abbildung des »Exhibition-Houses« zu beglücken, noch dazu in Öl.

Ich nannte das Glashaus einen Leib, dessen Seele entflohn. Aber es ist nicht der Leib der schönen Fasterade, der Geliebten Kaiser Karls, die einen Zauberring trug und im Tode blühte wie im Leben. Unsere Zeit eilt schnell: sie ist rasch im Schaffen wie im Zerstören; noch ein Winter und – das Glashaus ist eine Ruine. Schon dringen Wind und Staub durch hundert zerbrochene Scheiben, schon ist das rote Tuch der Bänke verblaßt und zerrissen, und schon findet die Spinne sich ein und webt ihre grauen Schleier, die alten Fahnen der Zerstörung. Sei's! Auch die Bäume grünen schon wieder, die Paxtons kühne Hand mit in seinen Glasbau hineinzog, und sprechen von Verjüngung; und möge Wind und Sand durch die Fensterlücken wehn, auch die Schwalben flattern mit herein und erzählen sich unter Trümmern von dem Leben und der Liebe, die nicht stirbt.

Die öffentlichen Denkmäler

Es ist mit der englischen Kunst wie mit dem englischen Leben überhaupt: die Straße, die Öffentlichkeit bietet wenig von beiden. Man könnte sagen, das sei das Wesen des Nordens; indes man braucht nicht nach dem Süden zu gehen, um es anders zu finden. In München, Berlin und Brüssel trifft das Auge angenehm überrascht, an Giebeln hier und unter Arkaden dort, auf die Vorläufer des Freskobildes, das Miene macht, über die Alpen bei uns einzuwandern; und beschränken wir uns gar auf das Monumentale und eine Vergleichung dessen, was die Straße hier dem Beschauer bietet und was bei uns, wie reich sind wir Armen da. Jeder Fremde, der Berlin besucht und überhaupt ein Auge mitbringt für die Werke der Skulptur, wird auf einem einzigen raschen Gange durch die Stadt, vom »Kurfürsten« ab bis zur Quadriga des Brandenburger Tores hin, mehr Anregungen und Eindrücke mit nach Hause nehmen, als nach *der* Seite hin ganz London ihm zu bieten vermag. Wer die englische Bildhauerkunst bewundern oder, wenn ihm Zweifel an ihrer Existenz gekommen sein sollten, sich wenigstens von ihrem Dasein überzeugen will, der suche Zutritt zu den Galerien der Großen und Reichen zu erlangen oder gehe, wenn er das Bequemere vorzieht, nach St. Paul und Westminster: der erste Schritt in die Kirche, der flüchtigste Umblick darin, wird ihm Gewißheit geben, daß es eine englische Meißelkunst gibt.

Richten wir für heute unser Augenmerk lediglich auf die *öffentlichen* Denkmäler und beginnen wir mit der City. Wir kommen von der Londonbrücke und haben zur Rechten das »Monument«, die berühmte Denksäule, die im Jahre 1677 zur Erinnerung an das große City-Feuer (dem Londonbrücke und Paulskirche zum Opfer fielen) errichtet wurde. Ich habe nichts gegen diese Säule – wiewohl ich nicht recht fasse, was man mit ihrer Aufstellung und der steten Vergegenwärtigung eines großen Unglücks bezweckte –, muß aber feierlichst protestieren gegen die 42 Fuß hohe Flammenurne, womit eine konfuse Pietät und der barste Ungeschmack den Knauf jener Säule geschmückt haben. Die vorgeblichen Flammenbüschel dieser Urne sind alles Mögliche, nur eben keine Flammen, und da es dieser goldenen Kuriosität gegenüber, ähnlich wie beim Bleigießen in der Neujahrsnacht, der Phantasie jedes einzelnen überlassen bleiben muß, was sie aus diesen Ecken und Spitzen herauszulesen für gut befindet, so mach' ich kein Hehl daraus, daß ich die Flammenurne für ein riesiges Kissen mit hundert goldnen Nadeln und infolge davon die berühmte Säule selbst für ein Wahrzeichen der ehrsamen Schneiderzunft gehalten habe, dessen historische Begründung mir leider nicht gegenwärtig sci. Das Piedestal trägt neben Basreliefs, die sich's angelegen sein lassen, den komischen Eindruck des Ganzen nicht zu stören, die Anzeige: daß es erlaubt sei, gegen Zahlung eines Sixpence, die Säule zu besteigen. Hat diese Erlaubnis den Zweck, die wunderliche Flammenurne auch in der Nähe bewundern zu können, so wird man durch solch humane Fürsorge in seiner guten Laune nicht wenig bestärkt; indes es handelt sich wohl um die Aussicht, um das London-Panorama, dessen man von oben genießen soll, und hier wolle mir der Leser erlauben, abzuschweifen und ihn vor dem Erklettern von Türmen und Säulen ein für allemal zu warnen. Während meines Aufenthalts in Belgien hab' ich mir diese Erfahrung mit manchem Frankenstück, mit Beulen an Kopf und Hut und schließlich mit dem jedesmaligen äußersten Getäuschtsein erkaufen müssen. Woran liegt das? Der Turm führt uns nur dem Himmel näher, und diesem denn doch nicht nah genug, um eine Reiseausbeute davon zu haben; von allem andern entfernt er uns, die Ferne bleibt Ferne, und die Nähe wird zur Ferne. In Brüssel bestieg ich den Rathausturm: der Führer streckte seinen dicken Finger aus, wies auf einen schwarzen Punkt am Horizont und sagte ernsthaft: »Voilà le lion de Waterloo!« In Antwerpen mußte ich einen blinkenden Streifen bona fide als das Meer hinnehmen, so daß man, zur Besinnung gekommen, sich eigentlich schämt, Punkte und Striche als Sehenswürdigkeiten ernsthaft beobachtet zu haben. Und blickt man nun in die Nähe, was hat man? Dächer! Wenn's hoch kommt, flache und schräge, schwarze und rote, aber doch immer nur Dächer. Unsere Bauten nehmen, wie billig, noch Rücksicht auf den Menschen, der geht. Wenn wir erst fliegen werden, dann wird das Zeitalter der Dächer gekommen sein; aller Schmuck der

Fassaden: Reliefs und Bildsäulen (natürlich alle liegend wie auf Grabmälern) werden ihren Platz dann auf dem Dach, der neuen Front des Hauses, einnehmen, und der Reisende mag *dann* Türme erklettern oder wenigstens auf ihnen – rasten.

Doch kehren wir zurück in die City. Wenig hundert Schritte von der Säule entfernt, wo sich die King-William-straße zu einem kleinen Platze erweitert, finden wir das neueste öffentliche Denkmal Londons: die Statue König Wilhelms IV., das neueste und zugleich beste. Aber das beste ist kein gutes oder gar ein bedeutendes; seine relativen Vorzüge bestehn in dem Fehlen alles Störenden und Geschmacklosen. Ruhig blickt der König zur französischen Küste hinüber, als woll' er mit unterdrücktem Gähnen sagen: »Kommt ihr – gut! Kommt ihr nicht – noch besser!«, und mit ähnlicher Gleichgültigkeit geht der Beschauer an dem Denkmal selbst vorbei, das allenfalls befriedigen, aber nicht anregen und entzünden kann. Das Interessanteste der Statue ist ihre Ausführung in Granit. Das englische Klima, dem Marmor wie dem Erz in gleichem Maße ungünstig, wies darauf hin, ein Auskunftsmittel zu suchen. Man wählte den Granit, und das Geschick, mit dem sich die englische Skulptur diesen spröden Stoff dienstbar zu machen verstand, hat um so mehr Anspruch auf Dank, als bei der vollständigen Unleidlichkeit jener Patina, womit Luft und Rauch alles Erz hier, und zwar in kürzester Zeit, umkleiden, erst von jetzt ab an öffentliche Denkmäler, die sich des Anblicks verlohnen, zu denken sein wird.

Wir schreiten weiter, lassen vorläufig eine Wellington-Statue zur Rechten unbemerkt und gelangen, an St. Paul vorbei, durch Fleet-Street und Strand auf den Trafalgar-Square. Hier blickt es uns an, rechts und links, von Kapitälern und Piedestalen herab, und wir machen halt. In der Mitte des Platzes erhebt sich die 170 Fuß hohe Nelson-Säule; auf ihr der Sieger von Abukir selbst. Ob die Statue gut ist oder schlecht, mag ein anderer entscheiden als ich; auf eine Entfernung von 170 Fuß bescheidet sich mein Auge jeder Kritik und überläßt es den Teleskopen, Nachforschungen anzustellen. Nur so viel: Nelson trägt Frack und Hut, aller Gegnerschaft zum Trotz, auf gut napoleonisch, und die Statue, wie sie da ist, auf den Vendôme-Platz zu Paris statt auf den Trafalgar-Square in London gestellt, sollt' es ihr nicht schwerfallen, vielen tausend Beschauern gegenüber, den englischen Admiral zum französischen Kaiser avancieren zu lassen. Man hat keine andren Anhaltepunkte als den schlaff herabhängenden Rockärmel, drin der Arm fehlt, und das Gewinde von Schiffstau, dran der Rücken sich lehnt; das einzige, was jeden Zweifel lösen könnte, entzieht sich der Beobachtung – das Gesicht. Ich möchte hieran ketzerischerweise überhaupt die Frage nach dem Recht der künstlerischen Zulässigkeit dieser Säulen knüpfen. Sie geben nicht, was sie geben wollen, und deshalb hab' ich Bedenken gegen die ganze Gattung. Eine Nelsonsäule z. B., die sich faktisch, wie die vor uns befindliche, nicht mit dem Namen des Mannes begnügt, den sie verherrlichen will, sondern dadurch, daß sie ihn in effigie auf ihren Knauf stellt, auch die Absicht ausspricht, mir sein Bild einprägen zu wollen, bleibt hinter einem bloßen Gedenkstein insoweit zurück, als sie das Plus ihrer Aufgabe nicht erreicht und bei 170 Fuß Höhe nie erreichen kann. Die Skulptur tut ihr Werk dabei sozusagen umsonst und wird selbst da zum »jüngern Sohn«, wo sich, dem Prinzip nach, die künstlerische Ruhmeserbschaft wenigstens teilen sollte.

Vor der Nelsonsäule, das Antlitz nach Whitehall gewandt, steht die Reiterstatue Karl Stuarts. Wohl ist er's: der feine Kopf, in dem sich Majestät mit jenem wunderbaren Zuge mischt, der auf ein tragisches Schicksal deutet. Er ist es, aber so klein wie möglich. Er reitet nach Whitehall hinab, als drücke ihn immer noch die Schmach, die seiner dort harrte, und als fühl' er, daß das Schwert ihm fehle, das – o bittres

Spiel des Zufalls! – die Hände eines Straßenbuben vor Jahr und Tag ihm raubten. Wie wenig ist diese Statue und wie viel hätte sie sein können, wie viel hätte sie sein *müssen* in dem loyalen, königlichen England. Es war ein poetischer, glücklicher Gedanke, den Platz der Schmach nicht zu scheuen und das Haupt des Königs gerade dorthin blicken zu lassen, wo es fiel; aber dann mußte dieses Haupt ein andres sein und der ganze Reiter dazu, dann mußte Sieg und Hoheit von dieser Stirne leuchten und jede Fiber nach Whitehall hinunterrufen: »Ich bin doch König!« Ein Rauchsches Denkmal an dieser Stelle wäre eine Verherrlichung des Königtums gewesen; was der Platz jetzt bietet, ist eine Fortsetzung der alten Demütigung.

Nach dieser Seite hin leisten die öffentlichen Denkmäler Londons überhaupt das mögliche. Was ist die Reiterstatue Georgs III. (in unmittelbarer Nähe des Trafalgar-Square), was ist sie anders als eine öffentliche Bloßstellung, eine Verhöhnung. Ein wohlbeleibter Mann mit einer schrägen, höchstens zwei Zoll hohen Stirn, krausem, fast negerhaftem Haar, einem wohlangebrachten Zopf im Rücken und dem Ausdruck der Gedankenlosigkeit im Gesicht, sitzt, den Hut in der Hand, nicht nur nicht als König, sondern geradezu als Karikatur zu Pferde, und das mitten im Trab zurückprallende Tier legt einem die Vorstellung nahe, daß es in einer Wasserlache am Wege plötzlich seines eignen Reiters ansichtig und vor solchem Bilde scheu geworden sei. Wenn ein König für die Kunst nichts bietet, so ehre man ihn, solang er lebt, und begrabe ihn, wenn er tot ist; die erzne Verewigung einer königlichen Unbedeutendheit kann niemandem ungelegner sein als dem Königtum selbst.

Soll ich noch von der York-Säule sprechen, deren erznes Herzogsbild, zu äußerster Lächerlichkeit, die goldne Spitze eines Blitzableiters wie einen bankrutten Glorienschein trägt, dessen anderweitige Strahlen nach rechts und links hin fortgefallen sind? Nein! Überlassen wir es einer Feuerversicherungsgesellschaft, an dieser Vorsichtsmaßregel Gefallen zu finden, und wenden wir uns lieber zum Herzog Wellington, dem Manne der ausschließlichen Denkmalberechtigung. Jede Malerakademie hat ihr Modell und die Londoner Bildhauerkunst – ihren Herzog. Wir begegnen ihm auf unsrer Wanderung dreimal: in der City als »jungem Feldherrn«, als »älterem Herrn« vor Apsley-House und als »Achill« im Hyde-Park. Dieser »Achill«, laut Inschrift eine Frauenhuldigung in Kanonenmetall, ist eine längst verurteilte Geschmacklosigkeit und steht auf der Höhe jener lyrischen Liebesgedichte, die schamhaft ihren rechten Namen verleugnen und sub rosa von Damon und Phyllis sprechen. Was die Ausführung angeht, so erinnert sie an den Apoll von Belvedere unseres Tiergartens. – »Der junge Feldherr« in der City ist ein anständiges Mittelgut, zu gut für den Spott und zu schlecht für die Bewunderung; was bleibt da anders als – schweigen. – Der »ältliche Herr« bietet schon mehr: es ist ganz ersichtlich, daß er die Gicht hat, daß es ihn die größte Anstrengung kostete, in den Sattel zu kommen, und daß er ohne seinen weiten Regenmantel so früh in der Morgenluft unrettbar verloren wäre. Sein Federhut und der Marschallsstab in der Hand machen eine verzweifelte Anstrengung, ihm ein Feldherrnansehen zu geben, allein vergeblich, es ist und bleibt das langweilige Bild eines Mannes, der doppelte Flanelljacken trägt. Nur eines übertrifft ihn an Steifheit, das ist das Pferd, welches er reitet. – Die Mitwelt hat ihre großen Männer durch undankbare Unterschätzung nur allzu oft verbittert; in Herzog Wellington haben wir ein Beispiel vom Gegenteil: die Liebe der Zeitgenossen mochte der Nachwelt nichts zu tun übriglassen. Wenn nichtsdestoweniger dem Gefeierten Zweifel kommen sollten an dem unbedingten Glück *solcher* Verewigung, so haben wir als Trost für ihn das Horazische Wort, daß Lied und Geschichte, drinnen er fortlebt, »dauernder sind als Erz«.

Die Musik, wie jedermann weiß, ist die Achillesferse Englands. Wenn man sich vergegenwärtigt, welche musikalischen Unbilden das englische Ohr sich von früh bis spät gefallen läßt, so könnte man in der Tat geneigt werden, dem Engländer jeden Sinn für Wohlklang abzusprechen und auf die Seite Johanna Wagners oder besser ihres Vaters zu treten, der mit mehr Wahrheit als Klugheit die ihm nicht verziehenen Worte sprach, »daß hier viel Gold, aber wenig Ruhm zu holen sei«. Man wolle indes aus dem Umstand, daß England des musikalischen Gehörs entbehrt, nicht voreilig schließen, es entbehre auch der musikalischen Lust; gegenteils, die alte Wahrheit bewährt sich wieder, daß der Mensch am liebsten das treibt, was ihm die Götter am kargsten gereicht. Die große Fortepiano-Krankheit hat längst auch diese friedliche Insel ergriffen, und da bekanntlich starke Organismen von jeder Krankheit doppelt heftig befallen werden, so herrscht denn auch das Klavierfieber hier in einem unerhörten Maße. Aber dies ist es nicht, was einen Veteranen, der viele Jahre lang die Nachbarschaften einer Berliner Chambre garnie getragen und vom rasenden Lisztianer an bis zur skalaspielenden Wirtstochter herunter alles durchgemacht hat, was bei ihm zu Lande einem menschlichen Ohre begegnen kann, – dies ist es nicht, was einen bewährten Mut bricht: das eigentliche Schrecknis Londons sind die *Straßenvirtuosen*. Man ist aufgestanden, sitzt beim Breakfast und liest, keines Überfalls gewärtig, die »Times«, vielleicht gerade die vaterländische und nie überschlagene Spalte: »Prussia; from our own correspondent«. Da schnarrt und klimpert es heran, immer näher und näher, faßt endlich Posto dicht am Gitter des Hauses und blickt, immer weiter drehend, mit dem braunen Gesicht so treuherzig ins Fenster, als hab' er die feste Überzeugung, mit seiner Drehorgel alle

Welt glücklich zu machen. Es ist »povero Italiano«, wie er leibt und lebt; auch die Orgel ist echt mit ihren dünnen Hackbrettönen, und nur die tanzenden Puppen fehlen und der Affe, der an den Dachrinnen hinaufklettert.

Ich kenn' ihn wohl, er kommt heute nur eine Stunde früher – es ist eine treue Seele, so treu, so unveränderlich wie seine Stücke. Ach, wie oft hab' ich sie schon gehört, und je mehr ich sie hasse, je mehr verfolgen sie mich. Thackeray erzählt gelegentlich von einem 68jährigen Manne, der eines Morgens ganz ernst beim Frühstück sagte: »Mir träumte diese Nacht, Mr. Robb züchtige mich.« Seine Seele hatte die Schreckenseindrücke der Schule noch immer nicht ganz loswerden können. Ich stehe nicht mehr in erster Jugend, aber ich halt' es nicht für unwahrscheinlich, daß mir noch nach dreißig Jahren »povero Italiano« im Traum erscheint und mich züchtigt – mit seiner Orgel.

Musik war seit Rizzios Zeiten oft die Brücke zwischen Italien und Schottland; auch heute reichen sie sich auf ihr die Hand: der Savoyarde ist fort, und der Hochländer tritt an seine Stelle. Er ist nicht allein; die Hauptsache, den Dudelsack nicht einmal mitgerechnet, sind es ihrer fünf: Vater, Mutter und drei Kinder. Walter Scott hatte bekanntlich einen Dudelsackpfeifer im Hause, der ihm die Stimmung geben mußte, wenn er zur Feder griff. Diese Tatsache beweist nur den alten Satz, daß jeder große Mann an einer bestimmten Geschmacksverirrung leidet. Aber lassen wir Sir Walter und wenden wir uns wieder zu der Familie vor uns, der trostlosen Karikatur alles dessen, was meiner entzückten Phantasie vorschwebte, wenn ich das »Herz von Midlothian« las oder mit Robert Burns am Bergwasser entlang zu einer seiner vielen Marys oder Bessys schlich. Diese älteste Tochter, die jetzt heiser ein altes Stuart-Lied »Charles my darling« durch die Straßen schreit, ist alles in der Welt, nur nicht das »Schöne Mädchen von Perth«; der Kilt des Vaters ist so schmutzig, daß er die Farben keines oder jedes Clans zur Schau trägt, und meinen mitgebrachten Vorstellungen entspricht nichts als allenfalls – die nackten Knie.

Doch ich habe nicht Zeit, schlechten Tönen und trüben Gedanken nachzuhängen; um die Ecke herum lärmt es schon wieder von Pauken und Trompeten, und nach wenig Augenblicken hält der seltsame Aufzug vor meinem Fenster, den ich all mein Lebtag sah. Auf einem Handwagen steht ein sieben Fuß hohes Blatt- und Zweiggeflecht, halb unsern Weihnachtspyramiden und halb jenen Kronen ähnlich, die Maurer und Zimmerleute auf den First eines gerichteten Hauses setzen. Goldblech, Fahnen und bunte Bänder schmücken das Machwerk. Drumherum tummeln sich verkleidete Bursche, Clowns mit weißen Pumphosen und weißen Kitteln, über und über mit Mehl bestreut. Welche Wirtschaft das! Jetzt umtanzen sie den Baum, aber plötzlich stieben sie wie rasend auseinander, der eine schlägt auf die Pauke los, ein zweiter steht kopf, der dritte überschlägt sich in der Luft, ein vierter sammelt Geld ein, und der Rest, der zu gar nichts anderem zu gebrauchen, muß – singen. Es geht über die Beschreibung, was solche Notsänger dem menschlichen Ohr zu bieten vermögen. Wie oft hab' ich solche Dinge in alten Robin-Hood-Balladen bewundert, aber meine Verehrung hat den Teufel an die Wand gemalt. Da hab' ich sie nun leibhaftig vor mir, die poetischen Schlagetots aus Nottinghamshire und dem Sherwood-Wald, und mein sehnlichster Wunsch ist – von ihnen wieder zu *lesen*. Doch ich bin ungerecht gegen mich selbst; die Äußerung wahrer, herzlicher Freude würd' ich im Leben so gut verstehn wie im Gedicht, aber das ist nicht das merry old England, was da vor mir Purzelbäume schlägt und in die Hanswursttrompete stößt, das ist das money-making Volk des neunzehnten Jahrhunderts, das, wie es jede Empfindung ausbeutet, gelegentlich auch von der Lust den Schein borgt um – eines Sixpence willen.

Das Maß meiner Geduld ist voll, ich greife nach Hut und Stock, um mir in Hyde-Park oder Kensington-Gardens ein ruhiges Plätzchen auszusuchen. Aber es muß heut der Namenstag der heiligen Cäcilie sein, denn Musik überall. Ich passiere Eaton-Square – ein palastumbautes Oblong von einer Ausdehnung und Schönheit, wie es unser Exerzierplatz zu werden verspricht – aber auch hier, unter den Fenstern der Aristokratie, baut der Vogel sein Nest. Gott sei Dank, es ist kein Singvogel darunter; indessen zwei Becken, ein Triangel, ein Tamburin und eine Geige tun das Ihre. Es sind fünf Neger, Weißes fast nur im Auge, mit wolligem Haar und karminroten Lippen. Der geeignete Schauplatz ihrer Tätigkeit wäre allerdings die Wüste, aber nichtsdestoweniger glaube der Leser an alles eher als an die Echtheit dieser Mohren. Sie sind nichts als die Kehrseite jener albinohaften Clowns: dort alles weiß, hier alles schwarz, jene eine Schöpfung des Mehlkastens, diese des Schornsteins. Es sind Tagediebe; mit Ausnahme des violinespielenden Kapellmeisters, der einen schwarzen Frack, eine Brille und eine graue Perücke trägt und Kopfbewegungen macht, als wäre er Paganini selber, hat keiner auch nur eine Ahnung davon, daß es überhaupt Noten gibt: aber Tamburin und Triangel sind keine schwierigen Instrumente, und – die Kapelle ist fertig. Und glauben Sie nicht, daß man vor diesem erbärmlichen Gelärm seine Ohren mit Wachs verschließt. Keineswegs! Nicht nur Käth' und Jenny sind aus der Küche gekommen und lauschen am Gitter, auch Miß Constance ist mit drei Busenfreundinnen auf den Balkon getreten und ergötzt sich an einer Musik, die, wenn sie wirklich afrikanisch wäre, mich die Reiseschicksale Barths und Overwegs mit doppelter Teilnahme würde verfolgen lassen.

Der Abend bricht herein. Machen wir noch einen Besuch in »Evans-Keller«. Er befindet sich am Coventgarden-Markt unter einer sogenannten »Piazza«, die, wenn sie begierig nach einem fremden Namen war, mit »Stechbahn« vollauf honoriert gewesen wäre. In Evans-Keller ißt man zu Abend und erhält Musik als Zubrot. Die Spekulation muß gut sein, denn die Tische sind besetzt. Zehn ziemlich gewandte Finger spielen die Ouvertüre am Flügel, und kaum ist der letzte Ton verklungen, so rückt eine »Abteilung Waisenhaus«, eine Nachbildung und Karikatur unseres wackeren Domchors (der hier bekanntlich Sensation machte), auf die Bühne. Blasse, skrofulöse Gesichter, täuschend ähnlich jenen Gestalten, wie sie die Feder Cruikshanks in seinen Nicolas-Nickleby-Illustrationen uns überliefert hat. Sie singen Lieder, Sonette, Madrigals, Arien, wie's eben kommt, und singen das alles mit jener unzerstörbaren englischen Zähigkeit fünf volle Stunden hindurch, nur unterbrochen durch Solos, die gerade um eine Stimme zu viel haben, und durch teils patriotische, teils zweideutige Deklamationen, die jedesmal mit einer Beifallssalve begrüßt und beschlossen werden. Hierher gehört auch der Zigarrenhändler des Kellers, ein Liebling der Versammlung. Er ist nur Dilettant, und wie ein Quäker die Begeisterung abwartend, stellt er von Zeit zu Zeit seinen Kram beiseite, ergreift den ersten besten Stock oder Regenschirm, und die improvisierte Flöte an den Mund führend, pfeift er die Barkarole aus der »Stummen« mit einer Meisterschaft, die eines besseren Gebietes würdig wäre. Bescheiden wie ein alter Römer kehrt er von der »Jagd auf den Meertyrannen« zu seiner friedlichen Beschäftigung zurück, und sich rechts und links hin wendend, spricht er die historischen Worte: »Zigarre gefällig?«

Warum hab' ich den Leser noch zu Evans geführt? Lediglich um ihm den Beweis zu geben, daß der englische Geschmack mittelmäßige Musik nicht nur erträgt, sondern sie auch sucht. Der Piazza-Keller ist keine Taverne gewöhnlichen Schlages, sie ist der Versammlungsort Gebildeter, und die mäßige Musik, die dort gemacht wird, ist eben nicht besser, als sie ist, weil sie dem vorhandenen Bedürfnis durchaus entspricht. Da liegt's! Ein Tor nur kann sich durch solche Erfahrungen in der Bewunderung eines großen Volks, unter dem er lebt, irgendwie stören und beirren lassen, aber es bleibt nichtsdestoweniger wahr, daß wir in Sachen des Geschmacks um einen Siebenmeilenstiefelschritt den hiesigen Zuständen voraus sind und daß z. B. Evans-Keller, der wohlverstanden mehr sein will, nur allenfalls auf gleicher Höhe steht mit jenen Sebastiansstraßenlokalen, die vor Zeiten die Anzeige brachten: »Heut abend Gesang und Deklamationen von Herrn Frey.«

Die Dockskeller

Unter »Docks« versteht man im allgemeinen *die Häfen eines Hafens:* kleine abgezweigte Buchten oder auch gemauerte Bassins, in denen man die rückkehrenden Schiffe gleichsam beiseite nimmt, um sie zunächst auszuladen, und – wenn's not tut – auszubessern. Die London-Docks charakterisiert man am besten, wenn man sie *Fluß-Häfen* nennt. Sie verhalten sich zur Themse, mit der sie in unmittelbarster Verbindung stehen, wie große Privatgehöfte zu einer daran vorüberführenden allgemeinen Heerstraße.

Man unterscheidet Katharinen-, London-, Westindien- und Ostindien-Docks. Alle vier befinden sich am linken Themseufer, die ersteren auf der Strecke zwischen *Tower* und *Tunnel,* die letztern beiden, weiter stromabwärts, in der Nähe des Fleckens *Blackwall,* eine Stunde von London. Die Ostindien-Docks sind, wie es schon ihr Name an die Hand gibt, die Ruhe- und Erholungsplätze für die großen Ostindienfahrer, die Heilanstalten, wo man die Hartmitgenommenen wieder flickt und bekupfert; auch Teer und Pech auf all die Wunden gießt, die ihnen das Sturmkap mit Wind und Wellen geschlagen.

Ich gedenke heut nur von den eigentlichen London-Docks zu sprechen, ganz besonders aber die Docks*keller* in Augenschein zu nehmen, von denen im voraus bemerkt sei, daß sie, in Gemeinschaft mit Speichern, Remisen und Lagerhäusern, die unmittelbare Nachbarschaft, sozusagen einen integrierenden Teil der Docks selber bilden. Denken wir uns eine Durchschnittzeichnung zwischen der mit der Themse parallellaufenden Citystraße und der Themse selbst, so ist die Reihenfolge *diese:* zuerst das Handelshaus mit seinen Comptoiren, dann geräumige Höfe mit Speichern aller Art, *unter diesen die Dockskeller,* und schließlich, unmittelbar an der Themse, die Docks selbst. Die Höfe und die Keller verhalten sich zueinander wie zwei Etagen, und je nachdem die Ladung des eben angekommenen Schiffes aus Wein, Öl und Rum auf der einen, oder aus Reis, Zucker, Wolle und Baumwolle auf der anderen Seite besteht, wälzt man die Fässer und Ballen direkt vom Bord des Schiffes entweder auf die Speicherhöfe oder eine Etage tiefer, in die Dockskeller hinein. Unter diesen spielen die Weinkeller, die (vermutlich ein Kompagniegeschäft) nicht nur unter dem Speicherhofe *eines* Grundstücks, sondern unter einem ganzen Citystadtteil hinlaufen, die größte Rolle.

Der Freundlichkeit eines deutschen Kaufmannes verdankte ich es, daß mir Gelegenheit wurde, diese ungeheuren Räumlichkeiten in Augenschein zu nehmen. Er gab mich für einen jungen Deutschen aus, der nicht übel Lust habe, mehrere Oxhoft Port und Sherry gegen Barzahlung sofort zu entnehmen, eine Rolle, die zu viele Vorteile und Annehmlichkeiten versprach, als daß ich hätte geneigt sein sollen, mich gegen sie zu sträuben.

Bevor wir in die Keller hinabsteigen, sei über »Port« und »Sherry« etwas vorausgeschickt. Beide Worte sind Kollektiva für alle möglichen Sorten süßen und feurigen Weins geworden. Unter all den hunderttausend Oxhoften Port und

Sherry, die alljährlich in England getrunken werden, ist vielleicht kein einziger, zu dem Oporto und Xeres (Sherry ist eine Mißbildung dieses Wortes) ausschließlich und unvermischt den Saft ihrer Trauben beigesteuert haben. Die Küsten des mittelländischen Meeres liefern diese ungeheuren Weinmassen, die – wenn von *roter* Farbe – unter dem Namen Port, von *goldgelber,* unter dem Namen Sherry in die Welt geschickt werden. Die Keller der London-Docks sind übrigens schon das zweite Lager, das diese köstlichen Weine beziehen: zuerst begegnet man ihnen auf der Westküste von Sizilien, und zwar im Städtchen Marsala, wohin die aufkaufenden Engländer zunächst Ladung auf Ladung dirigieren, um von dort aus, je nach Bedürfnis, die englischen Keller zu speisen. Um sich von der Größe dieser sizilianischen Weinniederlagen einen Begriff machen zu können, führe ich das Faktum an, daß allein die alljährliche *Verdunstung* achttausend Gallonen beträgt.

Aber lassen wir Marsala und steigen wir heute in die Keller der *englischen* Docks. – Wir fahren ein wie in den Schacht eines Berges. Zwei rußige Bursche mit kleinen blakenden Lichtern schreiten uns vorauf. Nun denn: Glück auf und lustige Bergmannsfahrt! Was sollten wir nicht? *Unser* Gewinn ist sicher: der Port, wie flüssiger Rubin, wird bald in unsern Gläsern blinken.

Wir sind unten: vor unsern erstaunten Blicken liegt eine Stadt. Wir haben schöne Sagen und Märchen, die von Städten auf dem Grunde des Meeres oder von Schlössern in der Tiefe unserer Berge sprechen – diese Wunder sind Wirklichkeit geworden. Über uns lärmt und wogt die City mit ihren hunderttausend Menschen, und hier unten dehnen sich gleicherzeit die erleuchteten, unabsehbar langen Straßen einer unterirdischen Stadt. Rechts und links wie Häuser liegen übereinandergetürmt die mächtigen Gebinde: jedes Faß – eine Etage. Wir sind in die eine Straße eingetreten und schreiten weiter. Alle fünfzig Schritt begegnen wir einer Quergasse, die, um kein Haar anders oder gar kleiner als die Straße, die wir gerade durchmessen, nach rechts und links hin sich endlos fortzieht. Immer weiter geht es: neue Gänge, neue Tonnen, neue Lichter, immer Neues, und doch immer das Alte wieder; unser Auge entdeckt nichts, das ihm als Merkmal, als Wegweiser aus diesem Labyrinthe dienen könnte, und eine namenlose Angst überkommt uns plötzlich. Wir denken an die Irrgänge des Altertums, an die römischen Katakomben, und ein unwiderstehliches Verlangen nach Luft und Licht erfaßt unser Herz.

Aber schon ist die Heilung bei der Hand. »There's a first rate Sherry, Sir! indeed, a very fine one«, so trifft es plötzlich unser Ohr, und schon der ruhig-sichere Klang der Stimme überzeugt uns, daß kein Grund zur Furcht vorhanden. Den letzten Rest davon spült der Sherry fort. Mit unermüdlichem Diensteifer werden jetzt rechts und links die Fässer angebohrt: hier spritzt es wie ein Goldstrahl aus dem Faß hervor, dort strömt der blutrote Port ins Glas. Wir kosten und nippen, wie wenn es Nektar wäre; die rußigen Bursche aber schätzen's nicht höher wie abgestandenes Wasser und schütten das flüssige Gold an die Erde. Der Wein hat längst aufgehört, ihnen eine Himmelsgabe zu sein; sie teilen sich schweigsam, gewissenhaft in ihre Arbeit: der eine bohrt die Löcher, der andere verstopft sie, wozu er sich kleiner Holznägel bedient. – Wir mußten in diesen Kellern schon viele Vorgänger gehabt haben, denn der Boden manchen Fasses sah wahrlich aus wie die Sohle eines neumodisch-gestifteten Stiefels.

Eine Stunde war um. Aus den unterirdischen Gassen stiegen wir lachend ans Tageslicht und schwankten in lautem Gespräch der Blackfriars-Brücke zu. Menschen und Häuser schienen uns zuzunicken, die finsteren Straßen waren wie verwandelt. – Ich habe die City von London so schmuck nicht wiedergesehn.

Vor einer Woche habe ich meine Wohnung gewechselt. Ich konnt' es nicht mehr aushalten in Burton-Street und in dem ganzen Stadtteil, den ich vollauf bezeichnet habe, wenn ich dir sage, daß er Pimlico heißt. Klingt das nicht geziert und geckenhaft? Denkt man nicht an eine Mischung von Langerweile und Lächerlichkeit? Und so ist es auch.

Ich wohne nun Tavistock-Square, mitten in London, nah an Oxford-Street und nicht weit vom Trafalgar-Platz. Daß ich dir sagen könnte, wie reizend es hier ist und wie glücklich mich der Wechsel macht, zu dem ich mich, bei meiner unglücklichen Anhänglichkeit auch an die schlechtesten Wirtsleute, nur schwer entschlossen habe. Der Stadtteil, den ich jetzt bewohne, besteht überwiegend aus großen und kleinen Plätzen, so daß die Straßen, die sich vorfinden, weniger um ihrer selbst als vielmehr um der Verbindung willen, die sie zwischen den zahllosen Squares unterhalten, dazusein scheinen. Bedford- und Fitzroy-, Bloomsbury- und Torrington-Square halten gute Nachbarschaft mit uns, und Russell- und Euston-Square sind so nah, daß wir uns mit ihnen begrüßen können. Die ganze Gegend hat was Herrschaftliches; das macht, sie war das Westend Londons in der zweiten Hälfte des vorigen Jahrhunderts, und dieselbe Aristokratie, die jetzt auf Belgrave- und Eaton-Square ihre town-residences hat und sich des Bekenntnisses schämen würde, östlich von Grosvenor-Place und Hyde-Park-Corner zu wohnen, lebte vor 80 Jahren, nicht minder selbstbewußt, hier auf Tavistock-Square und baute jene fassadengeschmückten Häuser und jene hohen Zimmer, die jetzt nicht mehr passen wollen zu der meist bürgerlichen Schlichtheit ihrer Bewohner. Ich sage »meist«, denn wir haben auch Notabilitäten in nächster Nähe, keine Lords und Viscounts, aber Ritter von Gottes statt von Königs Gnaden und Namen, die schwerer wiegen als die Stammbäume von sechs irischen Lords. Sprich selbst, ob ich übertrieben habe, wenn ich dir sage, daß Boz-Dickens mein nächster Nachbar ist und zehn Schritt von mir einen reizenden, gartenartigen Einbau bewohnt, der zwischen der Pancras-Kirche und unsrem Hause gelegen ist. Ich habe noch nicht den Mut gehabt, ihn aufzusuchen, und werd' es vermutlich auch in Zukunft nicht, um so weniger, als ich weiß, daß er von Deutschen überlaufen und mit den üblichen Bewunderungsphrasen gelangweilt wird. Nur den Park vor seinem Hause besuch' ich öfters, und niemals ohne den frommen Wunsch zu hegen, daß die frische Luft, die da weht, mir von dem Geiste leihen möge, der eben an dieser Stätte heimisch und tätig ist.

Die Villa meines Nachbars Dickens ist nun freilich reizender als das alte herrschaftliche Eckhaus, dessen oberste Spitze ich mit einem jungen Herrn aus Pembrokeshire gemeinschaftlich bewohne; nichtsdestoweniger aber schwör' ich auf die Schönheit meiner Wohnung, und wenn ich dich abends nach dem Diner mal in die drawing-rooms dieses Hauses führen und dann durch die geöffneten Fenstertüren mit dir auf den Balkon hinaustreten könnte, so würdest du mit mir fühlen, daß der Moment etwas Zauberhaftes hat. Ein Ahornbaum bildet mit seinen Zweigen ein Laubdach über uns, auf den Balkonen der Nachbarhäuser stehen die schlanken Ladies und schauen mit vorgehaltener Hand in die untergehende Sonne, auf dem Rasenplatz des Square spielen und lachen die Kinder, und fern, von der Nordgrenze Londons her, schauen dunkelblaue Hügel, wie Wolkenstreifen am Horizont, auf die Stadt und auch auf uns hernieder. Die ersten Gaslichter mischen ihr mattes Licht dem Halbdunkel, das über dem Platz liegt, der Lärm der weitab gelegenen großen Straßen schlägt wie ferne Brandung an unser Ohr, und ein Gefühl süßer Befriedigung beschleicht uns und lullt auf Augenblicke die schlaflosen Wünsche ein.

Doch ich wollte dir vom Straßen-Gudin und nicht von der Schönheit meiner Wohnung erzählen. Beides gehört insofern zusammen, als ich die Bekanntschaft meines seltsamen See-malers ohne meinen Wohnungswechsel vielleicht niemals gemacht hätte; denn, wie ich vernehme, findet man ihn im St.-Pancras-Kirchspiel häufiger als an andren Orten, viel-leicht weil die stillen Squares dieses Stadtteils und die ver-hältnismäßig wenig benutzten Trottoirs ihm die beste Ge-legenheit zur Ausübung seiner Kunst und zum Erwerbe bieten. Zuerst sah ich ihn an einer Ecke von Torrington-Square. Ich geriet in ein Staunen, das weit das übertraf, mit dem ich die genialsten Rubens und die fromm-innigsten Mu-rillos irgendwelcher Galerie jemals betrachtet habe. Kniend auf dem Trottoir, neben sich ein Stück schmutziger Pappe, auf dem die Bröckel von Pastellstiften lagen, zeichnete ein blasser, zwanzigjähriger Mensch Seestücke auf den Sand-stein, so rasch, so genial, so meisterhaft, daß mir's gleich durch den Kopf schoß: ein Straßen-*Gudin*! Die englische Südküste schien er vorzugsweise bereist zu haben. Da war der Hafen von Lyme; der Hastingsfelsen mit seinem zerfalle-nen Kastell, und vor allem die Dover-Bucht bei Mondschein. Dunkelblau lag sie da, ein heller Lichtstreif lief drüber hin, von rechts und links aber sprangen die Schatten dunkler Klippen und diese selber dann weit ins Meer hinein. Ich war ganz Bewundrung, nur ein Gefühl rang mit meinem Staunen um den Vorrang – die Entrüstung. Als ich mich satt gesehn, steckt' ich dem Maler und – Bettler zugleich eine halbe Krone in die Hand und ging schimpfend über England und die Herzlosigkeit seiner Pfeffersäcke in vollster Aufregung nach Haus.

Diesmal hatt' ich unrecht gehabt. Andren Tags war ich bei P. in Brixton, deutsche Kaufleute waren geladen, und nach dem Supper, als die Datteln und Malaga-Rosinen reihum gingen und jeder von uns aus Brandy und siedendem Wasser seinen Nachttrunk selber mischte, lieh ich wie öfters meinem Unmut über die shop-keepers laute Worte, und mit einem »seht her!« erzähl' ich meine Geschichte vom Straßen-Gudin. Allgemeine Heiterkeit war die Antwort; jeder kannte das junge Genie mit der schmutzigen Pappe und dem fadenscheinigen Rock, jeder hatte schon mal seine Bilder bewundert und war einverstanden mit mir, daß solches Talent der liebevollsten Pflege wert sei. »Aber« – so hieß es weiter – »diese Pflege ist ihm zehnfach angeboten worden, er hat sie verschmäht, denn er ist ein *Spekulant*. 50 000 Fremde treten täglich das Londoner Pflaster, und, Ihre halbe Krone in Ehren, Sie sind nur einer der vielen, die, in Bewundrung und Entrüstung gleich Ihnen, auch ein Gleiches tun. Ihr Straßen-Gudin wird ein reicher Mann; ob er's würde, wenn er Bilder auf die Ausstellung schickte, ist mindestens fraglich. Wir sind ein money-making people.«

Das ist die Geschichte vom Straßen-Gudin. Ich frage dich, ob deutsches Leben ein Seitenstück dazu liefert!

Richmond

Die großen Tyrannen sind ausgestorben; nur in England lebt noch einer – der Sonntag. Er wird auf die Nachwelt kommen wie Cambyses und Nero; nur zündet er die Städte nicht an, denn die Flamme ist Geist; Wasser aber ist *sein* Wesen und *seine* Gefahr – das Element der Langenweile. Womit vergleich' ich einen Londoner Sonntag? Leser, hast du jemals einen Abschiedsschmaus gefeiert: feuriger Wein und feurige Rede, Rundgesang und Lichterglanz, Freunde mit blauen und Schenkinnen mit schwarzen Augen, Lust und Leben, Liebe und Leidenschaft um dich her – so schliefst du ein. Du erwachst: die Morgensonne fällt ins Zimmer, alles öd und leer, im Winkel Scherben, ein niedergebranntes Licht spricht von vergangener Lust, und eine verschlafene Magd kehrt aus – das ist ein Londner Sonntag.

Wir gehen den »Strand« hinunter; Glockenklang und Sonnenschein sind in der Luft und bieten uns die Wahl. Wir sind nicht von den Unkirchlichen; aber die Sonne ist seltner in London als die Kirche, und wir fürchten die Eifersucht jener fast mehr noch als dieser: so denn hinaus in Wald und Feld. Aber wohin? Da rollt zu guter Stunde ein Omnibus an uns vorüber, und wir lesen in goldnen Lettern: *»Richmond«*. Ja, Richmond! Doch wir sind Deutsche, und eh' wir uns noch bestimmt entschieden haben, ist Kutscher und Kondukteur uns aus dem Gesicht, und nur das goldne »Richmond« leuchtet noch von fern wie ein Stern der Verheißung.

Ja, nach Richmond! Aber zu Wasser. Wir biegen nach Süden zu in die Wellington-Straße ein, erreichen die Waterloo-Brücke, werfen einen flüchtigen, aber bewundernden Blick auf diese steinerne Linie, die über den Fluß läuft, und steigen dann rasch die Stufen zu einer jener schwimmenden Inseln hinab, die, aus Pontons gezimmert, rechts und links an den Ufern der Themse auftauchen und die Stationen bilden für eine Flotte von Steamern. Schon läutet's; beeilen wir uns. Es ist die »Wassernixe«, die eben anlegt; das Billett ist rasch gelöst, und der nächste Augenblick sieht uns unter viel hundert geputzten Menschen, alle entschlossen wie wir selbst, die »Wassernixe« zur Arche Noäh zu machen, die uns der Sündflut einer Londner Sonntagslangweil' entführen soll.

Wir nehmen Platz an der Feueresse und haben alsbald nicht Ursach', unsere Wahl zu bereuen: vor uns auf grüner Bank sitzt eine echt englische Familie, Vater und Mutter, zwei Töchter und ein Bräutigam – alles Vollblut aus der City, weniger dem Gelde als der Abstammung nach. Der Alte, Seifensieder oder Talglichtfabrikant, trägt viel von jenem Selbstbewußtsein zur Schau, das nur ein alter und unbefleckter Stammbaum leiht, und seine Stirn erzählt von jenem Ahnherrn, der schon Lichte zog, als Katharina von Aragonien ihren Einzug hielt und die City illuminiert war wie nie zuvor. Die Töchter sind hübsch wie – alle englischen Töchter. Die ältere ist Braut; sie trägt einen krausen Scheitel, ein hohes schwarzes Seidenkleid, worüber in fast vornehmer Schlichtheit sich der schmale, weiße Halskragen legt, und ihre Hände und ihre Blicke ruhen nebeneinander auf ihrem Schoß. Sie ist bräutlich-verstimmt oder bräutlich-sentimental oder – beides. Vor ihr steht der Erwählte, noch jung an Jahren, aber alt an Weisheit und Verstand. Seine magre Blässe verweist auf Eagle-Tavern und manche durchtanzte Nacht, im übrigen ist er Engländer von Kopf bis zu Fuß. Er trägt glanzlederne Stiefel, eine blaue Krawatte und die Vatermörder von der vorschriftsmäßigen Sonntagshöhe; die Taille seines Fracks sitzt noch um zwei Zoll tiefer als die seines Wochenrocks, und vorn im Knopfloch trägt er die ganze Poesie seines Lebens – eine Rose. Er zupft an den Vatermördern und neigt sich flüsternd zur Braut; sie aber schweigt noch immer. Da fällt plötzlich, wie Friede bittend, die Rose in ihren Schoß, und siehe da, das blaue Auge blickt schelmisch auf, als spräch' es: »Das war es, was ich wollte.« Die jüngere Schwester ist allein und – ist es nicht. Wind und Sonne sind um sie her. Sie spielt mit dem zierlichen Schirme wie mit einem Fächer, und während sie vor dem Himmel und seiner Sonne sich schützt, bleibt uns Irdischen noch eben Raum genug, uns an dem Lächeln ihres Mundes zu erfreuen. Ich tu's; aber dreister ist der Wind: er faßt ihre langen Locken und löst sie auf, und wenn sein Glück nicht so flüchtig wäre, man könnte ihn drum beneiden. Die beiden Alten aber sitzen steif und regungslos wie ägyptische Königsbilder nebeneinander und halten einen baumwollenen Regenschirm gravitätisch in ihrer Hand. Von Zeit zu Zeit blicken sie auf ein Wölkchen, das über die lachende Stirn des Himmels zieht, und ihren Schirmstock fester fassend, sehen sich ihre Seelen voll Einverständnis an, als wollten sie sagen: »Auch unsere Stunde wird kommen.«

Der Steamer inzwischen hält Wort: er ist eine »Nixe« und die Flut sein befreundet Element. Durch die Brücken hindurch geht es stromauf, vorbei an Palästen und Kirchen, die ihre Türme im Wasser spiegeln, vorbei an Westminster und Parlament, an Vauxhall und Chelsea, bis endlich die dichte Steinmasse zu armen, vereinzelten Häuschen wird, ähnlich der kleinen Münze, die weit über den Tisch läuft, wenn irgendwo ein Reichtum ausgeschüttet wird. Endlich verschwinden auch diese; nur Wiesen und Weiden noch zu beiden Seiten, bis plötzlich der Steamer hält: wir sind in Kew.

Von hier bis Richmond ist nur ein Spaziergang. Wir haben kein Auge für das Winken des Omnibuskutschers, der eben an uns vorüberfährt: Gärten rechts und Hecken links, so machen wir uns auf den Weg. Keine Stunde – und Weg und Stadt liegen bereits hinter uns; noch wenige Schritte bergan, noch dieses Tor, und wir sind in Richmond-Park. Unter allen Weibern sind das die reizendsten, die sich zu verschleiern und zu rechter Stunde wie Turandot auszurufen wissen: »Sieh her, und bleibe deiner Sinne Meister!« Es ist mit den Landschaften wie mit den Weibern; wer das nicht glauben will, der verliebe sich oder gehe nach Richmond. Wir sind in den Park getreten; der Kiesgang vor uns, die Buchen- und Rüsterkronen über uns verraten nichts Außergewöhnliches; gleichgültig, mit unsern Gedanken weit fort, gleiten unsere Finger an dem Eisengitter entlang, bis plötzlich ein Luftzug uns anweht und wir aufblicken. Wir stehen an einem Abhang, der ein »hängender Garten« ist. Weiß- und Rotdorn, mit ihrer Blütenfülle das dunkle Grün ihres Blattes verdeckend, tauchen wie Blumeninseln aus dem leise bewegten Grasmeer auf; wie ein Sinnbild des Reichtums dieser Fluren webt der Goldregen seine üppiggelben Trauben in dies Bild, und Fußpfade schlängeln sich rechts und links wie ausgestreckte Arme, die dich einladen, teilzunehmen an all dem Glück. So reich die Nähe, aber reicher noch die Ferne. Am Fuß des Abhangs dehnt sich ein weites Tal, drin Rasen und Ginster sich um den Vorrang streiten; Laubwald, hoch und dicht, umschreibt einen grünen Kreis um so viel Lieblichkeit, und das blaue Band der Themse, bedeckt mit Inseln und Böten, gleitet mitten hindurch wie ein Streif herabgefallenen Himmels. Frischer weht der Wind, würziger wird die Luft, tiefer sinkt die Sonne, aber immer noch stehst du, die Hand am Gitter, und blickst hinunter und atmest und träumst.

Der Park ist weit und groß; du durchwanderst ihn nach allen Seiten, freust dich an den Herden, die darin lagern, an den Schmetterlingen, die ihn durchfliegen, und den bunteren Menschen, die ihn durchziehn; aber in deiner Seele lebt immer noch jenes erste Bild wie die Klänge einer bewältigenden Melodie, die man am Abend hörte und noch am Morgen summen muß, man mag wollen oder nicht. Die fröhliche Menge eilt zu Ball- und Kricketspiel, zu Jahrmarkt und Polichinell; du aber steckst, wie die Plantagenets taten, einen Ginsterzweig an deinen Hut, und im Vorübergehen aus dem Becher dieses Richmond-Tales noch einmal trinkend und dich mühsam losreißend wie aus Freundesarm, kehrst du zurück an das große Schwungrad der Welt, das sich London nennt, und gibst dich aufs neue ihm hin, mutig, aber dir selber unbewußt, ob es dich fördern oder zermalmen werde.

Der Tower

Die Sonne lacht, und der Himmel ist wolkenlos. Ein Steamer trug uns von Westend bis an die Londonbrücke, und auf gut Glück dem Menschenstrom uns überlassend, der jetzt in die Themsestraße einmündet, befinden wir uns plötzlich inmitten des bunten City-Treibens und schwanken, staunenden Auges, was reicher sei: der blitzende Basar, von dem wir kommen, oder das rußige Bergwerk, zu dem wir gehen. Ganz London ein goldener Baum: Westend seine Blüte, aber die City – Wurzel und Stamm.

Doch wir haben andere Ziele heut als Dock und Speicher, als Keller und Werft, und vorüber an »Billingsgate«, dem weltberühmten Fischmarkt, der mit seinen Austern und Muscheln und all seinem noch kribbelnden Seegewürm – Krabben und Krebse, Lobster und Spinnen – vor uns liegt wie ein trockengelegtes Stück Meer, vorüber auch an Zollhaus und Kohlenbörse, geraten wir jetzt auf einen weiten, freien Platz, der, mählich ansteigend, einem gepflasterten Hügel gleicht. Auf ihm liegt der *Tower*. Gespenstisch-grau steht er da: ein Grabmonument über einer gestorbenen Zeit und – die englische Geschichte seine Inschrift.

Der Tower ist eine Art Fort, von einem breiten, jetzt ausgetrockneten Graben ringsum eingefaßt, und besteht aus einem bunt zusammengewürfelten Haufen von Wällen und Türmen, deren bedeutendster, der Weiße Tower, wiederum eine Zitadelle für sich bildet und isoliert aus der Mitte des geräumigen Festungshofes emporragt. Wie weit der Tower unsern modernen Anforderungen an einen »festen Platz« entspricht, muß ich dahingestellt sein lassen; seine Lage indes, auf einem Hügel inmitten der Stadt und in unmittelbarer Nähe der Themse, darf noch jetzt als überaus günstig bezeichnet werden: er beherrscht Stadt und Strom. Es ist um deshalb auch mindestens wahrscheinlich, daß der alte Römerturm, dessen Überbleibsel einem noch jetzt als Fundament des weißen Towers gezeigt werden, wirklich an dieser Stelle gestanden habe, da keinem Kriegsverständigen, geschweige einem Cäsar, die Vorteile dieser besonderen Lage entgehen konnten. Der jetzige Tower, soweit er überhaupt dem Mittelalter angehört, ist überwiegend eine Schöpfung Wilhelms des Eroberers, der eine Festung nötig glaubte, um das zu Aufständen geneigte London (man ersieht nicht, ob aus Anhänglichkeit an die alte Sachsen-Dynastie) im Zaume zu halten.

Nur wenige Teile des Towers, und nicht eben die interessantesten, stehen dem Publikum zur Besichtigung offen.

Wer alles sehen will, bedarf einer Erlaubniskarte von seiten des Herzogs von Wellington, wenn er's nicht (was anzuraten ist) vorzieht, sich jenes silbernen Schlüssels zu bedienen, der überall schließt, auch im Tower zu London.

Der Besucher passiert zunächst vier aufeinander folgende Tore, die jeden Morgen bei Tagesanbruch mit allen Förmlichkeiten einer Festung geöffnet werden. Am ersten oder zweiten Tore gewahrt man eine Art Wachtlokal, vor dem ein halbes Dutzend seltsam gekleideter Gestalten auf und ab patrouillieren und gähnend in die Morgensonne blicken: es sind die Towerwächter in ihrem mittelalterlichen Trabantenkostüm. Vordem hießen sie »Yeomen«; die große Masse Rindfleisch indes, die sie in der königlichen Vorhalle zu vertilgen pflegten, wenn sie Dienst im Schlosse hatten, zog ihnen den Namen »Beefeater« (Rindfleischesser) zu, eine Bezeichnung, die ihnen – und ihren wohlgenährten Gestalten nach mit vollem Recht – bis auf den heutigen Tag geblieben ist. Ihre Tracht ist mehr auffällig als schön, wiewohl jedenfalls nicht häßlicher als der taillenlose Schwalbenschwanzfrack eines modernen englischen Soldaten. Das Kostüm des Beefeaters besteht aus einem roten, vielfach mit allerhand Plattschnur besetzten Waffenrock und einem Hut, der, mit Ausnahme seiner breiten Krempe, genau der samtnen Kopfbedeckung unserer protestantischen Geistlichen gleicht. Einen dieser Towerwächter wählt man als Führer.

Was wir zunächst gewahren, ist der Bell-Tower (Glockenturm), auf dem sich die Alarmglocke für die Garnison befindet. In diesem Turme saß Prinzessin Elisabeth und vor ihr Graf Salisbury gefangen; doch bedarf beides der Bestätigung. Wenige Schritte weiter bemerkt man in dem Steinwall zur Rechten eine schwere, eisenbeschlagene Tür; das ist »Traitors-Gate«, das »Hochverräter-Tor«. Von einer zur Seite gelegenen Schreinerwerkstatt aus läßt sich ein Überblick über diesen Ort gewinnen. Es ist ein Wasserbassin von der Größe und dem Ansehn einer geräumigen Badezelle; von oben blickt der Himmel herein. Einander gegenüberliegend, gewahren wir zwei Tore: das eine führt auf den Strom, das andere zum Tower-Hof. Geräuschlos, meist in dunkler Nacht, glitt das wohlbesetzte Boot die Themse hinunter. Fernab von Volk, Freunden und jeder Möglichkeit der Rettung starrte der Angeklagte vor sich hin und ahnte: ich fahre in den Tod. Wenn das Außentor sich öffnete und wieder schloß, war er schon wie im Kerker: vier hohe Wände ringsum und nur ein Streifen Himmel über sich. Zu *ihm* mocht' er aufblicken, *ihn* mocht' er anrufen: das Ohr und die Gnade der Menschen lagen weit hinter ihm. Schweigend legte sich das Boot an die steinernen Stufen, die noch jetzt zu dem inneren Tore hinaufführen, und der Verklagte bestieg sie wie seine *erste* Leiter zum Schafott. Der letzte, der hier anlegte, war Arthur Thistlewood, ein Führer der Cato-Street-Verschwörung; wenig Wochen später war er gehenkt. Unter den wenigen, die diesen Weg zweimal machten, hin und *zurück,* war Prinzessin Elisabeth.

Fast gegenüber von Traitors-Gate bemerken wir einen zweiten Turm. Er heißt Bloody Tower, Blutturm. Hier wurden die Söhne Eduards erwürgt. Im zweiten Stock gewahren wir ein Fenster mit trüben, in Blei gefaßten Scheiben; dahinter liegt der Ort der Tat. Das Fenster steht halb offen und schaut drein, als bät' es den sonnigen Tag um Luft und Licht. Umsonst! Der Blutgeruch haftet hier, wie an den weißen Händen der Lady Macbeth.

Das gewölbte Tor des Blutturms führt uns auf einen geräumigen Platz, von Wällen, Türmen, altertümlichen Häusern und modernen Kasernen ringsum eingefaßt. In der Mitte des Platzes erhebt sich der White Tower. Nach der Ostseite hin erblicken wir die Überreste des Bowyer-Turms, wo der Herzog von Clarence im Malvasierfaß ertränkt wurde. Nicht fern davon ist der Brick-Tower, wo Lady Jane Grey gefangen saß, und der Wakefield-Turm, wo Heinrich VI. ermordet wurde. Interessanter aber für den Besucher ist der Beauchamp-Turm, das ehemalige Staatsgefängnis, worin die Mehrzahl derer saß, die unter der Anklage des Hochverrats standen. Wir treten ein. Was wir zuerst erblicken, ist, aus der Kellertiefe emporragend, der Oberteil eines backofenartigen Kerkers. Aber dieses Wort ist Beschönigung: es ist ein Kerker*loch*. Der Raum reicht nur eben aus zum Sitzen; es ist unmöglich, sich darin zu strecken oder gar aufrecht zu stehen. Kein Lichtstrahl dringt hinein. Die Wände dieser Höhle sind mit eingekratzten Namen bedeckt (ich sah sie beim Schimmer eines angezündeten Lichtchens), aber teils unleserlich, teils ungekannt. Nur von einem weiß man mit Sicherheit, daß er hier atmete: Lord *Cholmondely* (zur Zeit Heinrichs VIII. oder der Maria Tudor) saß hier sieben Jahre. – Eine Steintreppe führt uns ins erste Stock, und wir befinden uns jetzt in einem achteckigen Zimmer, dem ziemlich geräumigen Speisesaal der Tower-Garnisons-Offiziere. Vor drei Jahrhunderten saß hier minder heitere Gesellschaft am Tisch; zahllose Inschriften an den Wänden geben Kunde davon. Viele sind flüchtig eingekratzt, wie in der letzten Stunde vor der Befreiung, oder doch (denn zu oft nur war es Täuschung) in dem Glauben daran. Andere sind tief und sauber eingegraben; die Arbeit eines Mannes, der da wußte: ich habe Zeit. Oft begegnet man dem Schriftzug AR, den Anfangsbuchstaben des Lords ARundel, Grafen von Norfolk. Hier saß Thomas Bell (Glocke); er hat eine Glocke gezeichnet und seinen Vornamen samt Jahreszahl hinein. Hier saßen fünf Brüder Dudley: Guilford, Robert, John, Ambrosy und Henry. Guilford starb unterm Beil der einen Königin; Robert (Graf

Leicester) stand neben dem Thron der anderen. Hier saß Arthur Poole, ein Enkel des Herzogs Clarence, und kratzte, halb Hoffnung, halb Verzweiflung, in die Wand: »Gefahrvolle Fahrt verschönt den Hafen.« Hier saß Charles Baily, der Freund der schottischen Marie; dem Gedanken nachhängend, daß seine Königin dulde wie er selbst, schrieb er in den Stein: »*Der* ist der Unglücklichste, der verzagt, wenn er leidet, denn nicht das Unglück tötet uns, sondern die Ungeduld.« Ein breiter Rand, gleich einem Rahmen, zieht sich um diese Worte, und in ihm lesen wir: »Feind sei keinem, Freund nur *einem*«. Hier saß Thomas Clarke. Die Geschichte hat keinen Raum für ihn gehabt auf ihren Tafeln, aber die Wände dieses Kerkers überliefern uns seinen Namen und in zwei Zeilen sein Leben und seinen Schmerz:

> Prüfe den Freund, bevor du vertraust,
> Und wohl dir, wenn du *dann* sicher baust.

Wir verlassen dies Zimmer wieder, das mir schlecht gewählt scheint für die Tischheiterkeit junger Offiziere, und halten uns, hinaustretend auf den Hof, zur Rechten, um der Tower-Kapelle St. Peter ad Vincula einen flüchtigen Besuch zu machen. Bevor wir sie erreichen, haben wir, fast in Front der Kirche, einen mit Kalkstein gepflasterten Platz zu passieren, der durch seine kreisrunde Form kaum minder auffällt, als durch die Weiße seiner Steine, auf die eben jetzt das volle Licht der Sonne fällt. Hier stand das Schafott, auf dem das Haupt der Anna Bulen fiel. Zehn Schritt davon, im sogenannten Juwelenzimmer, wird einem die Edelsteinkrone gezeigt, die sie am Tage ihrer Vermählung trug. So nah beieinander das Zeichen höchsten Glanzes und die Stätte tiefster Schmach! Nun ist vergessen fast, was hier geschah; Kinder spielten auf dem Platz. – Wir treten in die Kapelle. Es ist eine schlichte Kirche, aber ein vornehmer Kirchhof. Du siehst nicht Kreuz, nicht Stein; saubere Teppiche bedecken den Boden, helles Sonnenlicht fällt durch die Scheiben, freundlich blicken die Kapitäler auf dich nieder, und doch – ein Kirchhof. Du kennst die Vineta-Sage! Es ist, als ob du bei sonnigem Tag über den Meeresspiegel fährst: Gold und Glanz und Bläue um dich her, doch unter dir die begrabene Stadt. Wo sich der Altar erhebt in echt englischer Einfachheit, könnten Grabmonumente stehen, tiefer noch und poetischer gedacht als der belebte Marmor in St. Paul und Westminster. Hier ruhen, den Kopf vom Rumpf getrennt, Anna Bulen und Kate Howard, Thomas Cromwell* und Graf Essex, Jane Grey und Guildford Dudley, und zuletzt auch Herzog Monmouth, der unterm Beil sterben mußte, weil seines Vaters Blut in seinen Adern war; denn wer ein Stuart war, stand dem Schafotte näher als dem Glück. – An der andern Seite, grad über dem Altar, ist eine zweite Grabstätte. Bänke und Betstühle ziehen sich darüber hin, und allsonntäglich singt hier die gedankenlose Menge und weiß kaum, auf wessen Köpfe sie tritt. Dort ruhen drei Schotten: die jungen Grafen Kilmarnock und Balmerino und Lord Lovat, ein Greis von Achtzig. Sie waren mit bei Culloden und sahen den Stern der Stuarts und ihren eignen untergehen. Die Schlacht schonte ihr Leben, nicht so der Henker. Da ist eine vielgesungene Ballade aus der Zeit der Königin Elisabeth, vom alten Norton und seinen sechs Söhnen:

> Sie fielen nicht auf blutigem Feld
> Und litten doch alle blutigen Tod:
> Vergebens war seine Locke so weiß,
> Vergebens war ihre Wange so rot –

das mochte man wieder singen im schottischen Hochland auf den Tod der drei Lords, des alten und der zwei jungen.

Wir verlassen die Kirche und wenden uns jetzt zum White

* Der Diener Kardinal Wolseys und dann sein Nachfolger in der Gunst Heinrichs VIII.

Tower. Er hat seinen Namen vermutlich von dem weißen Kalkstein, womit seine Wände und Türme an den Ecken eingefaßt sind. Was wir zuerst sehen, ist eine Rüstkammer: fünfundzwanzig Ritter zu Pferde, jeder ein König oder doch mächtig wie er. Wer entschlüge sich des Eindrucks, wenn er durch einen Ahnensaal geht und Bild auf Bild längst verschwundener Herrlichkeit auf ihn niederschaut! Dieser Eindruck verstärkt sich hier. Der Beschauer nimmt Revue ab: vierhundert Jahre und ein Geschwader von Königen ziehen an ihm vorüber. Der Zug beginnt mit Eduard I. und schließt ab mit Jakob II. Gegen ihn hat sich auch hier noch der Haß und die Verachtung des Volkes gekehrt: das Schwert an seiner Seite gleicht einer Harlekinpritsche, und mit zerzauster Perücke, schäbigem Rock und einem Gesicht voll unendlicher Stupidität schaut er drein, eher ein Barbier zu Pferde als ein König von England. In der langen Reihe derer, die, wo nicht das Zepter, doch die Zügel des Reiches in Händen hatten, fehlt nur einer – Cromwell. Statt seiner reitet Graf Strafford an der Seite seines königlichen Herrn, auch hier noch sein Schildknapp, wie einst im Leben. – Wir verlassen die Rüstkammer und treten zunächst in einen schmalen Gang. Auf einem Fenstersims liegt ein hartes, schweres Stück Holz; der Führer gibt es dir in die Hand; du wägst es; was ist's? Das ist Stammholz von einem Maulbeerbaum, der dicht unter diesem Fenster auf dem Grabe der Söhne Eduards wuchs. Während Prinzessin Elisabeth hier gefangen saß, liebte sie es, unter dem schattigen Maulbeerbaum zu sitzen und in Sommerszeit von seinen Beeren zu essen. Süße Frucht von bittrem Leid! – Eine schmale Stiege führt uns in die Kapelle Wilhelms des Eroberers. Sie ist wohlerhalten und zeigt deutlich den alten Normannenstil: kein Spitzbogen, nur runde, mächtige Säulen, mit stets wechselndem Schmuck der Kapitäler. Im zweiten Stock treten wir in einen weiten Saal. Seine Wände sind vierzehn Fuß dick; ein dreimannsbreiter Gang ist rundum in die Mauer gehauen und dient als ein versteckter Korridor. Der Saal selbst ist das Tower-Archiv: Bücher, verstaubte Akten und Pergamente ringsum. Einst lagen hier nicht Chroniken und die *Berichte* geschehener Dinge, sondern die Dinge selbst geschahen hier. Hier hielt Richard III. Staatsrat; am teppichbedeckten Tische saßen Buckingham und Hastings, Stanley und Bischof Ely, Catesby und eine lange Reihe stolzer Grafen und Lords. Auf sprang Richard, ein Todesurteil auf der Lippe; und als Lord Hastings dazwischentrat, mit einem zitternden *»wenn«* das bedrohte Leben Elisabeths (der Witwe Eduards IV.) zu retten, rief ihm der König zu:

> Wenn?! Du Beschirmer der verdammten Beß,
> Sprichst du von *»wenn«* mir noch? Verräter!
> Herunter seinen Kopf!

Und mit dem Fuße das Zeichen gebend, traten jetzt seine Söldner aus dem verdeckten Gange hervor, und Lord Hastings war – ein toter Mann.

Wir lauschen den Worten des Führers, die Eindruck machen trotz ihrer Leiermelodie, und schweratmend unter der schwülen, staubigen Luft dieser Räume, vielleicht auch unter ihren Erinnerungen, erklimmen wir jetzt die letzte schmale Treppe und treten durch einen der vier Türme auf das flache Dach des Towers hinaus. Welcher Anblick!

Die Sonne lacht, und der Himmel ist wolkenlos; glitzernd zieht sich der breite Strom vor uns dahin; tausend Boote durchkreuzen ihn; Bienenfleiß in den Straßen und geschäftiger Lärm an Dock und Werft. Das Gesumm steigt gen Himmel auf, bewußt und unbewußt wie die fromme Bitte: »Unser täglich Brot gib uns heute.« Und der Himmel gibt's. Wir aber, verloren in dem Anblick, der sich vor uns auftut, fühlen im Innersten: schön sind die Schauer der Romantik wie Gespenstergeschichten am Kamin, aber wohl uns, daß wir nur *hören* davon, – sie lesen sich gut, aber sie erleben sich schlecht.

Glückliches Land im Süden, dessen großer Dichter nieder-
schreiben konnte: »Das Leben ein Traum«, und armes, ge-
priesenes Land du, das du die Seligkeit des Träumens nicht
kennst und immer wach und wirklich dein Leben abhaspelst
wie im Sturm. Als ich noch jünger war, da kniet' ich bewundernd zu den Füßen der Tat, da galt mir das Schwert
und der Arm, der es führte, da hing mein Auge an der Kai-
sergestalt Barbarossas, und mein Herz jubelte auf, wenn ich
ihn einziehen sah in die Tore Mailands, den Welfentrotz unterm Hufschlag seines Pferdes. Die Knabentage sind dahin.
Ich habe seitdem anderes lieben gelernt: den Geist erst, dann
das Recht und zuletzt die Muße, die Beschauung, die Vorbereitung auf das, was da kommt. Es ist was in mir, das mich
mit unwiderstehlicher Sehnsucht zu dem zerlumpten Laz-
zarone hinzieht, der an der Tempelschwelle, gebräunt und
lächelnd, in den ewigblauen Himmel emporschaut; es ist was
in mir, was mich den Diogenes mehr bewundern läßt als
den Mann, der vor ihm in der Sonne stand, und was – wenn
ich zwischen Extremen wählen soll – mir den Orden von La
Trappe größer und beneidenswerter erscheinen läßt als die
London-City mit ihrem Leben ein Sturm.

Wir haben ein schönes, vielgesungenes Lied, ein Lied von
der »Hoffnung«, drin das Beste, was der Mensch hat, seine
Sehnsucht nach einem Genüge, das jenseit liegt, den dichterischen Ausdruck fand:

> Nach einem *glücklichen, goldenen* Ziel
> Sieht man sie *rennen* und *jagen.*

Ach, unbewußt und nicht in *seinem* Sinne schrieb der
Dichter in diesen Zeilen die Geschichte und den Fluch die-
ser Stadt, denn ihr Tagwerk ist »rennen und jagen«, und ihr
Ziel ist – Gold; nur eines täuscht sie – das Glück; es neckt sie

wie die Spiegelung den Wüstenwanderer, und zu dem Verdurstenden spricht es in seiner letzten Minute: »Dein Gold war Sand«. Wer löste das große Rätsel von des Menschen Glück, und wer lehrte uns, *wie* und *wo* es sicher zu finden? Aber eines fühlt sich: das Menschenglück ruht woanders als in der Bank von England. Glück! Es ist nicht zu sagen, was du bist, aber es ist zu zeigen, wer dich hat. Der fromme Geistliche hat dich, der, selbst an den Trost glaubend, den er eben noch am Lager eines Sterbenden spendete, nun sinnend durch die Gänge seines Gartens schreitet und Samen in die Beete streut, hoffend auf die ewige Frühlingserfüllung. Glück! Der Arzt hat dich, dessen geschickte Hand eine Mutter ihren Kindern wiedergab und der, heimgekehrt zu seinen Büchern, weiter forscht in dem Wald überlieferter Erfahrung. Glück! Jene Waschfrau hatte dich, von der uns Chamisso erzählt, die Freude hatte an ihrem selbstgesponnenen Sterbehemd und es sonntags anlegte, wenn sie zur Kirche und Erbauung ging. Glück! Es haben dich alle, die eingedenk, daß wir mehr sind als ein galvanisierter Leib, ihrem unsterblichen Teile leben, jeder nach seiner Art.

Dem Menschen ist das Wissen von dem verlorengegangen, was ihm not tut. Eine Krankheit, wie sie die Welt nur einmal sah, als die Pizarros in Blut und Gold erstickten, schüttelt wieder das Menschengeschlecht, und England, London, ist der Herd dieses Fiebers. Die Woche verrinnt in rastlosem Mammondienst, und der Tag des Herrn ist eitel Lüge und Schein. Mechanisch wandern die Füße in die Kirche, aber die Seele durchjagt schon wieder die City-Straßen und sucht in den Spalten des Börsenberichts nach Gewinn oder Verlust. Wie der König im Hamlet könnte dies Geschlecht ausrufen:

Mein Wort strebt auf, doch unten bleibt mein Herz:
Gebet ohn' Andacht dringt nicht himmelwärts;

aber Selbsterkenntnis ist nicht ihr zugewogen Teil, und pharisäisch leben sie dem Glauben: sie ständen gut angeschrieben im Kontobuch des Himmels. Trostloses Dasein, das sich teilt zwischen atemlosem Erwerben und zitterndem Erhalten, das, reich oder arm, keine Ruhe, keine Muße kennt, das nachts von Kurszetteln träumt und die schwarze Sorge im Nacken hat bei Wein und Weib, bei Jubel und Gesang. Dies ameisenhafte Schaffen bemächtigt sich der Gemüter mit der Ausschließlichkeit einer fixen Idee, und die reiche Menschenseele mit ihren tausend Kräften und Empfindungen kommt in die Tretmühle des Geistes und stapft und stapft. Es fördert vielleicht, *nur nicht sich selbst.* Des Lebens Reiz verblaßt, und die ungeübten Kräfte versagen endlich ihren Dienst. Weihnachten kommt mit seinen roten Backen an Äpfeln und Kindern; verlegen lächelnd steht er vor dem Lichtermeer und denkt an das Meer da draußen, auf dem seine Schiffe tanzen. Ein Jugendfreund kommt. »O ging' er wieder!« ist alles, was er fühlt. Seine Schwester stirbt; er erbricht den schwarzgeränderten Brief und liest und kann nicht weinen. Spät nachts wirft er sich aufs Lager, die Erinnerung *ärmerer* Tage beschleicht ihn, er sieht sich wieder spielen in seines Vaters Garten und – die Träne kommt. Aber sie gilt nicht der toten Schwester, sie gilt ihm selbst.

Glückliches Volk im Süden, das lacht und träumt! Armes, reiches Volk mit deinem Leben ein Sturm.

Ein Picknick in Hampton-Court

Die Pickwicks und die Picknicks kommen aus England; von jenen wußt' ich es seit lange, von diesen – trotzdem sie von ungleich älterem Datum – sollt' ich es erst erfahren.

Es war im August; der Londonstaub ward immer dichter und die Sehnsucht nach einem Zuge frischer Luft immer größer; so kamen wir denn überein, zu Nutz und Frommen unsrer Lungen eine Themsefahrt zu machen und auf den Wiesen von Hampton-Court eine Picknick-Mahlzeit einzunehmen. Wir waren unsrer sieben, drei Herren und vier Damen, und zum Teil in entgegengesetzten Quartieren der Stadt zu Haus, hatten wir uns schon tags zuvor geeinigt, am Kai von Richmond zusammenzutreffen. Punkt zehn Uhr waren wir da; ein schmucker Gondelfahrer begrüßte uns am Ufer; eine Wagenburg von Körben kam in die Mitte seines Boots, wir lachend drum herum – und den blauen Himmel über uns, ging es mit kräftigem Ruderschlage stroman, während der Kai mit seinen Böten allgemach hinter uns verschwand.

Erlaube mir der Leser, ihm jenen Kreis von Personen vorzustellen, in deren Mitte er eine Viertelstunde lang wird zu verweilen haben. Ich mache bunte Reihe. Da war vorerst Mr. Owen, ein junger Walliser mit den steifsten Vatermördern und den höchsten Stiefelabsätzen, die mir je zu Gesicht gekommen waren. Sein Großvater saß für Pembrokeshire im Parlament, und wiewohl das Enkelchen ein jüngerer Sohn war und der Baronetschaft des Alten um kein Haarbreit näher stand als der Lotteriespieler dem großen Lose, so hatte er doch die wallisische Baronet-Elle nicht nur steif und unbiegsam im Rücken, sondern war auch die unbestrittne Sonne des Tags, von der alles übrige erst Licht und Weihe empfing. Er war natürlich ein leidenschaftlicher Kahnfahrer und unterhielt sich mit dem Bootsmann in so technischen Ausdrücken, daß ich diesem Hochflug, auch wenn ich gewollt, nicht hätte folgen können. Neben ihm saß Mrs. May, die Ehrendame der ganzen Partie, eine stattliche Frau mit grauen Locken und zwei Töchtern von ähnlicher Gesichtsfarbe, die den Mai ihres Lebens nur noch im Namen trugen. Sie waren munter wie gewöhnlich Mädchen jenseits dreißig und gaben sich alle erdenkliche Mühe, durch reiche Entfaltung einer schönen Seele ihr Defizit an Schönheit zu decken. Sie waren fromm und galten für fleißige Bibelleserinnen, aber am liebsten lasen sie doch die Stelle: Du sollst Vater und Mutter lassen und dem Manne folgen, der dich erwählet hat. Ich war ihr Hausgenoß und kannte die Geschichte ihres Herzens wie meine eigene. Mitunter, in der Schummerstunde, wenn aus dem Nachbarsgarten eine Nachtigall herüberklagte, sah ich, wie sie traurig wurden und immer wieder und wieder gedankenvoll den Tee aus ihrem Löffel träufeln ließen, als sollte er ihnen ein Bild ihrer rastlos verfließenden Tage sein; aber heute leuchteten ihre Augen wie das Auge dessen, der, schon hoffnungslos, noch einmal von der Hoffnung beschlichen wird, heut kicherten sie und ließen die Flut durch ihre Finger gleiten, heut schlugen sie die Augen nieder, wenn ein bezügliches Wort fiel, und verjüngten sich vor meinen sichtlichen Augen; denn Mr. Taylor, ein Advokat aus Chancery-Lane, saß zwischen ihnen, behäbig, rotbäckig, ein Vierziger und ein Witwer dazu. Wenn Mr. Owen die Sonne dieses Kreises war, so war Mr. Taylor der Vollmond, zu dem die Liebenden sehnsüchtig aufschauten, und daß ich's nur gestehe, auch *meine* Huldigung trug ihm die Schleppe. Der Grund war folgender: Er war mir schon am Abend vorher als ein Mann genannt worden, der »geschaffen sei für eine Picknickfahrt«, eine Charakteristik, der ich begreiflicherweise wenig Bedeutung beigemessen hatte. Kaum aber, daß ich heute am Kai von Richmond des Picknickkönigs und seines Flaschenkorbes, aus dem nebst manchem andren vier blanke Stanniolkuppen verräterisch hervorlugten, ansichtig geworden war, als ich auch schon die ganze Schwere jenes leichtgenommenen Wortes begriffen hatte und in meiner Anhänglichkeit noch aushielt, als mir im Lauf eines politischen Gesprächs kein Zweifel mehr darüber blieb, daß Mr. Taylor von der ganzen preußischen Geschichte nichts weiter kannte als die Affäre von Jena.*

* Schon Kaunitz äußerte sich mal: »Zu dem Unglaublichsten von der Welt gehört die Unsumme von Dingen, die ein Engländer nicht

105

Zürne mir der Leser um solches laxen Nationalgefühls willen nicht; aber ach, ich war so kosmopolitisch in jenen Augenblicken wie nie zuvor, denn neben dem behäbigen Advokaten saß Miß Harper, das lieblichste Gesicht, das zwischen Richmond und Hampton-Court sich jemals in Themsewasser spiegelte. Und doch glitt schon viel *königliche* Schönheit diese Wasserstraße hinan: Anna Bulen, wenn das dürstende Auge des englischen Königs Blaubart auf ihr ruhte; Elisabeth, wenn sie müde war der Herrschaft und ihrer Sorgen; auch Henriette Marie, Karl Stuarts Gemahlin, wenn sie London vergessen wollte und träumen von Frankreich, ihrer schöneren Heimat. Aber wie stolze Schönheiten sie alle sein mochten – mein Wort und meine Kenntnis alter Holbeins und Van Dycks zum Pfande! –, sie schauten nie lieblicher drein als Miß Frances Harper, und während ich sie so sitzen und in das Wasser niederlächeln sah, konnt' ich nur zweierlei nicht fassen: die Freundschaft dieses Mädchens mit den beiden Misses May und die Unvorsichtigkeit der letztern, so viel fremdes Licht neben den eigenen Schatten zu stellen. Freilich war sie verlobt. Wie hätte sie's nicht sein sollen!

So glitten wir denn dahin, zuerst am Fuß des schönen Richmondhügels und jenes herzoglichen Sommerhauses vorüber, das nach seinem jetzigen Besitzer den Namen »Buccleuch-Villa« führt. Märchenhaft wuchern da die Rosen über Wände und Dach hinweg, märchenhaft klingen aus den halbgeöffneten Fenstern die Töne eines Flügels hernieder, und märchenhaft vor allem klingt die Sage vom Herzog Buccleuch selbst, der diese Villa wie ein immer offnes Gasthaus zu Nutz und Frommen seiner künstlerischen Freunde

weiß.« Mr. Taylor, ein gebildeter und vielgereister Mann, meinte, daß wir wohl begierig seien, die Scharte von Jena auszuwetzen, und war sehr überrascht, als ich ihm versicherte, daß das durch zwanzig siegreiche Schlachten bereits geschehen sei.

hält. Gedichtet und gesungen wird hier wie zu den Zeiten des Minstreltums, und eine flüchtige Sehnsucht beschlich mich bei diesem Anblick in das alte romantische Land zurück. Aber die Ruder unsres Bootsmanns griffen wacker ein, Richmond und seine Villen dämmerten nur noch von fern, der Wind war frisch und Miß Harper so schön, und siehe da, die Sehnsucht ward nebelhaft wie jene Villen selbst und verschwand endlich ganz, als unter Mr. Taylors kunstgeübter Hand der erste der Champagnerpfropfen knallend in die Luft flog und mich die große Frage zu beschäftigen begann, ob man zu Barbarossas Zeiten den fränkischen Brausewein gekannt habe oder nicht.

Die Fahrt war lieblich und interessant zugleich; in selten unterbrochner Reihenfolge zogen sich die Land- und Sommerhäuser der alten Adelsfamilien am Ufer entlang, und die Lapidarstil-Antworten unsres Bootsmanns waren ein historischer Vortrag trotz einem. Durch alle Buchstaben des Alphabets hindurch, von den Arundels an bis nieder zu den Sutherlands, begrüßten uns hier von rechts und links die stolzen Namen der englischen Geschichte, und wie bunte Bilder zu diesem Adelsbuch spiegelten sich im Themsewasser vor uns alle Baustile des Mittelalters, vom Tudorgiebel an bis aufwärts zum Normannenturm.

So kamen wir bis Teddington, und die Schleuse passierend, die den äußersten Punkt angibt, bis wohin die Meerflut vorzudringen pflegt, war es plötzlich, als ob die Landschaft noch landschaftlicher würde. Der Villen wurden weniger, bis daß sie ganz verschwanden; weidendes Vieh trat an die Stelle belebterer Plätze, und Mr. Owen, den es plötzlich berühren mochte, als führe er in seinem heimischen Pembrokeshire den River Teifi hinauf, begann alsbald ein wallisisches Volkslied zu singen, das trotz der Kapriolen, mit denen er es begleitete, niemand zu würdigen schien als er selbst. Alles war froh, als Mr. Taylors Porter-Baß zu guter Stunde »God save the

Queen« anzustimmen und alle Verlegenheit in den immer fahrbaren Kanal des alt-englischen Patriotismus abzuleiten begann. Eine Pause noch, dann hielten wir; vor uns lag Hampton-Court.

Miß Harper sprang ans Ufer. Während sie sprang, fiel ihr der leichte Strohhut in den Nacken, und ihr blauer Schleier flatterte weit hinter ihr im Winde. Es war, als flöge sie. Mr. Taylor folgte und machte gravitätisch den Ritter der übrigen Damen; dann ging es in den Park, dessen geschorne Rasenflächen in jener Schönheit vor uns lagen, wie sie den englischen Gärten eigen ist. Ich erklärte, das Schloß und seine berühmte Bildergalerie in Augenschein nehmen zu wollen, wozu man mir aufrichtigst gratulierte, aber auch allseitig hinzusetzte, daß man mich meinem Schicksal überlassen müsse, da sie samt und sonders die Sehenswürdigkeiten von Hampton-Court so genau kennten, wie die Nippsachen auf ihrem eigenen china-board und die Porträts ihrer Könige viel zu gut im Gedächtnis hätten, als daß es einer Galerieauffrischung bedürfe. Ich war herzlich damit einverstanden; denn wenn es eine Strapaze ist, Bilderausstellungen zum hundertsten Male besuchen zu müssen, so ist das Los dessen um kein Haar breit beneidenswerter, der bei dem höchsten Interesse für das, was er zu sehen gedenkt, solchen widerwilligen Führern in die Hände fällt und durch lange Säle und Korridore hindurchgejagt wird, ohne etwas anderes als die Erinnerung an ein Schattenspiel und *das* kaum mit nach Hause zu nehmen. Denn die Gelangweiltheit solcher Begleiter legt sich wie ein Schleier über unsere Augen, und ihr wiederholtes Gähnen verschlingt unsere gehobene Stimmung bis auf den letzten Rest. Ich war von Herzen froh, dieser Gefahr überhoben zu sein, und während meine Gefährten den Park durchstreiften, schritt ich dem Schlosse zu, dessen Bauart und Bilderschätze meine Erwartungen noch weit übertreffen sollten.

Schloß Hampton-Court zerfällt in zwei verschiedene Teile, die, wiewohl äußerlich miteinander verbunden, doch auf den ersten Blick ihre doppelte Abstammung verraten. Die ältere Hälfte präsentiert sich im Tudorstil und zeigt denselben in der ihm möglichsten Vollendung. Vier rechtwinklig aufeinander gestellte Häuserfronten bilden einen Hof, und während die beiden Seitenflügel nur aus langen ununterbrochenen Fensterreihen bestehen, stellen die eigentlichen Fronten in ihrer Mitte zwei breite gotische Torbauten zur Schau, deren Ecken durch abgestutzte, das eigentliche Portal nur wenig überragende Türme flankiert werden. Es ist derselbe von Bauverständigen belächelte Stil, in dem sich bis zu dieser Stunde der Palast von St. James dem Beschauer darstellt, ein Stil, der, wenn auch an Schönheit zurückstehend, doch etwas Charakteristisches, ich möchte sagen etwas *Männliches* hat, das mich um deshalb für ihn einzunehmen wußte, sooft ich ihm begegnete.

Der neuere Teil des Schlosses ist aus der Zeit Wilhelms III. und ein Werk Christoph Wrens, des berühmten Erbauers der Paulskirche. Das Ganze bildet wiederum ein geräumiges Viereck, dessen unterstes Geschoß (nach der Hofseite hin) auf ionischen Säulen die ganze Wucht des Hauses trägt. Vermutlich gilt dieser Neubau als der schönere Teil des Schlosses; mir gilt der alte mehr.

Beide Teile haben ihre besondere Sehenswürdigkeit, der neuere die Bildergalerie – der ältere die große Bankethalle aus den Tagen Heinrichs VIII. Diese betritt man zuerst. Sie ist auch in England, diesem Vaterlande der Hallen, ein Unikum und übertrifft an Schönheit, wenn auch vielleicht nicht an Ausdehnung, die berühmte Westminster-Halle um ein bedeutendes. Ich stehe ab von jeder erschöpfenden Beschreibung, aber das eine heb' ich hervor, daß dieser mächtige Bau, in den wir wie in das Mittelschiff einer gotischen Kirche treten, die Sonne der Anna Bulen aufgehen und die Huldigungen eines Hofes zu ihren Füßen sah. Noch jetzt gewahrt unser Auge die Buchstaben AH. (Anna und Heinrich) wie ein Bild ihres Einsseins an verschiedenen Stellen des Deckengetäfels; Buchstaben, eingeschnitten vielleicht, als schon die Schneide des Beils über dem Nacken der schönen Büßerin war. – Aus dem hohen gotischen Fenster blickt, in Glas gemalt, jenes Tyrannengesicht auf uns hernieder, dessen leisestes Stirnrunzeln ein Todesurteil war, und vom Kamin her, charakteristisch und wohlerhalten, trifft uns das Auge Wolseys, jenes stolzen Prälaten, dessen Klugheit die viehische Wildheit seines Königs wie einen Stier an den Hörnern hielt. Zwanzig Jahre lang! Dann kam die Stunde, die nicht ausbleibt, und seinen Führer hoch in die Lüfte schleudernd, trat ihn das schäumende Tier mit Füßen.

Eine Tragödie ersten Ranges spielte sich innerhalb dieser Mauern und im Zeitraum weniger Jahre ab. Wolsey war auf seiner Höhe und wiegte sich in Sicherheit. Nicht die Dauer seines Glückes, nur die Dauer seines Lebens machte ihm Sorge, und die klügsten Ärzte nach allen Seiten hin aussendend, gebot er ihnen, den gesundesten Platz in der Nähe Londons ausfindig zu machen. – Sie fanden Hampton-Court. Da entstand jenes Schloß und jene Halle, die noch heut von der Macht und Prachtliebe ihres Erbauers Zeugnis geben, und am 13. Juni des Jahres 1525 war es, daß König Heinrich von London hernieder kam und einzog in den Prachtbau seines ersten Dieners, der sein Herr war. Da stand hier ein Thronhimmel und ihm zunächst der Polsterstuhl des Kardinals, da mischte sich unter die Banner der Tudors, die von allen Pfeilern herabwehten, das zudringliche Wappen des Kardinals, und der priesterliche Hofstaat, darunter alter Adel des Landes, überstrahlte an Gold und Glanz die Schranzen des königlichen Hofes. Der König sah's, und ein Schatten zog über sein Antlitz; da verneigte sich der geschmeidige Kardinal und sprach: Dies hab' ich gebaut, daß es Deiner würdig sei: Hampton-Court ist *Dein*.

Das war ein *königliches* Geschenk; noch im *Geben* tat es der Diener dem Herrn zuvor.

Glänzendere Tage kamen, die Tage Anna Bulens und mit ihnen die Schicksalsstunde des Kardinals; zum ersten Male wagte er es, zwischen die königliche Leidenschaft und ihr Opfer zu treten, und siehe da – er war das Opfer selbst. *Über ihn hinweg ging der Hochzeitszug der Anna Bulen.*

Und wieder andere Tage folgten. Wolsey lag vergessen auf einem Kirchhof in Leicestershire, seine Siegerin aber, nun selbst besiegt, schrieb jene schönen Sterbeworte: »Sie machten mich zur Königin, und da ich auf Erden nicht höher steigen kann, machen sie mich heut zu einer Heiligen.«

Dann fiel ihr Haupt.

Und stiller ward's in Hampton-Court, bis die Braunschweiger kamen, die unberühmten George, die allen Ruhm dem Lande selber ließen. Die Widerspiegelung vergangener Zeit begann, und hier in eben dieser Wolsey-Halle dehnte sich der Hof der Königin Charlotte auf Plüsch- und Polstersitzen und klatschte Beifall, als von der Bühne herab Shakespeares Heinrich VIII. oder der *Sturz Wolseys* an ihrem lauschenden Ohr vorüberzog.

Doch lassen wir jetzt die Halle, um uns dem neueren Teil des Schlosses und seiner Bildergalerie zuzuwenden. Wir ersteigen eine schöne breite Treppe, freuen uns an den schlanken Ulanengestalten, die, mit angefaßtem Karabiner, steif und stramm dastehen wie die Treppenpfeiler selbst, daran sie lehnen, und treten jetzt in den ersten jener Bildersäle ein, die in scheinbar endloser Reihe sich durch zwei Flügel des Palastes hindurch erstrecken.

Die Galerie von Hampton-Court hat keinen Weltruf wie die Dresdner, die Wiener und Versailler, der italienischen Schätze völlig zu geschweigen. Und in der Tat, wer lediglich von künstlerischem Interesse geleitet diese weiten Säle durchwandert, wird ziemlich unbefriedigt sie wieder verlassen und selbst der Nationalgalerie – deren drei Murillos sie ohnehin vor der Verurteilung retten – im stillen Abbitte tun. Aber ich mache kein Hehl daraus, daß ich Galerien gelegentlich auch in anderem Interesse durchwandere, als um den Schönheitslinien Raffaels nachzugehen, und welcher Hamptoncourt-Besucher gleich mir ein Gefühl für die englische Geschichte mitbringt, das an Lebhaftigkeit dem künstlerischen mindestens die Waage hält, der wird diese Zimmerreihen nicht ohne Erregung und Befriedigung durchschreiten können.

Es ist ein Revueabnehmen über die Träger der englischen Geschichte seit jener Zeit, die dieses Schloß entstehen sah. Die ersten Säle bieten wenig, bis plötzlich im dritten oder vierten das Auge durch eine Fülle von Porträt-Schönheiten wie geblendet wird. In oberster Reihe, zunächst der Decke, gewahrst du die schönen Buhlerinnen Karls II., und angesichts dieser lachenden Gesichter mit den koketten Ringellöckchen und den sinnlich aufgeworfenen Lippen, mildert sich dein Urteil über die Schwäche des liebenswürdigen Stuart. Je länger du verweilst, je mehr wirst du erschüttert in deinen festesten Grundsätzen, zumal wenn du zu Füßen jener verführerischen Weiber, in gleicher Höhe fast mit deinem Auge, die lachenden Porträts ihrer Söhne und Töchter gewahrst, zu deren angeborener Schönheit sich das durchgeistigende Bewußtsein gesellt: wir sind von königlichem Blut.

Weiter ziehen wir an Hunderten von Bildern aller Schulen gleichgültig vorüber, bis endlich der Hauptsaal der Galerie, schon durch seine Größe auffällig, sich vor uns auftut und uns verweilen macht. Ich möchte ihn den Holbein-Saal nennen. Mindestens 20–30 Stücke des alten Meisters finden sich hier vereinigt, und die ganze Tudorzeit – der er angehörte – tritt an ebendieser Stelle in ihren Hauptgestalten uns sprechend entgegen. Da ist Heinrich VIII. (drei- oder viermal) und neben ihm – sein Narr; da ist Maria Tudor, reizlos und, wie es scheint, mit widerstrebender Hand gemalt; da ist *Elisabeth,* in einer ganzen Reihe von Blättern: als Kind, als Mädchen, als Königin, als Greisin selbst und zwischen inne in einem persischen Phantasiekostüm. Ich sah nie etwas Entsetzlicheres. Da grüßt uns mit hoher sprechender Stirn, über der eine turmhohe, abenteuerliche Frisur balanciert, die schöne Anna von Dänemark, die Gemahlin Jakobs I., jenes aufgeschwemmten Vielwissers, der eifersüchtig die Augen seiner Frau verfolgte, wenn sie, wie zur Erholung, ausruhten auf der Schönheit eines jungen Schotten-Lords. Ein rührendes Lied blieb uns aus jener Zeit, ein Lied vom hübschen Grafen Murray, der zur Unzeit seiner Königin gefiel und sterben mußte, weil er schöner war als König Jakob selbst. Das Lied ist alt und lautet so:

> Ihr bunten Hochlands-Clane,
> Was waret ihr so fern?
> Sie hätten nicht erschlagen
> Lord Murray, euren Herrn!
>
> Er kam von Spiel und Tanze,
> Ritt singend durch die Schlucht –
> Sie haben ihn erschlagen
> Aus Neid und Eifersucht. –
>
> Im Lenze, ach, im Lenze –
> Sie spielten Federball,
> Lord Murrays stieg am höchsten
> Und überflog sie all.
>
> Im Sommer, ach, im Sommer –
> Aus zogen sie zum Strauß,
> Da rief das Volk: »Lord Murray
> Sieht wie ein König aus.«

Im Herbste, ach, im Herbste –
Zu Tanze ging es hin,
»Mit Murray will ich tanzen!«
Rief da die Königin.

Er kam von Spiel und Tanze,
Ritt singend durch die Schlucht –
Sie haben ihn erschlagen
Aus Neid und Eifersucht.

Ihr bunten Hochlands-Clane,
Was waret ihr so fern?
Sie hätten nicht erschlagen
Lord Murray, euren Herrn!

Armer Lord Murray, arme Königin! Aber euer Leid erlischt vor einem größeren: dort aus schlichtem Rahmen heraus schaut, als weine sie im tiefsten Herzen, das blasse Antlitz Maria Stuarts. Und doch war sie noch halb ein Kind, als sie dem Maler zu diesem Bilde saß. Ein Klosterschleier umhüllt weiß und dicht das schmale, feine, geheimnisvolle Gesicht, das nichts hat von jugendlicher Heiterkeit, und es beschleicht uns der Gedanke, als fühle sie sich unheimlich unter diesen Elisabethköpfen, die von allen Seiten her auf sie herniederblicken.

Noch weitere Säle folgen, aber unser Interesse hat seinen Höhepunkt erreicht, und selbst ein Pastellbild des »Alten Fritz«, der aus einer Gesellschaft reifröckiger Prinzessinnen heraus uns mit seinem klaren Königsauge grüßt und unser preußisches Gefühl erwachen macht, fesselt uns nur auf Augenblicke. Gleichgültig an mutmaßlichen Raffaels (wo gäb' es deren nicht!) und noch mutmaßlicheren Michelangelos vorübereilend, erreichen wir aufs neue die breite Aufgangstreppe, deren Ulan noch immer wie in Stein gehauen dasteht, und die teppichbedeckten Stufen schnell herniedergleitend, atmen wir auf, als nach der Schwüle, die uns von Saal zu Saal begleitete, jetzt plötzlich die frische Parkluft unsre Stirne kühlt und statt einer endlosen Reihe von Bildern jenes *eine* vor uns hintritt, das immer wieder mit seinem Zauber uns beschleicht.

Schnell durchflog ich die Gänge, von jenem Kraftgefühl beherrscht, das in der letzten Stunde eines Galeriebesuchs der Herr über alle anderen zu werden pflegt – vom Hunger.

Fünf Stunden waren seit jenem feierlichen Augenblick vergangen, wo Mr. Taylors erster Champagnerpfropf in die Luft paffte, und als ich so hin und her irrte, wandelte mich plötzlich wie ein Gespenst der Gedanke an: wenn du zu spät kämst, wenn alles vorüber wäre! Da weckten mich Stimmen und munteres Gelächter aus meiner finsteren Betrachtung, und um mich blickend, gewahrt' ich unter einem Kastanienbaum meine gesamte Begleiterschaft; die beiden Gentlemen stehend und schwatzend, die Ladies ins Gras gelagert und Kränze flechtend. Miß Harper warf mir den ihren zu, und lachend fing ich ihn, wie einen Reifen beim Reifenspiel, mit meinem vorgestreckten Arme auf. »Ich glaubte, Sie hätten uns vergessen!« rief sie schelmisch unter ihrem Hut hervor und sah mich an, als wisse sie's doch am besten, daß keines Mannes Auge ihrer Lieblichkeit jemals vergessen könne. Dann erhob sich alles – gesunder Appetit umschlang uns mit einem Eintrachtsbande – und dem Boote zueilend, glitten wir in der nächsten Minute schon quer über den Strom hin an das jenseitige Ufer, wo eine prächtige, nach allen Seiten hin von Weidengebüsch umgrenzte Wiese wie geschaffen war für ein lustig verschwiegenes Diner. Eine Koppel Pferde, die im ersten Augenblick halb stutzig, halb neugierig die ungeladenen Gäste empfing, machte bald den bescheidenen Wirt und überließ uns das Terrain. Wir aber hatten bereits den Stamm einer mächtigen alten Rüster zu unserm Lagerplatze ausersehen, und eh' eine Viertelstunde um war, breitete sich auf dem Rasen vor unsern bewundernden Augen eine wohlgedeckte Tafel aus. Reizend stach das weiße Linnen von dem saftigen Grün des Rasens ab, aber reizender noch schimmerte die gelbe Kruste einer kolossalen Hühnerpastete, die, von den kunstgeübten Händen der alten Mistreß May gebacken, den gebührenden Platz in der Mitte der Tafel einnahm. An den vier Zipfeln des Tischtuchs schimmerten abwechselnd die Stanniolkuppen Mr. Taylors und die geschliffenen portweingefüllten Karaffen, die Mr. Owen und ich selber als Picknick-Kontingent gestellt hatten; am linken und rechten Flügel der Riesenpastete aber lagen in schlichter Brotgestalt die Gaben der Miß Harper; zwei Königskuchen, deren kleine Rosinen zahllos wie die Sterne am Himmel lachten. So war das Mahl; drum herum aber, auf den umgestürzten Kisten und Körben, saßen sieben lachende Menschen und dankten in kindlicher Fröhlichkeit dem Geber aller Dinge. Der Portwein war längst hin und die Hühnerpastete nur noch eine Ruine, da ergriff ich ein volles Glas Champagner, und mich hoch aufrichtend, schloß ich die Mahlzeit mit jenem Toaste, der, von Herzen kommend, in britischen Herzen noch immer sein Echo fand: Old-England for ever!

Von Hydepark-Corner bis London-Bridge

Es ist Sonnabend nachmittag, die Sonne lacht so heiter nieder, wie's die dunstigen Straßen nur irgendwie gestatten, aber mir selber nimmt die Sonnenheiterkeit nichts von meiner irdischen Verstimmung, und ich greife zu meinem letzten Erhebungs- und Zerstreuungsmittel, zu – einer Omnibusfahrt von Westend bis in die City.

Da kommt er schon, mein alter Freund, der Royal Blue, der zwischen Hydepark-Corner und der Londonbrücke

läuft, und seinen höchsten Platz mit der doppelten Raschheit eines deutschen Turners und Londoner Pflastertreters
erkletternd, rollt der Wagen in demselben Augenblick weiter, in dem er anhielt, mich aufzunehmen. Ein Blick nach
links in den Hyde-Park und rechts auf den Triumphbogen
des alten Siegesherzogs! Nun aber die Augen gradaus und
hinein in das Treiben Piccadillys, dessen Pflaster wir jetzt
geräuschlos hinunterfahren.

Die erste Hälfte Piccadillys gleicht einem Kai: zur Linken
nur erheben sich Paläste und Häuser, rechts aber dehnt sich,
einer Wasserfläche gleich, der Green-Park aus und labt das
Auge durch seinen Rasen und die freie Aussicht zwischen
den Bäumen hindurch. Ein leiser Wind weht herüber und
nimmt auf Augenblicke dem Tage seine Schwüle; mir aber
wird freier um die Stirn, und unter Lächeln gedenk' ich meines Heilmittels, das sich wieder zu bewähren scheint.

Weiter geht es, der Kai verengt sich zur Straße und verliert
an Vornehmheit, schon aber biegt der coachman rechts in Regent-Street hinein, und die Zügel nachlassend, geht es jetzt
bergab und rascher denn bisher dem schönen Waterloo-
Platze zu. Vor uns steigt die York-Säule auf; Carlton-House,
der Sitz der preußischen Gesandtschaft, zeigt uns seine hohen Eckfenster; Palast neben Palast lagert sich vor unsern
Blick, aber eh' wir noch die Minerva-Statue auf einem derselben mit Sicherheit erkannt haben, wendet sich der Omnibus, links einbiegend, dem östlichen Ausläufer der Pall-
Mall-Straße zu, und an Hotels, Kunstläden und Klubhäusern
vorbei geht es dem eigentlichen Mittelpunkte Londons, dem
Trafalgar-Square, entgegen.

Da sind wir: die Fontänen tun das Ihre (freilich nur ein be-
scheidner Teil); der Sieger von Trafalgar schaut von seiner
Kolonne herab; die Nationalgalerie zieht sich, als fühle sie
die Schwächen ihrer Schönheit, bescheiden in den Hintergrund zurück, und von Northumberland-House hernieder

grüßt uns der Wappenlöwe des Hauses, der mit gehobenem Schweif dort oben frei in den Lüften steht und von den Percys, dem Löwengeschlechte Alt-Englands, erzählt.

Immer weiter! Der Square liegt dicht hinter uns; das ist der »Strand«, der sein buntes Leben jetzt vor uns entfaltet. Er ist die Verbindungslinie zwischen Westend und der City, und der Charakter beider findet sich hier in raschem Wechsel nebeneinander. Neben den immer zahlreicher werdenden Läden und den Theatern zweiten Ranges erheben sich Paläste wie Kings-College und Somerset-House, und neben der Lady, die eben die Requiem-Probe oder das Oratorium in Exeter Hall verläßt, an dessen Aufführung sie sich mit gutem Willen und schwacher Stimme beteiligte, schreitet der Affichenträger, diese originelle Erfindung englischer Marktschreierei, wie ein wanderndes Schilderhäuschen einher, dessen papierne Wände nach allen vier Seiten hin ausschreien: »Feuerwerk in Cremorne-Gardens«, oder »Rasiermesser, scharf und billig, Ecke von Strand und Cecil-Street«.

Mein Auge hält sich rechts; kurze Querstraßen laufen zur Themse hin, mitunter blitzt der Strom selbst blau und schimmernd hindurch. Wie lacht mir das Herz! Aber die nächste Nähe fesselt aufs neue das Auge: Häßliches und Blendendes, Alltägliches und Niegeschautes drängen sich mit Blitzesschnelle an uns vorüber. Hier zur Rechten scheinen die Dentisten ihr Quartier zu haben. An den Fenstern und Haustüren begegnen wir künstlichen, zierlich aus Elfenbein gedrechselten Totenköpfen, die sich gespenstisch im Kreise drehn und mit ihren grinsenden Mausezähnchen, ländlich sittlich, die Annonce übernehmen: hier wohnt ein Zahnarzt.

Weiter! Der »Strand« erweitert sich zu einem Kirchenplatz, aber nur, um sich plötzlich wieder zu verengen, – und durch Temple-Bar, das alte City-Tor, hindurch, rollt jetzt unser Omnibus in Fleet-Street hinein. Was ist das? Tausende sperren an jener Ecke den Weg. »Weekly Dispatch« oder

»Illustrated News«, ich hab' es vergessen welches von beiden, steht mit riesigen Buchstaben an der Front des belagerten Hauses. Was will man? Hat sich der Redakteur gegen die Souveränität des Volkes vergangen? Hat er eine Brot-Taxe beantragt? Nichts von dem allen. In Chester ist heut Wettrennen, das ist alles. Unablässig spielt der Telegraph von dort herüber, und jede neue Meldung wird zu Nutz und Frommen des teilnahmvollen Publikums in großen Buchstaben sofort ans Fenster geklebt. Unerklärliche Begeisterung! Armes Volk ist's, was sich da drängt. Tagelöhner, die keine Geiß, geschweige ein Pferd im Stalle haben, und doch will jeder wissen, was 50 Meilen nördlich in Chester geschieht und ob der »Lalla-Rookh« oder der »Wilberforce« gewonnen hat.

Endlich sind wir hindurch; der Menschenknäuel schließt sich wieder, während wir Farringdon-Street durchschneiden und das ansteigende Ludgate-Hill in kürzerem Trab hinauffahren. Jetzt sind wir oben, unmittelbar vor uns steigt der Massenbau St. Pauls in die Luft. Seine Glocken beginnen eben zu tönen, um den Sonntag einzuläuten. Aber selbst die Stimme seiner Glocken wird überdröhnt und überrasselt, denn immer näher kommen wir der Handelswerkstatt der eigentlichen City, und schon haben wir Cheapside rechts und links. Welche Läden das, welche Fülle, welcher Glanz! Alle Früchte des Südens, dazwischen die großen spanischen Trauben, liegen hochaufgeschichtet hinter den Spiegelscheiben der Schaufenster, und ein Londoner Witzwort wird uns gegenwärtig, das da heißt: ein Franzose macht zwei Läden von dem, was ein Engländer ans Fenster stellt.

Und nun Poultry, und nun die Börse und die Bank! Von allen Seiten münden hier die Straßen ein, schon wird die Masse unentwirrbar, und noch immer hat die City nicht ihr Letztes getan. Südlich geht's, in King-William-Street hinein und der Londonbrücke unter verdoppelten Peitschenschlägen zu. Da ist sie, oder doch da blinkt sie herüber, denn siehe, so nah am Ziel sind wir noch weitab von ihm. Es ist fünf Uhr, und die City-Omnibusse haben sich eben angeschickt, alles, was die Woche hindurch am Pulte stand und die Comtoir-Feder hinterm Ohr trug, nach den aberhundert Vorstädten und grünen Dörfern hinauszuschaffen, die in meilenweitem Kreise die Stadt umgeben und nach denen die City-Menschen sich sehnen wie der Bergmann in seinem Schacht nach Gottes Sonne da oben. Hunderttausende wollen hinaus, in dieser Stunde, in dieser Minute noch, und selbst der Londonbrücke und ihren Dimensionen versagen die Kräfte. Tausende von Fuhrwerken bilden einen Heerwurm; die lange Linie von King-William-Street bis hinüber nach Southwark ist eine einzige Wagenburg, und minutenlanger Stillstand tritt ein.

Ich spring' herab, ich dränge mich durch; treppab komm' ich an den Landungsplatz der Dampfschiffe, ich besteige das erste beste, und wieder stroman fahrend, schau' ich von der Mitte des Flusses her dem Drängen und Treiben zu, das auf der Brücke noch immer kein Ende nimmt. – Die Flut kommt und bringt eine lustige Brise mit, ich nehme den Hut ab und sauge die Kühlung ein. Mein Kopf brennt und fiebert, aber hin ist alle Verstimmung und mir selbst zum Trotz murmle ich vor mich hin: dies einzige London!

Out of Town

August und September sind die »toten Monate« (dead months) Londons. Der Fremde gerät dann in Verlegenheit mit seiner Zeit: Die Nationalgalerie wird geschlossen, die Vernon-Sammlung folgt dem Beispiel ihrer älteren Schwester, die Bibliothek staubt ihre 400 000 Bände aus (welche Wolke!), und wo du vorsprichst, bei Freunden und Bekannten, schallt dir auf deine stete Frage »Master at home?« die stereotype Antwort entgegen »Out of town!« Alte Praktiker unter den Fremden in London ersparen sich drum auch während dieser Monate die Mühe alles Klopfens und Klingelns, und schon auf fünfzig Schritte die Fenster der Beletage musternd, entziffern sie aus jedem herabgelassenen Rouleau die Septemberlosung »out of town!«. Am geratensten freilich ist es, um diese Zeit sich alles Besuchemachens überhaupt zu enthalten, denn es gilt halb und halb als Beleidigung, während des Spätsommers irgendeinen Gentleman in seiner eigenen Wohnung vorauszusetzen. Ich kannte Familien, die den ganzen September über in ihren Hinterstuben saßen und die Frontfenster des Hauses hermetisch verschlossen hielten, nur um die Nachbarschaft glauben zu machen, sie seien »out of town«.

War es herzliche Langeweile oder war es das unklare Verlangen, »mit in der Mode zu sein«, was mich dem allgemeinen Zuge folgen ließ, – gleichviel, ich sehnte mich plötzlich nach Seeluft, und der nächste Morgen schon sah mich in Brighton. Denn die Mode beherrscht uns mehr, als wir glauben. Selbst Professoren kennen etwas von jenem wunderbar erhebenden Gefühl, mit dem der gewöhnliche Mensch (auch ich) in den Ärmel eines neuen Rockes fährt, und mancher langhaarige Dichter zog seine modischen Hackenstiefel mit Empfindungen an, als sei nun der Kothurn selber unter seinen Füßen. Ich wage die Behauptung: wer keine Glacéhandschuh' trägt, hat entweder keine oder *versteht* sie nicht zu tragen, und dem breiten Behagen der Unfeinheit gehen unwandelbar viele hundert gescheiterte Versuche voraus, sich auf dem Parkett des Lebens zu bewegen.

Brighton ist noch immer seit den Tagen der Regentschaft der fashionable Badeplatz der Aristokratie, und die Konkurrenz von einem halben Dutzend nachbarlicher Parvenüs (Ramsgate, Margate usw.) hat seinen anererbten Ruhm wenig zu erschüttern gewußt. Noch immer wächst während der Saison die Einwohnerzahl um volle 30 000, und jene Leute zweiten und dritten Ranges, die erst anfangen, die Mode mitzumachen, wenn sie längst aufgehört hat, Mode zu sein, sichern diesem Platz, allen Launen der Fashion zum Trotz, noch eine Zukunft von fünfzig Jahren. Brighton ist schön. In einer Ausdehnung von nah einer deutschen Meile zieht sich der neuere Teil der Stadt, Palast neben Palast, halbkreisförmig an der Meeresküste entlang. Auf einem Hügel, im Rücken dieser Häuserreihe, erhebt sich das alte Brighton mit seinen krummen und schmalen Straßen, bis endlich das Auge auf einem grauroten, halb kastellartigen Normannenturm ausruht, der unwirsch in die fremde Welt hineinblickt. Nur eins wie immer – das Meer.

Um die Schönheit Brightons ganz zu genießen, muß man ins Meer hinausfahren oder, wenn man die Wellenwiege und deren Folgen scheut, sich wenigstens an das äußerste Geländer jener berühmten Hängebrücke lehnen, die unter dem Namen »Brighton-Pier« viele hundert Schritte in die grünblaue See hinausläuft. Folge mir der Leser dorthin. Es ist Nachmittag, und auf dem letzten, aus vielen hundert Balken zusammengezimmerten Brückenpfeiler versammelte sich schon die schöne Welt, um dort den Liedern und Tänzen einer deutschen Kapelle mit Andacht zu lauschen. Ich sage »mit Andacht«, denn der gute Ruf deutscher Musik ist unausrottbar, und Befriedigung spiegelt sich bereits auf allen Gesichtern. Unser Ohr freilich hörte schon Beßres, aber landsmannschaftliche Rücksicht läßt uns die falschen Noten auf Rechnung des Windes setzen, der eben jetzt frisch und erquickend über Menschen und Klänge dahinfährt. Plätze sind nicht mehr frei, so ist uns denn die Signalkanone willkommen, die unbeachtet an der äußersten Spitze des Pfeilers steht, und auf ihr Platz nehmend, blicken wir jetzt, den Rücken fest ans Geländer gelehnt, über Menschen, Brücke und Brandung hinweg, bis hin auf den prächtigen Brighton-Kai, dessen durch Entfernung verkleinertes Treiben nun wie ein reizendes still bewegtes Camera-obscura-Bild vor uns liegt.

Damen zu Pferde in schwarzem, wallendem Reithabit galoppieren vorüber, reizend gekleidete Kinder in ihrer Ziegenbockequipage fahren auf und ab, breitschultrige Fischergestalten mit Teerjacke und Krempenhut winden das heimkehrende Boot aus der Brandung ans sichre Ufer – Leben überall, aber das stille Leben eines Bildes: kein Mißklang unterbricht den Zauber, dem Aug' und Seele hingegeben sind. Es geht dir durch den Kopf, als sei das Ohr der böse Sinn des Menschen, als wandelten Freude und Schmerz auf verschiedenen Wegen zum Herzen: durchs Auge die Freude, aber durchs Ohr der Schmerz.

Doch ach, wie falsch! Horch auf, welche Klänge treffen nicht eben jetzt dein Ohr und rütteln dich leise-freundlich wie liebe Hände aus deinem Traum!

>Übers Jahr, übers Jahr, wenn ich wiederkomm'
        Wiederkomm',
    Kehr' ich ein, mein Schatz, bei dir.<

Dein Auge gleitet nicht länger mehr am fernen Ufer auf und ab; dicht vor dir, mit einem Anflug von Heimweh, betrachtest du die lieben deutschen Sommersproßgesichter und freust dich, daß der Wind jetzt leiser weht und die Wellen höher ihren weißen Schaum spritzen, als tanzten sie lustiger da unten denn zuvor.

Brighton ist schön, aber was ich soeben geschildert, ist auch sein Alles. Paläste wachsen auf dieser Kalksteinklippe, aber kein einziger Baum; das Meer schäumt donnernd an diese weißen, senkrechten Wände, aber kein Bach windet sich durchs Tal oder plätschert vom Hügel, und unterm Seewind sterben die spärlichen Blumen.

Brighton gleicht einem Hause voll lauter Prunkgemächern: wohin du blickst, Trumeaus und Draperien, parkettierter Boden und verzierte Kamine; dein bürgerliches Herz wird müde der Pracht und Herrlichkeit und sehnt sich wieder nach Ofen und Sorgenstuhl, die Sorgen selbst nicht ausgeschlossen.

Was einzig und allein dauernd dem Menschen genügt, ist nur immer wieder der Mensch. Nichts ermüdet schneller als die sogenannte »schöne Natur«; wie Guckkastenbilder müssen ihre Zauber wechseln, wenn man sie überhaupt ertragen soll. Acht Tage waren um, und schon stimmt' ich aus voller Seele mit ein in das Lied meiner Landsleute:

> »Führt denn gar kein Weg, führt denn gar kein Steg,
> Hier aus diesem, diesem Tal hinaus.«

Rasch war ich entschlossen, und der nächste Morgen sah mich auf dem Wege nach Hastings.

Hastings ist halber Weg zwischen Brighton und Dover. Die Eisenbahn, die beide Städte verbindet, führt erst ins Land hinein, und zwar nach dem Burgflecken Lewes, der alten Grafschaftshauptstadt von *Sussex*. Das Städtchen ist nur interessant durch seine altertümliche Physiognomie, ein malerischer Reiz, dem man nirgends seltner begegnet als in England, wo die Städte alle hundert Jahre ihr Kleid wechseln und ihre Geschichte in Büchern und Balladen haben, aber nicht in Stein.

In Lewes den nächsten Zug abwarten zu müssen, wäre hart gewesen, wenn nicht der nahgelegene Flecken Ashburnham sich des Reisenden erbarmt und ihn zu einer Pilgerfahrt eingeladen hätte. Auch das Königtum hat seine Reliquien, und die alte Kirche zu Ashburnham bewahrt deren, wie nur irgendein Fleck der Welt. Neugierig und zaudernd zugleich tritt der Fremde dort an ein mit rotem Sammet ausgelegtes Glaskästchen und sieht das blutbefleckte Grabtuch Karl

Stuarts und jenes Hemd, das der Henker zurückstreifte, um Platz zu schaffen für die Schärfe seines Beils. Vor meine Seele trat wieder der kiesbestreute Hof von Whitehall, wo noch heute die Bildsäule König Jakobs mit ausgestrecktem Finger auf jene Stelle weist, an der das Haupt seines Vaters fiel, und es durchschauerte mich angesichts dieses Kästchens wie damals, wo ich zum ersten Male rasch und klopfenden Herzens, wie unter einem sausenden Windmühlenflügel, unter dieser stillen Fingerspitze hindurchhuschte. Noch eine dritte Reliquie umschließt das Kästchen: jene mit Mosaikblumen ausgelegte Taschenuhr, auf der König Karl die Stunde seines Todes las und die er lächelnd dann jenem Lord Ashburnham reichte, der treu wie seine Ahnen mit aufs Schafott gestiegen war. Denn sie waren alle treu seit jenem Bertram, der Schloß Dover noch hielt, als Hastingsfeld längst eine abgespeiste Tafel war, und dessen Haupt dem Normann erst huldigte, als es abgeschlagen zu den Füßen des Eroberers lag.

Von Lewes aus läuft die Eisenbahn wieder südlich der Küste zu und berührt sie unterhalb Schloß Pevensey, genau an jener Stelle, wo Wilhelm der Eroberer aus seinem Boot ans Ufer sprang und mit der Hand in den Sand fallend, voll Geistesgegenwart jene berühmten Worte sprach: »So fass' und ergreif' ich dich, Engeland.« Hier, in unmittelbarer Nähe der Küste, sieht man auch die ersten Exemplare jener Armee von Wachttürmen, die sich wie eine steinerne Tirailleurlinie und in einer Ausdehnung von mehr als fünfzig Meilen an der Südküste entlangziehn. Die Form dieser englischen Wachttürme ist genau die eines Puddings, nur sind sie nicht mit Rosinen gespickt. An der See hin, mit Lärm und Gerassel den Donner der Brandung begleitend, braust jetzt der Zug, und endlich zwei mächtige Tunnel durchfliegend, hält er auf dem geräumigen doppelarmigen Bahnhof von Hastings. Brighton ist schön, aber Hastings ist schöner. In alten Zeiten war es der größte und reichste unter den sogenannten »Fünf-Häfen«. Diese Tage des Glanzes sind für immer dahin. Die Natur tat für Portsmouth und Southampton zu viel, als daß Hastings wieder werden könnte, was es war. Dennoch hat es eine Zukunft, aber nicht als Hafen, sondern als Badeplatz. Seine Lage ist entzückend, und das kalte vornehme Brighton blickt mit einer Art Unruhe auf den heitren, rührigen Nachbar, wie der bange Hüter eines mühsam errungenen Ruhms auf die lachende Stirn des Jüngeren blickt, die ihm zuruft: »Dein Kranz ist mein.« Hastings wächst von Jahr zu Jahr und mit Recht, denn die englische Südküste hat keinen schöneren Punkt. Ein mächtiger, in den See vorspringender Fels teilt es in zwei Hälften: rechts, am Strande entlang, läuft der fashionable Teil der Stadt mit seinen Hotels und Palästen, am besten geschildert, wenn ich ihn Klein-Brighton nenne; linkshin zieht sich, ungleich malerischer denn jenes, das alte Hastings mit seinen Badekarren und Fischerhütten, die sich zum Teil unter die überhängenden Felsen kauern, deren groteske Häupter nun wie steinerne Wetterwolken über den Dächern drohn.

Die Sonne ging unter, als ich auf knirschendem Kiessand und rechts vom Schaume des Meeres besprizt, an den letzten Ausläufern dieser Fischerstadt vorüberschritt. In seinen schwarzgeteerten Werkstätten, zweistöckigen Jahrmarkts-buden nicht unähnlich, saß hier das wetterbraune fleißige Volk, dessen Tagewerk die Gefahr ist, und flickte die Netze und rüstete sich zum Fang. Aus der letzten Hütte scholl es wie ein frommes Lied, aber der Wind zerriß die Klänge, und jetzt um einen Felsblock biegend, lagen Lied und Stadt weit hinter mir. Immer wilder wurde die Szene. Auf schmalem Streifen zwischen Fels und Meer kletterte ich jetzt über herabgestürzte Blöcke hinweg, die mir den Weg zu verbieten schienen; aber der Reiz wuchs mit dem Widerstand. Lustig im Wind flatterte mein Haar, in meine Seele setzte sich der

Wind wie in ein schlaffes Segel, und mir ward wieder, als könnt' ich fliegen und als wäre der Tag meiner Kindersehnsucht da: hinzufahren über die Welt. Plötzlich blendete mich ein Schein, ein Lichtstreif, der weit ins Meer hineinfiel. Ich blickte auf; in halber Höhe des senkrechten Felsens waren menschliche Wohnungen, wie Möwennester, in den Stein gehauen. Vergebens sucht' ich eine Treppenstraße, die hinaufgeführt hätte, und nur ein mannsbreiter Gang lief, in Wahrheit eine Verbindungs*linie,* von Tür zu Tür. Aus einzelnen Fenstern, die mit Hilfe von Seetang in die Felsenlöcher gepaßt waren, schimmerte Licht; die letzte Höhle zur Linken aber schien das Klubhaus dieser seltsamen Kolonie zu sein. Dort schlug ein Reisigfeuer bis hoch an die Decke, und um die flackernden Bündel hockten dunkle, wunderliche Gestalten, wie ein Indianerkriegsrat oder wie die Geister dieses Berges.

Noch einmal ließ ich mein Auge hingleiten über den ganzen Zauber dieser Szene, dann aber bückte ich mich nach einer Muschel, die eben jetzt die Brandung vor meine Füße warf, und nahm sie mit mir als Erinnerungszeichen an diesen Tag und an die weiße Klippe von Hastings.

Von der Weltstadt Straßen

Frühling in St. Giles

Wer kennte wohl nicht *St. Giles*? Die alten Ruhmestage dieser Gassen und Spelunken, die Tage romantischen Glanzes sind dahin; aber die fensterlosen, rauchgeschwärzten Wohnungen, die hier und da ihren Platz behauptet haben und von den Wänden der Nachbarhäuser notdürftig gehalten werden, erinnern wenigstens an die »Höhlen« vergangener Jahrzehnte und beweisen immer noch in Einzelfällen, daß auch das *Verbrechen* seine Anhänglichkeit an die Scholle hat und lieber den erschwerten und immer ungleicher gewordenen Kampf gegen die Gesellschaft und ihre Hüter weiterficht, als die Plätze aufgibt, woran sich *seine* Geschichte und *seine* liebgewonnene Erinnerung knüpft.

Das Verbrechen hat noch immer seine Plätze in St. Giles, aber sie sind wie Sümpfe in einem gelichteten Wald. Halte die große Straße inne, und du wirst sie vermeiden. Die Pioniere jeglicher Art haben auch hier ihr Werk getan; Ordnung hat Terrain gewonnen und gewinnt es immer mehr. Der Schritt aus Armut in Verbrechen, der hier tausendfach geschah, wird jetzt vielfach aus Verbrechen in Armut zurückgetan, und die versteckte Diebeshöhle mit ihren verwegenen Gesichtern wird wieder zum Tausch- und Altkleiderladen, der unschön freilich, aber unerschreckt vor Sonne und Gesetz sein Leben führt und seinen Mann ernährt.

Das Verbrechen lebt nur noch sporadisch in St. Giles, aber Schmutz, Armut, Elend haben immer noch ihre Quartiere in diesem Stadtteil. Häuser und Läden, wie man sie an keiner andern Stelle Londons findet, drängen sich hier nach wie vor zu einem wunderlichen Ganzen zusammen. Neben dem Pfandleiher, in dessen Schaufenster silberne Messer und Gabeln, rostige Doppelpistolen und alte Familienporträts bunt durcheinanderliegen, erhebt sich eine Garküche, auf deren unsauberen Eisenplatten jahraus, jahrein ein dampfender Puddingfetzen liegt. Nachbarlich an die Garküche lehnt sich der kleine Laden des Vogelhändlers, dessen Meisen und Kanarienvögel geduckt in den schachtelartig aufgetürmten Käfigen sitzen, während das Kaninchen an der Eingangstür seinen Kopf in die Höhe streckt und in den Haushalt des nachbarlichen Meerschweinchens neugierig hineinguckt. Neben dem Vogelhändler wohnt der Tripe-dresser, eine Art Paria unter den Schlächtern, der mit allerhand unsagbaren Eingeweiden handelt und wie die Negerfürsten von Dahomet seine kägliche Residenz mit Kalbs- und Hammelköpfen in langer, blutiger Reihe garniert hat. Dem Tripe-dresser folgt der Buchhändler, wohlverstanden der Buchhändler von *St. Giles,* und während wir stehenbleiben, um seltsame Titel zu sehen, die wie das Inhaltsverzeichnis zum »Pitaval« klingen, unterbricht ein Gekeif von gegenüber unsre Lektüre, und wir sehen ein junges, halbbetrunkenes Weib, das, vor dem Schnapsladen an der Ecke stehend, mit Flüchen und geballter Faust dem Wirte droht, der sie eben auf die Straße geworfen.

Das ist St. Giles. Aber wie die Sonne überall hinleuchtet und ihre Strahlen über Schlamm und Sumpf ausgießend uns auf Augenblicke vergessen läßt, daß es ein traurig trübes Wasser ist, worauf sie scheint, so hat auch St. Giles seine lachenden Tage, wo das Auge des Vorübergehenden, freundlich überrascht, nur an der Lichtseite des Bildes haftet. Das ist im Frühlingsanfang, wenn die weißen, dünnen Wolken wie ein Schleier am hellblauen Himmel hinfliegen und wenn trotz scharfen Westwindes die Märzsonne warm und erquicklich in die dunklen elendiglichen Gassen fällt. Wer dann

St. Giles passiert, der nimmt ein heiteres Bild mit heim. Aus den schmutzigen Häusern und Spelunken, drin winterlang die Kinder gehockt und gefroren haben, ist heute alles ausgeflogen, um sich angesichts der Sonne mal wieder zu wärmen und zu freuen. Ihr einzig ärmlich Spielzeug, einen *selbstgemachten Federball,* haben die Kleinen mit auf die Gasse genommen, und während es überall, wohin wir blicken, von Hunderten dieser blassen, frühreifen Kinder mit ihren lebhaft dunklen Augen wimmelt, fliegen ihre Federbälle fallend und steigend durch die Luft und leuchten wie Taubenschwärme, auf deren weiße Flügel das Licht der Sonne fällt. Lautes Lachen, so herzlich und sorglos, wie Kinder lachen, begleitet das fröhliche Spiel, und du gehst an all der Heiterkeit mit dem neugestärkten Glauben vorüber, daß Gott den Samen seiner Freude überall hinstreut und daß jedes Wasser seinen Frühling hat und seine Rose – auch die Spelunken von St. Giles.

Wapping

Vom Tower bis zum Tunnel, unmittelbar an der Themse entlang, erstreckt sich der *Wapping* von London, eine Art Schiffervorstadt, ausschließlich von Bootsvolk und Zimmerleuten, von Seilern und Segelmachern, von Wirtschaftshaltern und Schiffszwiebackbäckern seiner ganzen Länge nach bewohnt.

In alten Zeiten zog sich hier eine einzige Straße entlang, schmutzig genug, um im ganzen Lande sprüchwörtlich zu werden und als Bezeichnung zu dienen für jede verworfene Lokalität. »Das ist unser Wapping«, so hieß es und heißt es jetzt noch in großen und kleinen Städten Englands, wenn uns ein Zufall durch finstere, übelriechende Gassen führt und der Lokalpatriotismus unseres Führers den Unflat entschuldigen will, der aufgetürmt in den Straßen liegt. Aber

Old-Wapping existiert nicht mehr, und nur die Hinterfronten jener Speicher und Warenhäuser, die nach der Themse hinaus liegen, erinnern noch lebhaft mit ihrem geteerten, unten von der Flut halb weggespülten Pfahl- und Plankenwerk an die alte Schiffervorstadt, die einstens hier stand. Neubauten, in dem üblichen englischen Häuserstil, haben das Charakteristische des Platzes zu Nutz und Frommen des Anstandes und der Sauberkeit wenigstens äußerlich verdrängt, und selbst die schlamm- und scherbenbedeckte Sandfläche, die sich zur Ebbezeit an dem alten Wappinger Bollwerk entlangzieht, ist nicht mehr, was sie war. In alten Tagen stand hier der Galgen von Wapping; Seeräuber wurden ohne langes Prozessieren daran aufgeknüpft und hingen an dem wegweiserartigen Balken, bis die dreimal wiederkehrende Flut ihre Füße bespült hatte. Das war ganz im Old-Wapping-Stil! –

Aber die »Poesie« des Orts beschränkte sich nicht auf Piratenexekutionen, und neben der Roheit des Schiffs- und Matrosenlebens war hier auch die Treuherzigkeit zu Haus, jene Wahrheit und Schlichtheit des Gemüts, die der Zauber der Derbheit ist. Die Liebe, die – wie schon das Sprüchwort sagt – nicht immer auf Rosenblätter fällt, verschmähte auch nicht die Gassen von Old-Wapping, und die Toms und Johns und Bobs, die allabendlich mit ihren Booten an der alten Wassertreppe anlegten, fanden ihre Bräute allda versammelt und tanzten und sprangen mit ihnen den Klängen entgegen, die aus dem »Walfisch« oder den »Drei Matrosen« hervorlärmten. Unter den zahllosen Volksliedern, die solche Liebschaften verherrlicht haben, ist eins von ganz besonderer Popularität; es führt den Namen »*Wapping Old Stairs*« und ist ausgezeichnet durch seine Mischung von Sentimentalität und Derbheit. Die letztere hat bei der Übersetzung leiden *müssen*. Das Lied ist folgendes:

Treu war ich dir, Tom, treu alle die Zeit,
Seit du fort gewesen so lang und so weit,
Seit ich dich geschmückt mit dem flatternden Band,
Drauf eingenäht mein Name stand.

Was gehst du nun tanzen mit Gret und Susann?
Ich mag dich nicht schelten, ich klag' dich nicht an,
Ich will auch nicht weinen, doch wenn ich es seh',
Da kann ich nicht helfen – das Herz tut mir weh.

Was soll dir Susann und was soll dir die Gret?
's ist keine doch, die sich aufs Rechte versteht,
Das ist Betsi nur, die bei Tag oder Nacht
Ihrem Tommy den Grog zu Danke macht.

Treu war ich dir, Tom, treu alle die Zeit,
Seit von *Wapping* du gingest auf lang und auf weit;
Sei treu auch du und laß flattern das Band,
Drauf eingenäht mein Name stand.

»*Wapping Old Stairs*« sind dahin und leben nur im Liede
noch; aber dem ganzen Platze, wie äußerlich verändert auch,
ist viel von der Poesie früherer Tage geblieben. Die Häuser
sind anders geworden, aber nicht die Menschen, die drin ver-
kehren, und ihr Tun und Treiben hat der neuen Lokalität viel
von ihrem alten Stempel aufgedrückt. Von den sechsund-
dreißig Tavernen, unter denen drei den Namen und das Bild
der »Punschbowle« führen, sind nicht alle geeignet, uns als
Gäste oder gar als Beobachter aufzunehmen; wir wählen also
den »Lotsen«, eins der besseren Lokale, in das wir soeben drei
breitschultrige Gentlemen, augenscheinlich Schiffskapitäne,
fröhlich und guter Dinge eintreten sehn. Im Vorderhause, neben dem Schenklokal, wird getanzt; Trompete, Geige und
Türkische Trommel schmettern und quietschen durch das
Haus; Dunst und Qualm liegen wie eine Wolke über den Tän-
zern, und die durchs offene Fenster einströmende Luft reicht
nur gerade aus, die Atmosphäre atembar zu erhalten. Rote

Gesichter und Zinnkrüge schimmern durch den Qualm, und das ganze Haus zittert unter dem Hacken-Schottisch der derben Paare. Wir gehen vorüber, passieren den Hausflur, schreiten die wenigen Stufen hinab, die zum Hinterhause führen, und befinden uns plötzlich wie in einer anderen Welt. Das Zimmer ist noch ziemlich leer; nur die drei Kapitäne haben an einem der Mitteltische Platz genommen, und vor ihnen dampft bereits der nationale Mischtrank; die dunkle Farbe desselben deutet auf ein gutes Verhältnis. Sie greifen eben nach den Tonpfeifen, um bei Tabak und Grog die Freuden des Abends zu beginnen, während wir uns rasch in den Hintergrund des Zimmers zurückziehen, an die äußerste Wand hin, die einem einzigen Glasfenster gleicht und nach dem Flusse hinaussieht. Wenige Fuß unter diesem Fenster flutet die Themse vorbei; wir hören sie mehr, als wir sie sehen; nur wenn der Mond von Zeit zu Zeit hervortritt, erkennen wir die breite Fläche, die sein Lichtstrahl in zwei dunkle Hälften scheidet. Ein Schenkmädchen, hübsch aber verwildert, wie sich's eben findet an solchem Orte, setzt die blanken Krüge vor uns hin, und der Themse den Rücken zukehrend, blicken wir jetzt in das hellerleuchtete Zimmer hinein. An der Wand gegenüber hängen vier Farbenkupferstiche aus dem Anfang dieses Jahrhunderts, die vier Hauptmomente der Nilschlacht darstellend; auf dem vierten und letzten fliegt der »L'Orient« in die Luft. Die Schiffskapitäne, schwatzend und lachend, haben kein Auge dafür; der Dampf ihrer Pfeifen ringelt sich in die Luft; jovial, rotbärtig, breitschulterig sitzen sie da, wie die echten, unverfälschten Söhne der Sieger von Abukir. Was kümmert sie das *Bild* des Sieges! Aus dem Tanzsaal aber klingt immer lauter das Juchhe der Matrosen, und unseren verwöhnten Sinnen, die sich abwenden wollen von dem wachsenden Lärm, raunen wir beschwichtigend die Worte Nelsons zu: »Was sprecht ihr von Gesindel? Mit diesem Gesindel hab' ich die Schlachten Englands geschlagen.«

Der *Tower*, die alte Festung und Zwingburg Londons, jetzt wenig mehr als ein wunderliches Gemisch von Archiv, Kaserne und Arsenal, erhebt sich, wie männiglich bekannt, unmittelbar am Ufer der Themse. Seine Lage ist insofern eigentümlich, als er es verschmäht hat, sich die Höhe des ihn umzirkelnden Hügels zunutze zu machen, und zufrieden gewesen ist, sich am Fuße desselben aufzurichten. Er liegt da wie ein beherrschter Herrscher, die Hügelkuppen über sich.

Das ausgebuchtete Plateau, dessen äußerste Peripherie von alten und meist unscheinbaren Häusern umschrieben wird, bildet eine vom Fluß aus ansteigende, hufeisenförmige Straße, die sich an einigen Stellen zu platzartiger Breite erweitert, zumal da, wo von allen Seiten her wie Strahlen, die nach demselben Fokus drängen, allerhand schmutzige Gassen einmünden, Gassen, von denen es schwer zu sagen ist, ob das kaufmännische Element der City oder die Armut von Whitechapel, ob das Schachertum der »Minories« oder die Matrosenwelt von Wapping und Shadwell in ihnen prävaliert.

Wir kommen von der City-Seite her, haben die Unter-Themse-Straße mit ihren Speichern, Fisch- und Käseläden eben passiert und steigen auf einer weißen Steinlinie, die als Fußweg mosaikartig in das Pflaster eingelegt ist, den Hügel hinan und halten jetzt auf seiner höchsten Stelle. Diese höchste Stelle des Hügels heißt *Tower-Hill.*

Vor uns, wie durch einen Rahmen, den zwei am Ufer stehende riesige Speicher bilden, blicken wir auf den Fluß und sein friedliches Treiben. Nichts um uns her, das an den Ernst der Stelle mahnte, auf der wir stehen. Und doch ist es der blutgetränkte Platz, auf dem so oft sich das Schafott erhob und so manches Haupt unter dem Beil des Henkers fiel. Tower-Hill drückte das letzte rote Siegel auf die Erlasse gewalthabender Majestät, und Verräter und Märtyrer, im bunten Lauf der Geschichte, traten von hier aus vor Gottes Angesicht. Hier fielen Bischof Fisher und Sir Thomas Morus, beide fester am Glauben hängend als an ihrem Leben; hier starb Guildford Dudley, noch einmal hinübergrüßend nach dem Tower-Fenster, an dem Johanna Grey in Tränen und Todessehnsucht stand; hier endete Strafford, fest wie er gelebt und bis zum letzten Augenblicke seine Unschuld beteuernd; hier starben Algernon Sidney und James Monmouth, bis endlich an ebendieser Stelle die Häupter jener drei schottischen Grafen fielen – die letzten Opfer einer ringenden Zeit und das letzte Blut auf Tower-Hill.

Einer kaum unter tausend von allen denen, die täglich über diesen Platz eilen oder die weiße Steinlinie hinansteigen, hat auch nur eine Ahnung davon, auf welcher Stelle er steht. Tower-Hill ist die Stätte des harmlosen Schauspiels, der Unterhaltung, der Volksbelustigung geworden, soweit englisches Leben und Londoner Straßen eine Volksbelustigung zulassen. Hier stellt sich der wohlbekannte schwarzbärtige Franzose auf, der seinen Neufundländer apportieren und unterm Jubel der Straßenjugend durch den Reifen springen läßt; hier exerzieren Kanarienvögel und erschießen und begraben ihren Kameraden; hier sammelt sich das Volk um den Käfig jener »glücklichen Familie«, darin der alte Lehrmeister *Hunger* in der Tat die Ordnung der Natur auf den Kopf gestellt und Eintracht und Geselligkeit zwischen Hund und Hase, zwischen Maus und Katze etabliert zu haben scheint. Und eben jetzt, während wir unsre Umschau halten und unsre Gedanken hin und her schweifen lassen zwischen den Bildern von sonst und jetzt, hören wir, neben den ersten Schlägen der großen Trommel, die Locktöne der Papageno-Flöte, die uns sagen, daß ein Puppentheater auf dem Wege zu uns ist. Da hält schon der Kasten; die Straßenjugend sammelt sich, und Mr. Punch, der englische Policinell, erscheint mit Schellenkappe und roter Nase, um dem Volke seine Verbeugung zu machen.

Das ist Tower-Hill im Frühling 1858. Der Tower selbst, die alte Stätte steigenden und gestürzten Ehrgeizes, der Macht und des Verbrechens, steht uns zur Seite, fremd in diese Zeit hineinblickend, wie das Gespenst seiner selbst, und nur die Werbeunteroffiziere, die mit bunten Bändern am Hut eben an uns vorübergehen und nach braven Burschen ausschauen, die Lust haben möchten, Khaunpur zu rächen oder vor Peking zu landen, erinnern uns daran, daß Blut noch immer zum Kitt der Weltgeschichte gehört.

London-Bridge

Du bist noch nicht lange in London, lebst in Finsbury-Square, hast eben den letzten deiner Empfehlungsbriefe abgegeben und wirst am andern Morgen schon durch einige freundliche Zeilen überrascht, die etwa dahin lauten: »Mr. und Mrs. Smyth empfehlen sich Herrn Deutschmeister aufs freundlichste und würden sich freuen, denselben am nächsten Sonnabend (5 Uhr) auf ihrem Landsitz empfangen zu können. 14 Grove-Lane. Brixton. P. S. Wenn Sie nicht einen Cab vorziehen, so empfehlen wir Ihnen den Norwood- oder den Paragon-Omnibus, beide passieren unser Haus.«

Du hast eine unklare Vorstellung davon, daß es angemessen sein dürfte, in einem Cab den ersten Besuch zu machen, und nachdem du im großen Saal des Hotels den Plan von London aufmerksam studiert und hinterher mit dem Portier ein konjekturenreiches Gespräch über Grove-Lane und Brixton geführt hast, steigst du endlich Sonnabend 4½ Uhr in den bereits wartenden Cab und überläßt dich seiner Führung. Mit vielem Behagen drückst du dich in die Ecke, und das Bewußtsein seltener Pünktlichkeit löst sich in deiner Seele mit den Bildern eines guten Diners angenehm und regelmäßig ab. Plötzlich Stillstand. Du denkst, der Kutscher schläft.

»Drive on!« (Fahr zu), rufst du zum Wagenfenster hinaus. »I can't« (Geht nicht), schallt die Antwort zurück. Du siehst jetzt um dich und beruhigst dich; der Cabby hat recht, es geht wirklich nicht. Was ist zu tun? Du überlegst einen neuen Angriffsplan, beschließest endlich, dein Heil auf einer der andern Brücken zu versuchen, und gibst zum Fenster hinaus die halb vom Lärm verschlungene Ordre: »Drive back, coachman.« (Kehr um, Kutscher.) Aber rasch wie ein Echo klingt es zurück: »Back Sir? I can't.« In unangebrachter Entrüstung ziehst du jetzt die Börse, zahlst und springst aus dem Wagen, um schlimmstenfalls zu Fuß vorzudringen, in Wahrheit aber nur, um im nächsten Augenblick zu fühlen, wie sehr sich dein Unmut übereilt hat. Da stehst du eingeklemmt zwischen langen Wagenreihen und erkennst die Unmöglichkeit, auch nur das Trottoir zu gewinnen, das so nah ist und doch so fern. Jedes Anrücken der Wagen bringt dich in die äußerste Gefahr, unter die Räder zu geraten, und, instinktmäßig deine Rockschöße fest um dich herumwickelnd, um nicht an einem der Zipfel erfaßt und niedergerissen zu werden, immer mehr in eine bloße Linie dich ausreckend und verdünnend, glückt es dir endlich, dich durch das Räderwerk hindurchzuwinden und auf den Treppenstufen der King-Williams-Statue dich einigermaßen gefahrlos zu placieren. Hier hast du einen Überblick über die Szene, in der du eben mitspieltest. So weit dein Auge reicht, alles eine Wagenburg, ein verfahrenes Defilee. Jenseit der Brücke verschwimmt das Ganze zu einem Schatten- und Nebelbild; nur von Zeit zu Zeit glaubst du das Blitzen von Metallbeschlägen und großen Goldbuchstaben wahrnehmen zu können. Auf der Brücke selbst, näher zu dir heran, gestalten sich die Umrisse klarer und bestimmter; die Außenpassagiere der Omnibusse, in Dunst und staubiger Atmosphäre, bilden zwar immer noch bloße Linien und dunkle Knäuel, aber du erkennst bereits alle überragend den breitschultrigen

Kutscher, dessen Peitschenbewegungen die schlechte Laune ausdrücken, in der er sich befindet, während das rote, dir zugewandte Gesicht des Kondukteurs und das Hin- und Herfechten seiner Arme unverkennbar auf Zwiegespräche deutet, die du froh sein darfst, nicht hören zu können. Endlich diesseit der Brücke bis zu deinem eignen gesicherten Stand hinan hast du das Bild in voller Bestimmtheit vor dir. Zwischen die Omnibusse aller Namen und Farben sind die Cabs geraten, wie Leichte Kavallerie, die ihr Terrain nicht kennend plötzlich feststeckt und ein allzurasches Vordringen mit völligem Abgeschnittensein bezahlen muß. Ihr einziger Trost ist der, den verhaßten Gegner, den siegreichen Omnibus, um kein Haarbreit besser situiert und den vermeintlichen Sieger selbst wiederum besiegt zu sehen. Der große Frachtwagen mit den zwei handbreiten Rädern, der Bierwagen von Barclay und Perkins, der Kohlenwagen der Nordbahnkompanie – *diese* beherrschen die Situation, *diese* sind die große Redoute, daran der Ausgang der Schlacht hängt; ihr friedliches Abfahren oder ihr rücksichtsloses Vordringen gibt die Entscheidung. Wie bezaubert hängt dein Auge an dem Anblick, dann gedenkst du Brixtons und deiner Einladung, und von der Statue Wilhelms IV. aus dich rechts hin durch Cannon-Street bis zur St. Paulskirche hindurchschlagend, siehst du endlich wieder Terrain vor dir, auf dem du es zum zweiten Male wagen magst, dich einem Cab und seiner Führung anzuvertrauen. Du winkst und steigst ein. »Grove-Lane, Brixton«, rufst du dem Cabby zu, während er eben den Schlag hinter dir zumacht, »but for heaven's sake don't pass London-Bridge« (aber um Himmels willen nicht über die London-Brücke), setzt du mit geängsteter Seele hinzu. »All right« (schon gut), repliziert der Kutscher, springt auf den Bock und peitscht und jagt über die *Blackfriars*-Brücke hin, nach Southwark hinein. Fünfeinhalb hältst du vor 14 Grove-Lane. Du glaubst deine Verspätung nicht besser als durch Vortrag deiner Leidensgeschichte entschuldigen zu können, aber jede Verlegenheit wird dir rasch erspart. In demselben Augenblick, wo du das Wort »London-Brücke« aussprichst, lachen deine liebenswürdigen Wirte, und mit einem: »Sie sind entschuldigt« geht es zu Tisch.

Waltham-Abbey

London im Juli 1857. – Wenn der Fremde fertig ist mit Windsor, Richmond und Hampton-Court im Westen und mit Greenwich und Blackwall im Osten, wenn er die Hügel von Hampstead und Highgate zu allen Jahreszeiten erklettert, an Schneelandschaften mit Sonnenuntergang und an blühenden Ginsterheiden mit Lerchen drüberhin sich satt gesehen hat, so blickt er endlich voll einiger Verlegenheit auf die Spezialkarte von Middlesex und sucht nach neuen Punkten für seine Zerstreuung und Wißbegierde.

Es gibt solcher Plätze noch viele, die Themse hinab und hinauf, südlich in Surrey und nördlich in Essex, aber es erheischt ein Leben unter dem Londoner Volk und eine Vertrautheit mit seinem Tun und Treiben, mit seiner Arbeit und seiner Erholung, um von solchen Punkten nur überhaupt Kenntnis zu haben. Wer führe nach Tottenham oder Edmonton, nach Brixton oder Norwood, bevor ein Zufall sich seiner annähme! Wer hörte nur von diesen Plätzen, bevor er seinen Hauswirt mit drei lachenden Töchtern und einer feierlichen Mutter in den Stellwagen steigen und seine bescheidene Anfrage dahin beantwortet sah, daß *Epping* oder *Romford* (Namen, die der Unwissende nie gehört) der schönste Punkt in den drei Königreichen sei und daß ein Fremder nicht sagen dürfe, in England gelebt zu haben, wenn er diese lieblichsten Leistungen der Mutter Natur nicht wiederholentlich bewundert habe. So macht man allmählich seinen Zirkelschlag um London herum und sieht eine Fülle von Bildern vorüberziehen, die freilich nicht besser sind als die sonntäglichen Wallfahrtsorte par excellence, aber im großen ganzen auch um kein Haarbreit schlechter.

Waltham-Abbey gehört nicht ganz zu diesen namenlosen Plätzen, wohin der bloße Zufall den Fremden führt. Das Gros der Armee, das herüberkommt, um hier in fünf oder zehn Jahren reich zu werden und mit Silbergeschirr und Verachtung heimatlichen Wesens zurückzukehren, wird allerdings das schöne Inselland gemeinhin verlassen, ohne eine Ahnung davon zu haben, daß es ein Waltham gibt und in dem Waltham eine alte Abtei; aber das Gros der Armee ist eben nur das Gros, und einzelne Hauptleute und Offiziere werden immer dasein, die Waltham-Abtei kannten, lange bevor der Plan von Middlesex vor ihnen lag und lange bevor sie ihren Wirt und seine kichernden Töchter in den Wagen steigen und die Richtung nach Waltham-Abtei nehmen sahen. Der Geschichtsfreund, der Bauverständige, der Maler und der Dichter, sie alle kennen die Abtei, wie man Holy-rood kennt oder Hastingsfeld oder Bannockburn.

Der Name Waltham-Abbey ist mit verwebt in das Trauerspiel des Hastingstages. Zu Waltham-Abbey spielt die letzte Szene des letzten Aktes. Der Geschichtskundige weiß, daß der Abt von Waltham, ein treuer Anhänger König Haralds, zwei Mönche aussandte, um die Leiche des Königs auf dem Schlachtfelde zu suchen, und daß die Mönche trauernd heimkehrten, ohne den König gefunden zu haben; der Poet weiß, daß die Mönche vergebens suchten, bis Edith Schwanenhals, die Geliebte des Königs, ihnen folgte und mit dem scharfen Auge der Liebe den Toten unter den Toten entdeckte; und der Maler weiß, daß Horace Vernet diesen Moment des Findens zum Vorwurf eines seiner historischen Bilder machte, eines Bildes, fehlerhafter vielleicht und angriffsfähiger als andere Werke des Meisters, aber an Großartigkeit von keinem übertroffen.

Das ist Waltham-Abbey. Ich kannt' es lange, seit meinen Knabenjahren, wo ich mit großen Augen vom Hastingstage und dem Taillefer las, aber ich wußte nicht, daß diese Perle in unmittelbarer Nähe Londons liege. Dem Namen endlich auf der Karte begegnen und den nächsten Sonntag für eine Pilgerfahrt dahin festsetzen – war eins. Letzten Sonntag war ich da. Auf einem offenen Wagen fuhr ich durch die lachende Landschaft. Erst Villen, dann Pachtershäuser rechts und links, Hügel und Hecken und dazwischen, leis vom Winde bewegt, die vollen Halme des Essex-Weizens. Endlich hielt der Wagen; wir waren in Waltham, ein Dorf halb, halb ein Städtchen. Wir gingen die Straße hinauf, den breiten, abgestutzten Turm der Abteikirche wie einen Führer vor uns. Ein kleines Tor in der Feldsteinmauer führte uns auf den Kirchhof, einem jener wunderbaren Plätze, deren Zauber uns aussöhnt mit dem Gedanken des Sterbenmüssens. Die Häuser standen dem Kirchhofe so nahe, als gehörten sie mit dazu; einzelne hingen mit ihrem oberen Stockwerke über die Kirchhofsmauer fort, und die weißen Holunderbäume, die von der Mauer aus in die Fenster hineinwuchsen, schienen eher eine Brücke zu bauen als eine Scheidewand zu ziehen. Tod und Leben verschwammen hier miteinander. Rotbakkige Kinder mit blonden Köpfen und buntem Sonntagsstaat liefen und sprangen über die Gräber hinweg. Hier und da saß ein Alter mit langem schnurbesetzten Leinenkittel (unseren Schäfern nicht unähnlich) auf dem Grabstein eines Bruders oder Freundes und dachte an vergangene Tage und die Tage, die kommen, und über das alles hin zog der Fliederduft und das Bunt der Schmetterlinge und der Klang der Lerchen. Von den spielenden Kindern an bis zu dem Schmetterlinge, der hoch ins Blau flog, war alles sinnig und deutungsreich und ein Glied in der Kette von Leben und Tod. In der Mitte des Kirchhofs stand ein Ulmenbaum mit einer Rasenbank. Drum umher und auf dem Rasen saßen fünf alte

Leute mit langen Röcken, vorgellertschen Hutformen und Schaffellgamaschen. Ich fragte sie, ob die Kirche offen sei. »Nicht jetzt, aber der Herr können sich derweilen diesen Baum ansehen, it is the biggest tree in the whole kingdom of England.« (Es ist der dickste Baum im ganzen Königreich England.) Es mag schon wahr sein, denn meine ausgebreiteten Arme lagen an dem Baum wie eine dürftige Elle an einem endlosen Stücke Kattun. Ich fragte nicht, wer den Baum gepflanzt habe, ich würde keine Antwort erhalten haben. Ich wußte es. Das mußte die Stelle sein, wo die Leiche König Haralds gestanden hatte, als die beiden Mönche sie heimbrachten vom Hastingsfelde. Dort war der Abt an die Bahre herangetreten, welche die Mönche aus schlichtem Baumgestrüpp zusammengefügt hatten, dort hatte er den verstümmelten Leichnam wiedererkannt, ihn gesegnet und ihn bestattet dann, tief und sicher vor dem Haß und den Händen des übermütigen Siegers. Die Ulme war gewachsen über dem Grabe, gewachsen wie diese Insel selbst, rastlos, endlos, ein Reis erst, dann ein Baum wie andere Bäume, und dann – ein Riesenbaum.

Die Forscher streiten sich, wo Harald liegt. Die einen sagen, er liege im Dünensande bei Pevensey, bespült vom Meer. Die Gattin Haralds kam zu Wilhelm und bat um den Toten; – er schlug es ab. Den Seinen aber rief er zu: »Versenkt ihn in den Sand bei Pevensey, da mag er im Tode die Küste hüten, die er im Leben nicht hüten konnte.« Das klingt nach Wahrheit; aber die Sage spricht von Edith und von Waltham-Abtei, und die Sage hat immer recht, selbst dann noch, wenn sie unrecht hätte.

Ich sprach noch mit den Alten und rechnete aus, wieviel Male der Ulmenbaum älter sei, als wir alle zusammengenommen, da gingen die Glocken, und der Kirchgang begann. Eh' wir uns anschickten, in die Kirche einzutreten, traten wir ein paar Schritte zurück, um uns zunächst von einem gut gelegenen Punkte aus das Bild dieser wunderbaren Kirche einzuprägen. Sie lag vor uns wie eine Musterkarte aller Baustile seit Anfang dieses Jahrtausends. Von Altsächsischem war nichts mehr wahrzunehmen; aber Feldsteinmauern und Rundbogen, gotische Nischen und Tudorfenster mischten sich zu einem wunderlichen Ganzen, daran der Ungeschmack des vorigen Jahrhunderts noch ein Schulhaus und eine Sakristei im schlimmsten Barackenstil geklebt hatte. Das Läuten dauerte fort, und wir traten ein. Bunt und konfus wie die Außenseite, so harmonisch erwies sich das Innere. Kanzel und Kirchenstühle abgerechnet, war alles aus einem Guß, und die Rundbögen, ruhend auf schwerfällig mächtigen Säulen mit sonderbar geformten Kapitälen, forderten sofort zum Vergleich mit jener Tower-Kapelle auf, die mit der Kirche von Waltham um den Ruhm streitet, das wohlerhaltenste Stück englisch-normännischen Baustils zu sein. Der Säulengang lief durch das ganze Schiff der Kirche hin und trug eine Reihe niedrigerer Bögen, die wie ein zweites Stockwerk bis zur Höhe der Decke stiegen. Weiße Mauertünche, womit die englische Sauberkeit so vieles verunstaltet, fehlte auch hier nicht, aber der Eindruck der Formen litt verhältnismäßig wenig darunter. Wir schritten von Säule zu Säule und hätten unsern Rundgang wohl noch fortgesetzt, wenn die Frau des Kirchendieners nicht an uns herangetreten und mit dem verlegenen Respekt, den ihr ein eben erhaltener Schilling auferlegte, uns mitgeteilt hätte, daß der Geistliche unser Verschwinden wünsche. Er hat es nicht gerne, wenn die Leute nur zum Sehen kommen. (»He doesn't like people coming in only for the Norman style.«) Das war uns genug; wir nahmen Abschied von der Abtei. Draußen spielten noch die Kinder, die Alten saßen noch unter der Ulme, und die Grabsteine schimmerten so hell in der Sonne, als wäre alles Lust und Leben. Wir traten unsern Rückweg an und entschieden uns für Dampf und Eisenbahn. Die große Ost-

Linie führt an Waltham vorbei. Wir warteten wenig Minuten erst, als von entgegengesetzten Seiten die Züge herankamen. Die beiden Lokomotiven lagen endlich schnaubend nebeneinander, die eine der »Cromwell«, die andere der »James Watt«. Wir stiegen ein und glitten alsbald die Eisenlinie entlang. »Waltham-Abbey« – »Cromwell« – »James Watt« – wiederholte ich mir langsam. Die englische Geschichte liegt zwischen diesen Namen. Hastingsfeld und Waltham-Abbey waren Tod und Begräbnis des alten Sachsentums, Cromwell war sein Rächer, und mit dem dritten Namen kam *unsere* Zeit, die Zeit, die rastlos Verbindung und Vereinigung webt; – wird sie auch Einigkeit weben und Frieden und Glück?

Oxford

Die Stadt Oxford.
Vergleich mit Nürnberg und Edinburg

Ziemlich im Zentralpunkt des eigentlichen Englands, in jener
fruchtbaren Ebene, wo Cherwell und Isis zusammenfließen,
um dann als Themse, als Herzader Englands, ihren Lauf gen
Osten fortzusetzen, dort wo Gruppen uralter Ulmen und
Eichen das schöne englische Wiesenland unterbrechen und
Hütten, Meiereien und lachende Landsitze sich an den Windungen der Wege und Straßen entlangziehen, erhebt sich
Oxford mit seiner Masse gewaltiger Bauwerke plötzlich aus
dem Boden, Bauwerke, die ihrem allgemeinen Charakter
nach die Mitte halten zwischen Kloster und Palast. Zwar
durchbrechen einzelne gotische Kirchtürme und romanische
Dome die horizontalen Linien; doch unterscheidet sich der
allgemeine Eindruck aus der Form und auf den ersten Blick
sehr wesentlich von dem gewöhnlichen mittelalterlicher
Städte, auch der bedeutendsten. Die Umrisse sind keineswegs so scharf, vielzackig, unregelmäßig und phantastisch –
es waltet eine gewisse Milde, eine eigentümlich sichere Ruhe
in diesen mehr breiten, terrassenartig sich erhebenden Massen. Der vorherrschende Charakter, zumal bei entsprechen-
der Beleuchtung, möchte in der *Wirklichkeit* kaum etwas
Analoges finden; Oxford in einer gewissen Entfernung gesehen, liegt da wie eine Landschaft Poussins oder Claude
Lorrains. Dieser Vergleich erscheint vielleicht etwas kühn
und etwas gesucht; er ist aber nicht meine Erfindung, sondern eine, nach der malerischen Seite hin, gang und gebe
Charakterisierung Oxfords, der man in England oft begeg-

net. Noch einmal, die horizontale Linie herrscht vor, und jene fünfzig akademischen Gebäude, »Colleges« genannt, geben der Stadt äußerlich ihr Gepräge, wie sie innerlich die Geschichte und die Bedeutung Oxfords geschaffen haben. Der Rest der Stadt, das *bürgerliche* Oxford, verschwindet daneben. Betreten wir die Straßen, so fehlt es freilich nicht an allen äußeren Zeichen eines regsamen, wohlhabenden, das Nützliche und das Angenehme hervorbringenden, gewerblichen Lebens, aber all diese Zeichen der Industrie treten hier nie selbständig oder gar als herrschendes Element hervor, sie sind gleichsam nur die Neben- und Wirtschaftsgebäude jener Paläste der Wissenschaft, von denen immer wieder das Auge und der Geist des Beobachters festgehalten wird. Diese Paläste der Wissenschaft drücken der Stadt in jeder Beziehung ihren Stempel auf; es fehlt der laute Markt des Lebens, der sonst nirgends hörbarer lärmt als in den großen Städten Englands, und eine Ruhe und Stille liegt über dem Ort, die denselben auch äußerlich als eine Stätte *geistiger* Arbeit kennzeichnet. In ernster, faltenreicher Tracht, ziemlich genau den Talaren unserer Geistlichen entsprechend, bewegen sich Studenten und Professoren durch die Straßen, und die eigentlich städtische Bevölkerung gönnt ihnen den Vortritt und gibt in ehrerbietigem Ausweichen ihre Achtung und ihre Deferenz zu erkennen. An der Aufrichtigkeit dieser Respektsbeweise wird niemand zweifeln, der da weiß, aus welchen Elementen sich die akademische Bevölkerung Oxfords immer neu zusammensetzt; Rang, Reichtum und hohe Geburt stellen von Jahr zu Jahr ihr Kontingent und sichern den sogenannten »gownsmen« gegenüber den »towns-men«, oder wörtlich übersetzt den »Talar-Leuten« gegenüber den »Stadtleuten« ihr Ansehen und ihre Superiorität. Über die Schönheit Oxfords ist viel hin und her gestritten worden; man hat es mit diesem und jenem berühmten Punkt verglichen, teils um es besser charakterisieren, teils um es mehr und mehr verherrlichen zu können. Unter den Städten, mit denen es oft, teils seinem Wesen, teils dem Maß seiner Schönheit nach, in Parallele gestellt worden ist, stehen *Nürnberg* und *Edinburg* obenan.

Der Vergleich mit Nürnberg ist mir stets so unpassend wie nur möglich erschienen. Beide sind freilich mittelalterliche Städte, und die Gotik hat die eine wie die andere gebaut; aber Oxford ist vor allem eine Stadt von so entschieden *aristokratischem* Gepräge, daß die Stadt des Hans Sachs, die *Bürger*stadt par excellence, nur die großen Familienzüge des Gotischen mit ihr gemein hat. Oxford ist eine Anhäufung von Kirchen, Klöstern und Palästen. Nürnberg ist eine Stadt wie andere Städte, d. h. eine *Häuser*stadt, so interessant die einzelnen Häuser auch sein mögen. An Oxford hat der Reichtum eines großen und reichen Landes gebaut, an Nürnberg vor allem die Liebe seiner eigenen Bewohner. Was Oxford hat und ist, verdankt es *England,* was Nürnberg ist und hat, *verdankt es sich selbst.* Oxford ist groß in Entfaltung des Großen, Nürnberg ist groß in Entfaltung des Kleinen, des Details. Oxford *wurde* gebaut, Nürnberg *hat sich* gebaut. Das Wesen zweier Nationen spricht sich in diesen beiden Städten aus: der äußere Reichtum hier, der innere dort; Glanz und Einförmigkeit auf der einen, Reiz und Mannigfaltigkeit auf der andern Seite. Auch in England hat es Nürnberg, d. h. hat es Städte von durchaus bürgerlichem Gepräge gegeben; sie sind dahin. Wenn man in Deutschland nach Analogien für Oxford suchen will, so findet man sie nur dort, wo Fürsten und Kirche gemeinschaftlich, am besten vielleicht, wo *Kirchenfürsten* die weise, gediegene Ausschmückung einer Stadt übernommen haben.

Wie über Nürnberg und Oxford, so auch noch ein Wort über den Vergleich zwischen Oxford und Edinburg. Dieser Vergleich bezieht sich nicht, und hat sich nie bezogen, auf Stil und bauliche Anlage, nicht auf Häuserkomplexe oder

Häuserdetails, er bezieht sich lediglich auf das Schönheitsmaß der einen oder der andern Stadt und soll womöglich die schwierige Frage entscheiden, welcher von beiden Schwestern der Apfel, der Schönheitspreis gebührt. Walter Scott, in einer schwachen Stunde, in der er seinem schottischen Hyperpatriotismus durch einige Verbindlichkeiten die gegen England vorstoßende Spitze abbrechen wollte, hat sich zu der Bemerkung hinreißen lassen, daß Edinburg die allerschönste Stadt der drei Königreiche sei, *wenn nicht vielleicht Oxford* ihm diesen Rang erfolgreich streitig mache. Dieser Satz ist begierig aufgegriffen worden, und die Engländer betrachten es jetzt als eine offene Frage, ob man Oxford oder Edinburg den Preis zuerkennen wolle. So liegt die Sache aber keineswegs. Oxford ist schön und reich und prächtig und, was mehr ist, auch völlig originell in seiner ganzen Erscheinung. Es ist ein Unikum, es gibt nur *ein* Oxford. Aber hiermit ist das Verzeichnis seiner Vorzüge erschöpft; so schön es ist, es reißt nicht hin, es bewältigt nicht, weil man in jedem Augenblick noch das Gefühl hat, zwischen den Gebilden der Menschenhand, zwischen Schöpfungen aus Stein und Mörtel einherzuwandeln. Wer aber zum ersten Male von Princess-Street aus Alt-Edinburg vor sich erblickt, der erkennt den vollen Unterschied und weiß ein für allemal, wohin die Waage sich neigt. Aus grauem Felsen, der in malerischer Linie bergan steigt, wachsen graue, acht Stock hohe Felsenhäuser hoch in die Luft; phantastisch schnörkelt sich, einer silbernen Brautkrone gleich, der Turm von St. Giles über die Häuser empor, und gemeinschaftlich über dem Ganzen liegt jener leise, graue Nebelschleier, der den Zauber dieser nordischen Schönheitsstadt vollendet. Wenn dann vom Schloß herab, das auf höchster Felsenkuppe liegt, durch die hereinbrechende Dämmerung die Hornsignale in langen Tönen ziehen, beschleicht es uns, als ob das Ganze eine Märchenschöpfung sei, die ein Klang ins Dasein rief und die verschwinden muß, sobald der Ton verklingt. Der poetische Zauber dieses Anblicks ist so groß, daß keine Häßlichkeit des Details den Eindruck wieder verwischen oder auch nur mindern kann. Lage, Material, Lichteffekte, Großartigkeit der Verhältnisse und Macht historischer Traditionen, alles vereinigt sich, um dieser grauen Nebelstadt des Nordens vor dem lachend im Grünen liegenden Oxford ein für allemal den Vorrang einzuräumen.

Ich habe bis hieher von dem Eindruck gesprochen, den Oxford als ein Ganzes macht; wir sehen uns nun nach den einzelnen Teilen um. Die Gesamtheit dessen, was zur Universität Oxford gehört, zerfällt in zwei sehr verschiedene Hauptteile: zuerst in einen Komplex von Gebäuden, die direkt der Universität zugehören, und zweitens in eine Reihe von Lehrinstituten, die nur in einem gewissen Zusammenhange *mit* der Universität, in einer gewissen Abhängigkeit *von* derselben stehen, im wesentlichen aber eine selbständige Existenz führen. Jenen Komplex von Gebäuden nennt man die eigentliche Universität von Oxford; diese Reihe freier Lehrinstitute nennt man die Colleges von Oxford.

Bevor ich nun in der Beschreibung und Charakterisierung dieser beiden Hauptteile, worin das gesamte akademische Oxford zerfällt, fortfahre, schalte ich einen kurzen historischen Abriß ein, der dem Leser das Verständnis alles Folgenden, das Klarsehen in dieser ziemlich verzwickten Angelegenheit wesentlich erleichtern wird.

Oxford um die Mitte des 13. Jahrhunderts und auch später noch war eine Universität wie andere Universitäten. Es existierten Hörsäle, in denen mehr oder weniger berühmte Lehrer Vorträge hielten, und zwar vor Hunderten und Tausenden von Studenten, die in der Stadt wohnten und die Universität besuchten in *dem* Sinne, wie bis auf diesen Tag deutsche Studenten deutsche Universitäten besuchen. Zu bestimmten Zeiten wurden an bestimmte Schüler, die sich durch Wissen auszeichneten, bestimmte Grade erteilt, der Bakkalaureus-, der Magister- oder der Doktorgrad.

So war das alte Oxford.

Schon im 14. Jahrhundert, recht eigentlich aber im 16. Jahrhundert oder, noch bestimmter ausgedrückt, unter den Königen und Königinnen aus dem Hause Tudor, erfolgte indes eine gänzliche Umgestaltung, und die beiden alten englischen Universitäten (denn von Cambridge gilt ganz dasselbe wie von Oxford) erhielten jenes eigentümliche Gepräge, wodurch sie sich von allen Universitäten des Kontinents so wesentlich unterscheiden. Die »Colleges« entstanden, und die Hörsäle der Universität wurden leer; – das Lehramt, das Vorlesungenhalten, das Bildunggeben wurde Sache der »Colleges«, und der alten Universität blieb nichts als das Recht, die Bildung, die die Colleges gegeben hatten, schließlich zu prüfen und danach den Ehrengrad des Kandidaten zu bestimmen. Das eigentliche Wesen jeder Universität: das Recht und die Pflicht zu *lehren,* ging auf die Colleges über, und die Universitäten selbst wurden zu dem, was Lord Brougham ebenso witzig wie wahr *»bloße Graduiermaschinen«* oder Graderteilungsanstalten genannt hat. Die Studenten, die ihrer Studien halber in die Colleges eintraten, kamen eigentlich nur zweimal mit der alten, wirklichen Universität in Berührung, bei ihrem Eintritt, wenn es sich um die Immatrikulation handelte, und bei ihrem Austritt, wenn ein Grad als Bakkalaureus oder Magister gewonnen werden sollte. Andre Beziehungen zur Universität existierten nicht. Zwar wurden von der letzteren gelegentlich Kollegia angekündigt, aber nur formaliter, nur um dem Buchstaben eines Gesetzes zu genügen, und wenn junge Ankömmlinge, die mit den Geheimnissen des Orts noch nicht vertraut waren, wirklich im Kollegio sich einfanden, so kam es vor, daß sie von dem pro forma erschienenen Professor mit Vorwürfen über ihr unpassendes Benehmen wieder fortgeschickt wurden. Noch einmal, der

Schwerpunkt der ganzen Universität lag in den Colleges, nicht die Universität selbst war die Universität, die Colleges waren es.

So hielten sich die Dinge durch mehr als zwei Jahrhunderte hindurch; erst die letzten fünfzig, noch richtiger vielleicht die letzten fünfundzwanzig Jahre haben diesen abnormen Zustand bis auf einen gewissen Grad beseitigt. Die alte Universität hat sich einen Teil ihrer alten Macht und Bedeutung zurückerobert; die Professuren sind nicht mehr bloße Sinekuren, die Hörsäle sind wieder geöffnet; Vorträge über alle Zweige des Wissens werden gehalten, und wenn schon die eigentliche Macht und Bedeutung Oxfords immer noch in seinen Colleges liegen mag, so ist durch neues Leben ein neuer Geist in die alten Universitätsmauern eingedrungen, ein Geist des Mitstrebens, der Rivalität mit den Colleges, ein Geist, der wieder schaffen und wirken und lehren will und nicht länger ein Genüge darin findet, die alte Graduiermaschine in Gang zu erhalten.

Dies wäre ein kurzer Abriß der Geschichte der Universität Oxford, und ich kehre nun zu der Fülle von Baulichkeiten zurück, die das gesamte akademische Oxford ausmachen, eine Fülle, die ich bereits in zwei Hauptgruppen sonderte, in einen Komplex von eigentlichen Universitätsgebäuden und in eine lange Reihe von einzelnen Lehrinstituten, *Colleges* genannt.

Ich spreche zuerst über die eigentliche Universität und alles das, was ihr direkt zugehört. Die Universität bildet einen Stadtteil, wenigstens einen geräumigen Platz für sich, den sie mit allen ihren Dependentien einfaßt und umstellt. Wir haben uns das Ganze, nicht der Erscheinung, aber doch der Sache nach, etwa wie den Münchner Odeons- oder den Berliner Opernplatz zu denken. Zählen wir z. B. die Gebäude auf, die den letzteren umstehen, so haben wir zunächst die Universität mit ihren Auditorien und Sitzungssälen und in nächster

Nähe desselben die Bibliothek, das große Theater, das Akademiegebäude, die beiden Museen, die alte Sternwarte und die katholische Kirche. Fast aus denselben Elementen setzt sich das zusammen, was die Oxforder Universität in nächster Nähe umsteht, ihr aber zugleich, und das ist der Unterschied, in voller Unabhängigkeit von Krone, Kirche, Staat als ihr eigentlichstes *Besitztum* zugehört. Zwei Bibliotheken, die Bodleyanische und die Radcliffsche, zwei Gemäldegalerien, ein Ausstellungsgebäude für Statuen und Reliefs, eine Universitätskirche und ein Universitätstheater, eine Sternwarte und eine Buchdruckerei, alles dies, mit Ausnahme der zwei letzteren, findet sich hier auf engem Raume vereinigt und bildet das, was ich weiter oben als den Komplexus *eigenster* Universitätsgebäude bezeichnet habe.

Wie stellen sich nun, ihrer rein äußeren Lage nach, die Colleges zu diesem Komplexus von Universitätsgebäuden? Wenn ich das Stadtviertel der Universitätsgebäude mit dem Odeons- oder dem Opernplatz verglichen habe, so vergleiche ich die lange Reihe der Colleges am besten mit der Münchner Ludwigstraße oder mit den Berliner »Linden«. Stellen wir uns vor, daß etwa da, wo auf der ganzen Linie bis zum Brandenburger oder bis zum Siegestore hin, die besten Hotels der einen oder die schönsten öffentlichen Gebäude der anderen Stadt gelegen sind, statt dieser Hotels und öffentlichen Gebäude große Lehrinstitute, d. h. also »Colleges« gelegen seien, so würde uns das Ganze eine ziemlich richtige Vorstellung von dem *Raumverhältnisse* gewähren, in dem sich die Oxforder Colleges zu dem Komplex der Oxforder Universitätsgebäude befinden. Ich sage: »von dem Raumverhältnis«, mit Rücksicht auf die *Erscheinung* wird immer der Unterschied bleiben, den der gotische Stil der englisch-mittelalterlichen Stadt und der Renaissancestil der beiden modernen Städte sichtbarlich etabliert.

Die Colleges; ihre Geschichte, Zahl und Einrichtung.
Ein College-Garten. Was ist ein »Fellow«? –
Wie wird man »Fellow«?

Die verschiedenen Gebäude, die der Universität selbst zugehören, hab' ich bereits namhaft gemacht: zwei Bibliotheken, zwei Galerien, ein Theater, verschiedene Museen u. dgl. m. Es versteht sich von selbst, daß alle diese Lokalitäten reich sind an Schätzen der Kunst und Wissenschaft, an Raritäten und Kuriositäten jeder Art. Die eine der Galerien enthält als höchsten Schatz und größtes Kuriosum dreiundfünfzig Michelangelosche und hundertsiebenunddreißig Raffaelische Handzeichnungen, und die andere Galerie rühmt sich neben den Porträts Wolseys, Maria Stuarts und Händels noch einer ganz besonderen Rarität, nämlich der *Laterne,* mit der Guy Fawkes, der Held der Pulververschwörung, in die Kellergewölbe des Parlaments hinabstieg, um Haus und Versammlung in die Luft zu sprengen.

Wir verweilen indes nicht länger bei diesen Gegenständen, weder bei den Raritäten und Kunstschätzen, noch bei den Baulichkeiten selbst, und wenden uns vielmehr der independenteren Hälfte des gesamten Oxforder Universitätslebens, den *Colleges* zu. Diese Colleges bilden wie die vorzüglichste Macht der Universität, so auch deren Besonderheit, und so widmen wir ihnen vorzugsweise unsere Aufmerksamkeit und ein eingehenderes Studium.

Wir legen uns mit Bezug auf diese Colleges zunächst vier Fragen vor:

1. Wie entstanden sie?

2. Wie ist ihre Zahl und wie sind ihre Namen?

3. Wie sehen sie aus?

4. Wie ist ihre Einrichtung, und wie gestaltet sich das Leben innerhalb ihrer Mauern?

Die *erste* Frage: »Wie entstanden sie?« ist rasch beantwortet. Reiche Leute, Kirchenfürsten und hochgeborene Lords wiesen Geld oder liegende Gründe an, aus deren Ertrag eine gelehrte Schule zu gründen sei. Es waren Stiftungen dieser oder jener Familie, dieser oder jener Grafschaft, oder endlich der Gesamtheit, der allgemeinen Wissenschaft zuliebe, Stiftungen, wie sie das Mittelalter so viele ins Dasein rief und wie sie auch jetzt noch in allen Ländern und innerhalb aller Konfessionen geboren werden.

Hieran reiht sich die *zweite* Frage, die Frage nach der Zahl und nach den Namen der gestifteten Colleges. Oxford besitzt deren vierundzwanzig, wenn man so will vierundzwanzig Hochschulen, vierundzwanzig kleine Universitäten, die nur nicht das Recht haben, zu immatrikulieren und einen Grad zu erteilen, und dieser beiden Vorrechte beraubt, sich allerdings in einem Zustande der Inferiorität und Abhängigkeit von der eigentlichen alten Universität, von der sogenannten Graduiermaschine befinden. Was die Namen angeht, so nenn' ich an dieser Stelle nur sechs aus der ganzen Anzahl: Balliol- und Merton-College als die ältesten, Exeter- und New-College als die vielleicht charakteristischsten, und Magdalen-College und Christ-Church-College als die reichsten, größten und berühmtesten.

Es erhebt sich nun die *dritte* Frage: »Wie sehen diese Colleges aus?« Natürlich sehr verschieden. Einzelne (allerdings wenige nur) präsentieren sich in ziemlich geschmackloser Renaissance; aber selbst diejenigen, die übereinstimmend dem 15. und 16. Jahrhundert ihre Entstehung verdanken, weichen trotz des gemeinschaftlichen Stempels, den sie tragen, in Größe, in Anlage, in Schmuck, in Reichtum sehr wesentlich voneinander ab. Es ist Mode geworden, die Frage »wie sehen die Colleges aus?« mit einer längeren oder kürzeren Beschreibung der beiden reichsten und wichtigsten Colleges, also mit einer Beschreibung von Magdalen- oder von Christ-Church-College zu beantworten. Beide aber, zum

Teil *wegen* ihrer Größe und ihres Reichtums, zum Teil auch wegen allerhand Neubauten, sind ziemlich am ungeeignetsten, den alten Typus eines Oxforder College zu repräsentieren. Einige der kleineren und unbesuchteren, um die sich seit dritthalb Jahrhunderten niemand recht gekümmert hat, solche, die im Verborgenen geblüht haben, ohne alle Prätention, nach außen hin durch Ruhm und Gelehrsamkeit zu glänzen, jene kleineren Colleges, sag' ich, die seit sechs und acht Generationen nur die Aufgabe hatten, einem Dutzend Gentlemen, den sogenannten *Fellows,* von denen wir gleich weiter hören werden, eine Sinekure, eine gute Pfründe zu gewähren, diese halb obsolet gewordenen, halb mit Lächeln betrachteten Colleges zeigen in ihrer äußeren Erscheinung noch am deutlichsten und unverfälschtesten den Charakter eines Oxforder College aus der Tudorzeit. *Exeter*-College z. B. empfiehlt sich für ein solches Studium. Man tritt durch einen gotisch-gewölbten Torweg in einen Hofraum ein und steht auf einem kiesbestreuten Viereck, das nach allen vier Seiten hin von Gebäuden im Tudorstil umschlossen ist. Der nach der Straße zu gelegene Flügel enthält die Wohnungen der Dienerschaft und des Türhüters; in den beiden Seitenflügeln, die senkrecht auf diesen Vorderflügel stoßen, wohnen die Studenten und Professoren, und die vierte Seite, die das College nach hinten zu abschließt, wird von einer Kapelle und einer großen Halle, einem Refektorium, eingenommen. Dies ist die einfachste Form des College. Gewöhnlich besteht es nicht aus einem, sondern aus zwei Höfen, die einer hinter dem andern gelegen sind und durch einen Torweg miteinander in Verbindung stehen. Gleichviel indes, ob ein oder zwei Höfe, die einzelnen Teile und Elemente, aus denen sich das College zusammensetzt, bleiben dieselben: Kapelle und Refektorium, Bibliothek und Hörsäle und endlich Wohnungen für alles das, was dem »College« zugehört: Lehrer, Schüler und Dienerschaft. Ein sehr wesentliches Element, das sich baulich und äußerlich dem College noch zugesellt, ist der *Garten,* der entweder in weiten und großen Anlagen, reich ausgestattet mit den schönsten Baumgruppen, den alten College-Bau parkartig umspannt, oder klein und bescheiden, und die Größe eines Hofraums nicht überschreitend, sich an die Rückseite des Gebäudes lehnt.

Es war mir vergönnt, an einem heiteren, sonnigen Augusttage ein paar Nachmittagsstunden in einem solchen College-Garten verbringen zu dürfen. Man kann sich nichts Poetischeres denken, nichts, was wohliger, behaglicher stimmte, nichts, was unabweisbarer zu Meditationen und Träumereien aufforderte. Das viereckige Stück Gartenland war nach allen vier Seiten hin umgrenzt: zwei Häuser und zwei niedrige Backsteinmauern, die im rechten Winkel aufeinander stießen. Wir saßen auf einem Erdwall am äußersten Ende des Gartens und blickten in das grüne Stückchen Zauberland zurück. Vor uns hatten wir die Rückseite des College-Gebäudes, dessen graue Wände von dem Blattwerk zweier riesiger, am Spalier gezogener Feigenbäume ganz umsponnen waren. Zur Rechten erhob sich ein Seitenflügel der Bodleyanischen Bibliothek, derselbe Flügel, in dem einst Karl Stuart während der Bürgerkriege die Kavalier-Parlamente versammelt hatte. Efeu umkleidete die Wände und Pfeiler, und nur hie und da sah ein verwittertes Bildwerk aus einer der zahlreichen Pfeilernischen hervor. Die beiden andern Seiten des Gartens, wo sich rechtwinklig die Backsteinmauer entlang zog, waren dicht bestanden mit Eichen und Ahornplatanen, und unter einem dieser alten Bäume, dessen dichtbelaubte Zweige nach innen zu bis weit in den Garten, nach außen hin bis weit in die breite, platzartige Straße hineinragten, saßen wir jetzt und sahen dem heiter-stillen Spiel auf dem hellgrünen Rasenplatz in der Mitte des Gartens zu, wo sich Licht und Schatten in beständiger Neckerei zu haschen schienen. »Welch Platz für Dichter und Denker!« so rief ich unwillkürlich aus. Wie es wenig Herzen gibt, die sich nicht wenigstens momentan berufen fühlten, mit in die Schlacht zu ziehen und eine Schanze zu stürmen, wenn draußen mit Kriegsmusik und flatternden Fahnen ein Regiment vorbeimarschiert, so beschlich mich in diesem stillen und doch in wunderbarer Sprache redenden College-Garten das Gefühl: »Ach, wer hier leben könnte! Die großen Gedanken *müßten* sich finden.« Ich gab diesem Gefühl Worte und wußte meinem Oxforder Freunde wenig Dank, der mir lachend erwiderte, daß seit dreihundert Jahren unter diesen Bäumen gesessen und spazierengegangen würde, *ohne* daß seines Wissens irgendein großer Gedanke geboren worden sei. »Wir *träumen* hier nicht einmal«, setzte er hinzu, »wir trinken hier unsern Kaffee und lesen die ›Times‹.«

Die *vierte* Frage, die ich aufgeworfen habe, war die: »Wie ist die Einrichtung, die Verfassung dieser Colleges, und wie gestaltet sich das Leben innerhalb ihrer Mauern?« Wer den Hofraum eines Oxforder College betritt, Kapelle und Refektorium vor sich hat und Kreuzgänge zu beiden Seiten, der begreift es auf der Stelle, daß man diese Stiftungen jederzeit mit *Klöstern* verglichen hat. Forscht man weiter, um die Prinzipien, die Art und Weise zu erfahren, nach der innerhalb dieser Stiftungsschulen gelebt, regiert, gehandelt wird und wurde, so stellt sich die Berechtigung zu einem solchen Vergleich nur um so klarer heraus. Rekapitulieren wir uns, woraus ein Kloster besteht. Ein Kloster ist ein Landbesitz mit einer bestimmten Anzahl kirchlicher Gebäude, ein geistliches Rittergut, das von einer Mönchskorporation besessen wird, an deren Spitze ein meist erwählter oberster Mönch, ein Abt oder Prior steht. Nicht dieser besitzt das Kloster, die Gesamtheit der Mönche besitzt es. In solchen Klöstern, wie wir wissen, existieren gelegentlich auch Klosterschulen. Diese Schulen hatten die mannigfachste Einrichtung. Einige waren Freischulen und gaben alles gratis, andere empfingen

Geld, bald mehr, bald weniger, je nach dem Usus oder dem Statut des Klosters. Der Unterricht wurde von Mönchen erteilt, aber nicht ausschließlich. Die Mehrzahl der Schüler stand im allerlockersten Zusammenhang mit dem Kloster; solange man Schüler war, galt natürlich die Hausordnung, und gewisse klösterliche Vorschriften mußten erfüllt werden, aber früher oder später traten die Schüler aus der engen Umfriedung des Klosters wieder in die Welt zurück, sei es um ein Leben in freier Wissenschaft, ein höheres akademisches Leben fortzusetzen oder um sich, zufrieden mit dem gehabten kleinen Gewinn, in der Masse des Volkes wieder zu verlieren. Nur wenige unter allen diesen Schülern wurden durch sich selbst oder durch den Zuspruch der Klosterautoritäten aufgefordert, dem Kloster zu verbleiben; sie machten das Noviziat durch, wurden Mönche und als Mönche Mitbesitzer, Miteigentümer des Klosters.

Wir haben hierin den Schlüssel zum Verständnis eines Oxforder College. Es ist alles ziemlich genau dasselbe. In Christ-Church-College geht die Ähnlichkeit so weit, daß der an der Spitze stehende Rektor sogar noch den Titel Dean, d. h. Dechant oder Prior führt. Jedes College ist Besitz einer Korporation. Wie das Kloster den Mönchen und ihrem Abt gehört, so gehört das College den sogenannten Fellows und dem von ihnen ernannten Vorstand. Dieser Vorstand führt bei den verschiedenen Colleges die verschiedensten Titel: Master, Principal, Rektor, Wardein, Präsident, Dechant und andere noch. Dieser Vorstand, was immer sein Titel sei, ist der Regent des College, der Leiter, der Führer, der aber bei allen wichtigen Fragen die Gesamtheit der Fellows einzuberufen und zu befragen hat. Noch einmal, die Fellows sind die Besitzer des College, wie die Mönche die Besitzer des Klosters sind, und empfangen aus dem Zinsertrage der liegenden Gründe, die das College besitzt, ihre Gehalte. Diese Gehalte, die sich bei freier Kost und Wohnung durchschnittlich auf 300 bis 400 Livres, also auf etwa 2- bis 3 000 Taler belaufen mögen, legen den Fellows natürlich auch gewisse Verpflichtungen auf. Sie haben eine bestimmte Zeit des Jahres über in Oxford zu residieren, sie haben eine bestimmte Anzahl von Vorträgen in ihrem College zu halten und müssen unverheiratet bleiben. Viele führen diese Existenz auf Lebenszeit und räumen ihren Platz nicht eher, als bis der Tod sie abruft. Die Mehrzahl aber (denn es sind alles Theologen, wiewohl man diese Bezeichnung in England selten braucht) bleiben in ihrem Fellow-Verhältnis nur so lange, bis sich ihnen eine gute Pfarre in irgendeinem Teile des Königreichs bietet. Es versteht sich von selbst, daß diese Pfarre, wenn nicht zufällig der Wunsch, sich zu verheiraten, den Ausschlag gibt und eine Ausnahme schafft, höher dotiert sein muß als 300 Livres, weil sonst der Tausch einen entschiedenen Geldnachteil im Gefolge haben würde.

Die Fellows entsprechen vielleicht am ehesten unseren Domherren. Ich finde über die Domherren folgendes: »Sie bekunden ihren geistlichen Stand nur noch durch die Beobachtung ihrer Ehelosigkeit und des Gehorsams gegen ihre Prälaten; im übrigen haben sie sich die Freiheit bewahrt, ihre Einkünfte zu verzehren, wo sie wollen, wenn sie nur eine gewisse Zeit des Jahres über im Domstift residieren und sich zu den Sitzungen des Kapitels einfinden.« Denke man sich hiezu noch die Verpflichtung, die beiläufig bemerkt auch ihre Ausnahmen erleidet, im Lauf des Jahres zwölf oder zwanzig Vorlesungen halten zu müssen, so haben wir genau einen Oxforder Fellow.

Es bliebe nun, bevor wir zu der Unterrichtsweise, gleichsam zu dem Stundenplan übergehen, der in den Colleges befolgt wird, zunächst noch die wichtige Frage übrig: »*Wie wird man Fellow?* Die Erfüllung welcher Bedingungen ist nötig, um erfolgreich eine Fellow-Kandidatur betreiben zu können?«

Wählen wir Pembroke-College, eines der kleinsten und geringfügigsten, das, wenn ich nicht irre, von einem reichen und vornehmen Walliser zum Besten armer oder auch nicht armer Studierender aus Pembrokeshire errichtet worden ist. Nehmen wir an, daß in der Stiftungsurkunde von sechs Fellows und vierundzwanzig Studierenden die Rede ist. Die sechs Fellows beziehen die Einnahmen, die die liegenden Gründe des College abwerfen, und übernehmen dafür die Verpflichtung (vielleicht unter Hinzuziehung einiger Lehrer, die man Tutoren oder *tutors* nennt und die man, da sie einfach ein Gehalt beziehen, von den eigentlichen Fellows, d. h. also von den *Besitzern* des College unterscheiden muß), ich sage, übernehmen dafür die Verpflichtung, vierundzwanzig Studenten aus Pembrokeshire zu unterrichten. Von diesen vierundzwanzig Studenten ist jeder ein Aspirant auf Fellowschaft, die wenigsten *werden* es werden, aber alle *können* es werden. Sie sind alle aus Pembrokeshire, und vorausgesetzt, daß sie die vorgeschriebene Reihe von Jahren in Pembroke-College studiert und schließlich an der Universität ihren Grad genommen, d. h. promoviert haben, vorausgesetzt dies alles, ist es einfach eine Frage der Zeit, des Wartenkönnens, ob sie es bis zum Fellow vom Pembroke-College bringen wollen oder nicht. Natürlich die große Mehrzahl will *nicht,* selbst dann nicht, wenn sie es *anfangs* wollten. Jeder, der anfangs gewollt hatte, sagt sich schließlich, daß die sechs vorhandenen Fellows noch jung oder bei besten Jahren seien, daß sie alle mehr oder wenigerNeigung zeigen, im Junggesellenstande zu verharren, und daß, wenn Tod oder Ernennung zu etwas Höherem und Besserem wirklich eine Vakanz schaffen sollten, noch zehn oder fünfzehn oder zwanzig andere Kandidaten da seien, die alle auch aus Pembrokeshire stammen und alle ebendieselben oder größere Ansprüche haben. So wird die Mehrzahl des Harrens müde und verheiratet sich und tut irgendeinen andern Schritt, wodurch jeder Anspruch auf die Fellowschaft von selbst erlischt. Eine Minorität aber harrt aus, und aus dieser Minorität rekrutiert sich die

Korporation, sobald Tod oder Heirat oder Beförderung eine Lücke schaffen. Viel, um nicht zu sagen alles, hängt von dem Statut, von der Stiftungsurkunde ab, durch die ein solches College vor Jahrhunderten ins Dasein gerufen wurde. Es gibt Colleges, in denen das bloße Studentsein schon den sichern Anspruch involviert, über kurz oder lang ein Fellow zu werden. Je enger der Kreis gezogen ist, aus dem das College einen Zuzug an Studierenden, also an Fellowschaftsaspiranten gewärtigen kann, desto größer werden die Chancen der wenigen, die sich einfinden. Wenn Pembroke-College zum Beispiel auch wirklich die Pflicht hat, vierundzwanzig Studierende aufzunehmen, so erlischt doch selbstverständlich diese Pflicht, wenn die ganze Grafschaft überhaupt nur vier oder sechs Studenten nach Oxford sendet, und je weniger sie sendet, um so sicherer ist es, daß die Gesendeten nach verhältnismäßig kurzem Warten zur Fellowschaft, d. h. zu einer Sinekure gelangen.

Aus Manchester

Erste Eindrücke. Die Stadt im Festkleid.
Der Einzug der Königin

Manchester, auch abgesehn von dem Festschmuck, den es heute trägt, ist nicht voll ein so trostloser Platz, wie er mir in London geschildert wurde. Der erste Eindruck freilich, den zumal die Vorstädte machen, die man passiert, ist traurig genug. Ähnlich wie beim Vorüberfahren an dem nachbarlichen Stockport hat man eine Häusermasse unter sich, von der man nicht weiß, was niederdrückender wirkt, die Unabsehbarkeit oder die Uniformität.

Einen ähnlich unerquicklichen Eindruck wie die Arbeitervorstadt am Bahnhof macht Salford, die Schwesterstadt Manchesters, und überhaupt alle jene Stadtteile, drin nur der Fabrikschornstein gen Himmel zeigt und die Dissenterkapelle des Turmes entbehrt. Der Irwellfluß, eine Art Halbinsel bildend, umgrenzt dies Gebiet, und wenn man ihn hinab- oder hinauffährt, so erscheint einem die ganze Umgebung wie ein grau und farblos gewordenes Venedig. Statt der schwarzen Gondeln gleiten Kohlenschiffe auf und ab; zahllose Brücken, die keiner Mittelpfeiler bedürfen, springen von einem Ufer zum andern, und wie Paläste der Nüchternheit (mit eisernen Kranen statt der Balkons und mit Gossen und Röhren statt jeglichen Fassadenschmucks) erheben sich am Wasser entlang die fünf und sechs Stock hohen Etablissements. Der Fluß zeigt jene unaussprechliche Farbe, die ein Glas Wasser annimmt, wenn ein Knabe seinen neuen Tuschkasten durchprobiert hat. Es ist kaum noch Wasser zu nennen, es ist selbst wieder eine Farbe geworden, wenn auch eine häßliche. Aber Manchester hat auch seine hübschen Partien und verfuhr nicht eben allzu anmaßend, als es einzelnen seiner bessern Straßen die Namen Oxford- und Regent-Street, Piccadilly und Portland-Place in der Taufe beilegte. Der hübscheste Teil der Stadt ist der, wo Market-Street und Piccadilly zusammentreffen und sich zu einem geräumigen Platz erweitern. In der Mitte erhebt sich ein neuerbautes stattliches Krankenhaus, dessen Kuppelbau dem Ganzen einen Anblick leiht, der wenigstens leise an den Invalidendom oder das Greenwicher Hospital erinnert. Vor dem Hause, in weiten Zwischenräumen, sind vier Erzbilder aufgestellt, und zwar die Statuen von Wellington, Watt, Peel und Dr. Dalton, letzterer ein berühmter praktischer Chemiker, der in Manchester geboren wurde. Zwischen dem Hospital und den Statuen befinden sich einige Springbrunnen, die noch Geringeres leisten als ihre ältern Londoner Vettern auf Trafalgar-Square. Der ganze, ziemlich große Platz ist von stattlichen, zum Teil von schönen Baulichkeiten eingefaßt, aber der Umstand, daß eben die besten unter ihnen bloße Hotels oder Warenhäuser sind, raubt dem Ganzen den Charakter wirklicher Vornehmheit. Manchester, trotz seiner 400 000 Einwohner, macht völlig den Eindruck eines Parvenüs unter den Großstädten Europas; sein Reichtum, seine hohe Bedeutung sind unbestreitbare Tatsachen, aber die vornehme Haltung fehlt selbst da, wo die unverkennbare Absicht vorwaltet, sie zu zeigen. York und Oxford haben das Ansehen einer Residenz, nicht Manchester, das ihnen an Größe und Reichtum zehnfach überlegen ist.

Seit gestern nun hat Manchester ein Festkleid angezogen, um seine Königin würdig zu empfangen. In früher Morgenstunde hab' ich durch die bereits dichtbesetzten Straßen meinen Umgang gehalten, um ein Bild von all der Herrlichkeit zu gewinnen. Ich darf nicht sagen, daß ich etwas ganz Besonderem begegnet wäre; nur durft' ich auf Schritt und Tritt die Wahrnehmung machen, daß ich mich an der Quelle des Calicot befände. In den Straßen zeigte sich ein Reichtum an Flaggen und Fahnen, wie ich ihm selbst in London bei ähnlichen Gelegenheiten nicht begegnet bin, und einzelne Häuser präsentierten sich dem Auge geradezu in einer Zeug-Emballage. Dies sah zum Teil sehr reizend aus, namentlich da, wo man nicht bloß lange rote Lappen einfach zum Fenster hinaushängen ließ, sondern wo ein feinerer Geschmack die Zeugstücke shawlartig zusammengelegt und alles Mauerwerk, sowohl unter wie neben den Fenstern, hinter rote und weiße Falten versteckt hatte. An Inschriften und Devisen herrschte wieder Mangel, und doch ist ein kurzer Spruch oft besser als eine lange Fahne.

Gegen zehn nahm ich meinen Stand auf der höchsten Spitze eines Omnibus ein und hatte einen passabel guten Überblick über Platz und Straße. Alle Häuser mit Hunderten und Tausenden dicht besetzt und überall hochaufgetürmte Wagenburgen, die der Invention ihrer Besitzer ebensoviel Ehre machten wie dem Mute derer, die ihre Glieder und selbst ihr Leben solchem erbärmlichen Baue anvertrauten. Am meisten amüsierte mich eine reizende Gruppe von Knaben, die die Statue Wellingtons erklettert und auf dem Schoße des Mars, der eine der vier Eckfiguren bildet, Platz genommen hatten. Sie saßen zu je zwei auf seinen Schenkeln, und der Erzarm des alten Kriegsgottes hielt den einen Jungen wie zum Schutz umspannt.

Ein Schreien und Hüteschwenken riß mich jetzt aus meinen Gemütlichkeitsbetrachtungen und mahnte mich, daß es Zeit sei, meinem Auge und meiner Aufmerksamkeit eine andere Richtung zu geben. Einige Zivilbeamte zu Pferde säuberten den Weg, dann kam eine Abteilung Dragoner, endlich die Königin selbst, von den Jubelrufen des Volks empfangen und begleitet, solange noch die weiße Feder ihres Hutes sichtbar war. In einer Minute war alles vorbei, und anstelle der Königin, die wie ein Sonnenschein gewesen war, erschien jetzt der Platzregen wie ein mürrischer rücksichtsloser Polizeibeamter und fegte den Platz. Was eben noch in beinah schwindelnder Höhe auf den Kisten und Kasten der Wagenburgen gestanden hatte, kroch jetzt zwischen die Räder und duckte sich unter den Bauch der hier walfischartigen Omnibusse. Auch ich befand mich inmitten solcher Schutzsuchenden, und während sich alles anlachte über die Dukatenmannposition, die selbst dem Kürzesten unter uns auferlegt war, sagte mir mein Nebenmann, ein schlichter alter Hausvater: »Die Königin bringt immer gutes Wetter, und sie hat es auch heute gebracht. Lancashire braucht Regen, und siehe da, die Königin bringt ihn uns. God bless our gracious Queen.«

Eine Omnibusfahrt
von der Stadt bis zum Ausstellungsgebäude.
Das Ausstellungsgebäude selbst

Das Ausstellungsgebäude liegt nicht in der Stadt, sondern vom Mittelpunkt derselben eine halbe deutsche Meile entfernt. Wer von London eben ankommt und nur die Ausstellung, nicht aber Manchester besuchen will, der wird auf einer Verbindungsbahn direkt ans Ziel seiner Wünsche gebracht. Auch Personen, die in den angrenzenden Vorstädten und nicht in dem eigentlichen Manchester wohnen, benutzen dieselbe. Die Hauptkommunikation aber zwischen Stadt und Ausstellungsgebäude wird durch die Omnibusse unterhalten, die in Market-Street, besonders aber an der Börse ihren Stand haben. Diese führen mich täglich zweimal bis an die Tore des großen englischen Kunstspeichers. Man kann sich nichts Unterhaltenderes und nichts Spezifisch-Englischeres denken als diese Fahrt; selbst London bietet nur Ähnliches, nichts Gleiches.

Die Omnibusse selbst sind wahre Leviathans, und ihre Londoner Kollegen nehmen sich dagegen aus wie zierliche Privatequipagen für einen beschränkten Familienkreis. Der hiesige Omnibus ist eine Arche Noah, und seit gestern, wo der Himmel seine Schleusen geöffnet hat, ist er in der Tat zu einem großen Rettungskasten geworden, in dem, unter Schreien und Winken, jeder Fußgänger, der leichtsinnig genug war, seinem Regenschirm zu vertrauen, Hilfe sucht. In der Regel vergeblich, denn wiewohl diese Omnibuskondukteure in Heringspackereien ihr Geschäft gelernt zu haben scheinen, so scheitert dennoch schließlich an dem physikalischen Gesetz von der Undurchdringlichkeit der Körper selbst der beste Wille, einen wohlbeleibten Farmer in den Raum einer Türklinse hineinzuzwängen.

Diese Omnibusse sind nach amerikanischem Muster für ungefähr fünfzig Passagiere gebaut, von denen die größere Hälfte außerhalb des Wagens, die kleinere drinnen ihre Plätze hat. Bei gutem Wetter geht alles vortrefflich; sowie aber der Regen niedergießt, sind die Außenplätze natürlich wertlos, und Selbsterhaltungstrieb von seiten der Obdachsbedürftigen und Erwerbstrieb von seiten der Kondukteure beginnen nun einen Wettlauf, dessen Resultat zu sein pflegt, daß auf zwanzig Plätzen vierzig Personen untergebracht werden. Die englischen Damen bei dieser Gelegenheit zu beobachten, verlohnt allein eine Reise hierher.

Wäre das Wetter gleichmäßig schlecht, so wäre der Spaß nur halb oder verlöre ganz und gar seinen Charakter; die Omnibusse würden dann am Stationsplatz einfach vollgepackt werden und ohne jegliches Intermezzo ihre Fahrt machen. Die Sache ist aber die, daß wir Aprilwetter haben, daß alle Stunden die Sonne einmal zum Vorschein kommt und in Seide und Sammet herausstaffierte Ladies zu einem *Spaziergange* nach der Ausstellung auffordert. Die Ladies, nehmen wir an eine Alte und drei Töchter, können dem verbindlichen, einschmeichlerischen Lächeln der Sonne nicht widerstehen und machen sich, hoffnungsvoll wie Damen immer sind, auf den Weg. Alles läßt sich trefflich an; da plötzlich, halb noch aus heiterm Himmel, fallen die ersten Tropfen, und eh' man noch einen Entschluß gefaßt, einen Plan gemacht, stürzt der Regen in Strömen herab. Man bindet die Batisttaschentücher über den Hut, man ficht mit Sonnenschirmen gegen Jupiter pluvius so gut es geht, aber was sind gemalte chinesische Leinwandfestungen gegen die reellen Breitseiten eines Linienschiffes! Da endlich schnauft es hinter ihnen und rasselt und knirscht – der Omnibus kommt und trabt über das Kiespflaster hinweg. »Stop! Stop!« ruft die Alte und schwenkt ihr Taschentuch und ihren Sonnenschirm zugleich, wie Schiffbrüchige alles flattern lassen, was sie um und an sich haben, sobald ein Schiff am Horizont erscheint. Der Kondukteur, der die drohenden Blicke seiner bereits hinreichend gequetschten Fahrgäste sieht, zuckt die Achseln und ruft: »No room inside M'am«, doch mit einem festentschlossenen »Never mind« schicken sich Mutter und Töchter zum Sturm auf den Wagen an. Die Pferde traben, aber die Damen traben besser, und im nächsten Augenblick huschen sie alle vier in den offenen, türlosen Omnibus hinein. Da stehen nun die drei Schwestern mit ihren lang herabhängenden blonden Locken und sehen aus wie die Meerfrauen, die eben aus dem Wasser gestiegen sind. Mit der Linken halten sie sich an der dicken Messingstange fest, die sich an der Decke des Wagens hinzieht, während sie sich mit der Rechten das Haar und die Regentropfen aus dem Gesicht streichen. Alles lacht jetzt, die Neuangekommenen mit, und ein paar junge Bursche, ihre Beine vorstreckend, soweit es die Platzlosigkeit gestattet, sprechen mit größter Seelenruhe »take seat«. *Es wird nicht abgeschlagen.* Im nächsten Augenblick sitzen Jung und Alt, und weiter geht es, bis Neuhinzukommende dieselbe Szene wiederholen. An Unschicklichkeit wird dabei von keiner

Seite gedacht. Der seine Beine vorstreckende junge Bursche beabsichtigt nichts als eine Dienstleistung, und wie es geboten wird, so wird es genommen.

Die reizendste Szene aber bleibt mir noch zu beschreiben übrig. Wenn der Omnibus ungefähr die halbe Tour gemacht hat, tritt der Kondukteur in den Wagen hinein und schreit: »Fares, fares!« (Geld, Geld, eigentlich *Fahr*geld). Alle Börsen werden gezogen, und das Einkassieren beginnt. Das kostet natürlich Zeit, und vielleicht fünf Minuten lang ist die Rückseite des Omnibus, die ganz mit Leitersprossen und Treppenstufen bedeckt ist, jedem Angriff bloßgestellt. Dieser Moment wird von der Straßenjugend benutzt, deren Anzahl hier wie überall den Beweis übernimmt, daß die angelsächsische Rasse noch nicht im Aussterben begriffen ist. Heimlich und leise, wie Schmuggler, die auf Augenblicke die Grenze unbewacht wissen, sind sie da, und ehe der Kondukteur (der ihnen den Rücken zukehrt und mit Schnelligkeit weder vor- noch rückwärts kann) den zweiten Sixpence einkassiert hat, sitzt schon auf jeder Sprosse und Stufe so ein kleiner, schlauer, barfüßiger Teufel und kichert und schneidet Grimassen und jubiliert und lugt verstohlen in den Wagen hinein, jede Bewegung des Kondukteurs verfolgend. Endlich ist dieser fertig und wendet sich. Da stehen sie jetzt angesichts des Feindes, aber zur Flucht ist es noch zu früh; die ganze Länge des Wagens, eine Art bein- und schenkelverfahrenes Defilee, ist noch zwischen ihnen. Jetzt erst beginnt das eigentliche Grinsen, das Zungezeigen, das Schnippchenschlagen – der eigentliche Spaß. Nun will er zugreifen, da springt die ganze Schar von ihren usurpierten Plätzen mit einem Geschrei, als ob es junge Indianer wären, in den Straßenschmutz zurück und verschwindet hinter einer Ecke, um bei dem nächstfolgenden Omnibus das Spiel zu wiederholen. Die Sache hat neben ihrer bloß unterhaltenden auch noch eine ernste Seite. Der Ausspruch Nelsons ist bekannt,

»daß er die großen Siege Englands mit dem Straßengesindel (rabble) von London gewonnen habe«. Wer längere Zeit in großen englischen Städten gelebt hat, dem muß es sich allerdings aufgedrängt haben, daß die Art und Weise, wie die Straßenjugend, namentlich die Londoner, ihre Tage verbringt, eine praktische Vorbereitung ist für jene *fast graziöse Sicherheit auf Tau und Mast,* die den englischen Seemann charakterisiert. An etwas lernen und in die Schule gehen ist nicht zu denken; statt dessen erklettern sie jede Stange und jeden Baum, stehen auf den Spitzen der überall vorhandenen Gitter, hängen minutenlang mit dem einen oder anderen Knie an den Eisenstangen, springen mit und ohne Anlauf über die Steinpfosten hinweg und schlagen halbe Viertelmeilen lang Rad auf dem Trottoir um eines einzigen Farthings willen. Ihre ganze Jugend ist ein selbsterteilter, ununterbrochener Turnunterricht und um so praktisch verwendbarer, als er keine Künste und Regeln kennt und überall sein Terrain findet.

Auch die Omnibusjagd in den Straßen von Manchester ist eine der vielen Disziplinen zur Herstellung eines zugleich zähen und gewandten Körpers. Diese Dinge sind wichtiger, als sie erscheinen.

Eh' ich noch mit diesen Betrachtungen zu Ende war, hielt der Wagen vor dem Ausstellungsgebäude. Versuch' ich es, dem Leser ein Bild desselben zu geben. Die Grundform ist ein Kreuz und besteht aus einem 700 Fuß langen Hauptschiff, das durch das Querschiff in zwei ungleiche Hälften geteilt wird, so daß die Halle unterhalb des Transepts sehr lang, der Raum oberhalb desselben (dem hohen Chor einer gotischen Kirche entsprechend) aber sehr kurz ist. Die Decke vom Haupt- und Querschiff ist gewölbt und unterscheidet sich nicht bloß durch diese überall beibehaltene Bogenform von dem Sydenham-Palast (wo, wenn ich nicht irre, der rechte Winkel vorherrscht), sondern namentlich auch dadurch, daß nur das oberste Drittel der Wölbung von Glas ist, während die beiden Seitenstücke, rechts und links, die also das oberste Dritteil tragen, von Holz sind. Die Decke des Hauptschiffs, richtiger vielleicht als Haupt*halle* zu bezeichnen, besteht nicht aus einem einfachen Halbbogen, sondern hat so ziemlich die Form eines griechischen Ω. Dadurch entstehen zwei Seitenschiffe, so daß die große Haupthalle in Wahrheit aus drei Schiffen besteht, von denen das Hauptschiff auf eisernen Säulen ruht, während die Decken der Seitenschiffe zur Hälfte von einer Mauerwand getragen werden. Diese Decken sind flach, mit leiser Abdachung nach der Außenseite hin. In bezug auf Zulassung des Lichts hat man das bei dem Hauptschiff befolgte Prinzip adoptiert, und das Licht fällt ebenfalls nur durch einen in der Mitte laufenden Glasstreifen, während rechts und links eine Holzbekleidung ist. Die ganze dreigeteilte Halle besteht also aus zwei Säulenreihen und zwei soliden Wänden rechts und links, an welchen letzteren sich die dreihundertsechsundachtzig Nummern starke unvergleichliche »*Britische Porträtgalerie*« befindet. An jeder der beiden Säulenreihen entlang zieht sich eine *Doppel*reihe von Statuen und Marmorgruppen, und zwar in solcher Aufstellung, daß man beim Durchschreiten des Hauptschiffs Skulpturen zu beiden Seiten, beim Durchschreiten der Nebenschiffe aber Skulpturen nach innen und die porträtbedeckten Wände nach außen hat. Ohngefähr in den Zwischenräumen, die die Säulen untereinander bilden, stehen aufbewahrt in schrankartigen Glaskästchen die Kuriositäten der Soulage-Sammlung. Das Transept und überwiegend auch die beiden Flügel des Querschiffs sind mit Bänken für die Zuschauer besetzt, teils der Konzerte halber, die täglich von 2 bis 7 (in den letzten zwei Stunden Orgelspiel) in dem amphitheatralisch hergerichteten hohen Chor stattfinden, teils um dem Publikum Gelegenheit zu geben, bei etwaigen Festlichkeiten, die immer im Transept aufgeführt werden, möglichst in der Nähe sein zu können. An dem äußersten Ende des Chors und der ganzen Halle überhaupt erhebt sich eine schöne mächtige Orgel, zur Rechten und Linken eingefaßt von lebensgroßen Bildern der Königin und des Prinzen Albert. Dieser meist von den Musikern eingenommene Teil des Gebäudes ist vielfach mit Fahnen und Flaggen geschmückt, unter denen sich *sechs* befinden, die die Namen der berühmtesten Maler aller Länder (mit Ausnahme Englands) aufweisen. Diese sechs Fahnen sind folgende: *Italien* (gelb; mit dem ziemlich unverständlichen österreichischen Doppeladler): Giotto, Raffael, Tizian, Paul Veronese und Benvenuto Cellini. *Frankreich* (blau, mit dem napoleonischen Adler in Gold): David, Gérard, Ingres, Delaroche und Horaz Vernet. *Bayern* (blau und weiß): Kaulbach, Schnorr, Schwanthaler, Heß, Müller. *Preußen* (weiß, mit dem schwarzen Adler): Cornelius, Veit, Overbeck, Lessing, Rauch. *Spanien* (gelb): Murillo, Ríbera, Velásquez, Zurbarán und Al Cano. Die *Niederlande* (rot, mit dem niederländischen Löwen): Quentin Massys, Rubens, van Dyck, Snyders, Teniers, van Eyck. Österreich ist eben nur durch den oben angeführten Doppeladler vertreten.

Hiermit hätt' ich im wesentlichen den Hauptteil des Gebäudes beschrieben; die bedeutendsten Schätze der Ausstellung indes befinden sich nicht in diesem Kreuzbau, sondern in zwei ebenfalls sehr großen, aber doch wesentlich kleineren Hallen, die sich saalartig drapiert in jene zwei rechten Winkel hineinschieben, welche durch die Haupthalle und das Querschiff gebildet werden. Sie entsprechen den Kapellen an einer gotischen Kirche. Diese zwei Hallen sind ebenfalls gewölbt, so daß wir einen Gesamtbau haben, dessen Durchschnitt etwa drei aufrechtstehenden, mit ihren Seitenwänden zusammenhängenden Hufeisen gleichen würde, von denen das mittlere wesentlich breiter und etwas höher ist als die beiden andern. In diesen beinah selbständigen Seiten*hallen,* die mit den Seiten*schiffen* der Haupthalle nicht zu verwechseln sind, befinden sich die größten Schätze der Ausstellung: in der links gelegenen Halle die alten italienischen, deutschen und spanischen Meister, in der rechts gelegenen Halle die modernen englischen Maler von Hogarth, West, Reynolds und Gainsborough bis zu den neuesten Kraftgenies des Präraffaelitentums.

Die Miniaturen und Kupferstiche befinden sich auf den Galerien des Transepts; die berühmte Hertford-Sammlung füllt den Winkel aus, den der linke Flügel des Querschiffs und der hohe Chor bilden, und die nahe an tausend Nummern zählende Kollektion von Gemälden in Wasserfarben nimmt einen schmalen Gang ein, der sich in Form eines bloßen Anbaues an die äußerste Spitze des Gebäudes lehnt.

Das wär' es. Ob es möglich sein wird, sich nach dieser Beschreibung ein Bild des ganzen Baues zu entwerfen, muß ich dahingestellt sein lassen. In meinem nächsten Briefe werd' ich mich dem überreichen Inhalt zuwenden und das Wichtigste herausgreifen.

Ein Wolkenbruch. Ausflug nach Liverpool.
Besuch auf der Fregatte »Niagara«

Wie ich Ihnen schrieb, hatt' ich vor, in diesem Briefe mit der Besprechung der Ausstellung selbst, d. h. des *englischen* Bruchteils derselben, zu beginnen. Das Material ist aber so mächtig, daß ich, nach neuntägiger Arbeit, es noch immer nicht bezwungen habe, und so gönnen Sie mir wohl Raum für eine Erzählung sonstiger kleiner Erlebnisse.

Von dem furchtbaren Unwetter am letzten Sonnabend, das auf Augenblicke den ganzen Bau ertränken zu wollen schien, haben Sie bereits erfahren. Es war ein höchst interessanter Moment, ein Ausdruck, den man jetzt unbekümmert gebrauchen kann, da sich herausgestellt hat, daß der angerichtete Schaden gleich Null gewesen ist. Dennoch hat dies Unwetter und die wirkliche Gefahr, in der die ganze Sammlung minutenlang schwebte, jene als engherzig verschrieenen Familienbestimmungen zu Ehren gebracht, die testamentarisch den Verbleib der Sammlung an einem bestimmten Ort festsetzen und jedes Ausleihen, auch zu den besten und humansten Zwecken, verbieten. Ich befand mich gerade in dem Lese- und Schreibzimmer (unmittelbar neben dem Transept), als das Gewitter begann. Ziemlich emsig mit Schreiben beschäftigt, hatt' ich nicht bemerkt, wie dunkel es um mich her geworden war, bis plötzlich rasch aufeinander folgender Blitz und Donner und ein seltsames, anhaltendes Getöse über mir mich aufschreckten. Eh' ich noch die Situation recht begriffen und mir das dumpfe Rauschen und Brausen erklärt hatte, brach bereits das Wasser überall hindurch. Die Eisenpfeiler, die das Mittelschiff tragen, sind hohl und darauf berechnet, zugleich als Abzugsröhren für den Regen zu dienen, aber die niederströmende Wassermasse war viel zu mächtig, um hinreichenden Abfluß zu haben. Die Röhren waren gefüllt, und der Regen stand zollhoch auf den flachen Glasdächern, die sich rechts und links zwischen dem Hauptschiff und den zwei Seitenschiffen hinziehn. Durch alle Ritzen und Spalten drang das Wasser ein und lief an den Wänden der großen Halle herab, die die Britische Porträtgalerie tragen; wo aber wirkliche Öffnungen waren (wie ich vermute: um der Ventilation willen), brach der Regen in Strömen durch. Es war, als ob Kannen ausgegossen würden. Der kleine Buchhändler, der das Schreib- und Lesekabinett eingerichtet hat, floh mit seinem Hab und Gut unter Tisch und Stühle, um wenigstens so viel und so lange wie möglich zu retten, und alles drängte in die Seitenhallen, wo die Gefahr geringer schien. Einige Damen fielen in Ohnmacht, weil sie, wie sich später ergab, den Zusammensturz des ganzen Gebäudes erwartet hatten; die Mehrzahl aber stand blaß und verlegen da und gaffte sich an, die stumme Frage im Auge: »Ist das der verspätete 13. Juni vielleicht?«, wo man den Untergang der Welt erwartet hatte. Andere waren ganz Dienst und Tätigkeit, und Lord Ward z. B., der sich zufällig im Hause befand, vergaß über dem gefährdeten Wert seiner Bilder (er hat viel und treffliche Sachen beigesteuert) jede andere Gefahr. Er nahm noch ab und packte vorsichtig beiseite, als das Unwetter bereits einem blauen Himmel Platz gemacht hatte. Während der ganzen Katastrophe (die übrigens kaum länger als fünf Minuten gedauert haben kann) bewahrte nur *einer* seine Ruhe und hielt aus wie jener römische Soldat, den man nach achtzehnhundert Jahren *auf seinem Posten* neben dem pompejanischen Schilderhäuschen vorfand. Dies war der Orgelspieler. Wie jenen die niederstiebenden Aschenflocken nicht wankend machten oder zur Flucht trieben, so ließ dieser den Regen hereinbrechen und spielte weiter. Er war gewiß ein Engländer und hatte einfach das Gefühl, daß er bezahlt werde für Orgelspiel und nicht für Schaustellung seiner Angst. So spielte er denn. Wenn der Engländer bezahlt wird, so kann man sich auf ihn verlassen, und wenn er selbst ein Künstler wäre.

Am Sonntag fuhr ich nach Liverpool. Es zog mich eigentlich nichts Besonderes hin, ich hatte nur das Gefühl: Wer mal in Manchester ist, der muß auch in Liverpool gewesen sein. Die Entfernung schätz' ich auf acht deutsche Meilen, man fährt sie in einer, auch in zwei Stunden je nachdem. Die meisten Züge gehen langsam, weil, mit Ausnahme des Expreß-Trains, auf dieser verhältnismäßig kurzen Strecke mehr denn zehnmal angehalten wird. Die Landschaft, die man passiert, ist reizend, wiewohl flacher, als englische Landschaft in der Regel zu sein pflegt. Nur in der Ferne erblickt man Berg- und Hügelreihen. Das Ganze erinnerte mich lebhaft an unser Oderbruch, das eingeschlossen von Hügeln und künstlichen Dämmen zwischen Frankfurt und Freienwalde liegt. Dieselbe Fruchtbarkeit hier wie dort, Weizen- und Gerstenfelder, Dorf an Dorf und Gehöft an Gehöft gereiht, so daß quadratmeilengroße Flächen mehr einer von Gartenland unterbrochenen Riesenstadt als einem freien Felde mit eingestreuten Dörfern und Wohnungen gleichen.

Die letzte viertel oder vielleicht halbe Meile vor Liverpool ist ein Riesentunnel, durch den man mit Hilfe einer stationären Dampfmaschine (anstelle der Lokomotive) gezogen wird. Hat man ihn passiert, so fährt man unmittelbar in die Bahnhofshalle; nur ein offener Raum von vielleicht fünfzig Schritt Länge und Breite liegt zwischen beiden. Diese ganze Partie ist außerordentlich malerisch und macht einen prächtigen Eindruck. Man steht unter der Halle und sieht in den dunklen Schlund des Tunnels zurück, den man eben passiert. Der Raum, der zwischen ihm und uns liegt, gleicht einem in den Fels gehauenen Becken, einem Steinbruch, dessen Wände man noch zur Rechten und Linken hat, und das Ganze gibt sich vollständig als das zu erkennen, was es sein soll, als eine Art Fensteröffnung, um von oben her Licht zu verschaffen. Der Himmel blickt in das Becken hinab, auf dessen Boden sich die Eisengeleise ziehen, und während wir nach oben schauen, um seinen Gruß zu erwidern, gewahren wir auf der Höhe des Berges, durch den sich der Tunnel zieht, eine reizende, aus braunem Sandstein gebaute gotische Kirche, die mit ihrem Turm und ihren Fenstern in die Tiefe und auf die Wagenzüge, die unablässig kommen und gehen, herniedersieht. Als wir um sechs Uhr abends zurückfuhren, läutete die Glocke zum Gebet, und unter ihren feierlichen Klängen lenkten wir in die Tiefe des Tunnels ein.

Von der St.-Georges-Halle (einem prächtigen, höchst noblen Gebäude), der Börse und der eleganten Lord-Straße will ich Sie nicht unterhalten; jede große und reiche Stadt hat eine Reihe solcher Sehenswürdigkeiten, und nur das Beson dere kann interessieren. Dies *Besondere* bietet sich erst am Liverpooler Hafen. Das Bild, das sich einem hier entrollt, erinnert an Hamburg und London, aber es übertrifft beide bis zu einem gewissen Grade. Was Hamburg bietet, ist mit Hilfe der Landschaft lieblicher, freundlicher, malerischer, und London wirkt durch die endlose Häusermasse, die sich zu beiden Seiten der Themse hinzieht, durch den historischen Zauber alter Baulichkeiten, die in dem Fluß sich spiegeln, und durch die Welt von Brücken, Türmen, Kuppeln, die man märchenhaft durch den Nebel ragen sieht. Aber weder Hamburg noch London hat diese imposante Wassermasse des Mersey, der hier bereits vom Meere gespeist und zu einer länglich gezogenen Bucht gemacht wird. Zu gleicher Zeit ist diese Wassermasse belebt und zeigt einem auf Schritt und Tritt, daß es der zweite Handelsplatz der Welt ist, an dem man sich befindet.

Dennoch ist es weniger vielleicht dieser breite flaggen- und segelbedeckte Fluß, der so bedeutend wirkt, als vielmehr die endlose Reihe der Docks (Bassins mit Warenhäusern rundum, in die die Schiffe einlaufen, um ihre Ladung zu löschen oder neue Ladung einzunehmen), die sich am Flusse entlangziehen. *In London verteilen sich diese Docks;* die einen sind in der Nähe des Towers, die anderen weit flußabwärts bei Blackwall, noch andere jenseits der Themse in Southwark, so daß es von keiner Stelle aus möglich ist, einen Überblick über das Ganze zu gewinnen. Anders in Liverpool; hier haben wir eine ununterbrochene Reihe, und während wir im Steamer den Fluß hinabgleiten, begleitet uns am Ufer stets dasselbe Bild: ein Bollwerk mit Warenhäusern, dahinter ein Wald von Masten, die über die Häuser hinwegragen, und dahinter wieder die Stadt mit ihren Türmen, die nun das alles zu ihren Füßen sieht.

Unsere Fahrt flußabwärts galt nicht bloß diesem Anblick, sondern besonders noch einem Besuche auf der amerikanischen Fregatte »Niagara«. »She is the greatest ship afloat.« (Sie ist das größte Schiff, das zur Zeit auf dem Wasser schwimmt.) Ihre Länge ist 365 Fuß; ihr Tonnengehalt 5700; ihre Maschine 2000 Pferde stark. Wie ich vernehme, sind selbst die größten Linienschiffe wesentlich kleiner; nur der »Great-Eastern«, der in diesem Augenblick auf den Werften von Millwall (bei London) gebaut wird, ist von so ungeheuren Dimensionen, daß selbst der »Niagara« dagegen zu einem bloßen Boot zusammenschrumpft. Nachdem wir die Fregatte umfahren, legten wir bei und kletterten an Bord; unser Dampfer lag wie eine Jolle neben dem eleganten, langgestreckten Schiff. Oben angekommen, hatten wir völlig freie Bewegung, aber auch nicht viel mehr; niemand kümmerte sich um uns, und was wir wissen wollten, mußten wir mühsam und auf die Gefahr hin, keiner Antwort gewürdigt zu werden, erfragen. Ein junger Engländer, der unsere Partie führte, wandte sich an den wachhabenden Offizier und fragte nach dem Maschinenraum. Der blonde Yankee ging drei Schritt weiter, ohne Antwort zu geben, dann wandte er sich um, wie jemand, der rasch einen andern Entschluß gefaßt hat, und sagte kurz, auf eine Treppe zeigend, und mit dem Ausdruck allerhöchster Überlegenheit: »Down there!« ('runter da!) Wir stiegen treppab, und es folgte nun eine Maschinenbesichtigung, die mich nicht interessierte, weil ich nichts davon verstehe. Der Maschinenmeister in seiner schwarzen Sammetkappe sprach ganz leise, langsam und affektiert. Dasselbe Gefühl der Superiorität wie der junge Offizier auf Deck, nur die Äußerung etwas verschieden. Aus dem Maschinenraum begaben wir uns in die Offizierskajüte oder ihr gemeinschaftliches Eßzimmer. Wir fragten einen Midshipman nach der Kajüte des Kapitäns, worauf dieser nicht zu antworten wußte; ein Offizier aber, der in einem offenstehenden Seitenzimmer Briefe schrieb, rief ohne vom Papier aufzusehn, »is engaged«. Dies schnitt weitere Versuche ab, und so begnügten wir uns damit, den Blaujacken im Zwischendeck unseren Besuch zu machen. Das Ganze gewährte einen traurigen Anblick. Zwei junge Burschen standen an einer Tischklappe und schrieben Briefe in die Heimat, ein dritter las »Illustrated London News«, ein vierter flickte seine Jacke; alle anderen, gegen zweihundert meiner Schätzung nach, lagen da und schliefen oder spuckten ihren Kautabak in die überall umherstehenden Holzwannen. Die Mannschaft war der Art, wie man ihr nur auf amerikanischen Schiffen zu begegnen pflegt. Neben dem zähen, hageren Yankee mit dem kleinen, verschmitzten, fuchsartig aussehenden Gesicht lag ein krausköpfiger Landsmann von Onkel Tom, und zu den Mischrassen jeglichen Grades und jeglicher Schattierung gesellten sich angelsächsische Rotköpfe und deutsche Stubsnasen. Der Koch war ein Mulatte wie gewöhnlich und trug ein Hemd, das weniger blank war als seine Kochmaschine. Nachdem wir noch in der Mitte des Schiffs den großen Raum in Augenschein genommen hatten, drin man am andern und den nächstfolgenden Tagen den vierhundert deutsche Meilen langen elektrischen Draht (submarine cable) zu placieren hoffte, mit Hilfe dessen die *halbe* Verbindungslinie* zwischen England und Nordamerika hergestellt werden soll, stiegen wir wieder an Deck, um daselbst die Rückkehr unseres Steamers und unsere Erlösung von der Fregatte abzuwarten. Der junge Schiffsleutnant schlenderte noch immer auf und ab, unverändert die Hand in der Tasche und unverändert die Süffisance im Gesicht. Auf dem Hinter-

---

* Zwei Schiffe empfangen den submarine cable, ein englisches und ein amerikanisches. Zwei Fabriken haben ihn geliefert, eine Londoner und eine Liverpooler Firma. Beide Schiffe segeln zusammen bis zur Mitte des Ozeans, *beginnen* dort mit der Legung des Drahts und fahren dann, in entgegengesetzter Richtung, ihren beiden Ländern zu. Auf dieser *Rückfahrt* legen sie den Draht.

N. B. Daß das ganze Unternehmen seitdem gescheitert und vielleicht auf Jahre hinaus aufgegeben ist, ist männiglich bekannt.

deck stand eine Gruppe von Offizieren; ich zählte sechs oder sieben, was mir auffallend viel erschien. Inzwischen hatten meine Gefährten eine Unterhaltung mit den auf Deck befindlichen Matrosen angefangen. Das Gespräch drehte sich um den »Great-Eastern«, alles grinste. »Es ist alles Schwindel«, meinte der eine; »er muß entzweibrechen«, rief ein zweiter; »wir werden die Planken und die sieben Masten des großen Humbug-Schiffes in Gestalt von drei Schiffen wiedersehen«, schloß ein dritter; »schade um's Geld«, meinte ein vierter und schob den letzten Rest seines Tabaks in den Mund. Die Eifersucht der beiden Nationen ist groß und äußert sich bei nichts so sehr als bei allen Dingen, die auf Schiffbau, Segelkraft und Marine überhaupt Bezug nehmen. Endlich war unser Steamer da. Wir umkreisten die Fregatte nochmals und fanden dabei Gelegenheit zu bewundern, wie amerikanische Marinesoldaten (von Kopf bis Fuß hellblau uniformierte Kerle von wenig empfehlendem Äußern) abgelöst werden. Auf einem an der *äußeren* Schiffswand entlanglaufenden breiten Brett schritt der wachhabende Posten, Gewehr im Arm, auf und ab. Plötzlich voltigierte ein anderer über den Schiffsrand, riß dem Posten das Gewehr aus der Hand, gab ihm einen Klaps, als dieser jetzt Miene machte, mit Hilfe eines ähnlichen Bocksprungs über die Wandung zu kommen, und begann nun auf und ab zu laufen, ganz in der Weise seines Vorgängers. Einem so vereinfachten Verfahren war ich bis dahin noch nicht begegnet.

Die interessanteste Seite des ganzen Besuchs war die Haltung der mich begleitenden Engländer. Die amerikanische Macht imponiert ihnen als ein Ganzes, und die Unverschämtheit des einzelnen Amerikaners verwirrt sie fast noch mehr. Sonst so sicher und überlegen, fühlen sie sich, den transatlantischen Vettern gegenüber, gedrückt und werden erst wieder heiter, wenn sie die unheimliche Gesellschaft hinter sich haben. Sie erkennen instinktmäßig die Gefahr, die ihnen von jenseits des Wassers droht, und wenn sie sich auch zur Stunde noch mehr denn ebenbürtig und durch den Ton Bruder Jonathans nur eben *geniert* fühlen, so können sie sich doch gegen die Wahrnehmung nicht verschließen, daß die junge Kraft rascher wächst als die alte, und die bange Frage drängt sich auf: Was ist das Ende davon?!

Abschied. Ausflug nach Chester. Rückkehr nach London

Vierzehn Tage waren just vergangen, seit ich, nach langem Fragen von Gasthaus zu Gasthaus, zum ersten Male vor dem Blackfriars-Hotel vorfuhr, und die immer kleiner werdende Frühstückstafel mahnte mich allgemach an meine eigne Abreise. Der alte rüstige Gentleman-Farmer aus Norfolk, mit dem ich die erste Tasse Tee getrunken und den ersten Spaziergang durch die sonntagsstillen Straßen der Stadt gemacht hatte, war längst in seine heimische Grafschaft zurückgekehrt; Mr. Angus Fletcher, der deutsche Lieder sang und lange Stellen aus Niebuhrs Schriften zitierte, saß wieder daheim in Ambleside, wo der Lake-Distrikt beginnt und die blauen Seen von Westmoreland das endlose Grün der englischen Landschaft unterbrechen; die indischen Offiziere von der Madras-Armee, die von Brahminen und Radschputen so ruhig sprachen wie unsere Leutnants vom letzten Rekrutentransport, waren nordwärts gegangen über Glasgow nach Inverneß, und der murilloschwärmende irische Geistliche vom katholischen Seminar in Maynooth hatte sich eben heut' empfohlen und die gemeinschaftliche Tafel um ihr letztes interessantes Element gebracht. Andere Gestalten tauchten auf, ältliche Männer, die mit ihren spitzen Nasen lange Auktionsverzeichnisse lasen und aus allen drei Königreichen nicht um der Ausstellung, sondern vielmehr um der *Versteigerung* willen herbeigekommen waren, die seit acht oder vierzehn Tagen in der Nähe von Manchester stattfand und die Bilder und Kostbarkeiten des letzten Grafen von Shrewsbury unter den Hammer brachte. Ich hatte keine Berührungspunkte mehr mit dieser neuen Tischgesellschaft und beschloß, mich ihr so rasch wie möglich zu entziehen. Noch einmal eine Omnibusfahrt durch die Straßen, noch einen Abschiedsblick in die langen, reichen, unvergeßlichen Säle dieser Ausstellung, dann fuhr ich der Victoria-Station der großen Nordwestbahn zu, löste mein Billett und war, in wenigen Minuten schon, auf dem Wege nach – Chester.

Chester ist ungefähr zehn deutsche Meilen von Manchester entfernt, und hätt' ich es mir nie verzeihen können, so nah gewesen und doch einer abzustattenden Huldigung aus dem Wege gegangen zu sein. Ein Besuch in Chester erschien mir wie eine Pflicht der Pietät. Tagtäglich, seit Verlauf von Jahren, postiert der schwarzbefrackte Kellner das Riesenviertel eines Chesterkäses vor mich hin und leitet durch diesen stillen Schlußakt seiner Tätigkeit die eigentliche Blütezeit des Diners ein. Da steht der Käse vor einem wie ein Bild der guten Zeit, fett, mild und mit der Farbe der Gesundheit. Sein bloßer Anblick erweckt Gemütlichkeit und verbreitet sie über den halben Tisch. Die Nachbarn von rechts und links, die bis dahin geschäftig auf ihren Tellern klapperten, neigen sich jetzt zu mir herüber und sprechen von Lord Palmerston oder dem heißen Wetter. Ich widerspreche, und so macht sich die Konversation. In der rechten Hand die lange Selleriestaude, während die Finger der linken auf dem Rande des Portweinglases spielen, so fliegen die Worte hin und her, und der Chesterkäse steht dabei, fest, sicher, unbeweglich wie eine Wand, die gegen die Außenwelt abschließt, und zugleich wie ein Banner, um das alle Heiterkeit des Tisches sich schart. Wem die Bedeutung des Chesterkäses in dieser Weise aufgegangen ist, der kann nicht an Chester vorbeifahren, ohne dem Platze seine Reverenz zu machen.

Es finden sich freilich allda noch andere Dinge, und wer die Pietät nicht gelten lassen will, die sich an Frühstücks- und Mittagstische knüpft, den mag es beruhigen, daß Chester als die interessanteste Stadt in ganz England gilt. *Chester ist das englische Nürnberg.* Man pflegt Nürnberg gewöhnlich mit Oxford zu vergleichen, was so unpassend ist wie möglich. Beides sind freilich mittelalterliche Städte, aber das eine von so entschieden *aristokratischem* Gepräge, daß es mit der deutschen *Bürger*stadt kaum irgendwelche Züge gemein hat. Oxford ist eine Anhäufung von Kirchen, Klöstern und Palästen; Nürnberg ist eine Stadt wie andere Städte, eine *Häuser*stadt, so interessant die einzelnen Häuser auch sein mögen. An Oxford hat der Reichtum eines reichen Landes gebaut, an Nürnberg die Liebe seiner Bewohner. Was Oxford hat und ist, *verdankt es England,* was Nürnberg ist und hat, *verdankt es sich selbst.* Oxford ist groß in Entfaltung des Großen, Nürnberg ist groß in Entfaltung des Details. Oxford *wurde* gebaut, Nürnberg *hat sich* gebaut. Das Wesen zweier Nationen spricht sich in diesen beiden Städten aus: der äußere Reichtum hier, der innere dort; Glanz und Einförmigkeit auf der einen, Reiz und Mannigfaltigkeit auf der andern Seite. Auch in England hat es Nürnbergs gegeben; sie sind dahin. Chester ist ein Überbleibsel aus jener Zeit.

Es war gegen Mittag, als der Zug auf dem Bahnhofe der Stadt hielt. Ein riesiges Gebäude, das einem auf den ersten Blick begreiflich macht, daß hier sieben Bahnlinien zusammentreffen! Von Chester aus läuft dann, über Bangor, jene *eine* große Westbahn bis Holyhead, die, an der Menaistraße das Meer überspringend*, einem Eisenarm gleicht, den England nach Irland hinüberstreckt. – Auf dem Wege zur Stadt, die einige hundert Schritt vom Bahnhofe entfernt liegt, laß ich mir erzählen von der Geschichte und den Wundern des

---

* Dies ist die berühmte Tubularbrücke, die von Wales nach der Insel Anglesey führt.

alten Platzes, dem wir zuschreiten. Er soll nach einigen bis auf Magus, den Sohn Japhets, des Sohnes Noäh, zurückreichen, eine Annahme, die begreiflicherweise nicht über die Tore von Chester hinausgeht. Es ist indes allen Ernstes ein beglaubigt alter Platz; schon die Römer hatten hier eine Stadt, und zu den Zeiten der Heptarchie war Chester bereits der Heer- und Waffenplatz, von wo aus die angelsächsischen Könige ihre Kriegszüge gegen Wales und die zurückgedrängten alten Briten unternahmen. Von allerhand Besuch in seinen Mauern will ich nicht sprechen, *nicht* von Richard II., der, als Gefangener Bolingbrokes, auf einer schlechten Mähre durch Tor und Straßen ritt, auch *nicht* von Heinrich Percy, der hier sein letztes Nachtlager hatte, bevor der Tag von Shrewsbury ihn ein für allemal zur Ruhe bettete. Es ist ein größeres Jahrhundert, in das die *eine* Großtat Chesters fällt – es nahm rühmlich Teil an dem Kampf zwischen Königtum und Parlament. Brauch' ich meinen Lesern noch zu sagen, auf welcher Seite es stand? Eine Stadt, die so viele Könige in ihren Mauern gesehen und den Sherry liebenden Kavalieren ihren Chesterkäse als natürliches Zubrot geliefert hatte, mußte loyal sein vom Wirbel bis zur Zeh. Und so war es auch. Drei Jahre lang lag das Parlamentsheer davor; man hatte gehofft, es auszuhungern, und ganz vergessen, daß Chester eben Chester war. Man hungerte nicht in Chester. Endlich unterlag es doch. Vor seinen Toren wurden die Royalisten aufs Haupt geschlagen; von einem der Mauertürme aus sah König Karl die Niederlage der Seinen. Weiterer Widerstand wäre nutzlos gewesen; der König selbst gab seine Sanktion, und die Cromwellschen Ironsides, die schon bei Marston-Moor den Ausschlag gegeben hatten, zogen ein in das königliche Chester. Mit dieser *einen* Tat beginnt und stirbt die Geschichte dieser Stadt. Es ist ein einsamer Felsen in einer flachen Sandgegend. Die Geschichte Chesters gleicht auf ein Haar der Geschichte jener alten Familien, die sechzehn Generationen hindurch lauter Ehrenmänner, aber nur ein einziges Mal einen *großen* Mann hervorgebracht haben.

Chester hat eine sehr malerische Lage am Nordufer des Dee, der hier durch Sandsteinfelsen bricht und der Südseite der Stadt eine doppelte Festigkeit gibt. Die offenen Seiten sind durch eine hohe Mauer eingefaßt, zu der der benachbarte rote Sandstein ein bequemes und treffliches Material lieferte. Wo die Felsenpartie beginnt, wird der Felsen selbst zur Mauer. Das Terrain ist im übrigen völlig eben, so daß man von keinem »Kessel« sprechen kann, in dem die Stadt gelegen sei; sie liegt vielmehr da wie ein Kuchen in einer Tortenform. Die Sandsteinmauer entspricht dem Blechrand, der den Inhalt überall um ein Bedeutendes überragt. Nachdem ich so, in kulinarisch-anschaulicher Weise, ein Bild des Ganzen gegeben habe, wend' ich mich jetzt einer Beschreibung der einzelnen Teile, zuerst des Randes und dann des Inhalts zu. Diese prächtige Sandsteinmauer, die im Zirkelschlag die Stadt einschließt, wird zum größeren Teil den Römern zugeschrieben. Gleichviel wem; wie sie da ist, ist sie ein Unikum und vielleicht die größte Zierde der Stadt. Sie hat jetzt nichts mehr zu verteidigen und ist zu einem Spaziergange hergerichtet. Einen schöneren sind meine Füße kaum je zuvor gewandelt. Auf der Höhe der etwa zwölf Fuß breiten Mauer hat man, nach außen und innen, ein halbmanneshohes Steingeländer errichtet und dadurch dem Ganzen den Charakter einer schmalen Brücke gegeben, über deren Einfassung hinweg man nach beiden Seiten hin einer freien Aussicht genießt. Zur Rechten die Stadt, zur Linken die Landschaft. Man kann kein bunteres, wechselvolleres Panorama sehen, als sich einem auf diesem Spaziergange darbietet. Beginnen wir von dem sogenannten »Wassertor«. Wir haben die Steintreppe erstiegen und sind oben. Links dehnen sich Weiden und Triften aus, die fetten Marschen der Grafschaft Chester, während zur Rechten die alten Gassen und Plätze sichtbar werden, darin das letzte Resultat dieses Triftenreichtums, rund und golden und mühlsteingroß, zu ganzen Bergen aufgespeichert liegt. Aber die Szene wechselt bald. Eben noch sahen wir das flache Land, hier und dort von Eisenlinien durchzogen, und folgten dem grauen Rauch der Lokomotive, und siehe da, schon türmt sich eine Felsenmasse vor uns auf, nur durch den schäumenden Dee von uns und unsrer Mauer getrennt. Auf der Höhe dem Felsen gegenüber ragt Chester-Castle. Wir schreiten weiter und haben wieder flaches Land um uns, weite Kornfelder zur Linken, umfriedete Gärten zur Rechten. Schon röten sich die Äpfel an den Bäumen, und die Pfirsichsträucher ranken sich die Wand des Hügels hinan, auf dessen Höhe die berühmte Kathedrale von Chester steht. Fast tausend Jahre vergingen, seit dort die ersten Christen vor dem Kreuze knieten. Unter dem Schall der Glocken, der eben von dort herüberklingt, setzen wir unsere Wanderung fort, bis wir uns aufgehalten sehn durch einen alten Mauerturm, der plötzlich unsern Weg hemmt und unsere Beachtung erzwingt. Das ist der Phönixturm; an seinem Fuße sitzt friedlich eine alte Frau und bietet die Früchte feil, die seit Mittag in der Sonne brieten, während wir, an der Mauerkrone oben, eine Tafel bemerken und folgende Inschrift lesen: »Auf diesem Thurme stand König Karl am 24. September 1645 und sah sein Heer vernichtet bei Rowton-Moor.« Bald rechts, bald links die Stadt- und Landschaftsbilder musternd, von Zeit zu Zeit durch ähnlich alte Türme: den Water-Tower, den Caesar-Tower, in unserem Wege aufgehalten, vorüber endlich an Ruinen und der efeuübersponnenen Pracht der Trümmerkirche von St. John, so gelangen wir wieder zu lieblicheren Bildern, zum River Dee, der weithin Wassermühlen treibt, und zu dichten Lindengruppen, deren Blütenwipfel über die Stadtmauer reichen. Wir pflücken uns einen Zweig, und den Duft einsaugend, während das Sonnenlicht auf dem Flusse schimmernd liegt, nähern wir uns unserem Ausgangspunkte wieder und haben jetzt in lachendstem Grün jene Wiesenfläche vor uns, um welche sich die berühmte Chester-Rennbahn wie ein breiter, brauner Streifen zieht.

Unser Umgang ist geschehen, und die Mauertreppe niedersteigend, treten wir jetzt durch dasselbe »Wassertor«, von dem wir ausgingen, in die eigentliche Stadt ein. Über den Charakter derselben habe ich bereits gesprochen: alte, bürgerliche Giebelhäuser, die sich von einem Tor zum anderen ziehen. Das erste Haus von Interesse, dem wir begegnen, heißt »Bishop Lloyd's House« und ist, trotz seiner zweihundertfünfzig Jahre, wohlerhalten. Die großen Querbalken, die die Basis der Stockwerke bilden, sind in Felder geteilt und jedes Feld mit Schnitzwerk reichlich versehen. Gute und plumpe Ideen mischen sich durcheinander, und das Ganze versetzt uns, wie auf Zauberschlag, in unsere liebe deutsche Heimat und läßt uns auf Augenblicke vergessen, daß wir in England sind, wo die uniformen Dutzendhäuser der Spielzeugschachtel eines Riesenkindes entnommen und über das Land gestreut zu sein scheinen. Das Nachbarhaus des Bischofs Lloyd ist ähnlich alt und trägt die Inschrift: »God's Providence is my inheritance«, ein hübsches Reimwort, das sich etwa mit

»Gottes Gnade ist mein Erbe,
      Stützt mich, daß ich nicht verderbe«,

dem Sinne nach übersetzen ließe. Das ist nun freilich hübsch und fromm, und alles, was sich dagegen sagen läßt, ist nur das eine, daß die augenblicklichen Bewohner des Hauses die »Stütze«, von der die Rede ist, hausbacken-wörtlich statt christlich-symbolisch genommen zu haben scheinen. Das Haus war das einzige in der Stadt, das im Jahre 1652 von der Pest verschont wurde, und erhielt um deshalb seine fromme Inschrift. Sein gegenwärtiger Besitzer aber scheint gewillt, der Gnade Gottes das Höchste zuzumuten und eine Stütze von oben auch da zu erwarten, wo eine Stütze von unten das Einfachere und Geratenere wäre. Die krachenden Balken werden ihn bald belehren, daß es ein Gottvertrauen gibt, das wenig besser ist als Blasphemie und just die Gefahren heraufbeschwört, gegen die es glaubt gesichert zu sein.

Wenig Schritte weiter in die Stadt hinein beginnt, zu beiden Seiten, die eigentliche Sehenswürdigkeit derselben, die sogenannten Rows (Gänge). Diese sind es, die der Stadt Chester ihr eigentümliches Gepräge leihen; es findet sich dergleichen an keinem andern Ort der Welt. Was sind Rows? Es sind die uralten Vorläufer der Arkaden, der Kolonnaden, der »Stechbahnen« und erinnern außerordentlich lebhaft an die alten, baufälligen Partien unseres *Mühlendamms.* Denke sich der Leser ganze Straßen, ja eine ganze Stadthälfte in der Art und Weise dieser Mühlendammpartie, so hat er, wenn er sich oben die nötigen Giebeldächer und unten, *innerhalb* der Kolonnade, einen acht Fuß hohen Quaderdamm hinzudenkt, ein völlig getreues Abbild der berühmten Chesterschen Rows. Woher und wie sie entstanden, weiß niemand; sie sind da, das genügt. Die archäologischen Vereine des Landes haben Preise auf eine erträglich gute Hypothese gesetzt; alles vergeblich – die Rows von Chester bleiben ein ungelöstes Rätsel. Mögen sie entstanden sein, wie sie wollen; wie sie da sind, sind sie nicht nur eine Absonderlichkeit, sondern zugleich ein malerischer Reiz. Die Chesterschen Straßen bestehen mit Hilfe derselben aus *zwei Etagen;* auf ebener Erde fahren die Wagen, während der Bürgersteig, rechts und links, unter bedeckten Gängen hinläuft und vornehm, von seiner Anhöhe, auf die unten fahrenden Fuhrwerke hinabblickt. Der Bürgersteig und mit ihm das Bürgertum hat es nie und nirgends zu einem vollständigeren Triumphe gebracht. Chester ist die einzige Stadt, wo der Fußgänger nicht umhin kann, den Reiter beständig über die Achseln anzusehen. Wer sich als Bürger und Fußgänger *fühlen* will, der ziehe nach Chester.

Ich könnte noch weiter plaudern über die Rows und ihre Wunder, über die Fleischer zum Beispiel wie über die Lichtzieher und Seifensieder, die, den Felsen aushöhlend, sich unterhalb des Bürgersteiges eingenistet und, je nach Auffassung der Verhältnisse, entweder eine *Keller-* oder eine *Parterre-*wohnung bezogen haben, während die Glas- und Pozellanhändler, die Apotheker und Galanteriearbeiter acht Fuß höher in einer Art von *Beletage* wohnen; doch ich hörte bereits die Eisenbahnglocke zum ersten Male läuten, und ich habe den Cabkutscher zu höchster Eile anzutreiben, um den nächsten Zug, der mich in fünf Stunden nach London bringt, nicht zu versäumen. Wie abgepaßt husch' ich noch rechtzeitig in die offenstehende Waggontür hinein, und im nächsten Augenblick keucht der Zug unter dem hohen Eisendach ins Freie hinaus und beginnt seinen rasselnden Flug durch die schöne, reiche, aber ermüdende Landschaft. Schwatzend, lesend, schlafend verbring' ich mühsam nach altem Reisebrauch die langen, nicht enden wollenden fünf Stunden, bis endlich der Zug hält und das halbverschlafene Auge in jenen rotdurchglühten Nebel starrt, der allnächtlich wie der Schein einer Riesenfeuersbrunst über dem Riesen London liegt.

Wenig Minuten später rollt' ich wieder den New-Road entlang und hörte jenen dumpfbrausenden, wunderbaren Ton der Weltstadt, der auf Dinge deutet, größer als alle Kunstschätze von Manchester und rätselhafter als die Chesterschen Rows.

Jenseit des Tweed

Bilder und Briefe aus Schottland

Von London bis Edinburg

> Geschlagen, gestoßen, gepreßt, gepufft,
> Zehn Meilen die Stunde ging's durch die Luft.
>
> *Altes Lied (Die Hexen von Inverneß)*

»Nach Schottland also!« Die Koffer waren gepackt, die Billets gelöst, und als der Spätzug sich endlich in Bewegung setzte und majestätisch aus der Halle des Kings-Cross-Bahnhofes hinausglitt, überlief es mich ähnlich wie vierzehn Jahre früher, wo es zum ersten Male für mich hieß: »Nach England!«

Ähnlich sag ich, denn vierzehn Jahre sind eine lange Zeit und nehmen uns viel von Begeisterung und Fähigkeit zur Freude. Wie steht jener Tag noch klar vor meiner Seele, der damals über meine Reise entschied. Ich war Soldat und auf Königswache. Der Offizier hatte seine liebe Not mit uns, denn wir waren zwanzig Freiwillige oder mehr, und jeder, der Soldat gewesen ist, weiß, was es mit solchen Volontärwachen auf sich hat. An Disziplin war Mangel, aber Überfluß an guter Laune, und während die einen über Tisch und Bänke sprangen, spielten die anderen Dreikart oder gaben sich durch Vortrag von Hauptmanns- und Compagnieanekdoten ein möglichst martialisches Ansehen. Es war ein kostbarer Maitag; begierig nach frischer Luft, hatte ich eben draußen in der Säulenhalle Platz genommen und blickte, den ungewohnten Helm hin und her schiebend, auf den schönen, breiten Opernplatz, der sonnenbeschienen vor mir lag. Da weckte mich ein leiser Schlag auf die Schulter. Als ich aufblickte, stand ein Freund vor mir, sonnenverbrannt, in Reisekleidern, jener Glücklichen einer, an die sich das beatus ille des

Dichters richtet. Er lachte über den »Grenadier«, der ihm noch neu an mir war, und fragte dann kurz: »Willst du mit nach England? Ich reise morgen abend.« – »Aber Urlaub!« – »Das ist deine Sache.« Das Gespräch gedieh nicht weiter; der Posten draußen rief uns mit lauter Stimme an die Gewehre. Wir traten an. Ablösung vor. Fünf Minuten später schilderte ich schon vor dem Gouvernementsgebäude in der Wallstraße. Niemals wohl hat der alte Müffling eine Schildwacht vor seiner Tür gehabt, der das Herz so hoch geschlagen hätte wie mir an jenem Nachmittage.

Voll so hoch schlug mir das Herz jetzt nicht, aber es schlug doch freudig und dankbar zugleich, als mein diesmaliger Reisegefährte dem hinter uns verschwindenden London ein Lebewohl zuwinkte und mit Genugtuung die Worte wiederholte: »Nach Schottland also.«

Wir fuhren dritter Klasse, halb ersparungs-, halb beobachtungshalber, und hatten trotz einiger Unbequemlichkeiten nicht Ursach, unsere Wahl zu bereuen. Der bis auf den letzten Platz besetzte, durch keine Zwischenwände geschiedene Wagen glich einem Auswandrerschiff. Die Mittelbank, auf der wir saßen, zog genau die Grenzlinie zwischen zwei verschiedenen Elementen, aus denen unsere Reisegesellschaft bestand, zwischen armen Engländern und sparsamen Schotten. Denn der Engländer fährt nur dritter Klasse, wenn er *muß*, der Schotte, wenn er *kann.* Nachdem die ersten Tunnel und Überbrückungen passiert waren, schwand die gegenseitige Zurückhaltung rasch, und der Austausch jener kleinen Dienste und Bequemlichkeiten begann, wie er nicht auszubleiben pflegt, wo sich vierzig oder fünfzig Menschen, wenn nicht zu gemeinsamer Gefahr, so doch zu gemeinsamer Strapaze, zusammengepfercht finden. Dick zusammengefaltete Tücher wurden den Damen angeboten, um die Ecken und Kanten minder scharf, das Holz der Bänke minder hart zu machen, und über das Öffnen und Schließen der Fenster kamen die Erkältungsgeneigten mit den Ventilationsbedürftigen zu einem gefälligen Kompromiß. Vor uns saßen die Engländer. Da waren zunächst zwei arme Frauen mit ihren Kindern, vier oder fünf an der Zahl. Sie hatten die Doppelbank am äußersten Rande des Wagens inne und hausten darin wie in einer Privatkajüte. Milch wurde gewärmt, die Brust gegeben (mit jener Unbefangenheit, die den englischen Frauen der unteren Stände eigentümlich ist), und die Flaggen, die dann und wann zum Fenster hinauswehten, waren im Einklang mit all dem übrigen. Vor ihnen saßen zwei junge Leute, augenscheinlich aus guter Familie, Schüler, die eine Ferienreise nach Schottland machten und unter Lachen behülflich waren, wenn die Kinderstube in ihrem Rücken diese oder jene Dienstleistung wünschenswert machte. Neben ihnen eine alte Lady in Trauer. Freundlich, aber abgehärmt, schmucklos, aber sauber und in wahrem Rigorismus selbst die hölzerne Rückenlehne ihres Sitzes verschmähend, so saß sie da, ersichtlich die Frau eines Offiziers, der, an der Dschumna vielleicht oder im Pendschab gefallen, ihr einen geachteten Namen und nichts weiter hinterlassen hatte.

Heitrer, farbenreicher sah es in der zweiten Wagenhälfte aus, der wir den Rücken zukehrten. Das schottische Element bewährte sich in seinem pittoresken Reiz. Keine nacktbeinigen Kiltträger waren zugegen, aber die blauwollene schottische Mütze mit ihren lang herabhängenden Seidenbändern (eine Tracht, deren Karikatur wir nur in unseren deutschen Städten kennen) saß malerisch auf den Köpfen der jungen Männer; Plaids in allen Mustern und Farben dienten diesem als Mantel und jenem als Kissen, während grau und weiß karierte Tücher sich überallhin ausspannten und dem Ganzen den Charakter eines romantischen Feldlagers gaben.

So ging es dahin. Die bekannten Bilder englischer Landschaft zogen an uns vorüber. Die Sonne war längst unter, auch das Abendrot schwand jetzt, und nur jenes zauberhafte, dunkle Blau lag noch in breiten Streifen am Himmel, das in diesem Lande so gern und so schön einen klaren Tag beschließt. Ohne Aufenthalt brausten wir durch ein halbes Dutzend Stationsplätze hindurch; erst in Peterborough (einer Kathedralenstadt, fünfzehn deutsche Meilen von London) machten wir halt, um einen anderen Zug abzuwarten. Inzwischen war es Nacht geworden, und jeder schickte sich an, der Ruhe zu pflegen, so gut es die Wände und Bänke irgend erlaubten. Die Schüler lagen schnarchend auf harter Diele, die Kinder schliefen, die Flaggen waren eingezogen; nur die alte Lady saß noch immer aufrecht, fest entschlossen, stärker zu sein als Schlaf und Ermattung.

Die Geschwindigkeit, mit der wir fuhren, wuchs jetzt, vierzig englische Meilen die Stunde. Man überantwortete sich seinem Gott und schlief ein. Dann und wann hielt der Zug, und unbekannte, wenigstens unverstandene Worte trafen das Ohr, endlich aber schüttelte das in Traum und Halbschlaf lang herbeigesehnte: »York, York, fifteen minutes« den Schlaf von aller Augen, und halb schiebend, halb geschoben, fanden wir uns endlich an einer langen Tafel wieder, auf der die Zugehörigkeiten eines englischen Frühstücks serviert waren. »Tea«, »Coffee«, »Soda-Water«, klang es hier fordernd durcheinander. Fünfzehn Minuten sind wenig Zeit für hundert Gäste und drei verschlafene Kellner. Meine Tasse Tee war erst halb geleert, als die Glocke draußen schon wieder lärmte. »Das war also York!« rief ich dem Freunde zu, mich neben ihm in die Ecke drückend. »So gehen uns die Wünsche unsrer Jugend in Erfüllung. Statt des Doms ein Bahnhof und statt des Platzes, drauf Percy starb, eine Restauration mit doppelten Preisen.«

Als wir Newcastle erreichten, dämmerte bereits der Morgen; zu unserer Linken lag die Stadt, schwarz und finster, wie aufgebaut aus Kohlenblöcken. Eine Stunde später waren wir an der schottischen Grenze. »Berwick, Berwick!« riefen die

Schaffner und gönnten uns Zeit, einen Umblick zu halten. Der ganze Platz macht immer noch den Eindruck einer Grenzlokalität, auch jetzt noch, wo der alte, halb zerfallene Wartturm nichts mehr bedeutet als eine Mahnung an Zeiten, die nicht mehr sind. Der Tweed geht hier ins Meer, und sein Bett, das mehr einer weiten Felskluft als einer Flachlandsrinne gleicht, unterstützt die Vorstellung, daß wir hier an einem *Grenz*fluß stehen.

Die Morgensonne lacht freundlich, während wir die schottische Landschaft durchfliegen. Die Felder, die Art der Bestellung, das Seltenerwerden der Hecken, alles weicht ab von dem in England Üblichen und ruft uns (wie vieles andere noch, auf das wir stoßen werden) die Bilder deutscher Heimat mehr und mehr ins Gedächtnis zurück. Bei Dunbar gesellt sich noch ein anderer Gruß aus der Heimat hinzu, wir haben uns der Küste bis auf wenige tausend Schritt genähert, und das *deutsche* Meer liegt leise schäumend zu unserer Rechten. Hier wendet sich die Bahn, die bis dahin ununterbrochen nordwärts lief, plötzlich nach Westen, und ungefähr die Linie innehaltend, die ihr der schöne Meerbusen des Forth vorschreibt, führt sie uns, nach einer kurzen halben Stunde, durch eine bald im Morgennebel, bald im Sonnenglanze daliegende Landschaft, dem ersten Ziel unserer Reise entgegen. Villen und Parks, chaussierte Wege und Brücken, Häuser, Menschen und immer wachsender Verkehr verkünden uns, daß wir einer großen Stadt, einem Mittelpunkt weiter Bezirke uns nähern, und ehe wir noch Zeit gefunden haben, uns in dem immer bunter werdenden Bilde zurechtzufinden, läßt der Zug in seinem Fluge nach, und die zehn Stock hohen Steinhäuser Edinburgs tauchen grau und majestätisch vor uns auf.

Johnstons Hotel.
Erster Gang in die Stadt

»Waterloo-Place, any hotel you like«, Waterloo-Platz, ins erste beste Hotel! Mit diesem Zuruf vertrauten wir uns der Führung unsres Cabkutschers an und harrten der Dinge, die da kommen würden. Ich lieb es bei solchen und ähnlichen Gelegenheiten, mich dem blinden Zufall zu überlassen, und habe die Erfahrung für mich, daß man mindestens nicht schlechter dabei fährt, als wenn man unschlüssig hin und her schwankt und hinterher den Ärger hat, doch nicht das Rechte getroffen zu haben. Wer die Wahl hat, hat die Qual.

Unser Cab hielt nach fünf Minuten schon vor Johnstons Hôtel, Waterloo-Place, und es wäre unbillig, dem Kutscher nachzureden, daß er seine diskretionäre Gewalt absonderlich mißbraucht hätte. Johnstons Hotel gehört zu jener Klasse von Gasthäusern, die unter dem Namen der »Commercial and Temperance Hotels« in allen Ländern, wo das angelsächsische Element herrscht, eine Art von Notorität erlangt haben. Der *Temperanz* seite dieser Etablissements leg ich herzlich wenig Gewicht bei; es ist diese zur Schau gestellte Mäßigkeit derselben halb Lüge, halb Karikatur und in bestem Falle Lockung und Aushängeschild; was aber diesen Gasthäusern in dem kostspieligen, aufgesteiften, selbstquälerischen England eine Bedeutung gibt, das ist der Umstand, daß sie in ihrer ausgesprochenen Einfachheit die Kehrseite jenes modernen Prachtbaus sein wollen, der unter dem Namen »Hotel« so viele erträumte Reize und so viele prosaische Wirklichkeiten umschließt. Es ist Affektation oder Selbsttäuschung, wenn wir auf Reisen plötzlich glauben, ohne Eleganz, ohne zehn Gänge und ohne gräfliche Nachbarschaft nicht leben zu können; was uns aber wirklich not tut, das ist ein unprätentiöses, freundliches Entgegenkommen und eine angemessene Bewirtung um unseres Geldes, nicht aber bloß –

um Gottes willen. Der alte Satz mag fortbestehen, daß die großen Hotels die besten sind. Aber ein anderer Satz stellt sich ihm gleichberechtigt an die Seite, und zwar der, daß die vornehmen Gasthäuser nicht die angenehmsten sind.

In Johnstons Hotel hatten wir vollkommen das süße Gefühl der Hingehörigkeit statt des bloßen Geduldetseins; sonst fehlte freilich manches. – Die beblümten Teppiche auf Flur und Treppen hatten längst ihren Blumenfrühling hinter sich, und die altmodischen Bettstände mit ihren verschossenen Quasten und Damastgardinen standen unheimlich da wie in alten Schlössern aufgekaufte Paradebetten, in denen Lords und Häuptlinge von Geschlecht zu Geschlecht das Zeitliche gesegnet hatten. Das sind nicht Bilder, die den Schlaf leicht und die Träume heiter machen, wenn wir sie auch im Einklang finden mit all den Lieblingsvorstellungen, die wir von Jugend auf an den Namen Schottland geknüpft haben. Aber jedenfalls rechten wir nicht darüber und erinnern uns gern der Wahrheit, daß man überall schläft, wenn man nur müde ist. Weniger freilich als der leise Schauer, der uns angesichts dieser blutroten Bettvorhänge überläuft, will uns der Fettbrodem gefallen, der, aus der Küche aufsteigend, alle Etagen des Hauses durchdringt, und nur widerwillig erinnern wir uns des korrespondierenden Satzes: man ißt überall, wenn man nur hungrig ist.

Aber wir sind wirklich hungrig, und nachdem wir die Übernächtigkeit aus den Augen gewaschen und in Eil unsre Toilette gemacht haben, suchen wir das Frühstückszimmer auf, das sich hoch und breit und behaglich durch die halbe erste Etage zieht. Hier weht ein andrer Geist, die Ventilation ist trefflich, und kein gelegentlicher Zugwind plaudert vorschnell die Geheimnisse der Küche aus. Das schöne schottische Weizenbrot lacht uns an, und bald sitzen wir vor einer wohlbesetzten Tafel, auf der uns, neben den üblichen Erfordernissen eines englischen Frühstücks, Haferbrötchen und

Dundee-Marmelade daran mahnen, daß wir auf schottischem Grund und Boden sind. Ein alter Kellner von viel
über sechzig trippelt freundlich und geschäftig um uns
herum, befriedigt seine Neugier durch Vorlegung eines
Fremdenbuches und erzählt uns plauderhaft von den Geschicken seines Lebens. Französische Säbel, unter die sein
Hinterkopf während des spanischen Krieges geriet, haben
seiner Laufbahn und seinem Verstand ein rasches und be-
scheidenes Ziel gesetzt, aber was er bei Astorga an Hirn verloren hat, ist seinem Herzen zugute gekommen, und er
spricht mit Vorliebe von den »Frenchmen«, unbekümmert
darum, ob sie vor vierzig Jahren ihm die Beförderungsleiter
abgebrochen haben oder nicht. Nun aber treibt er uns zur
Eil und mahnt uns aufzubrechen, um die Stadt, auf die er
stolz ist, in ihrer besten Beleuchtung, das heißt unter leis
bewölktem Himmel zu sehn. Wir folgen seinem Rat und
biegen nach rechts hin in die Neustadt ein.

Waterloo-Place und Princes-Street bilden eine einzige
grade Linie, von der Edinburg in ähnlicher Weise durch-
schnitten wird wie etwa Paris von der Rue Rivoli. Die große
Mittelader der schottischen Hauptstadt sondert sich gleich
auf den ersten Blick in drei Teile von ziemlich gleicher Größe, in zwei Flügel und ein Zentrum. Der eine Flügel heißt
Waterloo-Place, der andere West-Princes-Street; die halb
boulevard-, halb platzartige Erweiterung aber, die zwischen
beiden liegt, führt den Namen der eigentlichen Princes-Street.
Dieser platzartigen Erweiterung gehen wir jetzt entgegen
und nehmen in der Mitte derselben unseren Stand, genau da,
wo sich das im gotischen Stil ausgeführte, turmartige Monument Walter Scotts bis zu einer Höhe von zweihundert Fuß
erhebt. Hier halten wir Umschau. Hinter uns die Neustadt
mit ihrer Fülle nobler und moderner Bauten, links die pittoresken Felspartien der Salisbury-Craigs, rechts die langen
Straßen der Stadt mit ihren Kirchen und Palästen; so nach

allen Seiten hin in Anspruch genommen – wird unser Auge doch immer wieder nach vornhin gerichtet, wo sich, nur durch eine flußbettartige Vertiefung von uns getrennt, die berühmte High-Street der Altstadt Edinburg samt ihren Ausläufern und Seitenstraßen erhebt. Parallellaufend mit Princes-Street, zeigt die gegenüberliegende Altstadtstraße doch dadurch einen völlig verschiedenen Charakter von jener, daß sie nicht flach und gradlinig sich hin erstreckt, sondern, dem natürlichen Zuge und selbst den Kapricen des Hügels folgend, auf dem sie steht, einen malerischen und abwechslungsreichen Anblick gewährt. Der Hügel steigt langsam an, läuft dann, wie seine Kräfte sparend, in horizontaler Linie weiter, bis er plötzlich, zu einem letzten Sprunge sich zusammenraffend, kegelartig in die Höhe schießt und nun den Weg überschaut, den er eben zurückgelegt. Auf dem langsam ansteigenden Teile der Berglinie erhebt sich Canongate; unmittelbar vor uns von dem gradlinigen First des Hügels grüßt High-Street selbst zu uns herüber; zur Rechten aber, die Situation vom Felsen aus beherrschend, ragt Edinburg-Castle mit seinen Wällen und Kanonen in die Luft.

Jeder ehrliche Schotte hält diesen Punkt für den schönsten in der Welt, eine Ansicht, worüber er sich mit den Bewohnern von Neapel und Palermo und noch mehr mit jenen auseinandersetzen mag, die, aus tristeren Gegenden nach dem Süden pilgernd, jene schönen Punkte unter dem Vorteil des Kontrastes und mit verklärendem, feiertäglichem Auge sehn. Der Freund an meiner Seite war jener Glücklichen einer; er enthielt sich aber weislich des Vergleichs und entwand sich dem Pressenden meiner Frage durch das bekannte: jedes in seiner Art.

Lassen wir also das Paralleleziehen und das ängstliche Forschen nach einem Mehr oder Weniger; freuen wir uns der Schönheit, die unbestritten vor uns liegt. Diese Schönheit beschreiben zu wollen wäre eitles Unterfangen, aber die Frage läßt sich wenigstens beantworten, aus welchen Elementen sich diese Schönheit auferbaut. Es ist nicht die *Lage* allein, die diese Eindrücke schafft, es sind ebensosehr die *Dinge,* die sich diese Lage zunutze gemacht und sich, derselben entsprechend, auf ihr errichtet haben. Die Solidität des Materials wie des Baustils steht ebenso untereinander wie mit der ganzen Örtlichkeit im Einklang und gibt dem Ganzen jenen *großstädtischen* Charakter, den ich, mehr noch wie ihre Schönheit, als den eigentlichen und frappantesten Zug dieser Stadt hervorheben möchte. Auf grauen Felsen steigen graue, acht Stock hohe Felsenhäuser in die Luft, phantastisch schnörkelt sich, einer silbergrauen Brautkrone nicht unähnlich, der Turm von St. Giles über die Häuser empor, und gemeinschaftlich über dem Ganzen liegt jener graue Nebelschleier, der den Zauber dieser nordischen Schönheitsstadt vollendet. Der Reiz der Farbe fehlt, aber man vermißt ihn nicht, ja erschrecken würd es uns, den vollendeten Karton, der vor uns liegt, in einen Buntfarbendruck verwandelt zu sehen. Das Grau dieser Häuser entspricht jenem unbestimmten Farbenton, der uns inmitten alter Dome so oft entzückt und zur Andacht gestimmt hat.

Nicht die *Farbe* würde die Wirkung der vor uns liegenden Altstadt von Edinburg erhöhn, aber was die Farbe nicht vermöchte, das vermag das Zauberspiel von *Schatten und Licht.* Allabendlich, wenn die Nebel sich dunkler zu färben beginnen und die grauschwarze Steinwand der Häuser mit den grauschwarzen Nebeln allmählich in eins zusammenfließt, blitzen plötzlich Lichter aus diesem Chaos heraus, und immer heller, zahlreicher werdend, durchleuchten sie endlich die aus Nacht und Nebel gewobene Hülle, die nun wieder, von ihrem dunklen Hintergrunde sich loslösend, wie ein durchsichtiger Schleier um die immer schwärzer werdenden Häuser schwebt. Wenn dann vom Schloß herab durch die still gewordene Nacht die Hornsignale in langen Tönen ziehn, beschleicht es uns, als ob das Ganze eine Zauberschöpfung sei, die ein Klang ins Dasein rief und die verschwinden muß, sobald der letzte Ton erstirbt.

Edinburg-Castle

Wer kennte nicht das Edwin Landseersche Bild »Der Frieden«? Grasbewachsene Dünenhügel ziehen sich am Strand hin; glatt wie ein Spiegel dehnt sich die Meeresfläche; Kinder spielen, Schafe weiden umher; eines der Schafe aber naht sich der Öffnung einer rostigen, halb im Grase versteckten Kanone und nagt die Halme ab, die ihm friedlich daraus entgegenblühn. An dieses Bild mußt ich denken, als ich oben auf Edinburg-Castle stand. Alles ringsum atmete Frieden; selbst die Halbmondbatterie, die ein Dutzend Geschütze oder mehr aus dem Wall- und Mauerwerk hervorstreckt, erschien mir so friedlich wie jene rostige Kanone im Grase. Die ganze Burg, mit ihren kriegerischen Prätentionen, ein gutherziger Polterer und nichts mehr! Mit einer Art Staunen hört ich, daß im Jahre 1570 noch eine wirkliche Belagerung dieser Felsenfestung stattgefunden hat. Philipp le Grange, ein Anhänger Maria Stuarts, hielt sich hier dreiunddreißig Tage lang gegen die vereinigten Anstrengungen einer englisch-schottischen Belagerungsarmee. Dreiunddreißig Minuten würden jetzt ausreichen, sämtliches Mauerwerk dieser Festung in einen Schutthaufen zu verwandeln. Daß im Jahre 1745 Prince Charlie keinen Angriff auf Edinburg-Castle unternahm und die Burg in den Händen der englischen Besatzung ließ, während die Stadt in *seinen* Händen war, darf auf keinen Fall als ein Beweis für die Festigkeit des Platzes gedeutet werden. Die Sache war die, daß die nacktbeinigen Hochländer viel Mut, aber keine Kanonen hatten und daß es nutzlos gewesen wäre, mit dem Kopf gegen die Wand zu laufen. Edinburg-Castle, so scheinbar gebieterisch seine Lage ist, hat nichts mehr zu gebieten, seitdem eine Höhe von dreihundert Fuß aufgehört hat, eine Unerreichbarkeit für Kugel und Wurfgeschoß zu sein. Daher fallen alle historischen Erinnerungen, die sich an die Verteidigung oder Eroberung dieser Felsenfestung knüpfen, in das vierzehnte und fünfzehnte Jahrhundert, Zeiten, in denen man jenseits des Tweed noch keine Geschütze kannte. Die interessanteste dieser Erzählungen ist eine Überrumpelung der Festung durch Randolph, Grafen von Murray, die 1313, also kurze Zeit vor der Schlacht von Bannockburn, stattfand. Sie wurde nach dem Erfahrungssatz ausgeführt, daß man da angreifen muß, wo sich der Feind am sichersten fühlt. Murray und dreißig auserlesene Leute kletterten in einer Nebelnacht die senkrechte, für unersteiglich gehaltene Südwand des Felsens empor. Ihr Führer bei diesem Wagstück war ein alter Soldat, der, auf dem Schloß geboren und großgezogen, in jungen Jahren die Wachsamkeit seines strengen Vaters oftmals getäuscht und, die Südwand des Felsens hinab- und hinaufkletternd, die Nächte bei seiner unten in der Stadt wohnenden Geliebten zugebracht hatte. Ich nahm Gelegenheit, mir auf diese Erzählung hin ein paar Tage später die ganze Felsenlokalität von unten her anzusehn. Wenn nicht die Liebe dem Glauben darin gleichkäme, daß sie Berge versetzen, also am Ende auch erklettern kann, so würde man billigerweise die Wahrheit der ganzen Geschichte bezweifeln müssen. Es geht wirklich senkrecht in die Höh, an manchen Stellen *mehr* denn senkrecht. Der vielbesungene Schwimmer zwischen Sestos und Abydos erscheint im Vergleich mit diesem Schotten wie ein Usurpator, der Kränze trägt, die ihm nicht gebühren.

Schottland besitzt, laut der Unionsakte, vier Festungen: Edinburg-Castle, Stirling-Castle, Blackneß und Dumbarton. Sie gleichen sich wie Brüder untereinander und sind alle, um sie durch ein einziges Wort zu bezeichnen, verkleinerte, niedrig gelegene, mehr burg- als festungsartige *Königsteins*. Für den, der in London war, vergleich ich sie in mancher Beziehung noch besser mit dem Tower. Edinburg-Castle insbesondere rechtfertigt diesen Vergleich. Beiden gemeinschaftlich ist unter andern der Umstand, daß sie als Aufbewahrungsplätze für die sogenannten »Regalien« (Kronjuwelen) dienen. Wir ließen uns in das Zimmer führen, wo der schottische Königsschmuck gezeigt wird, empfanden aber angesichts desselben womöglich noch weniger als beim Anblick der verschiedenen Kronen und Zepter, die im Tower zu London gezeigt werden. Pflichtschuldigst sieht man sich solche Dinge an, hört mit halbem Ohr die hergeleierten Erklärungsworte, bezahlt den üblichen Sixpence und ist froh, wenn man aus dem Zimmer mit seinem großen sechseckigen Glaskasten wieder heraus ist. Ich legte mir die Frage vor: »Woher diese Indifferenz?« Der Hauptgrund scheint mir der zu sein, daß diese Dinge in ihrer Allgemeinverwendetheit den Reiz des Besonderen, sozusagen des Persönlichen verlieren. Alles Reliquienwesen müssen wir auf eine ganz bestimmte Person zurückführen können. »Dies ist das Gebetbuch Jane Greys, dies der Eisenhut des Großen Kurfürsten, dies die Tabaksdose des Alten Fritz«, *das* hat ein Interesse; die Person selbst steht wie aus dem Grabe auf, trägt wieder die Sache oder stellt sich hinter dieselbe und gibt ihr dadurch ihren Reiz und Wert. Was soll aber vor unser geistiges Auge treten, wenn wir hören, »das ist das Reichsschwert von Schottland!« Nichts; alle die sieben Jakobs, die sich herzudrängen, selbst wenn wir was von ihnen wissen, verwirren uns nur, und wir sind schließlich froh, diesem wirren Getriebe entkommen zu können.

Die meisten Gebäude, die sich auf Edinburg-Castle vorfinden, sind, wie beim Londoner Tower, von modernem Datum. Während der Tower indes neben seinen Baracken,

Speichern und Munitionshäusern noch ein Dutzend wirkliche Sehenswürdigkeiten: Traitors-Gate, den Bell-Tower, den Beauchamp-Turm, den Blutturm, die Kapelle St. Peter ad Vincula und vor allem den erinnerungsreichen, teilweis intakt erhaltenen *White* Tower aufweist, reduzieren sich die historisch interessanten Baulichkeiten von Edinburg-Castle eigentlich auf zwei Punkte: auf eine kleine, schmucklose, bis in die Pikten-Zeit zurückreichende Kapelle, in der jetzt die zur englischen Episkopalkirche gehörigen Soldaten der Besatzung ihre Kinder taufen lassen, und auf ein anderes an der Südostecke des Hügels gelegenes, unscheinbares Wohnhaus, in dem Maria Stuart, drei Monate nach der Ermordung Rizzios, den späteren König Jakob VI. gebar. Zwei Zimmer sind es, die in diesem Wohnhaus gezeigt werden: eine Art Vorsaal oder Wachtstube, mit langen Tischen und Bänken darin, und daran anstoßend das Closet der Königin selbst. In jenem Vorsaal befinden sich zwei Bildnisse, das eine davon Maria Stuart darstellend. Wiewohl eine Kopie en miniature nach diesem Ölfarbenbildnis (Bruststück) existiert, die erweislich schon über 150 Jahre alt ist, so glaub ich dennoch nicht an die Echtheit dieses Porträts. Weder ist es den beiden, unzweifelhaft beglaubigten Bildnissen der Königin irgendwie ähnlich, noch deutet die Technik auf irgendeinen Maler des sechzehnten Jahrhunderts, von dem es bekannt geworden wäre, daß er damals in England oder gar in Schottland gelebt hätte. Es ist vielleicht am Ort, hier einiges über die ziemlich zahlreich vorhandenen Porträts der Königin einzuschalten. Die Kunstausstellung in Manchester enthielt deren *sieben*, meist Miniaturen nach den verschiedensten Ölbildern, nach vorgeblichen Originalen, die zum Teil gar nicht mehr vorhanden sind. Sind diese Porträts wirklich alle echt, das heißt bei Lebzeiten der Königin und angesichts derselben gemacht, so muß man es aufgeben, sich eine Vorstellung davon zu machen, wie sie denn eigentlich ausgesehen habe. Im großen und ganzen herrscht kaum irgendeine Ähnlichkeit zwischen all den Porträtköpfen, Miniatur- wie Ölbild, die ich von ihr kenne. – Von Ölbildern habe ich fünf gesehen: *eines* im Schlosse zu Hampton-Court, *eines* dem Grafen von Morton gehörig, *eines* in Windsor-Castle, *eines* in Edinburg-Castle und *eines* in Abbotsford; das letztere, bloß das abgeschlagene Haupt der Königin darstellend, zeigt in einer Ecke den Namen eines italienischen Malers, in der anderen die Ortsangabe »Fotheringhay«; trotz alledem bezweifle ich aufs entschiedenste, daß das Ganze etwas anderes sei als eine Schöpfung freier Phantasie. – Das Porträt in Edinburg-Castle ist sehr wahrscheinlich das Bildnis einer ganz anderen Person, und nur die drei erstgenannten Bilder, das in Hampton-Court, in Windsor-Castle und das dem Grafen Morton zugehörige, sind echt und, soviel ich weiß, ziemlich unangefochten in ihrer Echtheit. Auf dem ersteren Bilde ist sie in der Schwesterntracht jenes französischen Klosters, in dem sie bekanntlich erzogen wurde, abgebildet; auf dem anderen Bilde (dem Graf Mortonschen) als Königin, reich geschmückt, mit jener Haube und zumal mit jener aufrecht stehenden hohen Halskrause, die jeder unter dem Namen »Maria-Stuart-Kragen« kennt. Zwischen beiden Bildern herrscht eine gewisse Ähnlichkeit, nicht gerade in den Zügen, aber darin, daß beide Leben und Wahrheit verraten und nichts haben von jener Puppenkopfmanier, der es genügt, einem erfundenen Schönheitsideal einen möglichst schönen Teint gegeben zu haben.

Wir kehren jetzt in die Zimmer zurück, die die einzigen in Schloß Edinburg sind, die noch an die Königin Maria erinnern. Aus dem Vorsaal oder der Wachtstube treten wir in das Closet der Königin. Dies Zimmerchen mit seinem braunen Wandgetäfel macht noch jetzt den Eindruck einer gewissen Eleganz, wenigstens des Niedlichen und Wohnlichen, wobei man freilich von der fast erdrückenden Kleinheit des

Raumes absehen muß. Es gleicht durchaus einer braungetäfelten, altmodischen Schiffskajüte. Besonders wert gehalten scheint der Raum nicht zu werden. An der Stelle, wo das Bett der Königin stand, befindet sich jetzt ein kleiner Tisch, auf dem Beschreibungen und Ansichten von Schloß Edinburg feilgeboten werden. Wie sich von selbst versteht, hat ein Zimmerchen von dieser Ausdehnung nur *ein* Fenster. Aus diesem Fenster wurde Jakob VI., den die Gegner Marias schon damals in ihre Gewalt zu bekommen trachteten, wenige Tage nach seiner Geburt in einem Korbe herabgelassen und unten am Fuße des Berges von Anhängern der Königin in Empfang genommen. Der Felsen ist hier vollkommen steil. Schwindelnd sah ich aus dem Fenster in die Tiefe hinunter. Die Königin muß starke Nerven gehabt haben, daß sie nicht vor dem Gedanken erschrak, ihr Kind diese grauenhafte Luftreise machen zu lassen. Daß der junge Prinz sie glücklich machte und wohlbehalten unten ankam, mag nachträglich wie ein Zeichen gedeutet werden, daß er, im Gegensatz zu den Geschicken seiner Familie, in der von jeher ein früher und unnatürlicher Tod die Regel war, *bestimmt war, zu leben.*

Ich habe Edinburg-Castle mehrfach mit dem Tower verglichen und es gegen den letzteren zurückgestellt. Gewiß mit Recht. Aber eines hat es voraus, das ist die Schönheit seiner Lage. Auch vom Tower, zumal von den kleinen Ecktürmen des White Towers aus, genießt man einer reizenden Aussicht auf die City, das Themsetreiben und die gegenüberliegenden Surrey-Ufer, aber auch der eingefleischteste »Cockney« – und wäre er aus dem vorschriftsmäßigen Bezirk, innerhalb dessen man die Glocken von Bow-Church hört – würde schwerlich den Mut haben, die Tower-Aussicht mit jenem Panorama zu vergleichen, das man von Edinburg-Castle aus vor Augen hat. Zur Rechten stehen der Calton-Hill und die Salisbury-Craigs wie ein paar Wächter unmittelbar vor den

Toren der Stadt, linkshin dehnt sich eine lachende Landschaft aus, unten, den Fuß des Hügels mit einer Kurve fast umschreibend, ziehen sich die Linien der Glasgow-Eisenbahn, vor uns aber steigt die Neustadt mit ihren Plätzen und Palästen, mit ihren Kirchen und Statuen auf, bis endlich die dünner werdenden Linien sich in Villen und Gärten und freies Feld verlieren. An klaren Tagen wächst der Zauber dieses Bildes mit der Ausdehnung und dem Reichtum der Landschaft. Dann sehen wir jenseits der Gärten und Felder den blauen Wasserstreifen des Firth of Forth, die kleinen Felseninseln darin und blicken selbst über das blaue Band hinfort bis weit in die fruchtbaren und erinnerungsreichen Täler der Grafschaft Fife hinein.

Wir standen auf der Halbmondbatterie und freuten uns des herrlichen Anblicks; Freund B., wie gewöhnlich, nahm sein Skizzenbuch aus der Tasche, um, seinem Gedächtnis bescheiden mißtrauend, das schöne Bild in Linien und Strichen festzuhalten. Neben uns, auf dem Wallrand, stand ein schottischer Matrose, ein altes Inventarstück des Schlosses, der an Königin-Geburtstag etc. die Salutschüsse abzufeuern hat, und sah von Zeit zu Zeit neugierig in das Skizzenbuch, drin allmählich ein niedliches Bildchen entstand. Als die Sache halb getan war, marschierte, vom andern Ende der Bastion her, eine Schildwacht auf uns zu, um uns, nachdem sie vorher mit andern Milizsoldaten, die harmlos umherlungerten, ein Gespräch gehabt hatte, das Zeichnen zu untersagen. »Dergleichen sei verboten.« Der Unverstand lag klar zutage; gewöhnt aber, gegen Schildwachtsermahnungen keine lange Opposition zu machen, klappte Freund B. sein Buch zu und schickte sich an, den Platz zu räumen. Nur der alte Matrose war indigniert. Nonsense! diese »young hands« (etwa soviel wie unser »diese Gelbschnäbel«) sind kaum zwei Stunden hier und wollen Ordres geben; Unsinn, wissen nichts vom Dienst etc. Das Komische war, daß sein schottischer Patriotismus diese Southrons wie Eindringlinge, wie Feinde behandelte, als ob ein Königreich *Großbritannien* gar nicht existiere und das siegreiche England nur wieder mal erschienen sei, um eine Besatzung in die eroberte schottische Hauptstadt zu legen. Diesem Gefühl eines Gegensatzes zwischen Sieger und Besiegten bin ich auf meinen Wanderungen durch Schottland außerordentlich oft begegnet. Die Engländer kennen diesen Spezialpatriotismus ihrer nördlichen Nachbarn sehr wohl und lachen darüber, die Schotten aber, anstatt einzustimmen in die Heiterkeit, werden durch die gute Laune der Southrons (in die sich allerdings ein gut Teil Überlegenheit mischt) nur noch gereizter in ihrem Gefühl.

Unsrem Matrosen indes war ein völliger Triumph über die »young hands« vorbehalten. Gleich nachdem wir die Bastion verlassen hatten, wandten wir uns an den wachthabenden Offizier, der eben von Posten zu Posten ging, um den ziemlich verlegen dreinschauenden Milizen die »Instruktion für Edinburg-Castle« vorzulesen. Das war just unser Mann. Auf unsre Beschwerde antwortete er mit vieler Artigkeit, daß er selber nicht wisse, was erlaubt und verboten sei, daß er indes höheren Orts anfragen und uns den Bescheid in wenigen Minuten zugehen lassen werde. Er kam dann selbst, um uns sein Bedauern auszusprechen, daß wir unter dem mißverstandenen Diensteifer der Schildwacht zu leiden gehabt hätten. Das Regiment käme von Dover, wo sie bis jetzt in Garnison gewesen wären; die Schildwacht habe ohne Not die strengen Instruktionen von *Dover*-Castle auf *Edinburg*-Castle übertragen. Dieser kleine Vorfall interessierte uns nach mehr denn einer Seite hin, besonders auch deshalb, weil also, den Worten des Offiziers nach zu schließen, in betreff der *Kanal*-Befestigungen »strengere Instruktionen« vorzuliegen scheinen als mit Rücksicht auf den minder exponierten Norden. Daß es übrigens hinsichtlich der Festungen an *beiden* Seiten des Kanals noch irgend etwas zu verraten geben sollte, darf billig bezweifelt werden. Ich glaube, man kennt Dover-Castle in Paris so gut wie in London.

Wir nahmen jetzt unseren Stand auf der Halbmondbatterie wieder ein; die arme Schildwacht schlich verlegen um uns her, bis wir sie durch einige Gemütlichkeitsfragen von unsrer versöhnlichen Gesinnung überzeugt hatten. Die Skizze war längst beendet, als wir noch immer an der Brüstung standen und, hinausschauend, das zauberhafte Bild vor uns in seiner stets wechselnden Beleuchtung auf uns wirken ließen. Endlich rollten die Abendnebel langsam vom Meere aus auf die Stadt zu; immer dichter legten sich die Schleier über Land und Stadt, bis diese endlich, schwarz in grau, wie ein Schatten im Schatten verschwand.

Linlithgow

Schottland hat Schlösser, Hof und Hall'
Und Burgen und Paläste,
Linlithgow aber schlägt sie all
Und ist das schönste, beste;
Ei, wenn im Mai die Knospe springt,
Wie lustig da die Amsel singt
In Garten, Park und Wald,
Der Hänfling zwitschert in der Näh,
Das Wasserhuhn taucht in den See –
Säh ich dich wieder bald.

Walter Scotts »Marmion«

Einer der reizendsten Punkte in der Umgegend von Edinburg ist Stadt und Schloß Linlithgow. Es liegt an der Eisenbahn, die nach Glasgow führt. Der eigentliche und alte Name des Städtchens war Lithgow; Lin ist Beiwort und bedeutet Little, so daß das Wort nach der Analogie von Little Glasgow, also mit dem Ton auf der zweiten Silbe – Linlíthgow, ausgesprochen werden muß. Maria Stuart wurde hier am 5. Dezember 1542 geboren. Als ihr Vater (Jakob V.) auf seinem Todbette die Nachricht von ihrer Geburt empfing, murmelte er: »Mit einem Mädchen kam unser Geschlecht, und mit einem Mädchen wird es gehn.« Die düstere Prophezeiung traf nicht völlig ein; die Stuarts regierten noch 150 Jahre, und erst abermals 100 Jahre später erlosch das Geschlecht.

Wir verließen Edinburg mit dem ersten Zuge und waren etwa gegen neun Uhr an Ort und Stelle. Die Morgennebel zogen noch in grauen Massen durchs Tal, aber sie sahen aus wie eine Armee auf dem Rückzug, kopfhängerisch, die Sonne mußte über kurz oder lang durchbrechen, und der Tau, der überall an den Blättern hing, verhieß einen klaren Tag. Der Bahnhof liegt am Ostende des Städtchens. Beim Aussteigen, wenn man nicht eine der Eisenbahnböschungen erklimmt, sieht man nichts von dem an der Westseite der Stadt gelegenen Palaste, und der Anblick, der sich einem unmittelbar bietet, ist so schlicht und anspruchslos wie möglich. Eine dem Bahnhof gegenüber gelegene Sägemühle, nach drei Seiten hin von Bäumen eingeschlossen und nur auf der uns zugekehrten Seite frei und offen, wie ein Bild in einem Rahmen daliegend, unterbricht mit ihren immer gleichen Takten die rings herrschende Stille, und die im Vordergrunde in voller Blüte stehenden Malven fügen noch den Reiz der Farbe zu allem übrigen und steigern den Eindruck jenes ländlichen Friedens, der dem müde gewordenen Städter so wohl tut, wo immer er ihm begegnen mag.

Vom Bahnhof aus biegt man rechts in die Stadt ein, die eigentlich nur aus einer einzigen Straße besteht. Weder die einzelnen Häuser noch die Lage des Ganzen bieten irgend etwas Besondres; es ist ein Städtchen, wie es ihrer Tausend gibt, und wenn irgend etwas an ihm geeignet ist, unser Interesse in Anspruch zu nehmen, so ist es der Umstand, daß diese Fachwerkhäuser, mal grün, mal gelb gestrichen, uns an die deutsche Heimat erinnern und nicht an die englischen Städte, die, bei vielen sonstigen Vorzügen, doch in ihrer Uniformität ermüdend wirken.

Durch zwei Dinge indes ist Linlithgow berühmt (ganz abgesehen von seinem Palast), und zwar durch seine Treue und seine Brunnen. *Wem* es treu gewesen ist, das ist jetzt schwer zu ermitteln. Seiner Brunnen aber darf es sich rühmen bis auf diesen Tag. Unter diesen ist ein figurenreicher, der dem Rathaus gegenübersteht und an ähnliche Arbeiten in Süddeutschland erinnert, der bemerkenswerteste. Er ist es wohl, der zu der zweiten Zeile in einem alten schottischen Reimspruch Veranlassung gegeben hat, der etwa lautet:

> Glasgower Glocken und Falkirker Bohnen,
> Lithgower Brunnen, um dran zu wohnen,
> Stirlinger Hefen und Perther Bier,
> Alle Tausend, so lob ich's mir.

In wenigen Minuten haben wir die Stadt von Osten nach Westen hin durchwandert und stehen jetzt nach rechts hin vor einer kleinen, kaum hügelartigen Erhöhung, auf der der Palast unmittelbar vor uns gelegen ist. Wenn das Sprüchwort recht hat, das da sagt: »Große Fenster schmücken das Haus«, so ist der Palast von Linlithgow so ungeschmückt wie möglich; die Fenster sind klein und nichtssagend, und es liegt kein wesentlicher Grund vor, warum man Anstand nehmen sollte, das Ganze für eine verräucherte chemische Fabrik oder für ein grau gewordenes Landarmenhaus zu halten. Aber es ist mit diesem Palast wie mit den Wohnungen orientalischer Völker; an die Stelle des neugierigen Fensters, das sich um das Draußen kümmert, tritt der verschwiegene Hof, drin die Schönheit nur sich selbst und dem Hause lebt. Das Innere vom Linlithgow-Palast läßt uns rasch vergessen, was der Außenseite fehlt. Ein tiefes, dunkles Portal durchschreitend, treten wir in den Schloßhof. Nach allen vier Seiten hin

erhebt sich das Mauerwerk und umschließt einen Rasenplatz, in dessen Mitte sich abermals ein figurenreicher Brunnen befindet. Der Anblick muß etwas Zauberisches gehabt
und an die maurischen Höfe Granadas erinnert haben, als
hier das Wasser in monotoner Melodie noch niederplät-
scherte, wachthabende Hochländer um den Springbrunnen
herum gelagert lagen und, in ihre Tartan-Plaids gehüllt, die
Mütze mit der Reiherfeder auf dem Kopf, die Sommernacht
verschliefen und verplauderten.

Eine ins Detail gehende Beschreibung des Ortes würde
hier zu weit führen, auch komm ich der Phantasie meiner
Zuhörer vielleicht am besten zur Hülfe, wenn ich diesen
Schloßhof von Linlithgow mit dem bekannten Hof der Hei-
delberger Schloßruine vergleiche. Es ist eine Verwandtschaft
im ganzen da, ohne daß die einzelnen Teile eine solche recht-
fertigen mögen. Auch darin sind beide verwandt, daß sie,
durch ruchlose Hand in Brand gesteckt*, sich stärker erwiesen haben als die Zerstörungswut feindlicher Banden; beide
zählen bis diesen Tag zu den wohlerhaltenen Ruinen. An

---

* Der englische General Hawley und seine Dragoner waren vom
Prätendenten (»Prinz Charlie«) und seinen Hochländern bei Falkirk geschlagen worden. Hawley zog sich nach Linlithgow zurück
und quartierte sich selbst und seine Dragoner im dortigen Schlosse
ein. Nur auf eine Nacht, denn die Hochländer rückten nach. Als die
Dragoner am anderen Morgen das Schloß verließen, warfen sie
glimmende Asche auf die durch Zimmer und Säle gebreitete Streu.
In wenigen Minuten stand das ganze Schloß in Flammen. Hawley
(wie unser Führer uns erzählte) rief der Lady Gordon, der Dame
vom Hause, zu: »Retten Sie sich, Mylady«, worauf die schottische
Dame lächelnd erwiderte: »Es eilt nicht, General; schlimmstenfalls
aber werd ich mich vor Eurem Feuer so gut zu retten wissen, wie
Ihr Euch vor dem unsern (bei Falkirk) gerettet habt.« Es ist sehr
charakteristisch, mit welcher Vorliebe einem die Schotten solche
und ähnliche Anekdoten zu erzählen lieben. Sie fühlen sich als die
Schwächern und Unterdrückten und bewahren deshalb jeden kleinsten Zug dankbar im Gedäächtnis, der schottischen Mut und Geistesgegenwart auf Kosten der Engländer verherrlicht.

zauberischer Lage, an Mannigfaltigkeit und buntem Wechsel bleibt Linlithgow freilich weit hinter der deutschen Schloßruine zurück, hat aber andrerseits Geschlossenheit, Ernst und einen edleren, alle Überladenheit meidenden Stil vor dieser voraus.

Von den vier Flügeln des Palastes interessiert uns nur einer, der westliche. Hier konzentriert sich das Interesse, und fast jeder einzelne Raum hat seine Geschichte. Über einem weiten unheimlichen Kellergewölbe, das in den Regierungstagen Karls II. als Gefängnis und Hinrichtungsstätte diente (ein rostiger Eisenhaken an der Decke zeigt noch die Stelle, wo 160 Convenanter den Martyrtod starben), ziehen sich die Zimmer hin, die von den Stuarts des sechzehnten Jahrhunderts wenigstens zeitweilig bewohnt wurden. Das Zimmer, in dem Königin Maria das Licht der Welt erblickte, befindet sich ziemlich genau in der Mitte des ersten Stockwerks und würde von den Räumen, die dasselbe nach rechts und links hin einschließen, in keiner Weise zu unterscheiden sein, wenn nicht Jakob VI., der bei Lebzeiten seiner Mutter so wenig zu ihrer Befreiung tat, nach dem Tode derselben die bequeme Laune gehabt hätte, das Zimmer, drin sie geboren wurde, durch Stiftung eines Prachtfensters kenntlich zu machen. Dies Prachtfenster hat natürlich längst aufgehört, ein solches zu sein, unterscheidet sich aber noch immer durch Sims und Einfassung von der langen Reihe aller übrigen. Innerhalb der vier Wände, die den Raum selbst umschließen, sieht man sich vergebens nach einem Zeichen um, das direkt oder wenigstens symbolisch an die Persönlichkeit erinnerte, die diesem Ort seine Weihe und Bedeutung gegeben hat. Die Wände sind kahl und kalt, herabgefallener Schutt, angefeuchtet vom Regen und festgestampft von Tausenden von Besuchern, hat den Fußboden zu einer bloßen elastischen Tenne gemacht; häßliches gelbes Unkraut wächst in den Winkeln und Mauerritzen, und selbst die Inschriften fehlen, womit ein

Mischgefühl von Pietät und Eitelkeit das Mauerwerk berühmter Plätze so gern zu zieren und zu verunzieren liebt. Angesichts dieser Öde und Leere mußt ich jener Klosterruine in der Nähe von Oxford gedenken, die, der Sage nach, der Ort ist, wo Rosamunde Clifford, gemeinhin die schöne Rosamunde geheißen, ihren letzten Ruheplatz im Leben wie im Tode fand. Die ganze Stätte dort ist nur ein Grasplatz noch, um den sich, mal hoch, mal niedrig, eine Feldsteinmauer zieht, aber jene *eine* Stelle, von der es heißt, daß es die Zellenwand der schönen Rosamunde war, hat ihr entsprechendes Erinnerungszeichen gefunden, und durch Stein und Mörtel hindurch seine Wurzel schlagend, erhebt sich ein wilder Rosenstrauch hoch in die Luft.

Das Zimmer, in dem Maria Stuart geboren wurde, bietet nichts als seinen Namen. Anders verhält es sich mit dem Margareten-Turm, dem Queen Margaret's Tower, der sich in der Nordwestecke desselben Flügels erhebt. Wir steigen, um diesen Turm auf dem nächsten Wege zu erreichen, zunächst eine geräumige, ziemlich wohlerhaltene Treppe hinauf, die wir zur Linken haben. Diese Treppe führte früher aus den Zimmern des Hochparterre in die oberen Stockwerke. Dach und obere Stockwerke aber existieren seit lange nicht mehr, so daß die Treppe jetzt *ins Freie*, statt wie früher in höher gelegene Zimmerreihen führt. Im Heraustreten befindet man sich sofort wie auf dem Wallrand einer Festung, und die Deckenfläche der eben verlassenen Zimmer als Fußboden unter uns, sehen wir uns jetzt, auf einer reizend gelegenen Bastion, in der angenehmen Lage, einen Spaziergang machen zu können. Auf und ab schreitend, schicken wir uns wirklich bereits an, die warme feuchte Luft in langen Zügen einzuatmen, als die Stimme des Führers uns daran erinnert, daß wir um keines Spaziergangs willen dies alte Mauerwerk erklettert haben, sondern bloß, um, mit Benutzung desselben, auf bestem Wege an den Margareten-Turm zu gelangen. *Vor* diesem stehn wir nunmehr, die Mauern sind ziemlich dick, und durch eine schmale Seitentür treten wir jetzt in das erste Stockwerk desselben ein. Die hinaufführende, schmale Wendeltreppe hat der Stufen nicht allzu viele, und ohne sonderliche Anstrengung erreichen wir alsbald das oberste, laternenartige Gemach des Turmes, das den Namen Queen Margaret's Bower (Zimmerchen) führt. Die Aussicht von diesem Turm ist entzückend. Nach allen Seiten hin, aber sehr allmählich, hebt sich das Terrain; breite, goldgelbe Haferfelder steigen die Hügel hinauf und verdünnen sich landeinwärts zu immer schmaleren Streifen. Hier und dort Hekken und Baumgruppen, die sich in Nebel und Ferne verlieren. Nach Süden hin die Stadt, die sich ziemlich dicht an den Palast lehnt; unmittelbar vor uns aber ein kleiner, inselreicher See, der sich rechtwinklig, nach Nord und West hin, um die Fronten des alten Schlosses legt. Wir standen wie geblendet; einzelne Möwen flogen vor uns auf, und mit Gekreisch bald diese, bald jene Insel umschwebend, glänzte das Weiß ihrer Flügel wunderbar über dem Graublau des Wassers.

Es würde sich verlohnen, den Margareten-Turm zu ersteigen, wenn er auch nichts böte als diese Aussicht. Es knüpfen sich aber auch historische Erinnerungen an denselben, die ein plastischeres Bild geben als das bloße »in diesem Zimmer wurde Maria Stuart geboren«. Königin Margarete war die Schwester Heinrichs VIII. von England; Jakob IV. von Schottland war ihr Gemahl. Als dieser, übermütig und verblendet, ein Heer sammelte, um England mit Krieg zu überziehen, beschwor ihn Margarete, von diesem Unheilszuge abzustehen. Umsonst. Der Zug gegen England war beschlossen. Wie er begann und endete, erzähle ich im folgenden Kapitel (*Floddenfield*). An dem Tage, wo Jakob aufbrach, erstieg die Königin den Nordwestturm, der seitdem ihren Namen trägt, und sah von seiner Höhe aus die endlosen Reihen des Heeres gen Süden ziehen. Jene Hügelreihe entlang, die südöstlich den Horizont umschreibt, bewegte sich der Zug, 50 000 Mann, vorauf der König und seine Lords. Der Tag war hell, und ihre Rüstungen glänzten in der Sonne. Der Glanz des Aufzuges konnte das Herz Margaretens nicht betören; die Königin wußte, daß sie auszogen auf Nimmerwiederkehr. Die Erinnerung an diesen Tag aber haben Sage und Dichtung lebendig erhalten, und in die Steinquadern des kleinen achteckigen Turmgemachs befinden sich die Worte eingegraben:

Think of Queen Margret, who in Lithgow's bower
All lonely sat and wept the weary hour.

Hier schwand in Tränen unserer Königin
Einsam und bang die Abschiedsstunde hin.

Von Edinburg bis Stirling

Zwischen Edinburg und Stirling existiert neben der Eisenbahn auch eine Dampfschiffverbindung. Wer Eile hat, wählt wie gewöhnlich den Schienenweg, wer Muße hat und frischer Luft und schöner Ufer sich freuen will, macht es wie wir und schlägt die Wasserstraße ein. Gegen Mittag verließen wir Edinburg, um in Leith, dem bekannten Hafen von Edinburg, an Bord zu gehen. Eigentlich nicht in Leith, sondern in Granton, einem etwas höher hinauf gelegenen Hafenplatz, der um seiner Wassertiefe sowohl wie um seiner bessern Dämme und Anlegeplätze willen dem schlecht instand gehaltenen Hafen von Leith siegreiche Konkurrenz zu machen droht. Um nach Leith oder Granton oder Newhaven (einem dritten Hafenplatz, der zwischen den beiden andern liegt) zu gelangen, mietet man entweder ein Fuhrwerk oder bedient sich der Verbindungsbahn, die zwischen Edinburg und diesen drei Plätzen läuft. Die Bahn ist wenig über eine halbe deutsche

Meile lang und gleicht einem Arm, der an seinem Endpunkt in drei einzelne Finger ausläuft: Ringfinger Leith, Mittelfinger Newhaven, Zeigefinger Granton.

Wir wählen diese Verbindungsbahn, um nach Granton zu gelangen, machen die Fahrt in etwa sieben Minuten, und ohne viel Suchen und Fragen uns dem Menschenstrom überlassend, der aus den Bahnhofsgebäuden heraus ins Freie drängt, geraten wir endlich, an allerhand Kais und Bassins, Werften und Hafendämmen vorbei, an den eigentlichen Granton-Pier (Molo), an dem der »Rob Roy«, der uns flußaufwärts tragen soll, bereitliegt und durch gelegentliches Zischen und Prusten – jeder hat seine Art – zu seiner Besteigung einladet. Wir wissen, wie es gemeint ist, steigen, vom Kai aus, verschiedene Treppen hinunter und wieder hinauf und machen es uns endlich auf dem Hinterdeck des Steamers mit Hülfe von Bänken und Feldstühlen möglichst bequem. Zu rechter Zeit. Kaum daß wir eine gute Rückenlehne gefunden und die Plaids über unsere weit vorgestreckten Füße gebreitet haben, so folgt der stillen schwarzen Rauchwolke des Schornsteins das bekannte Brausen und Schnaufen, endlich das Rasseln und Schaufeln, und von der Wand des Bollwerks in eleganter Wendung sich loslösend, trägt uns jetzt bei hellem Sonnenlicht der Steamer stromaufwärts.

Solche Fahrten flußauf- oder abwärts haben in den meisten Fällen einen verwandten Charakter, und die Bilder bleiben so ziemlich dieselben, ob die Flußmündung, um die es sich handelt, der Elbe oder der Oder, dem Mersey oder dem Forth angehört. Etwas freilich hat der Forth vor den ebengenannten voraus, die Fülle historisch-romantischer Anknüpfungen nämlich, die mich bestimmen würden, die ganze Fahrt mit einer Rheinfahrt zu vergleichen, wenn wir nicht in unsern heimatlichen Marken einen Fluß hätten, der dem Leser das Charakteristische des Forth nach *dieser* Seite hin noch deutlicher wiederzugeben vermag, ich meine die *Havel.*

Jedes Land und jede Provinz hat ihre *Männer,* aber manchem Fleck Erde wollen die Götter besonders wohl, und ihm die Rennbahn näher legend, die Gelegenheit zur Kraftentwicklung ihm beinahe aufzwingend, gönnen sie dem bevorzugten Landesteil eine gesteigerte Bedeutung. Ein solcher Fleck Erde ist das beinah inselförmige Stück Land, um das die Havel ihr blaues Band zieht. Es ist der gesunde Kern, daraus Preußen erwuchs, jenes Adlerland, das die linke Schwinge in den Rhein und die rechte in den Njemen taucht. Wohl ist es deutungsreich, daß genau inmitten dieser Havelinsel jenes Fehrbellin liegt, auf dessen Feldern die preußische Monarchie gegründet wurde. Und welch historischer Boden diese Insel überhaupt! Entlang an den Ufern des Flusses, der sie bildet, hatten (und haben noch) jene alten Familien ihre Sitze, die, von den Tagen der Quitzows an, mehr auf Charakter als auf Talent hielten und deren Zähigkeit und Selbstgefühl, die doch nur die Typen unseres eigenen Wesens sind, wir uns endlich gewöhnen sollten mehr mit Respekt als mit Eifersucht anzusehn. Auf dieser Havelinsel und jenem schmalen Streifen Land, der nach außen hin sie umgürtet, liegen die Städte und Schlösser, darin der Stamm der Hohenzollern immer neue Zweige trieb; liegen die Städte, darin drei Reformatoren der Kunst das Licht der Welt erblickten: Winckelmann, Schinkel und Schadow (von denen der zweitgenannte eine Kasernenstadt in eine Stadt der Schönheit umwandelte); liegen die Herrensitze, darin Zieten, Knesebeck und die Humboldts geboren wurden, *Zieten,* der liebenswürdigste und volkstümlichste aller Preußenhelden, und *Knesebeck,* der in winterlicher Einsamkeit den Gedanken ausbrütete, »die Macht Napoleons durch die Macht des Raumes zu besiegen«.

Mit diesem Havelland, dem es, wie jeder Potsdam-Besucher wissen wird, auch keineswegs an Schönheit und malerischem Reiz gebricht, möcht ich die Ufer des Forth vergleichen, die jetzt, während wir im Steamer den Fluß hinauffuhren, mit Dörfern und Villen, Städten und Burgen, vor allem aber mit dem Klang berühmter Namen zu uns herübergrüßten. Freilich nicht alle diese Namen, die wie ein bekannter Ton unser Ohr trafen, gehörten diesem Flußufer als ihrem eigensten Boden an, viele waren, zumal aus den nördlichen Grafschaften her, an diese bevorzugtere Stelle nur verpflanzt; aber jedenfalls doch zog ein gutes Stück der Landesgeschichte an uns vorüber, als wir, in lebhaftem Gespräch mit einem jungen Schotten, der leuchtenden Auges um sich sah, die Namen Morton und Moray, Bruce und Stuart, Keith und Dundas, Abercromby und Elgin vernahmen. Mehr denn fünf Jahrhunderte umfaßten diese Namen, von jenem Tage von Bannockburn an, wo der Name Bruce das Fundament zu seinem Ruhme legte, bis zu jenem Tage von Abukir, wo Sir Ralph Abercromby siegte und fiel.

Die Ufer des Forth sind bunt und belebt, und namentlich zu Anfang der Fahrt, wo die weiten Entfernungen bis zum Ufer hin die Dörfer und Städte mehr gedrängt erscheinen lassen, als sie in Wahrheit sind, haben wir den Eindruck eines heiteren und ziemlich reichen Bildes. Dort aber, wo der Fluß sich zu verengen beginnt und die weiten Distanzen sichtbar werden, die zwischen den einzelnen Kirchtürmen liegen, erkennt man doch, daß man sich an einer nördlichen Küste befindet, die, jedem Wind und Wetter preisgegeben, in allem, was sie hervorbringt, nur einem Zwange nachgibt und den Menschen mehr duldet und hinnimmt, als ihn gebiert.

Wir hatten unsere Plätze in der Nähe des Steuerruders längst aufgegeben und schritten jetzt, nachdem wir bei Tisch einige Bekanntschaften angeknüpft hatten, auf dem Deck des Steamers in ziemlich lebhaftem und oft wechselndem Gespräche auf und ab. Außer den hübschen Ufern, nach denen wir von Zeit zu Zeit hinübersahen, nahm vor allem ein blinder Fiedler, der neben dem großen Schornstein des Dampfschiffes saß, und ein englisches Ehepaar, dessen nicht allzu angenehme Bekanntschaft wir schon bei Tische gemacht hatten, unsere Aufmerksamkeit in Anspruch. Wir hatten noch keine Ahnung, daß Fiedler und Ehepaar bald in nähere, allerdings nicht freundschaftliche Beziehungen treten würden.

Das englische Ehepaar bestand aus einem grämlichen alten Herrn und einer jungen blassen Frau, die sehr hübsch gewesen wäre, wenn nicht etwas Stechendes in ihrem Auge und die fest zusammengepreßten blassen Lippen allzudeutlich verraten hätten, daß sie nicht gewohnt war, mit dem Zepter der Milde zu regieren. Ihr Gatte, wiewohl nicht ganz energielos im Ausdruck, schien dennoch, wie so viele Gatten vor und nach ihm, auf das Auskunftsmittel verfallen zu sein, die Linie eigener Anschauungen nur noch als Bekräftigungs- und Unterstreichungslinie für die Ansichten seiner Frau zu verwenden. Die blasse Dame, die, wie man ihr lassen muß, das Ladyhafte mit vielem Geschick zur Schau stellte, hatte bei Tisch die Austernsauce »very bad« gefunden, worauf ihr Gemahl mit einem »very bad, indeed« geantwortet hatte; ja bei Gelegenheit der schlecht gekorkten Flasche Porter hatte er sich in seiner Huldigung noch weiter verstiegen und dem »shocking« seiner Lady ein unumwundenes »shameful« hinzugefügt. Die Schotten, alt und jung, aus denen die Tisch- und Reisegesellschaft fast ausschließlich bestand, hatten diesem krittligen Wesen des englischen Ehepaars nicht ohne Verdrießlichkeit zugehört, weil sie jenen Ton der Überhebung darin zu finden glaubten, den Engländer so gern anstimmen, wenn sie den Tweed im Rücken haben. Einiges Gemurmel war am untern Ende des Tisches bereits laut geworden; andere, die dem Ehepaar näher saßen, hatten durch Lächeln und Geflüster, zum Teil auch durch ein paar gälische, dem Engländer also unverständliche Worte ihrem Herzen Luft gemacht, als noch rechtzeitig die Tafel aufgehoben wurde und alles wieder treppauf stieg, um die Promenade oben auf Deck zu beginnen.

Der alte Fiedler saß noch immer an seinem Schornstein und sang Burnssche Lieder, scheinbar unbekümmert um das, was um ihn herum vorging. Er hörte aber mit dem scharfen Ohr, das Blinden eigen ist, sehr wohl die für seine künstlerische Reputation höchst unschmeichelhaften Worte des alten Engländers, Worte, unter denen »ear-splitting« (ohrzerreißend), »scandalous« und »shameful« noch durchaus nicht die schlimmsten waren. Er hörte auch, daß alle diese Worte nur der Baßwiderhall einer scharfen, wenn auch nur leisen Diskantstimme waren, und sein Schlacht- und Racheplan war gemacht. Vielleicht auch, daß einer der jungen Schotten die Hand im Spiele hatte. Wir waren just in gleicher Höhe mit dem Städtchen Alloa und ließen uns eben von Darnley erzählen, der hier die letzten Wochen, die seinem jähen Tode vorausgingen, zubrachte, als uns, die wir aufmerksam dem Vortrag folgten und über die Schiffswand hinaussahen, ein herzliches Gekicher und bald auch ein lautes Lachen in die Nähe des Schornsteins rief, wo ein Dutzend Schotten um den blinden Fiedler herumstanden. Eben machte er seine letzten Striche über die alte Geige, und wir bedauerten schon, zu spät gekommen zu sein, als ein allseitiges »Da capo, da capo! Go on, Bobby, let us have it once more!« den Alten zu einem kurzen Präludium instigierte, dem nun rasch die Burnsschen Strophen folgten, die wir das erstemal überhört hatten. Er sang in rezitativischer Weise:

> Was kann ein jung Mädel, was soll ein jung Mädel,
> Was kann ihr, was soll ihr ein ältlicher Mann?
> Ich muß mich gedulden bei all seinen Gulden,
> Womit er das Herz meiner *Mutter* gewann.

Das Ehepaar ging in diesem Augenblick dicht an dem Fiedler vorbei, und der Umstand, daß kein Wort, keine Bemerkung über die Lippen beider kam, sagte dem Alten deutlich, daß die Rache, die er genommen, nicht wirkungslos geblieben sei. Er hielt einen Augenblick inne, aber das »go on, Bobby« der Umstehenden ließ ihm keine Wahl, und rasch hintereinander fort folgten nun die drei übrigen Strophen:

Nichts hat er wie Sorgen vom Abend zum Morgen,
Er hustet, daß ich nicht schlafen kann;
Halbtaub seine Ohren, sein Blut wie gefroren,
Ach traurig die Nacht mit 'nem ältlichen Mann!

Er närgelt und brummelt, er quärgelt und mummelt,
Ich mach ihm nichts recht, und dann fährt er mich an,
Zu nichts ist er tüchtig, nur eifersüchtig
Ach ist er, weiß Gott, wie ein ältlicher Mann.

Meine Tanten und Paten, die ha'n mir geraten:
»Du mußt ihn mehr ärgern, den alten Tropf.«
Bei meiner Seelen, tot will ich ihn quälen,
Und dann für den alten 'nen neuen Topf.

Der Beifall wiederholte sich jetzt, überhaupt hätte dem Alten nichts Besseres passieren können als die Ungnade des englischen Ehepaares. Alle Börsen wurden jetzt gezogen, und in die Mütze des Blinden, in die bis dahin nur spärliche Pennies gefallen waren, fielen jetzt allerhand Silbermünzen. Das Ehepaar selbst hatte inzwischen längst seinen Rückzug angetreten, und während die Lady auf den Polsterbänken der Kajüte zu schlafen vorgab, zog sich der hochrot gewordene Eheherr hinter die Wandschirmfläche einer aufgeschlagenen Times-Nummer zurück. Vor ihnen stand Sodawasser.

Natürlich trieb man den Scherz nicht weiter, aber auch wenn man gewollt hätte, es hätte sich verboten. Wir waren den Forth, der vor zwei Stunden noch in voller Breite eines Haffs vor uns gelegen hatte, jetzt so hoch hinauf gefahren, daß das Schiff, wie ein Wagen in einer schmalen Straße, nur eben noch lenken und umkehren konnte; der Meerbusen war zu einem Graben geworden. In einiger Entfernung ragte das schöne Stirling-Castle malerisch in die Luft; ein an unsern »Rob Roy« anlegendes flaches Fährboot aber, darin Passagiere und Sachen rasch hineingeschafft wurden, ließ uns nicht Zeit zu müßiger Betrachtung vom Deck des Steamers aus. Wir nahmen vielmehr Platz auf den teppichbedeckten Ruderbänken des Boots, und die flachen Windungen des Forth noch eine Viertelstunde weiter hinauf verfolgend, hielten wir endlich an einem Erlengebüsch, das, unmittelbar vor der Stadt gelegen, noch einmal wie eine grüne Wand Stadt und Schloß unsern Blicken entzog.

Von Perth bis Inverneß

Um von *Perth* nach Inverneß zu gelangen, kann man zwei Wege einschlagen, den einen über Forfar, Montrose und Aberdeen an der Küste entlang, den andern quer durchs Land hindurch über den Kamm der Grampians. Wer Eile hat oder die Bequemlichkeit liebt, wird den ersteren Weg wählen, der, obschon ein Umweg von zehn deutschen Meilen, mittels der eben beendigten Eisenbahn in verhältnismäßig kurzer Zeit zurückgelegt werden kann; wer umgekehrt eine Strapaze nicht scheut, wenn sie nur Lohn und Ausbeute verspricht, wird das Dach der Stage-Coach erklettern, die zweimal wöchentlich zwischen Perth und Inverneß fährt. Touristen also, die etwas sehn und nicht bloß vorwärts kommen wollen, werden sich selbstverständlich des alten Kutschwagens bedienen, der montags und donnerstags auf dem Perther Marktplatz hält und den füllen und packen zu sehen selbst schon zu den Vergnügungen dieser Reise gehört.

Es mochte gegen elf Uhr sein, als wir bei glühendem Sonnenbrand die angelegte Leiter hinaufstiegen und auf der hintersten Bank des Wagens Platz nahmen. Wir waren ziemlich die ersten und wiegten uns in der Vorstellung, durch Pünktlichkeit und Zusage eines Trinkgeldes uns einen komfortablen Platz gesichert zu haben. Eitle Träume; was wir auf der Tour von Stirling bis Loch Katrine erlebt hatten, war, wie wir bald merken sollten, ein kaum nennenswertes Vorspiel gewesen. Die vier Plätze der eigentlichen Chaise, die einen etwas höheren Preis zahlten, waren leer, aber die sechzehn Außenplätze, die sich vorn und hinten an den Wagen anklebten, waren besetzt bis auf den letzten Zoll. Auch dieser Ausdruck ist nichts mehr und nichts weniger als eine Beschönigung unserer eigentlichen Lage, da die Fahrgäste, die an den Flügeln der vier Bänke saßen, nur mit der einen Hälfte ihres Körpers auf sicherem Grund und Boden ruhten, während die andere Hälfte mit Hutschachteln und Reisesäcken um die Wette neben dem Wagen hin- und herschaukelte. Wie ich meinen Lesern nicht erst versichern darf, wäre dies Minimum von Reisekomfort auf einer Strecke von fünfundzwanzig deutschen Meilen unerträglich gewesen, wenn nicht von Station zu Station die Flügelmänner jeder Bank die Plätze getauscht und, zwischen links und rechts beständig wechselnd, die ausgeruhten Hälften wie eine immer frische Reserve ins Feuer geschickt hätten.

Ich hatte den rechten Flügel der letzten Bank inne, und wiewohl ich mich der Strapazen jenes Reisetages wie einer durchgemachten Kampagne entsinne, so muß ich doch der Wahrheit gemäß einräumen, daß mein und meiner Kameraden Position noch immer nicht zu den schlimmsten zählte. Sie war wenigstens luftig, und da man nach der Fallseite hin räumlich nicht behindert war, so konnte man sich's durch allerhand Balancier- und Schwebekunststücke relativ bequem machen. Wie anders dagegen die Mittelplätze! Die Sicherheit, die sie boten, war teuer erkauft, und der wahre Reiz des Lebens hing hier wie überall »überm Abgrund der Gefahr«. Aber ich eile in meiner Darstellung voraus. Während ich schon die Schrecken und Gefahren des Weges schildere, halten wir noch auf dem Marktplatz von Perth, und jetzt erst, wo vom alten St.-Johannis-Turm die Mittagsstunde schlägt, knallt die Peitsche des Kutschers über die vier langgespannten Braunen hin, und unser Wagen rasselt durch Straße und Tor in die lachende Landschaft hinaus. Die nächste Station ist *Dunkeld,* ein alter Bischofssitz, etwa drei Meilen nördlich von Perth gelegen. Der breite, vom Tay durchflossene Talgrund, der sich zwischen beiden Städten ausdehnt, zählt mit zu den vorzüglichsten Schauplätzen schottischer Geschichte. Wir sind hier im eigentlichen *Macbeth-Land,* und während wir die Grafschaft Fife im Rücken, Schloß Glamis aber zur Seite lassen, fahren wir, unmittelbar an *Scone-Palace* vorbei, jenem Stückchen Erde zu, das durch die zwei Namen Birnam-Wald und Schloß Dunsinan eine Berühmtheit über die Welt erlangt hat.

Scone-Palace, der alte schottische Königsitz, von dem es am Schluß des »Macbeth« heißt:

> Und uns gekrönt zu sehn mit unsrer Krone,
> Erwarten wir euch im Palast zu *Scone,*

liegt kaum eine halbe Meile rechts von dem chaussierten Wege ab, den unsere Braunen jetzt rasch entlangtraben, und die Sehnsucht könnte über uns kommen, einem Platze von solchem Alter und so historischer Bedeutung einen kurzen Besuch zu machen. Aber der Scone-Palast, der zu *Shakespeares* Tagen noch in aller Wirklichkeit dastand, existiert nicht mehr, und die weißen Steinwände, die mit Mauerkrone und Normannenturm aus einer Gruppe alter Ulmen zu uns herüber grüßen, sind keine fünfzig Jahre alt und enthalten vielleicht keinen Stein mehr von dem alten Königshause, das einst hier stand. Der Scone-Palast unserer Tage ist ein Besitztum, ein Sommeraufenthalt der Grafen von Mansfield geworden, und der alte Stein, der hier einst lag und als Stuhl bei der Krönung schottischer Könige diente, ist nach London geschafft, wo er jetzt deutungsreich *unter* dem Sitz des englischen Thronsessels liegt.

Etwa zwei Meilen nördlich von Scone-Palace, an derselben rechten Seite des Weges, liegen Dunsinan-House und Dunsinan-Hill, in deren Nähe sich die Ruinen des alten Macbeth-Schlosses befinden, das den Birnam-Wald auf sich zukommen sah. Dieser Birnam-Wald liegt links von der Straße, verbirgt sich aber unserem suchenden Auge hinter dem 1500 Fuß hohen *Birnam-Hill,* der seine Felsmauer zwischen uns und den Wald schiebt.

Dieser Birnam-Hill ist bereits wie ein Torwächter von Dunkeld anzusehen, und in demselben Augenblick, wo wir ihn passiert und statt seiner selbst seine reich bewaldeten Ausläufer zur Linken haben, hören wir auch schon den lauter werdenden Hufschlag der Pferde, der uns sagt, daß wir die elastische Tenne der Landstraße mit dem harten Straßenpflaster der Stadt vertauscht haben. Von beiden Seiten grüßen jetzt tausend Fuß hohe, mit Laubholz und Schwarztannen besetzte Bergwände in die Stadt hinein, und ehe wir uns noch in dem reizenden Bilde völlig zurechtgefunden haben, hält unsere Kutsche bereits vor dem ziemlich in der Mitte des Städtchens gelegenen »Birnam-Hotel«.

Die Frage »absteigen oder sitzen bleiben« schlägt jetzt an unser Ohr, aber drei Meilen sind erst gemacht und die engagierten Körperhälften noch bei verhältnismäßiger Kraft, so ergibt sich die Antwort von selbst. Kommt uns doch auch die Höhe unseres Sitzes zustatten, um mit größerer Muße und Leichtigkeit das reizende Bild dieser Talstadt überblicken zu können. Aus dem Grunde der Bergabhänge hervor grüßt die alte, bis in die Piktenzeit zurückreichende Kathedrale, fesselnder aber erscheint uns das Bild unmittelbar zu unseren Füßen, wo wir, neben dem üblichen Durcheinander eines Gasthofs, noch das bunte Treiben und die Vorbereitungen zu allerhand Jagdausflügen ins Hochland sehen. Denn Dunkeld ist Rendezvous-Platz; hier finden sich von allen Seiten die Jagdliebhaber, die Freunde des Sports zusammen, um dann, die einzige Hochlandsstraße benutzend, die von Dunkeld aus über den Kamm der Grampians führt, auf den großen Jagdrevieren zwischen Balmoral und Inverneß die Sommermonate bei deer stalking und grouse shooting zu verbringen.

An den Gasthof lehnt sich eine säulengetragene Veranda; das Gebälk ist in Grün versteckt und die eine Seite des Vorbaues mit aufgeschichteten Reisekoffern, wie ein Repositorium mit Foliobänden, gefüllt. In der Veranda steht ein junges Paar und reicht sich zum Abschied die Hand. Die zurückbleibende Dame, groß und schlank, trägt einen breiten italienischen Hut mit weißer Feder, und die allgemeine Teilnahme an der schönen Erscheinung bekundet sich durch die halb frageweis gesprochenen Sätze: »She is his sister« oder »she is his wife«. Der Kondukteur indes, an den sich diese Worte richten, ist mit wichtigeren Dingen beschäftigt als mit der Beantwortung solcher Bagatellen, und sich durch ein »yes, Sir«, das jeder zu seinen Gunsten deuten mag, aller weiteren Fragestellung entziehend, gibt er zwei jungen Hochländern, von denen jeder einen Jagdhund an der Leine hält, ein Zeichen, das auch alsbald mit zustimmendem Kopfnicken erwidert wird. Inzwischen sind an beide Seiten unseres Wagens Leiter und Tritt gestellt worden, und ehe wir noch die Gefahr erkennen und energisch dagegen protestieren können, stehen beide Hochländer bereits mit ihren Jagdhunden unterm Arm auf der höchsten Leitersprosse, und die geängstigten Tiere wie zwei Scherbeutel unterm Arm hervorlangend, lassen sie sie jetzt auf das dichtverfahrene Defilee unserer Beine niederfallen. Ein Schrei der Entrüstung schallt über den Platz fort, auf dem wir halten, aber die im trockensten Ton gesprochenen Worte des Kondukteurs: »They are kind beasts, you may take them as foot-stools« stellen mit einem Schlage unsere gute Laune wieder her, um so mehr, als die Versicherung des Kondukteurs eine Wahrheit wird und die anfangs unruhigen Tiere sich wirklich wie eine Fußbank zu unsern Füßen legen.

Aber eine Überraschung drängt die andere. Auf derselben Leiter, auf der eben noch einer der Wildhüter stand, um seinen Überfall auszuführen, steht jetzt der Gentleman, dem die Hunde zugehören, und trotz der schönen Dame, die immer noch unter dem grünen Dach der Veranda verweilt, läuft jetzt ein nicht mißzuverstehendes Murren durch unsere Reihen. Es ist wahr, der Gentleman, der vor uns steht, hat das einnehmendste Gesicht von der Welt und lüftet seine schottische Mütze allerfreundlichst zum Gruß, aber wenn er noch viel freundlicher grüßte und dreinblickte, so können wir ihm nicht geben, was wir selbst nicht haben. Ich zeige auf mein rechtes Bein, das völlig in Lüften schwebt, und bemühe mich, ihm anzudeuten, daß dem Unmöglichen gegenüber auch der beste Wille zuschanden wird. Er nimmt meine Andeutungen freundlich auf, zeigt aber statt aller weiteren Erwiderung auf den Kondukteur hin, der eben den Deckel eines hinter uns befindlichen Wagenkastens auf- und zurückschlägt und, im nächsten Augenblicke in die Tiefe dieser Versenkung hinabsteigend, allerdings den Platz frei läßt, auf dem er selbst bis dahin gesessen hatte. Ehe noch unser Staunen vorüber, knallt die Peitsche und ziehen die Pferde an, und über das Pflaster Dunkelds hintrabend, rasselt und lärmt der aufgeklappte, wie ein Bedientenbrett dastehende Wagenkastendeckel und scheint unserer geängstigten Phantasie die Frage vorzulegen: »Wann werd auch ich meinen Passagier finden?«

Hinter Dunkeld zieht sich der Weg am rechten Ufer des Tay entlang und zeigt uns außer Landhäusern, die hier und da aus dem Grün hervorblicken, nichts, was unsere Aufmerksamkeit in Anspruch nehmen könnte. Etwa eine deutsche Meile hinter Dunkeld verlieren wir den Tay aus dem Auge, und statt seiner wird nunmehr der *Garry*-Fluß, der von den

Grampians kommt, auf viele Meilen hin unser Begleiter. Seine Ufer sind nirgends lieblich, aber überall bedeutend und charakteristisch und gleich zu Anfang von imposanter Schönheit. Nachdem wir kaum tausend Schritt an der rechten Seite des Flusses bergan gefahren sind, passieren wir jenes Felsentor, das uns nunmehr zu dem berühmten Passe von Killiecrankie führt.

Der Paß von *Killiecrankie* hat eine dreifache Bedeutung, als Verbindungsstraße, als Punkt von hervorragender landschaftlicher Schönheit und drittens durch die blutige Schlacht, die hier am 27. Juli 1689 zwischen den Anhängern der Stuarts unter Claverhouse und den Truppen Wilhelms von Oranien geschlagen wurde. Das landschaftliche Bild, das der Paß bietet, erinnert sehr an die Trossachs. Diese haben den Ruf größerer Schönheit und werden jährlich von Tausenden um ihrer selbst willen besucht, während den Paß von Killiecrankie nur derjenige kennenlernt, den Neigung oder Geschäfte in den eigentlichen Norden Schottlands führen. Man passiert ihn, weil man ihn passieren *muß;* er ist Weg, nicht Ziel. Dies nicht wegzustreitende Faktum basiert aber auf einer Ungerechtigkeit. Der Killiecrankie-Paß ist imposanter als die Trossachs. Der Grund dafür scheint mir darin zu liegen, daß die Felswände sich noch näher und schroffer gegenüberstehen, daß der Garry, der ganz den Charakter eines lauten und reißenden Bergwassers hat, die romantische Szene mehr belebt als das unbedeutende Wässerchen, das die Trossachs mehr durchschleicht als durchschäumt, und daß drittens und letztens das Vorwiegen des Laubholzes über das Nadelholz den Wettstreit zugunsten des Killiecrankie-Passes entscheidet. Auch der blutige Kampf, der hier stattfand und von ungleich größerer Bedeutung war als ein halbes Dutzend Clanschlachten der Rinder und Schafe stehlenden MacGregors, sollte füglich diesem mehr nördlich gelegenen Punkte zugute kommen; aber die Schilderungen Walter Scotts, der es nun mal für gut befand, den Schauplatz seiner Dichtung an die Ufer des Loch Katrine zu verlegen, haben ein für allemal zugunsten der Trossachs entschieden, und solange die »Jungfrau vom See« begeisterte Verehrer an aller Welt Ecken und Enden haben wird, so lange wird auch der Killiecrankie-Paß darauf Verzicht leisten müssen, die Rechte seiner Erstgeburt gegen den bevorzugten jüngeren Bruder geltend zu machen.

Ich stand (versteht sich, auf einem Fuße) aufrecht im Wagen, als wir den Paß hinauffuhren. Das ganze Bild war so reizend, daß ich begierig war, nichts von seiner Schönheit zu verlieren. Dann und wann entzog sich der unten schäumende Garry unserm Blick, und nur unser Ohr vernahm ihn; dann wieder sahen wir ihn in breiten Wasserfällen über das felsige Terrain wie über eine Steintreppe hernniederschäumen. Als wir fast den Nordausgang des Passes erreicht hatten, legte der Kondukteur aus der Tiefe des Wagenkastens her seine Hand auf meine Schulter und rief, nach rechts hin mit dem Kopf nickend: »Look, there's the battlefield.« Da lag es denn halb vor, halb neben uns, nicht größer als eine Gemeindewiese oder der Spielplatz einer englischen Schule. Die Form des Platzes ist ein Oblong; an der einen Längsseite fuhren wir hin, die drei anderen Seiten waren dicht mit Laubholz umstanden. Ziemlich am nördlichsten Punkt der Wiese gewahrten wir einen Stein, aufrecht stehend und von der Größe eines gewöhnlichen Mauerpfostens. An dieser Stelle fiel der Sieger des Tages, William Graham, Herzog von Claverhouse und Marquis von Dundee. Über diesen Sieg und die Person des Siegers sei mir gestattet, hier folgendes einzuschalten.

Unter den Parteigängern, die nach der Entfernung Jakobs II. (1688) die Sache der Stuarts zur ihrigen machten, steht Graham von Claverhouse, Graf von *Dundee,* oder »bonnie Dundee«, wie er in jakobitischen Liedern heißt, obenan. Was der große Montrose vierzig Jahre früher in den Tagen Karls I. gewesen war: der Champion für Loyalität und

Königtum gegen whigistischen Puritanismus, das war jetzt bonnie Dundee nach der Vertreibung der Stuarts. Schon während der Regierungszeit Jakobs II. hatte er sich rücksichtslos auf die Seite des wenig geliebten Königs gestellt, und jetzt nach seinem Sturze war er der erste, der die Hochlands-Clane um sich sammelte und dem neuen Regiment in London den Krieg erklärte. Wie Montrose gehörte er zum Clan der *Grahams,* ein Name, an den sich während der zweiten Hälfte des siebzehnten Jahrhunderts ebenso sicher die Vorstellung einer unerschütterlich royalistischen Gesinnung knüpfen durfte wie an den Namen Argyle die Überzeugung eines unveräußerlichen Puritanismus. Der Sieg schwankte damals fünfzig Jahre lang zwischen den von tödlichem Haß erfüllten Parteien, und die Häupter beider fanden nur zu oft Gelegenheit, ihre Hingebung und Treue mit dem Tode zu besiegeln. An derselben Stelle, wo die Häupter der Argyles in der Treue gegen den Puritanismus fielen, fiel auch das Haupt des großen Montrose im Dienste des Königtums; bonnie Dundee aber, glücklicher als die Mehrzahl der Parteihäupter jener Epoche, starb den Heldentod auf dem Felde von Killiecrankie, in demselben Augenblick, als der Sieg zugunsten seiner Sache entschieden war. Als er mit erhobenem Arme vorsprengte, um die Fliehenden zu verfolgen, traf ihn eine Kugel in die Armhöhle und tötete ihn auf der Stelle. Der aufrecht stehende Stein, von dem ich sprach, bezeichnet den Ort, wo er fiel. Mit ihm lag vorläufig die Stuartsche Sache am Boden. Der Sieg, den er gewonnen, hörte auf, ein Sieg zu sein. Die Whigs triumphierten; ihr bitterster Feind, der ihnen bis dahin als unbesieglich und unverletzlich gegolten hatte, war nicht mehr. Der Glaube an seine Unverletzlichkeit (wie sich von selbst versteht, in Folge eines Paktes mit dem Teufel) war damals allgemein verbreitet im schottischen Volke. Es hieß, daß kaltes Wasser zu dampfen und zu zischen beginne, sooft er seine Füße hineinstecke, und die Kugel, die ihn endlich getroffen, sei überhaupt keine Kugel, sondern ein silberner Knopf gewesen, den einer seiner Diener vom Rocke seines Herrn losgelöst und auf ihn abgeschossen habe. *Nur was von ihm selber kam, konnte an ihn.* Der Degen Dundees befindet sich im Besitze von Lord Woodhouselee; das Lederwams aber, das er bei Killiecrankie trug, wird zu Penicuik-House in der Nähe von Edinburg aufbewahrt. Das Gedächtnis an seine Siege lebt noch bis diesen Augenblick im schottischen Volke fort, und für allerhand bedenkliche Situationen, die einen Helfer wünschenswert machen, existiert die sprüchwörtliche Redensart: »Nur eine halbe Stunde Dundee.«

Kurze Zeit nachdem wir die Nordspitze des Killiecrankie-Passes passiert hatten, erreichten wir Blair Atholl, ein Dorf mit etwa dreihundert Einwohnern, das nichtsdestoweniger auf allen Karten mit großen Buchstaben verzeichnet ist. Wir nähern uns nämlich jetzt dem großen Berg- und Heideterritorium der Grampians, das, ein paar hundert Quadratmeilen groß, wie eine unwirtbare Fläche sich zwischen das fruchtbare Land des Tay- und Moray-Busens hineinschiebt und, wie wir bald sehen werden, von solcher absoluten Öde und Kahlheit ist, daß das an seinem Südrande gelegene Dörfchen Blair zu einer unbestrittenen Residenz dieser Gegenden wird. Unter Blinden ist der Einäugige König. Wir wechseln hier die Pferde und – unsere Plätze, machen die erste Bekanntschaft des echten, unverfeinerten Haferbrotes (oatcake) und fahren nun weiter nordwärts immer am Garry-Fluß entlang, der noch bis zum Kamm der Grampians hin unser Begleiter bleibt. Die Zeichen menschlicher Kultur ersterben allmählich; kein Dorf mehr, das wir passieren, nur von Viertelmeile zu Viertelmeile begegnen wir einem Weiler hart am Wege, elenden Hütten, weniger dazu da, um darin zu wohnen, als um den Weg zu zeigen, der aus dieser Öde in bessere Gegenden führt. Aus Torf und Rasen bauen sich diese Wohnungen auf, und das Stroh- und Lehmhaus unserer ärmsten Gegenden kommt dieser Armut gegenüber wieder zu Ehren. Aber so kümmerlich die Reste sind, die sich einem hier bieten, es sind doch immer noch Reste, und der Wanderer, der hier des Weges kommt, erfreut sich dieser Zeichen, wie sich der verschlagene Schiffer der harten Brotrinde freut, die seinen Tag und vielleicht sein Leben fristet.

Der weit vorgeschobenste Punkt heißt Dalnacardoch-Inn; nördlich von ihm beginnt die Grampian-Wüste. Ich habe nie Einsameres durchschritten. Und doch machten wir die Fahrt zur guten Jahreszeit, an einem heiteren Tage. Das Leben war über diese Gründe wenigstens hingeflogen und hatte seinen Lichtstrahl auf sie fallen lassen. Uns zur Linken schäumte der Garry, rechts von den hohen Berglehnen sickerte das Schneewasser herab, an den Wasserrinnen entlang leuchtete das Grün und Rot des Heidekrauts, und aus dem moosigen Gestein flog von Zeit zu Zeit ein Bergvogel oder auch ein Volk Hühner auf. Wie muß es hier sein, wenn der Sommer seine warme Hand von diesen Feldern nimmt und der Wind das schwache Lebensflämmchen ausbläst, das hier still und geschäftig wirkt? So fragt ich, und als ob die Grampians mich verstanden hätten, gaben sie Antwort auf meine Frage. Wolken zogen über den Himmel hin, und das warme Blau verwandelte sich in ein schwüles Grau, der Garry hörte auf zu schäumen, Moos und Heidekraut verschwanden, auch das Wasser schwieg, das von den Bergen gekommen war – wir hatten den großen Friedhof dieser stillen Gegenden erreicht. Ein meilenweites Blachfeld lag vor uns, über das der Tod – wenn nicht ein Schlimmerer – im Grimme hinweggegangen schien, mit zorniger Hand die Felsenzacken abreißend, wie der Sturm die Ähren von den Halmen reißt, und sie ausstreuend weit über das Feld hin. Es graute uns, als wir an diesem Saatfeld des Schreckens vorüberkamen, und das Gespräch stockte, das bis dahin so munter von allen Lippen geflossen war.

Wie einer, der einen finstern Traum gehabt und mit einem »Gott sei Dank« erwacht, weil eben alles ein Traum gewesen, so fiel es wie eine Last von uns, als, plötzlich fast, das Steinfeld sein Ende erreichte und nur noch das bequem zur Hand liegende Material gewesen zu sein schien, um ein *steinernes* Gasthaus mit *steinernen* Scheunen und einer hohen *steinernen* Mauer um beide herum daraus aufzuführen. Wie jubelten wir, als wir unter den blühenden Lindenbäumen dahinfuhren und aufspringend unsere Köpfe in die Blatt- und Blütenfülle hineinsteckten; keine Orangerie auf Terrassen und Freitreppen hatte uns je so herrlich gedünkt wie diese Lindenbäume, die das Wirtshaus Dalwhinnie umstanden. Mit einem Gefühl unverstellter Freude sahen wir über die hohe Gartenmauer in den Obst- und Küchengarten hinein, wo rot schillernde Kohlköpfe die Beete einfaßten und selbst ein paar Kirschen im Laub der Bäume steckten. Und nun das Haus selbst erst! Die alten Eckschränke mit Rokokoschnitzwerk und verschossenen Gardinen, das steinalte Mütterchen im Lehnstuhl, der Kamin, drin jahraus, jahrein das Feuer prasselt, als gäb es keinen Sommer hier, wie tut das alles wohl, und es hätte kaum noch des »Einzugs der Prinzessin Friedrich Wilhelm in Berlin« bedurft, der (den »Illustrated London News« entlehnt) in Buntfarbendruck an den Wänden hing, um uns, unter dem Vorteil des Kontrastes, den kurzen Aufenthalt in Dalwhinnie-Inn zum Glanzpunkt des Tages zu machen. Es hat einen Sinn, wenn sich auf den schottischen Hochlandskarten die Hütten und Weiler dieses Plateaus mit einer größeren Gewissenhaftigkeit verzeichnet finden als die Städte und Dörfer südlicher Distrikte. Denn im Süden können wir eines Dorfes, einer Stadt entbehren; die allernächste schon läßt uns den Verlust kaum noch als solchen empfinden; aber das einsame Haus an unwirtbarer Küste, in der Einöde des Gebirges läßt uns erkennen, was es mit einer Menschenwohnung auf sich hat.

Halben Wegs zwischen Dalnacardoch-Inn und Dalwhinnie-Inn, ziemlich genau da, wo man aus Perthshire in die Grafschaft *Inverneß* eintritt (ein Wechsel, den man nur an den verschieden gefärbten Wegweisern wahrnimmt), befindet sich auch die Wasserscheide der Grampians, und an die Stelle des Garry, den wir stromaufwärts verfolgten, tritt nun der Spey-Fluß, der seinen Abfluß nach Norden hat und uns fast bis an die Tore von Inverneß begleitet. Von Dalwhinnie-Inn bis Inverneß sind noch zehn bis zwölf deutsche Meilen. Je mehr wir uns Inverneß nähern oder, mit andern Worten, je mehr wir von der Steinöde der Grampians loskommen, desto fruchtbarer wird wieder das Land. Es ist, als ob der Norden seinen alten Charakter verlöre und statt ein Sitz der Öde ein Sitz des Lebens und der Freude würde. Eine Niederung ist es und ein Küstenland, in das wir jetzt hineinfahren, und die natürlichen Segnungen, die ein flußdurchströmtes Küstenland bietet, machen sich auch an dieser Stelle geltend und fallen schwerer ins Gewicht als der Breitengrad, den wir, wie eine Stufe gegen Norden hin, eben hinansteigen.

Dalwhinnie-Inn war nur erst ein Haus; eine Meile nördlicher haben wir schon eine Gruppe von Häusern, die Häuser werden zum Dorf und das Dorf endlich zu einem Städtchen. Wir haben New-town (Neustadt) erreicht und traben über das Pflaster des Städtchens hin, als wär es das einer Residenz. Und was ist es? zwei Reihen Häuser, die zwischen gelben Haferfeldern liegen. Ohne Aufenthalt fahren wir hindurch und sind mit untergehender Sonne in Kingussie. Kingussie ist ein altes Hochlandsdorf, eine Art Hauptstadt der Macphersons, die hierherum ihre Sitze haben. Hier, in unmittelbarer Nähe, lebte auch James Macpherson, der Herausgeber des »Ossian«, für dessen völlige Echtheit oder völlige Unechtheit ein halbes Jahrhundert lang so viele kritische Lanzen gebrochen worden sind.

Als wir vor Kingussie-Inn hielten, sahen wir, daß Jahrmarkt im Dorfe war. Hochlandssöhne, zum Teil noch in die Farben ihrer Clans gekleidet, standen in Gruppen vor einer aufgestellten Drehorgel, an deren Hinterseite sich, wie auch auf unseren Jahrmärkten, eine bemalte Leinwand erhob. Allerhand Szenen aus dem Krimkrieg waren darauf abgebildet, zumal die Kavallerie-Attaque von Balaklawa und das Hochlandsregiment (Sir Colin Campbell), an dem sich der Angriff der russischen Reiterei brach. Dazu spielte der Leierkasten eine Arie aus Flotows »Martha«, und die heiseren Kehlen der Umstehenden stimmten mit ein. Es mochten hundert oder hundertundfünfzig Menschen sein, die sich hier vergnügten, auf mein Gemüt aber übten sie die Wirkung, als hätt ich nie ein größeres Menschengedränge gesehen, so frisch und so stark noch waren die Eindrücke, die das öde Steinfeld der Grampians auf mich gemacht hatte.

Gern hätten wir uns in dies Treiben hineinbegeben, aber eine andere Stimme machte sich geltend, die von gebieterischem Klange war. Es waren nun fast zwölf Stunden, daß wir im englischen Hotel zu Perth unser Frühstück eingenommen hatten, und mit Ausnahme eines Stückchens oat-cake und eines Glases Toddy (Whisky und Wasser) war den ganzen Tag über nichts über unsere Lippen gekommen.

Das erzeugte denn freilich Stimmungen, in denen einem ein Hammelschlegel aus dem Clan der Macphersons weit über die Art und die Bedeutung ihrer Volksfeste geht, zumal wenn man im Hochland reist und durchaus nicht weiß, was die nächste Stunde bringen wird und was nicht. Wir eilten in das Gasthaus hinein, dessen Flur und Eingänge mit allerhand Laubgewinden festlich geschmückt waren, und fanden uns ins Unvermeidliche, als wir unseren Imbiß, ein Stück Hammel mit einem Glase Bier, mit fünf Schilling bezahlen mußten.

Es war schon spät Abend und die Augustsonne längst unter, als wir mit jenem süßen Gefühl des Gekräftigtseins, das man auf Reisen von jeder Mahlzeit mitbringt, unsere Turm-

plätze wieder erkletterten und in die Sommernacht hinein-
fuhren. Die abendliche Kühle lief uns wie ein Bad wohltuend
über den Rücken, und alles war heiter und gesprächig, als ein
Feuerwerk eigener Art unsere Fahrt unterbrach. Aus der
Achse des einen Vorderrades schoß und sprühte es hervor
wie ein zischender Schwärmer. Ich hatte das Schauspiel gerade vor mir und rief dem Kutscher zu: »Stop, the wheel
burns!« Jeder sah das Sprühfeuer, das hell in die Nacht hinein
leuchtete. Der Wagen hielt, der Kondukteur sprang aus dem
Wagenkasten, goß allerhand rätselhafte Flüssigkeiten, über
die wir nie aufgeklärt worden sind, auf die Schraubenmutter
und erklärte dann mit mehr Gleichmut als Wahrheit, »daß
alles in Ordnung sei«. Aber es war *nicht* alles in Ordnung,
und eine Fahrt begann, wie ich sie vorher nicht durchgemacht
habe und auch nicht wieder durchzumachen wünsche. Zwischen Brennen und Löschen ging es vorwärts. Der Kondukteur nahm seinen Stand auf einem Wagentritt unmittelbar neben dem Feuerrade, und jedesmal, wenn die Funken wieder
zu sprühen begannen, erschallte sein »Stop!«. Dann kurze
Pause, etwas Gespräch, etwas Flüssigkeit, und wieder ging es
weiter in die Nacht hinein. Unsere gute Laune hätte schwerlich ausgehalten, wenn wir nicht gewußt hätten, daß die nächste Station binnen einer guten halben Stunde erreicht werden
mußte. In der Tat, wir kamen wohlbehalten an und hielten
vor dem Wirtshaus von Aviemore. Inzwischen war es völlig Nacht geworden, und jeder kennt das komisch-romanti-
sche Treiben, das auf einsamen Posthöfen auf eine Viertel-
oder halbe Stunde zu herrschen pflegt, wenn ein verspäteter
Kutschwagen die Ruhe solcher Höfe unterbricht. Aus Ver-
schlafenheit und Holzschuhen, aus Stallaternen und Wichtigkeit setzt sich ein wunderliches Bild zusammen, das natürlich an Reiz und Interesse wächst, wenn »etwas vorgefallen
ist« und jeder glaubt durch *seinen* Rat und *seine* Laterne die
Sache bessern zu können. Ein solches Bild hatten wir auf

dem Wirtshaushof von Aviemore. Nachdem mit Hebebäumen und Schraubstöcken, mit Raten und Taten eine halbe Stunde vertrödelt, endlich aber mit Hülfe von aufgestreutem Schwefel die Frage »Feuer oder Nicht-Feuer« zugunsten von »Nicht-Feuer« beantwortet war, trieb uns der Kondukteur mit einem ermutigenden »all safe« wieder auf den Wagen, und aufs neue ging es in die Nacht hinein. Schlaftrunken saßen wir auf unsern Plätzen, gleichgültig dagegen, ob das Vorderrad abermals brennen oder ein Nicken nach der Fallseite hin uns aus dem Unkomfort unserer Lage, freilich auf Kosten gesunder Glieder, ein für allemal befreien werde. Nur als die Mitternachtsnebel neben uns über die Heide zogen und der Kondukteur, der bemerkt haben mochte, daß es mit unsereinem nicht ganz richtig sei, mir vertraulich ins Ohr flüsterte: »Look, Culloden-Moor«, rafft ich mich auf, um mit poetischem Grauen auf das Blachfeld zu blicken, das neben uns lag. Dann wieder siegte die Müdigkeit, bis das Gerassel auf dem Straßenpflaster uns weckte und wir alsbald beim Schimmer zweier Gaslaternen die Worte lasen: »Union-Hotel«. Wir waren in Inverneß. Es war drei Uhr morgens.

Inverneß

Die Strapazen am Tage vorher hatten uns einen langen und festen Schlaf eingetragen. Die Frühstücksstunde war längst vorüber, als wir im großen Speisesaal des Union-Hotels zu Inverneß erschienen, um unser Breakfast einzunehmen. An der langen Tafel, die nach englischer Sitte mit Silberkannen und anderem blinkendem Geschirr reichlich besetzt war, saßen einige der Herren, die am Tage vorher unsere Reisegesellschaft gebildet hatten. Wir kamen uns jetzt ein wenig näher, und statt der üblichen Redensarten, auf die sich während der Fahrt unsere Unterhaltung beschränkt hatte, brachten wir es jetzt zu einer wirklichen Konversation. Es waren fast ausschließlich englische Gardeoffiziere, junge Kavaliere aus reichen und vornehmen Familien, die von einem Jagdvergnügen etwas mehr verlangen als die bequeme Gelegenheit zu massenhaftem Niederschießen jener Gold- und Silberfasanen, die in den Parks der englischen Großen so dicht und so bunt wie die Gold- und Silbernüsse an einem Weihnachtsbaum zu sitzen pflegen. Die echte Weidmannslust gibt begreiflicherweise den weiten Heidestrecken des Hochlands den Vorzug, wo Geschick, Kraft und Mut dazugehören, den Hirsch zum Stehen zu bringen. Es waren feine, liebenswürdige Männer, besonders der schlanke Gentleman aus der Gasthofsveranda in Dunkeld, dessen zwei Jagdhunde auf viele Meilen hin unsere geduldigen Fußkissen abgegeben hatten. Sein Name war Sir John Metcalfe, ein Enkel jenes Sir Charles Metcalfe, der, nach der Abdankung Lord Bentincks, eine kurze Zeit hindurch als Generalgouverneur von Indien eine hervorragende Rolle spielte. Dies gab Veranlassung zu einem Gespräch über Indien, das uns um so lebhafter interessierte, als der junge Offizier selbst jahrelang im indischen Dienst gestanden hatte und erst seit kurzem von Delhi und Lucknow her wieder in London eingetroffen war.

Nach dem Frühstück machten wir zunächst einen Gang durch die Stadt. Man merkt hier allerdings, daß man sich im Hochland befindet. Zwar herrschen Frack und Überrock, Hose und Filzhut vor, aber die alte Hochlandtracht ist doch noch nicht insoweit aufgegeben, daß sie einem wie ein Kuriosum erschiene, wenn man ihr ausnahmsweise begegnet. Gleich neben dem Union-Hotel befindet sich das große, im In- und Auslande berühmte Geschäft Mr. Macdougalls, dessen alle Etagen des Hauses füllenden Warenläger am besten zeigen, wie stark noch immer die Nachfrage nach Artikeln ist, die das schottische Hochland repräsentieren. Allen diesen Artikeln ist das gemeinsam, daß sie in den Clanfarben auftreten; im übrigen sind die Gegenstände, die sich in diese Farben kleiden, so verschieden wie möglich. Von der schweren Seidenrobe an bis herunter zum Zwirnwickel und Stahlfederhalter findet sich alles bei Mr. Macdougall zusammen, was nur irgend die Farbenmischung von rot und blau und grün ertragen kann. Plaids, Tartans, Mützen und Strümpfe füllen einen Saal, Quincailleriesachen einen andern. Waffen, Schmuck und allerhand Gerät einen dritten und vierten. Vieles davon geht sicherlich ins Ausland, aber die Plaids und Tartans, soweit sie nicht von Seide sind, bleiben wohl überwiegend im Lande. Wenn der Leser dabei ins Auge fassen will, daß Mr. Macdougall *jedem* Clan (deren immer noch über fünfzig existieren) seine Ehre gönnt, so wird ihm das am besten einen Begriff von der außerordentlichen Ausdehnung dieses Handelshauses geben.

Inverneß ist überhaupt eine vorwärtskommende Stadt, »a thriving town«, wie die Engländer sagen, und weist so viel von Handel und Wandel auf, wie an so nördlicher Stelle und bei so dünn gesäeter Bevölkerung nur irgend erwartet werden kann. Etwas zu seiner Blüte hat wohl der Kaledonische Kanal beigetragen, der, bei Inverneß beginnend, mit Hülfe des Loch Neß und Loch Lochy, die Ostküste Schottlands mit der Westküste, also mit Glasgow, verbindet. Dennoch haben sich die Erwartungen, die man an das Zustandekommen dieses Kanals knüpfte, nicht völlig erfüllt. Der von Osten kommende Handel hat an der englisch-schottischen Ostküste eine Menge anderer Häfen und Stapelplätze, die mindestens nicht schlechter gelegen sind als Inverneß und eine rasche *Eisenbahnverbindung* vor diesem vorraushaben. Als der Kanal vorgeschlagen und ausgeführt wurde, wußte man freilich noch nichts von einer Konkurrenz, die so nah und so drohend bevorstand.

Nichtsdestoweniger ist Inverneß der bedeutendste Punkt im ganzen Norden von Schottland (Aberdeen wird dem

Osten zugerechnet) und heißt mit Recht die Hauptstadt des Hochlandes. Das immer spärlicher werdende Leben rafft sich hier noch einmal zusammen, schafft Komfort, Luxus und Geselligkeit und treibt Blüten der Wissenschaft und selbst der Kunst. Die Stadt hat drei Zeitungen, was bei einer Bevölkerung von 15 000 Menschen zeigt, welch reges, geistiges Leben an dieser Stelle noch tätig ist.

Die Sehenswürdigkeiten der Stadt reduzieren sich auf einen einzigen Punkt, auf den unmittelbar neben der Stadt gelegenen Hügel, wo jenes Schloß *Macbeths* stand, in dem König Duncan ermordet wurde. Von dem alten Schlosse existiert keine Spur mehr. Nachdem es durch die Jahrhunderte hin zahllose Änderungen und Erweiterungen über sich hatte ergehen lassen müssen, wurde es im Jahre 1746 von den Anhängern des Prätendenten in die Luft gesprengt. An der Stelle, wo es stand, befindet sich jetzt ein im Kastellstil gebautes Grafschafts- und Gerichtsgebäude, das nach drei oder vier Jahrhunderten das alte Macbeth-Schloß ziemlich gut veranschaulichen wird. Die Aussicht von diesem Schloßhügel aus ist sehr schön und doch wiederum noch anziehender und reizvoller, als sie schön ist. Ein romantischer Zauber liegt über dieser Landschaft, ein Zauber, gegen den sich auch der nicht verschließen kann, der keine Ahnung davon hat, daß jemals ein König Duncan lebte und ein Feldherr Macbeth, der ihn ermordete. Ein Ton stiller, rührender Klage durchklingt das Ganze, wie das Gefühl eines scheidenden Frühlings, eines kurzen Glücks. Fruchtbare Täler, in denen das Korn reift, dehnen sich in gelben Streifen nach Ost und West hin; aber die Fülle, der Segen ist nur ein Gast hier, ängstlich, schüchtern, immer bereit, den eingebornen Gewalten das Feld zu räumen, dem Sturm und der Öde. Nur die hohen Berge, die von Norden her auf die Fruchtbarkeit herabblicken, und unmittelbar vor uns die mächtigen Wasserflächen des Moray-Busens sind hier die Herren und Regierer und breiten sich aus mit der stattlichen Sicherheit des Zuhauseseins. Die Natur nördlicher Gegenden kommt über ein Herbstgefühl nicht hinaus. Es war mir, als müßten die Sommerfäden still und geschäftig an mir vorüberziehen.

Kehrt man dem schönen Meerbusen, den wir eben überschauten, den Rücken zu, so haben wir zunächst die Stadt zu unsern Füßen. Jenseit derselben blicken wir in das Grampian-Land hinein, das wir am Tage zuvor in seiner ganzen Ausdehnung, aber auch in seiner ganzen Öde und Traurigkeit passiert haben. Dies breite mächtige Stück Land zwischen dem Busen des Tay und dem Moray-Busen ist das alte Herz des Landes, wo sich die Geschichte desselben abspielte zu einer Zeit, als Edinburg noch ohne alle Bedeutung und das schöne fruchtbare Land im Süden der jetzigen Hauptstadt noch ein Landstrich von unbestimmtem politischen Charakter, mehr eine Republik von Wegelagerern als ein königlicher Besitz war. Das alte Grampian-Land ist deshalb zu gleicher Zeit auch das Land der alten schottischen Könige, zumal König *Macbeths*. Wir finden ihn bald im Süden, bald im Norden von Perth und Inverneß, aber doch immer in nächster Nähe beider. Das Land um den Meerbusen des Tay herum war seine eigentliche Heimat; er tritt auf als Glamis und Than von Fife. Sein Sieg über die Dänen aber führt alsbald zu seiner Belehnung mit nördlich gelegenen Schlössern und Landstrichen. Er wird Than von Cawdor und kommt als solcher wahrscheinlich in Besitz des in der Nähe von Cawdor gelegenen Schlosses von Inverneß, in dem dann die Ermordung König Duncans stattfindet. Als König, so scheint es, gibt er seine nördlichen Besitzungen wieder auf und macht statt dessen das in seiner heimatlichen Grafschaft Perth gelegene Schloß von Dunsinan zu seiner Residenz. Hier unterliegt er dann seinem Geschick und dem Schwerte Macduffs, »der aus seiner Mutter Leibe geschnitten war«.

Das Heidemoor von Forres, drauf die Hexen dem Macbeth

mit ihrem verführerischen »hail Macbeth, who shall be king« erschienen, liegt fünf Meilen östlich von Inverneß, am Meerbusen des Moray entlang. Wer in einem Dampfboote die Fahrt nach Aberdeen macht, kann, wenn er abends Inverneß verließ, um Mitternacht rechts hinüberlugen nach der Hexenheide und einen Einblick tun in die unheimlich-gespenstische Welt, wo Moornebel und Mondlicht ihre Gestalten brauen.

Der Kaledonische Kanal

Mit Inverneß hatten wir den äußersten Punkt unseres Reiseziels erreicht. Die nördlicher gelegenen Grafschaften, Roßshire, Sutherland und Caithneß, entbehren keineswegs des Reizes landschaftlicher Schönheit, aber sie sind verhältnismäßig arm an Plätzen historischer Erinnerung oder romantischen Interesses und wiederholen selbst in landschaftlicher Beziehung nur jene Bilder, die wir zwischen dem Firth of Forth und dem Moray-Busen bereits kennengelernt haben.

Wir geben jetzt den Norden Schottlands auf, und den Kaledonischen Kanal benutzend, der in südwestlicher Richtung das Land durchschneidet, fahren wir jetzt der Westküste zu, die an Fruchtbarkeit des Bodens, Lieblichkeit der Täler und fast mehr noch an historischen Traditionen hinter dem Osten zurückbleibt, an Großartigkeit der Formationen aber ihn weit übertrifft.

Der Kaledonische Kanal ist eine Anlage nach Art des berühmten Trollhätta-Kanals, der in ähnlicher Weise wie der letztgenannte den Bottnischen Meerbusen mit dem Kattegat verbindet, so seinerseits die Verbindung zwischen der Nordsee und dem Atlantischen Ozean unterhält. Er ist sechzig englische Meilen lang, wovon siebenunddreißig Meilen auf natürliche Wasserstraßen (Seen und Flüsse), dreiundzwanzig aber auf den eigentlichen Kanal kommen. Ob er den

Hoffnungen entspricht, die man seinerzeit an ihn geknüpft hat, ist eine Frage, die ich schon an anderer Stelle verneint habe. Der ziemlich in der Mitte gelegene Loch Oich (richtiger das Plateau, auf dem er liegt) bezeichnet die Wasserscheide zwischen der Nordsee und dem Atlantischen Ozean. Fahrzeuge, die von Inverneß kommen, werden durch Schleusen bis zur Höhe des Loch Oich emporgehoben und auf dieselbe Weise, nach der andern Seite hin, herabgelassen.

Auf diesem Kaledonischen Kanal treten wir jetzt unsere Rückreise an. Der Himmel hing voll grauer Wolken, und der leise herabstäubende Regen mischte sich mit dem Wasserstaub des Dampfrohrs, als wir an Bord gingen. Die Kajüte hätte Schutz gewährt, aber jeder zog es vor, auf Deck zu bleiben, um den Anblick der schönen Seeufer nicht zu versäumen, denen wir jetzt entgegenfuhren. In etwa einer halben Stunde erreichten wir Loch Neß. Er ist der längste, wenn auch freilich nicht der größte unter den schottischen Seen; der Loch Lomond übertrifft ihn an Breite und imposanter Erscheinung. Was aber den Loch Neß mehr denn alles andere unfähig macht, mit dem schönen Loch Lomond zu konkurrieren, das ist seine Monotonie; er ist überall derselbe, und die hohen bewaldeten Bergabhänge, die im Schmuck des frischesten und schattierungsreichsten Grüns prangen, hören auf von besonderem Interesse zu sein, wenn man sich zuletzt nicht verhehlen kann, daß jede neue Meile, die man macht, nur das Bild der eben zurückgelegten wiederholt. Diese Monotonie charakterisiert auch unvorteilhaft die historischen Überlieferungen, die sich an die hie und da hervorblickenden Schlösser, Häuser und Hütten knüpfen, die wie ein spärlicher Kranz die Ufer des Sees umflechten. Überall dieselbe Geschichte von einem »Chief« oder Häuptling, der einen andern Chief zu Gaste geladen und ihm den Kopf eines Vaters oder Sohnes als Tafelverzierung auf den Tisch gestellt hat; überall eine Clanschlacht, ein Waten in Blut, bis endlich einmal eine Erzählung voll rührender Gewalt oder eine ganz aparte Schreckensgeschichte den gewöhnlichen Schauerroman unterbricht. Es imponiert und prägt sich dem Gedächtnis ein, wenn ein Hochlandschief seinem englischen Gegner die Kehle abbeißt und hinterher versichert, nie einen bessern Bissen gehabt zu haben.

Der Vortrag solcher und ähnlicher Geschichten hat uns an Schloß Urquhart vorbei bis an die Stelle gebracht, wo sich von Südosten her der Foyers-Fluß in den See ergießt. Der Fluß bildet vor seiner Mündung einen wenigstens sechzig Fuß hohen Wasserfall, und der Steamer pflegt an einer benachbarten Stelle anzulegen, um den Reisenden zur Besichtigung dieser Fälle Gelegenheit zu geben. Wir waren ziemlich die ersten am Land und blickten umher, um des Wasserfalls ansichtig zu werden, dessen Brausen wir bereits vernahmen. Eine Frontansicht, vom Ufer des Sees aus, ist aber nicht möglich, da allerhand vorgeschobene, reich bewaldete Felsblöcke das Bild nach vorn hin verschließen. Es ist ein großer Felsentopf, in den sich der Strom zunächst ergießt, dessen Boden ein Loch hat und den Abfluß zum See hin gestattet. Wer also den Wasserfall sehen will, muß die Höhe des Berges erklimmen und sich dort aufstellen, wo die breite Wassermasse in den kochenden Topf hinunterstürzt. Als wir uns nach rechts und links hin vergeblich umgesehen hatten, trat ein halb erwachsenes Mädchen mit einer jüngeren Schwester an uns heran und erbot sich, uns auf nächstem Wege bis an den Rand des Wasserfalls zu führen. Wir nickten ihr zu und stiegen bergan. Sie war nicht hübsch, barfüßig, Gesicht und Arme sonnverbrannt und ein schlichtes blaues Achselkleid der beste Teil ihres Anzugs; aber die großen schwarzen Augen lachten voll Übermut und Schelmerei, und das nach hintenzu schlicht zusammengenommene Haar hing in einem einzigen langen Zopf über den braunen Nacken. Wie sie so vor uns herschritt, dann und wann innehaltend und sich umschauend, ob wir auch folgten, war es uns, als sei die Kleine der Waldgeist dieser Gegenden oder wenigstens eine seiner Dienerinnen. Nach etwa zehn Minuten hatten wir die Höhe des Berges erreicht und sahen nun, von gut gewählter Stelle aus, auf die breite Wassermasse, die, einen andern, dreißig Fuß hohen Fall bereits im Rücken, unmittelbar neben uns in den eigentlichen Felsentopf hinunterschäumte. Schotten behaupten, daß nur die Kaskaden von Tivoli schöner seien. Mag sein; wir aber, ohne damit der Schönheit der Szene zu nahe treten zu wollen, sahen öfter nach dem Mädchen im blauen Kittel, das jetzt auf einem Felsenvorsprung, umschäumt und umdonnert, lachenden Auges dastand, als auf die Wassermasse, die fast an ihren Füßen vorbei in den dunkeln Schlot hinabstürzte. Die Staffage ging über die Landschaft. Die stille Betrachtung beider aber ward jetzt durch die Schiffsglocke unterbrochen, die über Baum und Felsen hinweg zu uns heraufdrang und mit ihren scharfen Klängen siegreich den tiefen Brausebaß des Wasserfalls durchschnitt. Eine Silbermünze dem schwarzen Kinde zuwerfend, gingen wir nun wieder, über das schlüpfrige Moos hin, bergab und hatten in wenigen Minuten den Steamer erreicht.

Dieser Wasserfall, der wirklich schön und imposant ist, bildet den besten Teil nicht nur der Ufer des Loch Neß, sondern des Kaledonischen Kanals überhaupt. Die nächste Sehenswürdigkeit zum Beispiel, die sich »Fort Augustus« nennt, hat wenig Anspruch darauf, mit dem »Fall of Foyers« an Interesse zu konkurrieren, und steht als *Festung* auf keiner höheren Stufe als die Blockhäuser in Nordamerika, die etwa um dieselbe Zeit (in der ersten Hälfte des vorigen Jahrhunderts) gegen die Überfälle der Sioux- und Chippeway-Indianer errichtet wurden. Waren doch auch die wilden Hochländer jener Epoche kaum etwas anderes als jene Indianerhorden, gleich arm, gleich roh, gleich kriegerisch, der Jagd und dem Whisky mit gleicher Ausschließlichkeit ergeben und voll gleichen Hasses gegen den Sachsen, »den weißen Mann«. Fort Augustus hatte während der verschiedenen Jakobiten-Aufstände seine Bedeutung und hielt sich siegreich gegen die Aufständischen; jetzt ist es ein gleichgültiger Stationsort, ein Wachthaus, eine Duodezkaserne, wo sechs Gemeine und ein Unteroffizier ein friedliches und vergessenes Leben führen.

Loch Oich, der sehr klein ist, ist schnell passiert, und mit Hülfe von einigen Schleusen steigen wir jetzt in Loch Lochy hinab. Dieser, etwa halb so groß wie der Loch Neß, gleicht dem letzteren in allem übrigen wie ein Ei dem andern. Schon von der Mitte des Sees aus gewahrt man den Ben Nevis, den höchsten Berg Schottlands, in aller Deutlichkeit und hat nun auf drei, vier Stunden hin den ernst, massig und unwirtlich daliegenden Felsenkegel desselben als beständigen Begleiter. Von der Südwestspitze Loch Lochys bis zur nächsten Meeresbucht (deren der Atlantische Ozean hier unzählige bildet) ist noch eine Strecke von zehn englischen Meilen. Man passiert keinen See mehr, sondern nur die gerade schmale Straße des Kanals, die durch eine ziemlich reizlose Landschaft läuft. Der Ben Nevis muß eben alles tun und erinnert an die Dome dieser oder jener alten Stadt, denen auch die Aufgabe zufällt, alle Schönheit für Stadt und Umgegend bestreiten zu müssen.

Am Ausfluß des Kanals in die Meeresbucht liegt Fort William, ein fester Platz, der zu ähnlichem Zweck erbaut wurde wie Fort Augustus und hinsichtlich seiner jetzigen Bedeutung zu denselben Betrachtungen Veranlassung gibt. Der Platz ist jetzt ungleich wichtiger als Hauptstationsort der Dampfschiffahrt zwischen Inverneß und den Häfen der Westküste als durch seine Befestigungen, die sich, im Fall einer ernsten Probe, kaum noch als solche bewähren würden.

Zwischen dem letzten und vorletzten Schleusentor des Kanals hält der Steamer, der die Bergfahrt zwischen Inverneß und Fort William zu bestreiten hatte und deshalb den

Namen des »Bergsohnes« (The Mountaineer) führt. Es erfolgt nun eine Umladung. Omnibusse führen Menschen und Gepäck auf nächstem Wege bis an den Hafendamm, an dessen hoher Wandung bereits ein anderer Steamer liegt, größer, von mehr Tiefgang und stark genug, mit den Wellen des Ozeans sich siegreich herumzuschlagen.

Es ist hier, denk ich, der Ort, ein paar Worte über Mr. Hutcheson, den Besitzer aller dieser Dampfboote, zu sagen, dem die Hochlande und die Westküste von Schottland so viel von dem Aufschwunge verdanken, den sie in den letzten Jahren genommen haben. Das Entstehen neuer Städte und Ortschaften hängt damit zusammen. Wie es kaum eine Übertreibung sein dürfte, Heringsdorf und namentlich Misdroy als mittelbare Schöpfungen der Berlin-Stettiner Eisenbahn anzusehen, so ist das Städchen Oban, das wir bald des näheren kennenlernen werden, eine Schöpfung der Dampfschiffahrtslinien, mit denen Mr. Hutcheson die Westküste, wie mit einem Netzwerk, umsponnen hat. Die Hauptlinie bleibt die zwischen Glasgow und Inverneß. In den schönen Sommermonaten aber hat es bei dieser Hochlandstour, die selber wieder zu allerhand Abzweigungen, zum Beispiel von Fort William aus, Veranlassung gibt, durchaus nicht sein Bewenden, und Oban wird zu einem Knotenpunkt, wo der von Süden kommende Reisende noch im letzten Augenblick sich entscheiden mag, ob er, statt des Kaledonischen Kanals, nicht lieber die *Westküste* zum Ziel und Schauplatz seines Ausfluges machen will. Entscheidet er sich dafür, so bleiben ihm, außer allerhand Besuchen in die zunächst gelegenen Gegenden, noch zwei größere Touren, die eine nach den Hebridischen Inseln, die andere nach Staffa und Iona, übrig. Man muß wissen, von welcher äußersten Unwirtbarkeit und Unzugänglichkeit diese schottischen Westküsten noch bis vor zwanzig Jahren gewesen sind, um die ganze Bedeutung der Verbindungsstraßen einzusehen, die Mr. Hutcheson hier geschaffen hat. Ein Besuch dieser durch ihre grandiosen Basaltformationen berühmten Küsten war bis ganz vor kurzem nicht nur mit Schwierigkeiten, sondern mit unleugbaren Gefahren* verknüpft, während der Besuch aller dieser Plätze jetzt einer Rheinfahrt zwischen Köln und Straßburg gleicht, mit einigen Ausflügen in den Main oder die Mosel hinein. Hätten diese prächtigen Küsten ein milderes Klima oder wenigstens einen etwas längeren Sommer, binnen kurzem würde hier ein neues, reiches Leben aufblühen, reicher, wenn auch nicht poetischer, als es die Tage Ossians gesehen.

Es war in den ersten Nachmittagsstunden, als wir die schöne Bucht, die sich von Fort William aus nach Südwest dehnt, entlangschaufelten. Der allgemach unserem Blick entschwindende Ben Nevis und die immer breiter und fester sich heranwälzenden Wellen sagten uns, daß wir uns mehr und mehr aus der Bucht entfernten und *atlantisches* Wasser unter den Kiel bekamen. Die Zahl der Seekranken wuchs. Wie Verwundete einherschwankend, wurden sie rechts und links von der Ambulanz der Stewards und Kajütenjungen in Empfang genommen. So vergingen Stunden, bis wir gegen Abend uns wieder der Küste näherten und die Meeresstraße entlangfuhren, die sich in ziemlicher Breite zwischen dem Festland und der Insel Lismore hinzieht. Als wir an Inseln und Vorgebirgen vorbei, wie durch einen Irrgarten, uns in die schöne Bucht von Oban hineinwanden, hing der Ball der Sonne rotglühend über dem Ozean. Wenige Minuten später legten wir an, sprangen vom Radkasten aus ans Land und trabten mit einigen Schotten um die Wette den Kai entlang, um uns durch einen Sieg im Wettlauf ein Zimmer in dem stets überfüllten Caledonian Hotel zu sichern. Leider vergebens. Wir siegten nur, um doch zu spät zu kommen.

* Wer vor zwanzig Jahren die Insel Staffa besuchen wollte, mußte in offenen Booten die Reise machen, was auf dem Atlantischen Ozean seine bedenkliche Seite hatte.

Es war um die Mittagsstunde, und die Sonne lag leuchtend auf dem wenig bewegten Ozean, als es auf Deck hieß: »Staffa in Sicht«, und eine Viertelstunde später unser Steamer beilegte, um die Boote auszusetzen. Staffa nämlich, wie alle diese Felseninseln, hat keinen Landungsplatz, und alle Schiffe, die Fahrten nach diesen Eilanden hin unternehmen, sind um der Brandung willen gezwungen, in ehrfurchtsvoller Entfernung Anker zu werfen.

Also die Boote wurden ausgesetzt. Wir drängten uns nicht herzu, um unter den ersten zu sein, und hatten dafür den Vorteil, die Fahrt in einer kleinen, eleganten Jolle und in der heitern Gesellschaft Mr. Hutchesons zu machen, dessen Verdienste um die schottische Dampfschiffahrt ich schon in einem früheren Kapitel hervorgehoben habe. Auf der Fahrt vom Schiff aus bis ans Ufer hatten wir Zeit vollauf, uns die Form und Struktur der Insel einzuprägen. Staffa (Staf-ö, Stab-Eiland) ist klein, von nichts weniger als frappanter Erscheinung und gleicht einer alten, eisenbeschlagenen Truhe, deren Schätze erst sichtbar werden, wenn man den Deckel aufschlägt. Dieser Unscheinbarkeit der Insel muß man es zuschreiben, daß dieselbe erst 1772 für die *Welt* entdeckt wurde; bis dahin war sie nur den Schiffersleuten der benachbarten Eilande bekannt gewesen. Selbst 1773, also ein Jahr nach ihrer Entdeckung, zählte sie noch so wenig zu den Sehenswürdigkeiten der schottischen Westküste, daß Doktor Johnson auf seiner berühmten Hebridenreise an ihr vorüberfuhr, ohne weitere Notiz von ihr zu nehmen.

Staffa ist kaum eine Viertelmeile lang, etwa 500 Schritt breit und 150 Fuß hoch. Das gibt eine Felsmasse, die auf der weiten Fläche des Ozeans so bescheiden daliegt wie ein Feldstein auf einem Ackerfeld, und wenn die Wellen an einem Sturmtage hochgehen, muß Staffa kaum zu sehen sein. Als wir uns näherten, erkannten wir deutlich die drei Schichten, aus denen es sich aufbaut. Tuffstein, der die Fläche des Ozeans wenig überragt, bildet das Fundament; auf demselben erheben sich die sechzig Fuß hohen Basaltsäulen, die dann wiederum eine formlose Felsmasse als kompaktes Dach und auf demselben eine dünne Erdschicht tragen. Die schlanken Basaltsäulen würden an jeder andern Stelle, auch wenn die Insel sonst nichts böte, ausreichend sein, sie zu einer Sehenswürdigkeit zu machen. Die Westinseln Schottlands aber weisen überall fast so großartige Basaltformationen auf, daß das Auge des Reisenden schnell die höchsten Ansprüche zu machen beginnt und entweder gewaltige Proportionen oder ein besonderes Maß von Schönheit verlangt. Diese Schönheit besitzt Staffa, aber nicht nach *außen* hin; es verbirgt sie in seinem Innern.

Wir hatten mittlerweile die Südspitze der Insel erreicht und fuhren zwischen zwei stumpfwinklig aufeinander gestellten Basalt-Molos in eine Art Wasservorhof ein, der die Auffahrt zur berühmten *Fingalshöhle* bildet. Hier entscheidet man sich, ob man durch das kaum noch zehn Schritt entfernte Felsenportal in die prächtig dahinter liegende Höhle einfahren und vom Boot aus die Schönheit derselben auf sich wirken lassen will oder ob man es vorzieht, auszusteigen und den Rundgang an den Wänden der Höhle hin zu *Fuß* zu machen. Man wählt gewöhnlich das letztere, weil es lohnender ist und viel mannigfachere Bilder gibt.

Wir sprangen also ans Ufer und sahen von einer Seitwärtsstellung aus durch das Portal hindurch in die Fingalshöhle hinein. Diese Höhle zu beschreiben wird jederzeit große Schwierigkeiten haben; nichtsdestoweniger sei es versucht. Bevor ich beginne, rufe ich dem Leser die Naturbeschaffenheit Staffas und den Unterwühlungsprozeß ins Gedächtnis zurück, den unmittelbar nach Bildung der Insel selbst der Ozean mit ihr begonnen und bis diese Stunde fortgesetzt hat. Staffa, als Gott Vulkan sein Werk getan und zehn- oder hunderttausend Basaltsäulen an dieser Stelle ans Licht geschickt hatte, stand da wie ein festgeschnürtes Bündel steinerner Tannen. Der Ozean, der hier von Anbeginn der Tage sein Wesen getrieben und absolut geherrscht hatte, erzürnte über den Sendling aus der Unterwelt und begann, mit überlegener Macht an ihm herumzuschlagen. Ganze und halbe Stücke wurden abgerissen und herausgespült, und so entstanden, je nach dem Grad und der Art der Zerstörung, jene Damm- und Höhlenformationen, die dieser Insel eigentümlich sind. Da, wo es den Wellen glückte, die steinernen Bündel in ihrer ganzen Höhe abzubrechen und Säule, Dach- und Erdwerk, alles in die Tiefe des Ozeans zu werfen, stehen wie in einem Walde, in dem der Orkan gehaust hat, nur noch basaltene Stümpfe da und bilden ein steinernes Parquet, ein Lütticher Pflaster, wie es an Struktur und Festigkeit kein zweites gibt; da aber, wo der Ozean weniger mit der Kraft eines niederreißenden, die Insel oben am Schopfe fassenden Arms, wohl aber mit der Gewalt eines horizontal abgefeuerten, ewig wiederholten Schusses verfuhr, da sind unter dem Einfluß eines nimmer rastenden Bohrers jene Höhlen entstanden, die sich an verschiedenen Stellen bis tief in den Felsen hineinziehen und unter denen die Fingalshöhle die größte und schönste ist.

Am Portal dieser Fingalshöhle befinden wir uns jetzt. Die Bündelbeschaffenheit des Basalts hat dieser 230 Fuß tiefen Aushöhlung ihre Apartheit und ihre Schönheit gegeben.

Ich schreite nun zur Beschreibung der Höhle selbst, die nach diesem Versuch einer populären Geognosie mir leichter werden wird. Ich habe nicht unabsichtlich den Eingang ein Portal genannt. Er ist in der Tat ein solches, ein Spitzbogentor, und dahinter das wunderbare Schiff einer gotischen Kirche. Wer London und die Westminsterabtei kennt, den wird der gotisch-phantastische Bau, den die Natur hier gebildet hat, immer wieder an die Kapelle Heinrichs VII. erinnern. Der Basalt liefert die Säulen, die freilich in ihrer Ineinandergefugtheit mehr den Eindruck einer Wandfläche als eines Pfeiler- oder Säulenganges machen würden, wenn nicht die Wellen, mit einer bewundernswerten Regelmäßigkeit, Nische neben Nische in der Basaltwand ausgehöhlt hätten. Dadurch ist, wenigstens scheinbar, eine Pfeilerreihe entstanden, indem alle konkaven Vertiefungen wie in einem dunkeln Hintergrunde liegen, während die lichtbeschienenen Ecken, wie selbständig und losgelöst, sich pfeilerartig in den Vordergrund stellen. Auf diesen Pseudopfeilern ruht nun die Decke. Diese Decke, gotisch gewölbt in ihrer Grundanlage, ist es vor allem, was sofort mit einer nicht abzuweisenden Gewalt das Bild der berühmten Tudorkapelle vor das Auge des Beschauers ruft. Das Charakteristische dieses schönen Tudorbaues (schön trotz seiner Überladung) besteht in jenen reichen, trombenförmigen Ornamenten, die, wie elegant gewundene Riesentrichter, zehn Fuß hoch und mehr, von der Decke in das Schiff herniederhängen. Diese originellen Bildungen wiederholen sich hier in der Fingalshöhle; die Laune eines Künstlers und die Laune der Natur sind denselben Weg gegangen. Die im letzten und tiefsten allerdings ein Gesetz und eine Regelmäßigkeit bekundende Unregelmäßigkeit, mit der der hereinschäumende Ozean die Basaltsäulen höher oder tiefer abgebrochen hat, hat diese Trombenbildungen erzeugt. Vielleicht ließe sich die schraubenartige Bewegung daran studieren, mit der die Wellen ihre Skulpturarbeit hier ausgeführt haben müssen.

Wir standen noch immer am Portal und ließen das Schauspiel da drinnen auf uns wirken. Denn es war ein *Schauspiel*. Die Herrn und Damen (erstere zum Teil in schottischen Kostümen), die vor uns das Schiff verlassen hatten, waren bereits bis weit in die Höhle hinein vorgedrungen und standen nun teils auf dem schmalen, basaltenen Steindamm, der etwa zehn oder fünfzehn Fuß hoch das ganze Innere umzieht, oder hatten sich als lebendige Statuen in die dunkeln Nischen dieser Felskapelle gestellt. Die bunten Tartanfarben leuchteten wie Licht aus diesen Vertiefungen hervor, und das Ganze spiegelte sich in dem hellgrünen, meerestiefen Wasserstreifen, der den leise bewegten Boden dieses Kirchenschiffs bildete.

Mit dieser Schilderung schließe ich. Wir machten pflichtschuldigst unsern Rundgang an der Höhlenwandung entlang (eine Promenade, die selbst bei schönstem Wetter immer ihr Bedenkliches hat) und kehrten dann bis an den Eingang zurück. Die wenigen Minuten, die uns noch blieben, reichten aus, um den Bergrücken der Insel zu erklettern. Die Aussicht bot nichts Besonderes. Kümmerliches Gras bedeckte die dünne Erdschicht, die auf dem Basaltfelsen lag, und ein paar Dutzend Schafe, die von den Bewohnern der Nachbarinseln hier ausgesetzt werden, um sich während der Sommermonate ihre Weide zu suchen, nagten an dem gelblichen, halbverwelkten Grase. Die einzige Blume, die hier gedieh, war ein dürres, rötliches Maßlieb, das in langen Büscheln überall an den Abhängen hing, als gefiele es sich darin, von dem Seewinde, der hier niemals schweigt, zerzaust zu werden. Wir pflückten uns ein paar dieser Blumen; dann klang vom Schiff her die Glocke herüber, und wenige Minuten später stießen unsere Boote von dem basaltenen Molo des Wundereilands ab. Einige Enthusiasten schwenkten die Tücher. – Staffa lag hinter uns.

Von Oban bis zum Loch Lomond.
Rückkehr nach Edinburg

Noch am selben Abend kehrten wir nach Oban zurück. Wer in Iona bleiben und die Grabsteine des Reilig Ourain einer mehr kritischen Durchsicht unterwerfen will, der findet in den Hütten der Schiffersleute ein notdürftiges Unterkommen, kann aber vor Ablauf von drei Tagen nicht nach Oban zurück, da die Hutchesonschen Steamer nur zweimal wöchentlich die Fahrt nach Staffa und Iona machen.

Wir waren also wieder im Hinterhause der Mrs. Mackay (die uns, wie sich der Leser erinnern wird, bei einer Hintersassin von ihr, einer zimmervermietenden alten Waschfrau, untergebracht hatte) und waren just müde genug, um trotz des nachbarlichen Pferdestalls, dessen ich auch schon erwähnte, einen guten Schlaf zu tun. Das Erwachen war minder froh. »Get up, Gentlemen, or you will miss the steamer!« so klang es draußen, während eine geschäftige Hand abwechselnd klopfte und an der Klinke rasselte. Mit Worten, die einem Morgengebet so unähnlich waren wie nur möglich, sprangen wir aus dem Bett, und kaum halb angezogen, griffen wir schon nach unsern Reisetaschen, um die zerstreut umherliegenden Garderobenstücke so gut wie möglich unterzubringen. Wir waren noch nicht fertig damit, als wir vom Kai her das Läuten einer Schiffsglocke vernahmen und im selben Augenblick von draußen die wenig variierten Worte hörten: »Make haste, Gentlemen, or you will miss the steamer!« Wer kennte nicht die nervöse Aufregung, in die man verfällt, wenn man beim Packen oder gar im Fiaker schon (die immer doppelt langsam fahren, wenn man doppelte Eile hat) von der Furcht beschlichen wird, den Zug zu versäumen und volle vierundzwanzig Stunden an einem bereits absolvierten Ort zubringen zu müssen, der nun plötzlich mit einer Physiognomie vor uns tritt, als habe es seit Heinrich dem Städtebauer nie einen langweiligeren Platz gegeben! Dieser »Panic« ergriff uns jetzt. Wir flogen in unsere Röcke und Überzieher hinein, rafften alles zusammen, was noch auf Tisch und Betten lag, stopften es in die Säcke und stürzten fort. An der Hoftür stand die Wirtin, *nicht* Mrs. Mackay, sondern die Hintersassin, die alte Waschfrau (keine Chamissosche), deren Putzstube hatte aushelfen müssen. Sie trat uns in den Weg, um die ungemütlichen Geldgeschäfte stehenden Fußes abzumachen. »Wieviel?« – »Fünfzehn Schillinge.« – Es war eine enorme Summe für zwei Nachtquartiere und weiter nichts; indes die Schiffsglocke, die eben wieder einsetzte, schnitt jede Unterhandlung ab, und die Schillinge und halben Kronenstücke liefen rasch aus meiner Hand in die Hand der Wirtin. Unerhört! es reicht nicht, es fehlt ein Sixpence! Die Silberstücke fallen in meine Börse zurück, und ein Sovereign steigt statt ihrer aus den Tiefen der Ledertasche ans Licht. »Give me change!« rufe ich der Alten zu, die mit der Ruhe des Siegers vor mir steht. Sie nimmt den Sovereign, steckt ihn ein und erwidert nicht ohne Anflug von Hohn: »I have no change, but I will send to the butcher.« Ein letzter Abschiedsgruß fällt unverschleiert von meinen Lippen; dann setzen wir uns, mit Zurücklassung eines unbeabsichtigten Fünf-Schilling-Trinkgelds, in Trab und erreichen das Schiff, das allerdings eben Miene macht, seine Brücke einzuziehen und vom Kai sich loszulösen. Halb ärgerlich noch nehmen wir Platz am Schornstein, um uns soviel wie möglich gegen die Morgenfrische zu schützen; dann aber fliegt a tempo das Lächeln wiederkehrender guter Laune über unsere Gesichter. Wir beginnen unser Herz und unsern Ärger auszuschütten, und im Aussprechen kommt der Trost. Es war kein Zweifel, die Hintersassin der Mrs. Mackay hatte mit uns eine Szene durchgespielt, deren praktische Brauchbarkeit sie längst erprobt haben mußte. Wie an der kurischen Küste ein Edelmann lebte, der falsche Feuer anzünden ließ, um an gescheiterten Schiffen sein Strandrecht zu üben, so war es bei der alten Waschfrau Geschäftsmaxime geworden, ihre Gäste so spät wie möglich zu wecken, um von der panischen Wirkung des »Make haste, Gentlemen, or you will miss the steamer« den möglichsten Vorteil zu ziehen. Erst am Abend desselben Tages, als wir im Gasthaus zu Balloch einen Blick in unsere Reisesäcke taten, erkannten wir ganz, wie die Hintersassin uns mitgespielt hatte. An Morgenschuhen, Haarbürsten und Nachttüchern, die zurückgelassen waren, übte die Alte nun triumphierend ihr Strandrecht, und ein eben ausgepackter Lackstiefel, der ohne Halt und Gegenlehne auf dem Tisch stand, schien die Frage an mich zu richten: »Wo ist der andere?« Sie haben sich nicht wiedergesehen. Aber das waren die dunkeln Lose, die noch im Schoß der Zukunft ruhten, als wir, unsere Rücken am warmen Schornstein, aus der Bucht von Oban hinausfuhren.

Die Fahrt geht südlich und führt uns zunächst wieder an der Insel Mull und ihren Basaltformationen vorbei. An einer Stelle, wo nach meilenweiter Öde ein Grasplatz den Felscharakter dieser Küste unterbricht, deutet der Finger des Kapitäns auf ein ärmliches Häuschen, wo Sir Colin Campbell, der jetzige Lord Clyde, geboren wurde. Sein Vater, ein Zimmermann, starb erst letzten Winter zu Granton bei Edinburg, neunzig Jahre alt. Nach etwa zweistündiger Fahrt haben wir die Höhe der Insel Jura erreicht und biegen nun scharf östlich ein, um den Crinankanal zu erreichen, der die lange Halbinsel Cantire an ihrem Oberende durchschneidet. Cantire, etwa zwölf deutsche Meilen lang, gleicht einem vorgestreckten Bein des schottischen Festlands, und wer den Kanal verschmäht (der genau der Weichenlinie dieses Beins entspricht), der ist gezwungen, vorausgesetzt, daß er nach Glasgow will, zwölf Meilen hinunter- und fast ebenso viele Meilen wieder hinaufzufahren. Der Unterschied, in Zahlen ausgedrückt, ist wie 1 zu 20. So benutzen denn alle kleineren Fahrzeuge, die von Norden kommen, diesen Kanal, und die Hutchesonschen Dampfschiffe, die vielleicht zuviel Tiefgang haben, helfen sich auf *die* Weise, daß an beiden Enden des Kanals eine Ausschiffung der Passagiere stattfindet. Ein drittes Boot, in Form eines überdeckten Elbkahns, unterhält die Kommunikation zwischen dem Außen- und Innensteamer, von denen der eine (der Außensteamer) die Fahrt nach Oban, der andere die Fahrt nach Glasgow macht.

Wir haben die *Außenseite* des Kanals erreicht, verlassen den Oban-Steamer und machen in einer Art Treckschute, an zum Teil hübsch gelegenen Landsitzen vorbei, die Kanalfahrt bis nach Lochgilphead hin (an der Innenseite der Halbinsel), wo der Glasgow-Steamer eben anlegt, um seine Passagiere an Land zu setzen und uns statt ihrer einzunehmen. Auf der Landungsbrücke begegnen sich die beiden Menschenströme. Es ist dasselbe Leben und Treiben, das jeder kennt, der auf den großen Verwirrungsbahnhöfen von Mecheln, Bamberg, Magdeburg etc. ein Augenzeuge oder Mitspieler modernen Reisetrubels gewesen ist. Was mir nichtsdestoweniger die ganze Szene lebhaft im Gedächtnis erhalten hat, war die Erscheinung zweier Männer in Hochlandstracht, die, während wir von der Menschenmasse vor- und zurückgeschoben wurden, mit festem Schritt vom Kai zur Landungsbrücke herniederstiegen. Die Schönheit des schottischen Kostüms war mir nie so frappant entgegengetreten. Die Hochländer, echt und unecht, denen man in London oder im Süden Englands begegnet, lassen viel zu wünschen übrig. Es sind meist Bettler (echtes Londoner Vollblut aus Clerkenwell und St. Giles), die sich einen Kilt und Dudelsack gemietet haben, oder im günstigsten Falle südschottische Farmerssöhne, die dem Verlangen nicht widerstehen können, dem lang- und dünnbeinigen Londoner zu zeigen, was es mit einer national-schottischen Wade auf sich habe. Diese Londoner Eindrücke, die nicht allzu günstig für das Hochlandskostüm waren, änderten sich freilich bald, als ich nach Schottland kam; nie aber war mir das zugleich Malerische und Imposante dieser Tracht so überraschend entgegengetreten wie in diesem Augenblick, wo die Brücke, auf der wir standen, unter dem herniedersteigenden Taktschritt der zwei Hochlandssöhne zu vibrieren anfing. Der ältere von ihnen war ein Häuptling, das bewies die Adlerfeder, die in der Agraffe seiner Mütze steckte. Beide waren über sechs Fuß hoch, und die Jagdflinte, die auf ihren Schultern hing, nahm sich aus wie ein bloßes Spielzeug. Es waren Londoner Gardeoffiziere (der schottische Adel ist in den Garderegimentern stark vertreten), die vor acht oder vierzehn Tagen die Residenz verlassen hatten, um die Jagdzeit, die shooting season, in ihrer Heimat, dem Hochland, zu verbringen. Der jüngere von beiden trug die Hochlandtracht nur, wie man ein Phantasiekostüm trägt. Aus jenem graugelben Sommerzeug, das jeder kennt, der einem halben Dutzend reisender Engländer irgendwo in der Welt begegnet ist, hatte er sich einen Kilt und eine Jacke machen lassen, und nichts an ihm war echt schottisch als die dunkelblaue Wollenmütze und der kurze, graukarierte Strumpf. An jeder andern Stelle der Welt wäre er ein schöner Mann gewesen, neben seinem Freunde, dem Häuptling, aber nahm er sich aus wie dessen Milchbruder; ebenso groß, ebenso breit, ebenso frisch, aber rasselos. Der Häuptling schritt, ohne ein direktes Zeichen der Überhebung, durch die Menschenwoge hin, als habe er nicht das geringste mit ihr gemein. Er trug eine weite schwarze Samtjacke und viel Gelb in dem gewürfelten Tartan, war also von *dänischer* Abstammung*, wahrscheinlich ein Macleod. Um den Leib trug er jene eigentümlich schottische Jagdtasche, die fast die Form einer Geldkatze hat, und die sechs langen Geißbärte, die wie ebenso viele Siegeszeichen an dieser Tasche zu hängen pflegen, fielen malerisch über den faltenreichen Kilt. Das kurze schottische Schwert hatte er daheim gelassen, aber das Fangmesser, mit einem großen Amethyst oben

---

* Unter den *Tartans* (den buntgewürfelten schottischen Zeugen) unterscheidet man drei Hauptgruppen: die mit viel *Rot,* mit viel *Grün* und mit viel *Gelb*. *Rot* ist die Farbe der schottisch-britischen Clane, *Grün* die Farbe derer, die aus Irland stammen, und *Gelb* tragen diejenigen, die sich von den Dänen und Skandinaviern herleiten.

am Griff, steckte nach Landessitte im rechten Strumpf und bewies, neben der Adlerfeder, wer der Ankömmling sei. Nie habe ich eine schönere Erscheinung gesehen; selbst die wachthabenden Royal Blues, denen man in den Korridoren von St. James und Buckingham-Palace begegnet und die mir in ihren Helmen und Stulpenstiefeln, den Pallasch nachlässig in den linken Arm gelehnt, so oft wie herabgestiegene Kriegsgötter erschienen waren, verschwanden in der Erinnerung neben dem Häuptling der Macleods.

Nach einer halben Stunde waren wir glücklich an Bord des Glasgow-Steamers. Die Fahrt geht von Lochgilphead aus wieder südlich, abwechselnd an flachen und felsigen Ufern vorbei, aber die gedeckte Tafel und die Mahnungen des Stewards rufen uns zunächst von Deck in den Salon und entziehen uns der Naturbetrachtung. Auch nachdem wir unsere alten Plätze auf der Galerie des Steamers wieder eingenommen haben, kommen wir nicht mehr zu einem Festhalten all der Bilder, die an uns vorüberziehen. Die Schuld liegt nicht an dem Gebotenen, sondern an der Unmöglichkeit, die Fülle des Gebotenen aufzunehmen. Die Bilder sind prächtig, reich, grandios und in ihrer Belebtheit fesselnder und reizvoller als die Mehrheit dessen, was wir bisher gesehen; aber es geht im Fluge daran vorüber, und wir ertrinken fast im Stoff. Wir gleichen einem, der das Große Los gewonnen hat und dem es in purem Golde ausgezahlt werden soll; anfangs glitzert es ihm entgegen, und er lacht und strahlt bei jedem neuen Stück, bald aber bittet er, es ihm düten- und beutelweise zu liefern. Gold bleibt Gold, und Lust und Fähigkeit sind hin, um nach dem Rande zu gucken oder nachzusehen, welches Potentatenbild die Münze schmückt. Von Rothesay an (die schöne Insel Arran zur Rechten) wächst der Verkehr von Minute zu Minute, bis wir Greenock erreichen, den Hafen Glasgows an der Mündung des Clyde. Von hier an beginnt ein Treiben, das ich nur mit der Einfahrt in die Themse vergleichen kann; selbst die Fahrt den Mersey hinauf bis Liverpool bietet nichts Ähnliches. Stadt drängt sich an Stadt; Hunderte von Schiffen und Dampfern steuern an uns vorüber oder wir an ihnen; die Flaggen aller Nationen sind um uns her; Leben, Fülle, Reichtum, wohin wir blicken, und die Wahrheit zu gestehen, ein Gefühl der Heimatlichkeit kommt wieder über uns. Diese Fahrt den Clydefluß hinauf gleicht einer Themsefahrt von Gravesend bis London, und wenn man auch der Themse und ihren Ufern freilich eine größere Wichtigkeit zugestehen muß, so haben die Ufer des Clyde die größere Schönheit voraus.

Spät nachmittags passierten wir Dumbarton, eine jener vier Felsenfestungen, die, nach dem Wortlaut der Unionsakte, als *feste* Punkte gehalten werden müssen. Die Sonne ging eben unter, und Felsen und Festung lagen wie ein Wolkenschloß da, um das breite, goldene Lichter spielen. Eine halbe Meile weiter aufwärts erreichten wir Bowling, den Hauptstationsort für alle Reisenden, die, von Glasgow oder dem Süden her, einen Ausflug nach dem Loch Lomond machen wollen. Unser Steamer legte, aus besonderer Freundlichkeit gegen uns, an eben dieser Stelle an, und eine Viertelstunde später führte uns ein Abendzug bis an das Gasthaus von Balloch, am Südwestufer des Lomond-Sees.

Als wir im Gasthaus zu Balloch ankamen, war es bereits zu spät, um noch einen Ausflug auf den See hinaus machen zu können; wir hätten wenigstens Mondschein haben müssen, und der fehlte. So ließen wir denn Tische nach draußen bringen und nahmen unter einer Gruppe von Kastanienbäumen Platz, die uns just noch einen Blick auf Gärten und Wiesen und dahinter auf einen schmalen Streifen des Lomond-Sees gestatteten. Von Zeit zu Zeit trug der Abendwind eine weiche, kühle Luftwelle wie einen Gruß zu uns herüber. Wir waren unserer vier, seit sich von Bowling aus zwei Schotten, ein Mr. Tait und ein Mr. Henderson, zu uns gesellt hatten.

Mr. Tait war aus Melrose, wo er an einem Armen- und Rettungshause, wie es deren in England und Schottland so viele gibt, als geistlicher Direktor angestellt war. Die Salbung, mit der er sprach, ließ kaum einen Zweifel darüber, daß er ein Temperenzprediger sei. Mr. Henderson war noch jung und auf dem Punkt, über den Loch Lomond nach Aberdeen zurückzukehren, wo ihm ein Onkel gestorben war. Diesen Onkel zu beerben, reiste er jetzt nach dem Norden zurück. Die goldenen Aussichten machten ihn gesprächig, und er erzählte viel von seinem früheren Leben, das interessanter war, als ein Leben von zweiundzwanzig Jahren gewöhnlich zu sein pflegt. Er war mit in der Krim gewesen, bei Inkerman leicht verwundet worden und hatte dann während des tatenlosen, trübseligen Winters, der folgte, seinen älteren Kameraden von der Füsiliergarde Romane von Currer Bell und Geschichtskapitel aus Macaulay vorgelesen. Vorher war er in Indien gewesen. Das fällt in England nicht auf, und jeder darf von seinen Reisen erzählen, ohne deshalb der Eitelkeit bezichtigt zu werden. Es ist gleichgültig, ob man in Greenwich oder in Shanghai zu Mittag gegessen hat, und *weil* es gleichgültig ist, ergibt sich die vollste Unbefangenheit bei Sprecher und Hörer.

Beim Plaudern hatten wir die Abendkühle nicht beachtet, die jetzt anfing uns frösteln zu machen. Ein Glas »Toddy« indes (Whisky-Punsch) stellte das Wohlbefinden rasch wieder her, und in der besten Laune oder, wie die Engländer zweideutig sagen, »in good spirits« zogen wir uns endlich in unsere Schlafzimmer zurück.

Der andere Morgen führte uns an Bord des »MacGregor« wieder zusammen, und um zehn Uhr früh begann die Fahrt über den schönen See. Der Loch Lomond ist der Nachbar des Loch Katrine. So befanden wir uns denn nach Verlauf von wenigen Wochen wieder an alter Stelle, das heißt in jenem vielbesungenen MacGregor-Lande, das wir von Stirling aus bereist hatten. Wieder sahen wir auf Schiff und Boot die wohlbekannten Clanfarben und hörten Geschichten von dem letzten Helden des Clan Alpine, von Rob Roy. »Dort steht die Hütte, wo seine Flinte vorgezeigt wird; dort ist die Höhle, wo er sich verbarg«, so erzählen sich die Passagiere und zeigen hier- und dorthin. – Der Loch Lomond ist eine schöne, noble Wasserfläche, und es kommt ihm zu, daß er »der König der Seen« heißt. Dies ist jedoch mehr sein Ehrentitel als sein Name; die eigentliche Bedeutung von Loch Lomond ist »der *inselreiche* See«. Er ist groß und wasserreich, und die Inseln schwimmen auf ihm wie große Nymphäenblätter. Selbst die Berge an seinen Ufern scheinen ihn nicht gebieterisch einzudämmen, sondern gleichen Satelliten, die ihn umstehen und begleiten. Die Stellung dieser schönen Berge, die sich bis dreitausend Fuß hoch erheben, ist nämlich der Art, daß man immer in ihrem Kreistanze bleibt und sie jederzeit um sich hat wie den Mond, wenn man in einer klaren Nacht meilenweit durch die Felder fährt.

Nach etwa zwei Stunden hatten wir die Spitze des Sees erreicht. Die meisten Passagiere verließen uns (auch Mr. Henderson), um nach Loch Katrine oder dem Norden zu gehen; wir aber, die wir Perth- und Inverneßshire kannten und nur erschienen waren, um dem Loch Lomond unsere besondern Honneurs zu machen, waren entschlossen, mit demselben Dampfboot, das uns gebracht hatte, nach Balloch und dem Süden zurückzukehren. Wir hatten ein paar Stunden Zeit, durchzogen die nachbarlichen Schluchten, bis wir müde waren, und warfen uns dann ins Farrenkraut nieder, wo junge Eschen und Hagedornbüsche eine Laube für uns bereitet hatten.

Nachmittags begann die Rückfahrt. Die Gesellschaft war steif und leblos, und wir waren endlich froh, mit einer irländischen Dame ins Gespräch zu geraten, die uns bald völlig in Anspruch nahm. Es war eine echte Tochter Erins: lebhaft, witzig, ungeniert, von bedenklicher Toilette und gleichgültig gegen die üblichen Formen englischer Sitte und englischen Anstands. Ihr Name war Miß Arabella Fitzpatrick; Karten führte sie nicht, aber sie war freundlich genug, auf ein abgerissenes Stückchen Papier uns obige Namen aufzuschreiben. In England wäre das mindestens »shocking« gewesen. »You are Germans?« begann sie, als wir auf der Schiffswand saßen und, der Höhle Rob Roys den Rücken zukehrend, wenig Lust bezeugten, uns den üblichen Ciceronevortrag zum zweiten Male halten zu lassen. Wir nickten. »Es sind noch mehr Deutsche an Bord«, fuhr sie fort und zeigte auf eine Gruppe großer starker Männer, die in lebhaftem Gespräch neben dem Kajüteneingang standen. Sie hatte recht. Es zeigte sich bald, daß sie der deutschen Sprache einigermaßen mächtig war. Wir sprachen nun von der Schönheit des Sees, endlich auch von dem romantischen Charakter Irlands und fügten den aufrichtig gemeinten Wunsch hinzu, »die grüne Insel« mit nächstem bereisen zu können. Das gewann uns ihr Herz. Sie fing nun an, allerhand Beschreibungen und sonstige berühmte Stellen aus Thomas Moore zu zitieren, den sie auswendig zu kennen schien. Als sie endlich anhob:

> Erin, thy silent tear never shall cease,
> Erin, thy languid smile ne'er shall increase,

konnte ich dem Drange nicht widerstehen, in das wohlbekannte Lied mit einzustimmen, und so folgten denn, wie ein gesprochenes Duett, zwischen ihr und mir, die Schlußzeilen:

> Till, like the rainbow's light,
> Thy various tints unite,
> And form in heaven's sight
> One arch of peace.

Sie sah mich groß an und sagte dann: »You are a poet.« Ich lehnte die Ehre ab, zeigte aber auf meinen Reisegefährten und flüsterte vertraulich: »He is.« – »Gut denn«, fuhr Miß Arabella fort, »so wird Ihr Freund es übernehmen, einen hübschen Reim, ein Erinnerungswort hier in mein Buch zu schreiben. Er muß begeistert sein, hier der Loch Lomond und hier – ich.« Sie lachte und gab ihm ihr Notizbuch. Ablehnung wäre wenig am Platze gewesen; so nahm Freund B. denn den Handschuh auf und schrieb in verbindlicher Weise:

> Ich liebte immer den Thomas Moor,
> Heut lieb ich ihn mehr noch denn zuvor.
> Ich hab ihn gelesen hier und dort,
> Hinreißt nur das *lebendige* Wort.

Die Zeilen waren mit deutschen Buchstaben geschrieben, die der Miß Arabella fremd waren. Sie reichte mir also das Büchelchen zurück und bat mich, ihr die Zeilen langsam vorzulesen. Ich tat es. »Ach«, fuhr sie fort, »ein Impromptu! Es klingt sehr gut; bitte, übersetzen Sie es mir.« Ich wollte eben eine simple Prosaübersetzung beginnen, als mir's durch den Kopf schoß, wohl oder übel die Übersetzung in ein paar englischen Reimen zu versuchen. Es ging leichter, als ich dachte, und in nicht allzu langen Pausen deklamierte ich:

> I ever liked your Thomas Moore,
> I like him more now than before.
> The Irish harper's full accord
> Sounds mightier in the *spoken* word.

Sie hatte aufmerksam zugehört, lachte schelmisch und sprach dann rasch:

> Deceiver, deceive no longer me!
> You are a poet as well as he.

Der »He« war Freund B., auf den sie zeigte. Der letztere, begierig, sich für die Verlegenheiten zu revanchieren, die ich ihm bereitet hatte, stimmte mit ein, und das vorgehaltene

Notizbuch ließ mir zuletzt keine Wahl mehr. Ich schrieb also folgendes oder wenigstens ähnliches:

> Es hat geklippt, es hat geklappt,
> Ich seh es wohl, ich bin ertappt;
> Erst Dichter, Leugner dann – so geht's,
> Ein Übel gebiert das andre stets.

Impromptuschreiber sind wie Kinder, die beim Spiel nicht müde werden, und wer weiß, wohin diese Vierzeiler geführt und wieviel Notizblätter sie noch gekostet hätten, wenn nicht eben jetzt der würdevolle Mr. Tait an uns herangetreten wäre, um über die alte Vogelflinte Rob Roys eine schätzenswerte Mitteilung zu machen. Die Impromptus (als wäre die Vogelflinte selber losgegangen) flogen davon, wie ein aufgescheuchtes Volk Hühner.

Mr. Tait war salbungsvoll, aber gastfreundlich. Der Moment war nahe, wo wir scheiden mußten, und der würdige alte Herr wollte sich nicht von uns trennen, ohne uns vorher mit liebenswürdiger Dringlichkeit nach Melrose hin, und zwar zu einem »plain Scotch dinner« an seinem eigenen Tische, eingeladen zu haben. Wir sagten zu, hielten aber nicht Wort. Freund B. und ich pflegten uns später gegenseitig vorzuwerfen, daß wir den Besuch aus Furcht vor einem *Temperenz*-Diner unterlassen hätten, in Wahrheit aber trug »Melrose-Abbey« die Schuld, deren wunderbar schöne Ruinen uns Mr. Tait, sein Rettungshaus und sein »plain Scotch dinner« vergessen ließen.

Gegen sieben Uhr waren wir wieder in Balloch, am Südufer des Sees. Eine Stunde später führte uns ein Schnellzug zunächst nach Bowling, dann ostwärts mit wachsender Raschheit nach Glasgow. Die Sonne war längst unter, als wir uns der reichen Hauptstadt des schottischen Westens näherten, aber die dunkeln Häusermassen traten doch noch deutlich aus dem grauen Abendschimmer hervor. Die Frage entstand:

»bleiben oder nicht?« Die Schilderungen, womit uns ein lokalpatriotischer Glasgower während der Fahrt unterhalten hatte, waren an Ohr und Herz meines Reisegefährten nicht spurlos vorübergegangen; ich meinesteils sehnte mich aber zurück nach Canongate und der High-Street von Edinburg. Statt aller weiteren Antwort zeigte ich nur auf einige der dreihundert Fuß hohen Fabrikschornsteine, deren eben mehrere, wie erstarrte Dampfsäulen, hoch in den Himmel stiegen. Der Schornstein ist das Wahrzeichen Glasgows. Dieser Hinweis genügte. Von einer Seite des Bahnhofs eilten wir rasch nach der andern hinüber, wo der Edinburger Zug bereits ungeduldig wartete und seine Ungeduld durch Murren und Zischen zu erkennen gab; dann ein lang anhaltender Pfiff, und an Falkirk und seinen Schlachtfeldern vorbei, ohne Gruß für Linlithgow, das wie ein Schattenbild neben uns verschwand, bogen wir nach kaum einstündiger Fahrt um den Schloßfelsen Edinburgs herum und sahen seine Häuser rechts und links emporsteigen, phantastisch nebelhaft wie immer, eine Wolkenstadt, aus der die Lichter blitzten.

Lochleven-Castle

Die Fackeln längst erloschen, deren Glut
Lichtfurchen zog auf dieses Sees Flut;
Das Leben längst erloschen, hin der Klang,
Der hier im Echo von den Mauern sprang;
Die Mauern selbst zerbröckelt, öd der Turm
Und im Kamine heimisch nur der Sturm.

Michael Bruces »Lochleven«

Lochleven-Castle, mit alleiniger Ausnahme von Holyrood-Palace, steht obenan unter den schottischen Schlössern, die, mit in die Geschichte Maria Stuarts verwebt, durch eben diese Verwebung auch ihrerseits berühmt geworden sind. Im Schlosse von Lochleven saß die schöne Königin fast ein Jahr lang gefangen, jenes letzte Jahr auf schottischem Grund und Boden, das ihrer unheilvollen Flucht nach England vorausging.

Was zur Auflehnung des schottischen Adels gegen die Königin und schließlich zu ihrer Gefangensetzung in Lochleven führte, war bekanntlich ihre Verheiratung mit Bothwell. An der Spitze der Unzufriedenen stand ihr Halbbruder, der Graf von Murray. Bei Carberry-Hill stießen die feindlichen Parteien aufeinander; Bothwell, auf die Anklage hin, »der Mörder Darnleys« zu sein, wurde zum Zweikampf gefordert, lehnte aber schimpflich ab und floh; mit ihm das Heer der Königin. Diese selbst überlieferte sich den Siegern und wurde als Gefangene nach dem der Douglas-Familie zugehörigen Schlosse von Lochleven gebracht.

Dies Schloß von Lochleven zu sehen war seit vielen Jahren mein Wunsch gewesen, und ich hätte Edinburg nicht verlassen mögen, ohne zuvor einen Ausflug nach diesem reizenden Punkt gemacht zu haben. Es ist eine Unsitte, die, wie überall, so auch in Schottland herrscht, dem Reisenden gleichsam eine bestimmte Reiseroute, eine bestimmte Reihenfolge von Sehenswürdigkeiten aufzudrängen. Irgendeine Eisenbahn- oder Dampfschiffahrt-Compagnie findet es für gut, *diesen See, diesen Berg, diese Insel* als das Schönste und Sehenswerteste festzusetzen; regelmäßige Fahrten werden eingerichtet, bequeme Hotels wachsen wie Pilze aus der Erde, Stellwagen und Postillone, Bootsführer und Dudelsackpfeifer, alles tritt in den Dienst der Gesellschaft, und der Reisende, der ein Mensch ist und in möglichst kurzer Zeit mit möglichst wenig Geld das Möglichste sehen möchte, überläßt sich wie ein Gepäckstück diesen Entrepreneurs und bringt sich dadurch um den vielleicht höchsten Reiz des Reisens, um den Reiz, *das Besondere, das Verborgene, das Unalltägliche* gesehen zu haben. Eine kleine Schönheit, die wir für uns selber haben, ist uns lieber wie die große und allgemeine.

Den Entrepreneurs hat es bisher nicht beliebt, den Leven-See, überhaupt die Grafschaft Fife, unter jene Punkte aufzunehmen, die gesehen werden *müssen;* es lag außerhalb des Weges, und wenige kümmerten sich darum. Das wird jetzt mutmaßlich anders werden. An demselben Tage, an dem wir aufbrachen, um unsern Besuch auf dem alten Schlosse abzustatten, wurde die Eisenbahn zwischen Edinburg und Lochleven eröffnet, und ich hege keinen Zweifel, daß die betreffende Aktiengesellschaft Sorge tragen wird, den halbvergessenen Punkt wieder zu Ehren zu bringen und mit Hülfe der Romantik die Aktien steigen zu machen.

Wir brachen früh auf von Edinburg. Ich werde dieses schönen Tages nicht leicht vergessen. Wenn es schon ein Glück war, die ersten zu sein, die auf einer bis dahin ziemlich beschwerlichen Tour die eben eröffnete Eisenbahn benützen konnten, so war dies günstige Ungefähr doch nur das Zeichen, das Vorspiel eines glücklichen Tages. Wer kennt nicht die Stimmung, die uns beschleicht, wenn wir zur Sommerszeit am Abhange eines Waldes ausruhen, hinausblicken auf eine sonnenbeschienene Wiese, hinaufblicken in den Himmel, daran dünne Wolken ziehen, und aus Wald und Feld her rätselhafte Laute vernehmen, als spräche die Natur? Ein Träumen kommt über uns; wir denken nichts Bestimmtes, wir fühlen nichts Bestimmtes, aber die süße Gewohnheit des Daseins zieht wie mit doppelter Süße durch unser Herz. Diese Stimmung war es, die mich den Tag über begleitete; die Klänge eines alten Liedes schmeichelten sich in mein Ohr.

Die Fahrt von Edinburg bis zum Städtchen Kinroß, in dessen unmittelbarer Nähe Lochleven gelegen ist, dauert auch jetzt noch drei bis vier Stunden, wiewohl die Entfernung in gerader Linie kaum fünf deutsche Meilen beträgt. Aber die Eisenbahn beschreibt die wunderlichsten Linien, und man springt vor und wieder zurück, wie ein Springer auf dem Schachbrett. Man fährt zunächst von Edinburg bis Leith und passiert dann in einem Dampfboot den breiten Meerbusen des Forth. Im Hinüberfahren gewahrt man rechtshin das Dorf *Aberdour.* An den Namen desselben knüpft sich eine der schönsten und ältesten schottischen Balladen, die Ballade von »Sir Patrick Spens«:

> Der König sitzt in Dunfermlin-Schloß;
> Er trinkt blutroten Wein:
> Wer ist mein bester Segler,
> Er muß in See hinein!

Höflinge, falsche Freunde des Sir Patrick, antworten dem Könige: »Wer anders könnt es sein als Sir Patrick.« Nun wird eine Fahrt beschlossen, ein Winter-Seezug (um die Sturmzeit) gegen die Dänen. Die Ehre verbietet dem Sir Patrick, das Kommando abzulehnen, und die ganze Flotte, wie erwartet, scheitert in der Nähe von Aberdour. Niemand wird gerettet.

> Nun sitzen viel schöne Frauen
> Bei Aberdour am Strand
> Und stützen die weiße Stirne
> Auf ihre weiße Hand.
>
> Sie tragen goldene Kämme
> Und starren hinaus aufs Meer,
> Doch sie erharren keinen
> Und sehen keinen mehr.

Wir sind glücklicher in unserer Fahrt als der arme Sir Patrick und erreichen wohlbehalten North-Queens-Ferry, von wo uns die Eisenbahn zunächst nach dem alten Dunfermlin führt. Dies ist dasselbe Dunfermlin, wo der eben zitierte alte Balladenkönig den »blutroten Wein« trank. Es ist eine der ältesten Städte Schottlands und war lange Zeit vor Edinburg und selbst vor Perth eine königliche Residenz. Malcolm Canmore, der Besieger und Nachfolger Macbeths, hatte hier ein Schloß, dessen Ruinen noch sichtbar sind. Von höchstem Interesse ist die alte Abtei, leider durch Um- und Neubauten sehr verunstaltet. Sie ist das Campo Santo der schottischen Könige von Malcolm Canmore (um 1070) bis etwa zur Thronbesteigung der Stuarts. Die Könige *vor* 1070 liegen auf der Insel Iona (dicht bei Staffa) in langer Reihe begraben; *Macbeth beschließt den Zug.* Die meisten Grabsteine in der Abtei von Dunfermlin zeigen keine deutlichen Namen mehr, so daß es als ein besonderes Glück angesehen werden muß, das interessanteste der vorhandenen Königsgräber durch einen Zufall wohlerhalten zu finden. 1818, bei Hinwegschaffung eines Trümmerhaufens (der jahrhundertelang das darunter verborgene Grab beschützt hatte), entdeckte man den Grabstein des *Robert Bruce* mit der Jahreszahl 1329. Man öffnete und fand das Skelett des großen Königs (groß auch körperlich) in Blei gehüllt; selbst ein Teil seines Grabtuches war noch vorhanden. Die Stadt ist auch dadurch interessant, daß *Karl Stuart* in einem ihrer vielen Paläste geboren wurde.

Von Dunfermlin aus zieht sich die Eisenbahn, statt direkt nach Kinroß zu gehen, meilenweit östlich hin und läuft eine lange Strecke an der Meeresküste entlang. Das Land ist flach, aber nicht reizlos und gewinnt namentlich da, wo man des Loch Leven oder des Leven-Sees ansichtig wird, einen eigentümlichen Zauber. Überhaupt wird der Osten Schottlands ohne Not auf Kosten des Westens vernachlässigt. Was dieser an Großartigkeit der Formationen voraus hat, ersetzt der Osten reichlich durch Lieblichkeit und Leben in der Landschaft und durch jenen Reiz, den ihm Sage und Geschichte verleihen.

Kinroß ist eine anspruchslose kleine Stadt, unmittelbar am See gelegen. Ihr Reiz besteht in ihrer Stille und Abgeschiedenheit, worin sie's dem stillen Linlithgow noch zuvortut. Kein königlicher Palast, kein figurenreicher Brunnen geben dem Orte Bedeutung; er hat nur seinen See, seine Lachsforellen und sein zerfallenes Schloß. Ein solcher Ort hat natürlich *nur ein* Hotel und spart dem Reisenden die Wahl. Im Salutation-Inn stiegen wir ab, was ungefähr sagen will, im Gasthof zum freundlichen Gruß. Die lachende Wirtin blieb hinter dem Versprechen ihres Hauses nicht zurück, und nachdem wir ein Mittagbrot von Lachsforellen bestellt hatten, die dem Leven-See eigentümlich sind und von jedem gegessen werden müssen, der Kinroß besucht, brachen wir auf, um dem »Schloß im See« unseren Besuch zu machen. Die Mittagssonne stand am Himmel, als wir in das Boot stiegen, das für spärlich eintreffenden Besuch die Kommunikation zwischen dem Ufer und dem Schloß im See unterhält. Der See, der ungefähr eine Drittelquadratmeile umfassen mag, hat zwei kleine Inseln, die übrigens in ziemlicher Entfernung voneinander liegen. Auf der einen befinden sich die Trümmer eines alten Klosters, auf der andern das *Schloß von Lochleven*.

Diesem fuhren wir jetzt zu. Zwei Leute handhaben die Ruder, ohne sich besonders zu übereilen; der eine ein breitschulteriger Bootsknecht, der andere ein blasser, kränklich aussehender Mann, mit etwas Träumerischem im Auge. Er war der Besitzer des Boots, hieß Mr. Marshall und fungierte zugleich als Fremdenführer. Was diesen Mann weit über all die Hunderte von Führern erhebt, die ich kennengelernt habe, war seine unaffektierte Begeisterung für den See und das Inselschloß, dem wir jetzt zuruderten. Zunächst verhielt er sich schweigsam, weil er nicht wissen konnte, ob wir zu den frivolen oder den pietätsvollen Reisenden gehörten, und sein See und Schloß ihm viel zu heilig waren, um eine Profanierung derselben mutwillig herauszufordern; kaum aber, daß er aus meinen Fragen ein ungeheucheltes Interesse und ein gewisses Vertrautsein mit der Geschichte des Orts erkannt hatte, so floß ihm das Herz über, und zu den Ruderschlägen, die im Takte auf- und niedergingen, klangen jetzt die Versrhythmen aller derer, die je ein Lied zu Ehren Lochlevens gesungen haben.

Unter all den Zitaten, mit denen er nicht sparsam war, vermißte ich nur eines, ein Zitat aus jener alten Ballade, die von dem Aufenthalt des Grafen Percy auf diesem Schloß spricht. Ich fragte den Rhapsoden von Kinroß, ob er jenes alte Lied nicht kenne, und als er es verneinte, erzählte ich ihm, wie Graf Percy, der aus England fliehen gemußt, auf diesem Schloß Schutz gesucht und gefunden; wie William Douglas aber ihn verraten habe und wie alle Warnungen von Mary Douglas, die den Percy geliebt und das Benehmen ihres Bruders verabscheut habe, umsonst gewesen seien. Vergeblich habe sie ihn an den See geführt und ihm auf dem Grunde desselben, mit Hilfe eines Zauberrings, die Bilder seiner Zukunft und seines Todes gezeigt: den Marktplatz von York, das Schafott, den Lord-Oberrichter und das Beil in der Hand des Henkers. Allen Warnungen und Versicherungen gegenüber habe er immer nur geantwortet:

»Die Douglas waren immer treu,
    Auch William Douglas muß es sein«,

und habe endlich das Vertrauen in die Treue der Douglas mit seinem Leben bezahlt. Während ich sprach, konnte ich deutlich wahrnehmen, daß Mr. Marshalls Herz von zwei entgegengesetzten Gefühlen bewegt wurde: das erste war ein Gefühl der Zerknirschung darüber, daß es einem Fremden vorbehalten sein mußte, ihm neuen Stoff zur historischen Belebung seines Sees und Schlosses zuzutragen; die zweite Empfindung aber, die jener unmittelbar auf dem Fuße folgte und sie verdrängte, war die der Freude und des Dankes. Um der *Sache* willen, die ihm vor allem am Herzen lag, vergaß er rasch und gern, was er im ersten Augenblick als das Bittere einer persönlichen Niederlage empfunden hatte.

Während dieses Gespräches hatten wir die Insel erreicht. Sie war in alten Zeiten so klein, daß sie nur eben den Raum zur Erbauung eines Schlosses hergegeben hatte, das dann wirklich wie aus dem Wasser emporwuchs und von den Wellen des Sees bespült wurde. So war Lochleven-Castle zu den Zeiten der Maria Stuart, so war es noch (wenn auch bereits in Trümmer zerfallen) während der ersten dreißig Jahre dieses Jahrhunderts.

Erst im Jahre 1831 hat eine Kanalanlage, die, ich weiß nicht zu welchem Zwecke, unternommen wurde, den schönen See um seinen Wasserreichtum gebracht und das Niveau desselben um mehr denn vier Fuß erniedrigt. Dadurch haben Schloß und Eiland ihren früheren Charakter verloren, und allmählich sich abflachend, zieht sich jetzt ein breiter tannenbewachsener Gürtel um den alten Mittelpunkt herum.

Dieser ehemalige Mittelpunkt ist durch eine Feldsteinmauer, die ihn einfaßt, noch deutlich erkennbar; die einzelnen Baulichkeiten aber sind zerfallen, mit Ausnahme von zwei Türmen, einem runden und einem viereckigen. An diese beiden Türme knüpft sich jenes Bruchstück aus dem Leben Maria Stuarts, das die Überschrift trägt: *Schloß Lochleven.* In dem runden Turm, der der kleinere ist und nach Westen blickt, saß sie gefangen. Der Turm bestand aus einem Souterrain und drei Stockwerken, die sich noch alle sehr wohl unterscheiden lassen. Das Souterrain hat Walter Scott in seinem Romane »Der Abt« als eine Schmiedewerkstatt dargestellt, was, wie Mr. Marshall ernsthaft versicherte, zu den schlimmsten der poetischen Lizenzen gehöre, deren sich der große Dichter jemals schuldig gemacht habe. Es sei eben ein Keller gewesen und weiter nichts. – Die Wölbung über diesem Keller existiert noch, so daß es möglich wird, in dem darüber gelegenen Hochparterre-Raum einen Besuch zu machen. Dieser Raum war das Wohn- und Empfangszimmer der Königin; ich bedaure, seinen Umfang nicht ausgemessen zu haben, doch erschien es mir kaum größer als der durch seine Kleinheit ausgezeichnete »supping-room« im Palaste von Holyrood. Das Zimmer hat zwei Fenster, ein größeres und ein kleineres, mit deren Hülfe die Königin beständig allerhand Zeichen zwischen sich und ihren Anhängern am Westufer des Sees ausgetauscht haben soll. Das Deckengewölbe dieses ersten wie auch des zweiten und dritten Stockwerkes ist eingestürzt, so daß man, die Augen nach oben richtend, wie durch einen geräumigen Schornstein hinauf ins Blaue blickt. Die beiden oberen Stockwerke sind indes durch Fenster- und Kaminnischen noch deutlich markiert. Das Zimmer im zweiten Stockwerk, durch eine schmale Treppe mit dem sitting-room in Verbindung stehend, diente als Schlafzimmer der Königin; über demselben, also im dritten und letzten Stockwerk, befand sich eine Art Wachtlokal, da die mehrfach sich wiederholenden Fluchtversuche der Königin es nötig machten, beständig auf der Hut zu sein. Einmal war es ihr bereits geglückt, in der Verkleidung ihrer Waschfrau die Wächter zu täuschen und glücklich in das Boot zu gelangen, das bestimmt war, die wirkliche Wäscherin nach Kinroß zurückzurudern; als man indessen abstieß und das Boot heftig zu schwanken begann, griff die Königin nach der Bootswand, um nicht das Gleichgewicht zu verlieren. In demselben Augenblick war alles verraten; – diese *weiße Hand* gehörte keiner Waschfrau von Kinroß. Noch andere Versuche zu ihrer Befreiung hatten stattgefunden, so daß immer größere Strenge, immer peinlichere Überwachung nötig geworden war. Diese Quälereien indes führten schließlich zu einem Bruch in der Douglas-Familie selbst und dadurch mittelbar zur Befreiung der Königin. Ehe ich die Geschichte dieser Befreiung erzähle, führe ich meine Leser nach dem viereckigen Turm, der am Ostrande der Insel liegt und damals von der Familie Douglas bewohnt wurde. Es ist ein interessanter alter Bau, ohne einen andern Eingang als durch die Küche, woraus Mr. Marshall geschlossen hat, daß vornehmer Besuch in Trag- und Schwebesesseln *hinaufgewunden* worden sei – eine Hypothese, für die ich nicht die Verantwortung übernehmen mag. An der vom Wasser bespülten Außenwand des Turmes lief aus Pfahl- und Plankenwerk ein Steg hin, an dem das Boot lag, das die Kommunikation zwischen Schloß und Ufer unterhielt. Dieser Steg aber war nicht anders als durch ein Gittertor zu erreichen, das in dem Winkel lag, wo die Schloß-mauer auf den großen Turm stieß. Die Schlüssel zu diesem Gittertor waren in Händen der alten Lady Douglas. Diese saß am Abend des 2. Mai 1568 an der Familientafel, die Schlüssel, die sie immer bei sich führte, neben ihrem Teller auf den Tisch gelegt. Sie war seit einundzwanzig Jahren Witwe, führte aber immer noch das Regiment. Um den Tisch herum saßen ihre Kinder und Enkel, hinter ihrem Stuhl aber stand ein Page, kaum sechzehn Jahre alt, der ein illegitimer Sohn ihres älte-sten Sohnes William war. Sie nannten ihn Willy Douglas und rechneten ihn mit zur Familie. Als es dunkel geworden war, rötete ein Feuerschein den Himmel. Drei Personen im Schloß wußten, was es damit auf sich habe. Diese drei waren: die Kö-nigin, deren Freundin und Gesellschaftsdame Mary Seaton und – *Willy Douglas.* Er trat ans Fenster, wohl wissend, daß er dem Feuerschein begegnen würde, und rief dann wie be-stürzt: »Feuer in Kinroß!« Die alte Lady erhob sich von ihrem Platz und sah hinaus; alle anderen folgten. Diesen Augenblick benützte Willy, warf ein Tuch über die Schlüssel, um sie geräuschloser aufheben zu können, und verschwand im nächsten Moment. Als er hinaustrat, schritt vom runden Turm her die Gestalt Mary Seatons über den Schloßhof. Die Wache am Tor hatte sich täuschen lassen – es war die Köni-gin. Im Nu war das Gittertor geöffnet und von außen wieder geschlossen; den Steg entlang eilend, sprangen beide ins Boot, und im nächsten Moment schon fielen die ersten Ruder-schläge ins Wasser. Nach wenigen Minuten war alles ent-deckt, aber das Gitter war geschlossen und kein anderes Boot zur Hand als eine Art Fährboot, das auf dem Schloßhof stand. Ein Vorsprung von einer Viertelstunde war gewonnen.

Als man im Schlosse einstieg, um die Flüchtigen zu verfolgen, landeten sie bereits am Ostufer des Sees und wurden
unter lautem Jubel von den dort harrenden Reitern Lord
Seatons empfangen. Die Schlüssel aber warf Willy Douglas
in den See; dort sind sie von im Sande spielenden Kindern zu
Anfang dieses Jahrhunderts gefunden worden.

Diese Geschichte, dem Munde unseres Führers nacherzählt
(der auch hier die Walter Scottsche Version verschmähte),
vernahmen wir bruchstückweise, während wir in dem Wohn-
und Eßzimmer der Lady Douglas auf und ab schritten und
bald berechneten, wo die Alte gesessen haben müsse, bald an
das Eckfenster traten, an dem Willy Douglas ausgerufen
hatte: »Feuer in Kinroß!« Die zur Küche führende Treppe
hinuntersteigend, gelangten wir wieder ins Freie. Die Nach-
mittagssonne brannte auf dem grünen, mit Stein und Trümmern überdeckten Schloßhof; so setzten wir uns denn in den
Schatten einer dicht am Ufer stehenden prächtigen alten
Esche, um das Bild der beiden Türme von Lochleven nochmals auf uns wirken zu lassen; dann sprangen wir ins Boot
und fuhren in derselben Richtung zurück, die das flüchtige
Paar in jener Nacht genommen hatte. Die Tage von Lochleven waren die letzten Tage Marys auf schottischem Grund
und Boden. Am 2. Mai floh sie über den See, am 15. schon
entschied sich ihr Schicksal an jenem Unglückstage von
Langside. Willy Douglas bezahlte seine Liebe mit seinem
Leben, die Königin aber floh und betrat in Carlisle den Boden *Englands*.

Abbotsford

Drei englische Meilen westlich von Melrose liegt Abbotsford, jene »Romanze in Stein und Mörtel«, wie *Walter Scott*
seinen selbsterrichteten Wohnsitz mit einem gewissen Selbst-
gefühle genannt hat. Der ganze Bau übernimmt wider Wil-

len die Beweisführung, daß sich »eines nicht für alle schickt« und daß die Wiederbelebung des Vergangenen, das Ausschmücken einer modernen Schöpfung mit den reichen poetischen Details des Mittelalters, auf *einem Gebiete* bezaubern und hinreißen und auf dem andern zu einer bloßen Schnurre und Absonderlichkeit werden kann. Diese Romanze in Stein und Mörtel nimmt sich, um in *dem* Vergleiche zu bleiben, den der Dichter selbst gewollt hat, nur etwa aus, als habe er in einem seiner Schreibtischkästen hundert hübsche Stellen aus allen möglichen alten Balladen gesammelt, in der bestimmten Erwartung, durch Zusammenstellung solcher Bruchstücke eine eigentlichste *Musterromanze* erzielen zu können. Es fehlt der Geistesblitz, der stark genug gewesen wäre, die widerstrebenden Elemente zu etwas Einheitlichem zusammenzuschmelzen. Wie man Gesellschaftsgedichte nach Endreimen macht und das Papier umklappt, um völlig außer Zusammenhang mit *dem* zu bleiben, der vor uns seine Zeile geschrieben hat, so ist Abbotsford einem halben Hundert Schlagwörtern zuliebe gebaut worden. Das alles soll seinem Erbauer kein Vorwurf sein; aber man bedauert allerdings, der Steinromanze gegenüber nicht den Ton der Liebe und Verehrung anschlagen zu können, an den sich die Lippen fast gewöhnt haben, wenn sie den Namen Sir Walters nennen.

Wir haben in Melrose ein zierliches, zweiräderiges Wägelchen gemietet, und vom Eisenbahnhotel aus, wo wir abgestiegen sind, geht es nun westlich die Straße nach Abbotsford hinaus. Der Weg, den wir passieren, hat ganz den Charakter der englischen und südschottischen Landschaft: Tal und Hügel in raschem Wechsel, Hecken und Baumgruppen, Wiesenflächen und Kieswege und ein Wasserstreifen, der in Schlangenwindungen das Ganze durchzieht. Nirgends frappante Schönheit, aber überall lachende Lieblichkeit und die milde Hand der Kultur, von der man sich wie von einem

Westwind gestreichelt fühlt. Tausend Schritt hinter Melrose zweigt eine Art Feldweg nach »Chiefswood« ab, einem reizend gelegenen Häuschen, das zu Lebzeiten Sir Walter Scotts von dessen Schwiegersohn, Mr. Lockhart, bewohnt wurde. Walter Scott liebte es, wenigstens einmal in der Woche hier vorzusprechen und einen Nachmittag, oft auch länger, bei Tochter und Schwiegersohn zu verbringen. Mr. Lockhart selbst hat in sehr anschaulicher Weise diese Besuche beschrieben. »Der wohlbekannte Hufschlag Sibylle Greys«, so erzählt er, »und das Bellen von ›Senf‹ und ›Pfeffer‹ (seine zwei Lieblingshunde), vor allem dann sein lauter Jägergruß unter unserem Fenster ließen uns wissen, daß er die Last der Arbeit abgeschüttelt habe, um, wie er sich ausdrückte, in unserm Gasthause mal wieder nach Lust und Bequemlichkeit zu leben. Dann stieg er ab, und seine und unsere Hunde um sich her, nahm er zunächst unter einer alten Eiche Platz, die fast den ganzen Raum zwischen dem Bach und unsrem Hause überschattete. Hier war es, wo dann gemeinhin Tom Purdie, der Förster, zu ihm trat und in langem Vortrag auseinandersetzte, warum dieser oder jener Baum gefällt und diese oder jene Stelle bepflanzt werden müsse. Am andern Morgen nach dem Frühstück zog er sich in eins der obern Zimmer zurück, schrieb oder beendete ein Kapitel des ›Piraten‹ und schickte es direkt zum Druck an seinen Freund und Verleger John Ballantyne. Dann begab er sich in die Plantage oder irgendwohin, wo er sicher sein konnte, einem halben Dutzend unserer Arbeiter zu begegnen, und begann sofort an ihrer Arbeit mit Axt, Säge und Grabscheit teilzunehmen. Gegen Mittag brach er auf, entweder um noch mit uns zu plaudern oder um in Abbotsford Gäste zu empfangen, an denen nie Mangel war.« –

Während uns unser Kutscher noch von »Chiefswood« und Sir Walter nach seiner besten Kenntnis unterhält, haben wir abermals eine Abzweigung des Weges erreicht, von wo aus man bereits die hübschen Ufer des Huntly Bachs und dahinter die sogenannte »Reimer-Schlucht« (Rhymers Glen) erkennt. Beide, Ufer und Schlucht, bezeichnen den Platz, wo »Thomas der Reimer« der Elfenkönigin begegnete, und das vielgesungene altschottische Lied, in welchem diese Begegnung beschrieben wird, hat einen Teil seiner Popularität auch auf den Schauplatz, der uns jetzt zur Seite liegt, übertragen. Die ersten Strophen dieser lieblichen Volksballade lauten wie folgt:

> Der Reimer Thomas lag am Bach,
> Am Kieselbach bei Huntly-Schloß,
> Da sah er eine blonde Frau,
> Die saß auf einem weißen Roß.

> Sie saß auf einem weißen Roß,
> Die Mähne war geflochten fein,
> Und hell an jeder Flechte hing
> Ein silberblankes Glöckelein.

> Und Tom der Reimer zog den Hut
> Und fiel ins Knie; – er grüßt und spricht:
> »Du bist die Himmelskönigin
> Und bist von dieser Erde nicht.«

> Die blonde Frau, sie hält ihr Roß:
> »Ich will dir sagen, wer ich bin,
> Ich bin die Himmelsjungfrau nicht,
> Ich bin die Elfenkönigin.

> Nimm deine Harf und spiel und sing
> Und laß dein bestes Lied erschalln,
> Doch wenn du meine Lippe küßt,
> Bist sieben Jahr du mir verfalln.«

> Und Thomas drauf: »Oh, Königin,
> Zu dienen dir, es schreckt mich kaum«;

Er küßte sie, sie küßte ihn,
Ein Vogel sang im Eschenbaum.

»Nun bist du mein, nun zieh mit mir,
Nun bist du mein auf sieben Jahr«;
Sie ritten durch den grünen Wald,
Wie glücklich Tom der Reimer war.

Sie ritten durch den grünen Wald,
Bei Vogelsang, bei Sonnenschein,
Und wenn sie leis am Zügel zog,
So klangen all die Glöckelein etc.

So klingen auch die zierlichen Verschen. Wir aber, in begreif-
licher Furcht vor einem ähnlichen, mehrjährigen Engage-
ment von seiten der Feenkönigin, wenden dem verführerischen Platze den Rücken zu, und gleich darauf ein Zollhaus
passierend, wo uns, wie auf vaterländischen Chausseen, ein
gelbes Zettelchen als Quittung bürgerlicher Pflichterfüllung
eingehändigt wird, fühlen wir uns plötzlich aus dem Bereich
aller Feen und Geister wieder heraus, als läge der Schlagbaum
wie eine schützende Grenzmauer zwischen uns und ihnen.

Unser Karren rollt weiter und hält erst wieder vor einer
weit ausgedehnten Umzäunung, die uns die Welt wie mit
Brettern verschließt. Wir steigen ab. Ein einfaches Gittertor
öffnet sich und fällt wieder zu; der Rayon von Abbotsford,
ein landschaftliches Bild von nicht gewöhnlicher Schönheit,
liegt vor uns. Des schloßartigen Hauses mit seiner Fülle von
Zinnen und Giebeln werden wir nicht sogleich ansichtig;
»die Romanze in Stein und Mörtel« tritt uns erst entgegen,
nachdem wir ein frei stehendes gotisches Portal passiert haben, das von einem alten Douglas-Schlosse herstammt und
nach Art der römischen Triumphbogen wie ein selbständi-
ger Torbau mitten in den Weg gestellt ist. Wir passieren also
dies Portal und haben nun das berühmte Abbotsford in näch-

ster Nähe vor uns. Wenn der Bau nicht *just so* sein sollte, wie er ist, so würde man sofort ausrufen müssen: »Wie verbaut!« Das Ganze löst sich in eine Unzahl von Teilen auf, und von einer Totalwirkung kann eigentlich keine Rede sein. Die Einzelnheiten drängen sich so vor, daß die Gesamtdimensionen verlorengehen und der Bau um vieles kleiner erscheint, als er in Wahrheit ist. Das Material, aus dem er aufgeführt wurde, ist ein graublauer Basalt, der im Schottischen »Whinstone« heißt; alle Fenster- und Portaleinfassungen aber bestehen aus derbem Sandstein.

Die Lage des Hauses, halb umgeben vom Tweed (der hier eine Biegung macht) und überall von Hügelabhängen, von Baum- und Parkpartien eingeschlossen, ist anziehend und malerisch genug; dieser naturgeschaffenen Romantik sollte aber nachgeholfen werden, und so entstand jenes Kuriosum, zu dessen näherer Betrachtung wir jetzt schreiten. Zunächst die *Außenseite.* Im Prinzip ist zwischen ihr und dem Innern des Hauses nicht der geringste Unterschied, und der Sammel-Charakter, den das Ganze hat, tritt auch äußerlich so entschieden hervor, daß man gelegentlich glauben könnte, die Wände seien von Glas und der Kuriositätenkram, der etwa wie Tulaer Arbeit *äußerlich* in sie eingelassen ist, schimmre von innen durch die Glaswand hindurch. Man hat eine Empfindung wie in Häusern, wo Korridore, Waschkammern und Gesindestuben mit altmodischen Kupferstichen überfüllt sind, weil die Liebhaberei des Besitzers zu einer *Fülle* führte, die er schließlich nicht bewältigen konnte und die er doch wiederum zu hoch hielt, um sich ihrer ohne weiteres zu entäußern. Wie in den Wohnungen jener Landpastoren, die eine Eiersammlung und einen Glasschrank voll ausgestopfter Vögel haben, der Hausflur gemeinhin dazu benutzt wird, um einen Steinadler, einen Alligator oder eine Walfischrippe aufzustellen, so hat Sir Walter Scott alles *das* an die Außenwände seiner romantischen Burg verwiesen, was zu groß, zu massig, zu ungeschlacht gewesen wäre, um unter dem Nipp der Zimmerausschmückung zu erscheinen. Unter diesen Ornamenten im Riesenspielzeugcharakter befindet sich unter andern der *Torflügel* des Tolbooth-Gefängnisses in Edinburg, das im Jahre 1817 niedergerissen wurde. Dies alte, eisenbeschlagene Stück Holz ist wie ein Reliefbild, und zwar in Mittelhöhe der Wand, in die Mauer eingelassen und zeigt dadurch, daß es eine Art eingerahmtes Bildwerk und keine Tür sein will. An einer andern Stelle der Mauer befindet sich ein Spitzbogen*portal* (ebenfalls blind), das aus denselben Steinen gebaut worden ist, die bis zum Jahre 1817 das wirkliche Portal des Tolbooth-Gefängnisses bildeten. Inschriften befinden sich zahlreich an jeder der vier Wandflächen, und die an der Ostseite, die da lautet: »Up with the sutors of Selkirk«, teilt den schmalen Raum einer Sandsteinplatte mit einem darüber befindlichen, roh in den Stein gekratzten Schwert.

Alle diese Dinge, deren *Seltsamlichkeit* ich bereits zu Anfang dieses Aufsatzes betont habe und deren *Absichtlichkeit* keinen besonders günstigen Eindruck möglich macht, sind doch nicht *voll so* seltsamlich, wie sie dem erscheinen müssen, der all die Umstände und Veranlassungen nicht kennt, die den Ankauf oder die Überreichung solcher Kuriositäten begleiteten. Das Steinportal und der hölzerne Torflügel des niedergerissenen Edinburger Tolbooth-Gefängnisses nehmen sich wunderlich genug aus; wenn man aber weiß, daß »Tolbooth-Gefängnis« nur der prosaische Name ist für das, was wir alle unter dem Namen »das Herz von Midlothian« kennen (niemand weiß genau, warum das Gefängnis zu diesem poetischen Namen kam), so ändert sich dadurch die Sache ein wenig, und wir können nicht umhin, es sinnig und liebenswürdig zu finden, daß der Edinburger Magistrat jene beiden Stücke, wie Bausteine oder zwei Reliefbilder, zur Ausschmückung des Ganzen beigesteuert hat. Eine Reihe von Geschichten und Anekdoten muß man stets gegenwärtig haben, um alle diese Schnurren nicht noch schnurriger zu finden, als sie ohnehin schon sind.

Auch das in Stein gekratzte Schwert, mit der Umschrift: »Auf, ihr Schuster von Selkirk«, ist keineswegs bedeutungslos. Die Schuster von *Selkirk* – der Name jener reizenden Stadt und Grafschaft, worin Sir Walter eine Zeitlang als Sheriff fungierte – zeichneten sich in der Unglücksschlacht von Flodden durch ihren Mut und ihre Hingebung aus, etwa wie die vierhundert Pforzheimer in der Schlacht bei Wimpfen. Im Volke hieß es damals, daß die Schlacht durch einen Verrat des Grafen Home verlorengegangen sei, und so entstand jenes Volkslied »Die Schuster von Selkirk«, das sich in den Scottschen Sammlungen vorfindet und folgendermaßen lautet:

> Wir sind die Schuster von Selkirk,
> Und Graf Home, ein Schelm bist du,
> Wir halten's mit Blau und Scharlach
> Und machen einsohlige Schuh.
>
> Zum Teufel alles, was gelb ist,
> Und gelb und grün dazu,
> Aber Vivat für Blau und Scharlach
> Und jeden einsohligen Schuh.
>
> Wir fechten für Blau und Scharlach
> Und den König und unsre Schuh,
> Denn wir sind die Schuster von Selkirk,
> Und Graf Home, ein Schelm bist du.

So das Lied. Hat man diese kleinen Züge und Beziehungen immer gegenwärtig, so wird man um einiges milder in der Beurteilung der ganzen Kollektion. Wir suchen nun einzutreten.

Der Eintritt in die »Kunstkammer«, wie man Abbotsford vielleicht am richtigsten bezeichnet, geschieht durch ein vorspringendes Spitzbogenportal (diesmal nicht blind), das einem der Haupteingänge von Linlithgow-Palace nachgebildet ist.

Wir befinden uns, gleich nach Passierung des Portals, zunächst in einem kleinen niedrigen Vorflur, dessen nüchterne Wände mit allerhand Abbildungen englischer Husaren bedeckt sind. Der älteste, jung verstorbene Sohn Sir Walters war Offizier im 10. Husarenregiment, was die Anwesenheit dieser zahllosen »Husaren auf Vorposten«, »Husaren im Bivouac« etc. erklären mag. Neben dem Vorflur gewahren wir, von der Größe eines mäßigen Wandschranks, eine Art Portierloge, in der ein alter Mann, ohne sich durch unser Erscheinen stören zu lassen, ruhig fortfährt, sein Frühstück zu verzehren und immer neue Schinkenschnitten abzuschneiden. Auf meine allerbescheidenste Anfrage, ob wir die Zimmer Sir Walters sehen können, antwortet er mit einem Knurrton, der, keiner toten oder lebenden Sprache direkt angehörig, unverkennbar ausdrückt, »daß wir gefälligst warten möchten, bis er fertig sei«. Dieser unkompläsante alte Herr war zu Lebzeiten Sir Walters eine Art Förster und Waldhüter und, was mehr sagen will, ein besonderer Liebling seines Herrn gewesen. An der Hand dieses Alten begannen wir nun unsere Wanderung.

Aus dem Vorflur mit seinen Husarenbildern traten wir in die große »*Halle*«, deren Fußboden aus einer Art Steinparquet von schwarzem und weißem hebridischen Marmor besteht, während die Wände mit alten, reich geschnitzten Eichenpaneelen aus Roslin-Chapel und dem alten Königspalaste in Dunfermlin bekleidet sind. Das Dach oder die Decke der Halle setzt sich aus Bögen von buntbemaltem Eichenholz zusammen. Zwischen diesen Bögen befinden sich die Wappenschilde der Scottschen Familie und aller derer, mit denen Walter Scott für gut fand verwandt sein zu wollen.

Am Fries der Halle laufen in langer Reihe andere Wappenschilde hin, die in bunten gotischen Buchstaben die gemeinschaftliche Inschrift tragen: »Dies sind die Wappen all der Clans und Häuptlinge, die in alter Zeit die schottischen

Marken (das Grenzland) für den König wahrten und hielten. Sie waren treue Männer ihrer Zeit, und fest, wie sie standen, so stand Gott zu ihnen.« Die verschiedenen Wappen gehören folgenden acht Familien an: den Douglasses, Kers, Scotts, Turnbulls, Maxwells, Chisholms, Elliots und Armstrongs – lauter Namen, die in den alten Balladen des Landes wie in den Dichtungen Walter Scotts vielfach genannt werden.

Aus der Halle treten wir in Walter Scotts *Studier-* und *Arbeitszimmer*. Die Mehrzahl seiner Romane wurde hier entweder komponiert oder niedergeschrieben. Das Zimmer macht durchaus den Eindruck des Wohnlichen und Behaglichen. Die Möblierung und Ausstattung ist gediegen, aber nicht reich und überladen. Der Arbeitstisch und ein lederüberzogener Armstuhl stehen noch an alter Stelle; einige Nachschlagebücher sind dicht zur Hand, und eine leichte Galerie von Gußeisen (tracery work) umläuft, in Mittelhöhe des Zimmers, drei Seiten desselben und erleichtert das Herabnehmen der Bücher.

Nischenartig abgezweigt von dem Studierzimmer und kaum so groß wie eine Schiffskoje, befindet sich neben demselben eine Art Cabinet, worin – in derselben Weise, wie man in Greenwich den besternten Rock Lord Nelsons aufhebt, den er trug, als ihn die Todeskugel aus dem Mastkorb des »Redoutable« traf – unter einem Glaskasten das letzte Sommerkostüm Sir Walters aufbewahrt wird. Es ist sehr elegant und zeigt, neben vielem andern, wie großes Gewicht der Verstorbene auf Äußerlichkeiten legte. Dies Kostüm besteht aus einem olivenbraunen Frack mit Stahlknöpfen, weiß und schwarz kariertem Beinkleid (das bekannte Plaidmuster), braunen Gamaschen, gestreifter Samtweste und grauem, langhaarigem Seidenhut. Die feierliche Empfindung, mit der ich diese Sachen betrachtete, wurde durch die profane Bemerkung »all newly washed«, womit ein süffisanter Londoner Cockney sich selbst und das Maß seines Witzes beglaubigte, rasch unterbrochen, und wir verließen die Kabine ziemlich verstimmt, um nunmehr in das Bibliothekzimmer einzutreten.

Die Bibliothek ist ein sehr geräumiges und reich verziertes Zimmer, für dessen Dimensionen die 20 000 (meist sehr schön gebundenen) Bände sprechen, die mit ihren goldbedruckten Lederrücken so sauber geordnet um einen her stehen, als befände man sich in der berühmten Leserotunde des Britischen Museums. Viele dieser Bände sind außerordentlich selten und kostbar; ein wesentlicher Bruchteil der ganzen Bibliothek besteht aus Werken über schottische Altertümer und Hexengeschichten. Über dem Kamin befindet sich das Porträt von Sir Walters ältestem Sohn, dem schon erwähnten Husarenoffizier; die Züge sind fein, aber weichlich, fast kränklich, und der kecke Husarenschnurrbart, den man bekanntlich ebensogut im Ausdruck des Auges wie über der Oberlippe haben kann, fehlt diesem feinen Gesichtchen an beiden Stellen gleich sehr. In einer der Ecken steht eine Silberurne auf einem Porphyrpostament, die Urne selbst ein Geschenk von Lord Byron. Außerdem befinden sich die Büsten Shakespeares und Sir Walters im Zimmer, die letztere (von der Hand Chantreys) natürlich erst *nach* seinem Tode aufgestellt.

Aus der Bibliothek treten wir in das Gesellschaftszimmer und aus diesem, das außer seinen Zederholzpaneelen und reichem Schnitzwerkmobiliar nichts Besonderes bietet, in die *Waffensammlung* oder *Rüstkammer*.

Diese Rüstkammer (armoury) besteht aus zwei Hälften, die durch eine Wand geschieden sind. Die breite, weit offen stehende Tür aber läßt beide Zimmer als eines erscheinen. Beide Räume sind sehr niedrig, die Decke (Holzwerk) im Tudorstil, und die Fenster mit Glasmalereien bedeckt. Hier, wie sich denken läßt, treffen wir auf den Kern, auf die Kuriosissima des Kuriosums. Die Wände sind mit Raritäten bedeckt, und jede Ecke ist benutzt. Unter den Gegenständen, die einer besonderen Notiznahme wert sind, nenne ich folgende: das Schwert, das Karl Stuart dem Marquis von Montrose überreichte; eine Pistole Grahams von Claverhouse, des bei Killiecrankie gefallenen Stuart-Parteigängers, von dem seine Feinde, die Puritaner, sagten: »das Wasser beginne zu zischen, sooft er ein Bad nehme«; ein eiserner Kasten, der in der Kapelle Maries von Guise (der Mutter Maria Stuarts) auf Edinburg-Castle gefunden wurde; ein Pulverhorn Jakobs VI.; die Pistolen Napoleons, die nach der Schlacht von Waterloo in seinem Wagen erbeutet wurden; ein Stutzen Andreas Hofers und die Flinte Rob Roys mit den eingravierten Anfangsbuchstaben seines gälischen Namens.

Aus der Rüstkammer treten wir in das angrenzende *Eßzimmer,* das, statt allen andern Schmucks, ein halbes Dutzend sehr wertvoller Gemälde enthält, und zwar Porträts von Lord Essex (dem Günstling der Elisabeth), Cromwell, Claverhouse, Karl II., Karl XII. von Schweden, Maria Stuart, Rob Roy etc.; außerdem mehrere Ahnenbilder der Familie Scott. Unter diesen zeichnet sich das Porträt eines Alten aus, der in der Familie unter dem Namen »Lang-Bart« fortlebt, weil er nach der Hinrichtung Karls I. gelobt hatte, seinen Bart nicht mehr scheren zu lassen. In diesem Zimmer starb Sir Walter. Es ist dasselbe, in dem sich auch, wie in einem Uhr- und Juwelierladen, ein sechseckiger, großer Glaskasten befindet, der tischartig auf einem schweren Mahagonifuß ruht. In diesem Glaskasten präsentieren sich weitere Raritäten: ein Riechfläschchen der Maria Stuart, ein ledernes Geldtäschchen (nach Art eines modernen Portemonnaies) des Rob Roy, ein Paar goldene Sporen, die Prinz Charlie trug, verschiedene Miniaturporträts des Prätendenten und ein in grünen Sammet gebundenes Album Napoleons I., ebenfalls bei Waterloo erbeutet. Bei all diesen Dingen genügt die Aufzählung; nur über das vorgebliche Porträt der Maria Stuart sei noch ein Wort gestattet. Es ist das abgeschlagene Haupt der unglücklichen Königin, das auf einer Metallschüssel ruht. In der rechten Ecke steht der Name »Fotheringhay«, als sei der Maler bei der Hinrichtung zugegen gewesen und habe unmittelbar nach derselben und an Ort und Stelle dies Bild angefertigt. Das Ganze erscheint mir aber als eine grobe Täuschung; das Bild ist aller Wahrscheinlichkeit nach ein ganz modernes Produkt oder aber die Leistung eines italienischen Meisters, vielleicht der abgeschlagene Kopf der Beatrice Cenci, die man hinterher umgetauft und nolens volens zu einer Maria Stuart gemacht hat.

An der Tür des Eßzimmers verabschiedeten wir uns von unserem Wildhüter und traten wieder ins Freie. Wir atmeten auf in der frischen Luft und fühlten uns wie von einem leisen Drucke befreit. Welcher Art dieser Druck war, worin er seinen eigentlichen Grund hatte, ist schwer zu sagen. Ob es die schwüle Luft der Zimmer oder die geistige Atmosphäre der »Romanze in Stein und Mörtel« war, ich mag es nicht entscheiden; vielleicht wirkte beides zusammen. Als der Dichter selbst noch lebte, er, dem diese Dinge etwas bedeuteten, eine Herzenssache waren, belebten sie sich unter dem lebendigen Wort, das er ihnen entgegentrug, wie die alte Sage Fels und Baum unter dem Klang der Leier lebendig werden läßt; jetzt aber, wo diese Klänge schweigen, sind die Steine wieder Stein, und selbst derjenige, der mit schottischer Dichtung und Geschichte wohlvertraut ist, schreitet durch diese Zimmer hin wie durch die Säle eines Wachsfigurencabinets.

Ich schied von der »Romanze in Stein und Mörtel« ohne besondere Gehobenheit der Stimmung, jedenfalls ohne alle Begeisterung; dennoch blick ich mit Freuden auf jenen stillen grauen Tag zurück. Die Fahrt nach Abbotsford war eine Pilgerfahrt, eine erfüllte Pflicht, ein Zug, zu dem das Herz drängte. Was wäre der Ruhm Schottlands ohne die Erscheinung Walter Scotts! Er hat die Lieder seines Landes gesammelt und die Geschichte desselben durch eigene Dichtungen unsterblich gemacht. Eine volle und reine Befriedigung gewährt es mir jetzt, das Zinnen- und Giebelhaus durchwandert zu haben, das *auch* eine Schöpfung seines dichterischen Genius war und das – wie weit es gegen andere Schöpfungen seines Geistes zurückstehen mag – doch immer die Stätte bleibt, wo *der Wunderbaum der Romantik* seine schönsten und vor allem seine *gesundesten* Blüten trieb.

Zu diesem Band

Der vorliegende Band wird mit Fontanes Bericht über seine erste Reise nach England im Frühjahr 1844 eingeleitet; der Text, zu Lebzeiten nicht veröffentlicht, folgt dem handschriftlichen Original im Theodor-Fontane-Archiv Potsdam. Er enthält ferner Reisefeuilletons, die der Autor zwischen 1852 und 1859 über Erlebnisse und Eindrücke in England und Schottland schrieb. Er sammelte sie unter den Titeln »Ein Sommer in London« (1854) sowie »Jenseit des Tweed. Bilder und Briefe aus Schottland« (1860). Dem erstgenannten Band lag vor allem sein Besuch von April bis September 1852 zugrunde; der zweite entstand im Anschluß an eine vierzehntägige Reise durch Schottland im August 1858.

Zu einer Auswahl aus diesen beiden Büchern sind weitere Arbeiten gestellt, in denen sich Fontane während seines dritten England-Aufenthalts (1855–1859) mit anderen Aspekten Londoner Lebens und englischer Geschichte beschäftigte und über Exkursionen nach Manchester (zur Kunstausstellung) und Oxford berichtete. Der Aufsatz-Zyklus »Von der Weltstadt Straßen« – von den sieben Teilen werden vier abgedruckt – erschien im Juni/Juli 1858 in der »Neuen Preußischen (Kreuz-)Zeitung«; »Waltham-Abbey« war bereits am 28. Juli 1857 im selben Blatt veröffentlicht worden. Von den zwölf Berichten »Aus Manchester«, die vom Juli bis November 1857 in der »Zeit. Neuste Berliner Morgenzeitung« standen, wurden vier Texte ausgewählt. Die Studie über »Oxford« – im Original vierteilig – brachte die Wiener Zeitschrift »Das Vaterland« vom 3. bis 12. Januar 1861.

Nachbemerkung

An Fontane als anregenden literarischen Begleiter durch die Mark Brandenburg hat man sich längst gewöhnt, und viele, die nie einen Roman von ihm gelesen haben, folgen mit Gewinn und Vergnügen den Exkursionen, die er in seinen »Wanderungen« in Geschichte, Landschaft und Kultur unternimmt. Daß er indes auch ein unterhaltsamer Führer durch Teile Englands und Schottlands ist, ja daß er die spezifische Art seiner Land- und Leute-Schilderung zuerst auf der britischen Insel erprobt und entwickelt hat, darauf möchte dieser Band aufmerksam machen.

Fontane war ein vorzüglicher Kenner englisch-schottischer Historie. Schon im anekdotenreichen Unterricht des Vaters begegnet er Maria Stuart und den Percys; Shakespeares Königsdramen hat er verschlungen und den »Hamlet« bereits bemerkenswert eigenständig ins Deutsche übersetzt, als er 1844, für 14 Tage, zum ersten Mal leibhaftig ins Gelobte Land seiner Phantasie kommt. Entsprechend begeistert fällt sein Bericht aus, der aber gleichwohl – in der unverkennbaren Nachfolge von Heines »Reisebildern« – an witzig-ironischen Beobachtungen, an brisanten politischen Reflexionen und höchst privaten Geständnissen nicht spart und zu den vorzüglichsten Texten des frühen Fontane gehört. Dem ersten Abstecher des fünfundzwanzigjährigen Apothekers folgt 1852 ein Studienbesuch von einem halben Jahr, in dem der junge Ehemann und Vater sich als Korrespondent und Sprachlehrer zu etablieren versucht. Ab 1855 schließlich bleibt er für mehr als drei Jahre als offiziöser Journalist der preußischen Regierung in London.

Fontanes England-Enthusiasmus reduziert sich von Reise zu Reise. Er regt sich über die Einförmigkeit des Essens auf (»Hammel und Lachs und Lachs und Hammel«), leidet fürchterlich unter kaum geheizten Zimmern und undichten Fenstern. Aber über allen Alltagsärger hinweg, der durch die unsicheren Berufsaussichten und die familiären Sorgen verstärkt wird, fasziniert ihn der funktionierende Organismus der Weltstadt London. Da gibt es Kanalisation und WC statt der offenen Rinnsteine und der Plumpsklos in Berlin. Fontane genießt den Gegensatz zwischen dem heimatlichen Provinznest und der Metropole eines riesigen Kolonialreichs, zwischen der bedrückenden Atmosphäre der »Reaktionszeit« in Preußen und dem liberalen Viktorianischen England mit seiner üppigen Blüte von Wirtschaft und Wissenschaft, Technik und Kultur. Genüßlich beobachtet er den rasanten Verkehr in der Hauptstadt vom Oberdeck der Pferdeomnibusse aus – eine frühe Übung für den berühmten Wanderer, der bekanntlich am liebsten fuhr. Die Londoner Shakespeare-Inszenierungen fesseln ihn, der von den Berliner Bühnen nur mager-akademische Kost gewöhnt ist; Ausstellungen mit neuester Malerei in London und Manchester besucht er mit größtem, durchaus sachkundigem Interesse. Und über all seine Eindrücke berichtet er hingerissen und hinreißend – in seitenlangen Briefen an Frau, Freunde und Vorgesetzte und vor allem in vorzüglichen Feuilletons und Korrespondenzen für verschiedene Berliner Zeitungen.

Die Texte, vor gut 150 Jahren entstanden und nur teilweise in dem Buch »Ein Sommer in London« (1854) gesammelt, haben nichts von ihrem einladenden Charme eingebüßt. Gern nimmt man an den Reiseerlebnissen des jungen Mannes im Jahre 1844 teil, und es ist aufschlußreich und amüsant, seine forschen Urteile mit eigenen Erfahrungen zu vergleichen.

Man folgt dem Autor beim »Gang durch den leeren Glaspalast«, der 1851 die sensationelle Weltausstellung beherbergte, genauso wie bei seiner vergnüglichen Tour durch die Wein- und Sherry-Lager in den Docks-Kellern. Die obligatorische Visite im Tower beschert unter Fontanes Leitung ungewohnte Aspekte, und die Darstellung der »öffentlichen Denkmäler« gerät zu einer kritisch-ironischen Revue. Nicht zu vergessen die Ausflüge, deren Beschreibung der spätere Verfasser der »Wanderungen« schon jetzt zu einer Spezialität macht: Windsor und Greenwich, Richmond und Hampton Court, Oxford und Manchester, Liverpool und Chester und nicht zuletzt: Schottland. Die zwei Wochen, die Fontane im Sommer 1858 im Lande von Macbeth und Walter Scott zubrachte, zählte er zeitlebens zu den Höhepunkten seiner England-Jahre, und in seinem Buch »Jenseit des Tweed« (1860) hat er einen romantisch verklärten Bericht darüber gegeben.

Fontane wußte genau, welchen geistigen Vorsprung ihm die Eindrücke in Schottland wie die Erfahrungen in England gegenüber seinen Berliner Freunden verschafften. Er lernte aus eigner Anschauung, »daß hinterm Berg auch Leute wohnen, und mitunter noch ganz andere«, und wie problematisch, wenn nicht gefährlich aller borniert Provinzialismus ist. In seinem letzten Roman hat er die Bedeutung des England-Erlebnisses auf die bündige Formel gebracht: »An der Themse wächst man sich anders aus als am Stechlin.« Weltsicht und Weitsicht hat der gebürtige Märker in seinen »englischen Sommern« trainiert, und seine Aufzeichnungen darüber haben den »Zauber dieses Londoner Lebens« festgehalten – noch heute nachvollziehbar.

Die vorliegende Auswahl will Fontanes Empfehlungen an heutige Leser weitergeben. Dabei wird bleiben, was Fontane am 29. Mai 1852 an seine Frau schrieb: »eine große Rückerinnerung für Dein ganzes übriges Leben«.

Gotthard Erler

Theodor Fontane
»Mehr als Weisheit aller Weisen galt mir reisen, reisen, reisen.«

Wanderungen durch die Mark Brandenburg

Viele entdecken es neu, das »alte romantische Land« der Mark Brandenburg mit seinen landschaftlichen Reizen und architektonischen Schönheiten, seinen Menschen und ihrer Geschichte. Dabei lohnt es immer, bei Fontane nachzuschlagen. Seine amüsant beschriebenen Touren laden zum Entdecken und Genießen ein.
Hrsg. von Gotthard Erler und Rudolf Mingau. 7 Bände in Kassette. AtV 5290
Die Ausgabe in Leinen enthält als einzige Edition zwei weitere Bände mit unbekannten Fontane-Texten im Umkreis der »Wanderungen« sowie einen Registerband.

Eine Sehnsucht im Herzen
Impressionen aus Italien

»Wer alles zwingen will, wird nur konfus.« Dieser von ihm selbst aufgestellten Maxime folgte Fontane auch auf seinen beiden Italienreisen. Er scheute sich nicht, berühmte Sehenswürdigkeiten links liegenzulassen und scheinbar unantastbaren Kunsturteilen seinen Respekt zu versagen. Doch die Schönheit der südlichen Landschaft und das Treiben in den italienischen Städten bezauberte auch ihn.
Hrsg. von Gotthard Erler. 171 Seiten. AtV 5289

Ein Sommer in London

London, die pulsierende Metropole, hat Fontane ein Leben lang fasziniert. Dabei lagen Überschwang und Enttäuschung dicht beieinander. Während ihn das dynamische Großstadtleben, die grandiosen Bauwerke und die idyllische Schönheit der Londoner Umgebung begeisterten, stieß ihn die unerbittliche Jagd nach dem Geld ab. In seinen Feuilletons verband er den spontanen Eindruck mit dem historischen Rückblick, die Sachinformation mit der subjektiven Berichterstattung.
Mit einem Nachwort von Rudolf Muhs. 210 Seiten. AtV 5276

Im Paris des Nordens
Impressionen aus Dänemark

Fontane erheitert uns mit seinen unkonventionellen Betrachtungen und den nie langweilenden Beschreibungen von Schlössern und Museen oder den berühmten Vergnügungsstätten Tivoli und Alhambra in Kopenhagen. Zu Wort kommt der erfahrene Reisende, der Geschichtskundige und Kunstenthusiast, vor allem aber der Menschenbeobachter, der vergleicht und seine Schlüsse zieht.
Hrsg. von Gotthard Erler. 218 Seiten. AtV 5298

Mehr Informationen über die Bücher von Theodor Fontane erhalten Sie unter www.aufbau-verlag.de

AtV

Theodor Fontane:
»Wenn es einen Menschen gibt, der für Frauen schwärmt, so bin ich es.«

Cécile

Cécile, die Frau des Obersten a. D. von St. Arnaud, genießt den Aufenthalt in dem Harzer Luftkurort Thale. Die Gäste des »Hotels Zehnpfund« huldigen ihrer Liebenswürdigkeit und Schönheit, allen voran der weltgewandte Ingenieur von Gordon-Leslie. Nach vier idyllischen Sommertagen wechselt die Szenerie nach Berlin, dem Ort der Katastrophe, die das Leben dreier Menschen zerstört.
Roman. 208 Seiten. AtV 5262

Effi Briest

Die siebzehnjährige Effi Briest heiratet den einundzwanzig Jahre älteren Baron von Innstetten. Zum Ministerialrat befördert, zieht er mit seiner jungen Frau und dem Kind nach Berlin. Nach sieben Jahren löst der Zufall ein Geschehen von zerstörerischer Unerbittlichkeit aus. Fontanes Roman ist ein Meisterwerk von unvergänglicher Wirkung.
Roman. 336 Seiten. AtV 5266

Mathilde Möhring

Mathilde, eine ehrgeizige, aber reizlose junge Frau, wittert in dem verbummelten Jurastudenten Hugo Großmann, der als »möblierter Herr« in die Georgenstraße 19 zieht, ihre Chance. Sie bugsiert ihn durch das Examen, macht den Posten eines Kleinstadtbürgermeisters ausfindig und ist der gute Geist seiner Kommunalpolitik. Als er plötzlich stirbt, richtet sie ihren Ehrgeiz auf sich selbst.
121 Seiten. AtV 5267

Stine

Bei der jungen temperamentvollen Witwe Pittelkow steigt wieder mal eine Fete. Angesagt hat sich der alte Graf und Lebemann samt seinem Neffen, dem jungen Baron von Haldern. Vom stillen Wesen der gegensätzlichen Schwester Paulines angezogen, nimmt der kränkliche Waldemar alle Kraft zusammen und macht Stine einen Heiratsantrag. Doch diese weiß es besser.
112 Seiten. AtV 5264

Mehr Informationen über die Bücher von Theodor Fontane erhalten Sie unter www.aufbau-verlag.de

A*t*V

Lion Feuchtwanger:
»Seine Romane sind alle eine Empfehlung wert.« Münchner Merkur

Die Jüdin von Toledo
La Fermosa, die Schöne, so wurde im mittelalterlichen Spanien Raquel, die Tochter des angesehenen Juden Jehuda Ibn Esra genannt. Bei König Alfonso erwacht bald eine tiefe Leidenschaft für die gebildete, tolerante junge Frau, und was für Raquel als politisches Opfer im Interesse der Vernunft und des Friedens begann, wächst auch bei ihr zu einer stürmischen Liebe für den kühnen, lebensfrohen König.
Roman. 511 Seiten. Mit einer Nachbemerkung von Gisela Lüttig.
AtV 5615

Die häßliche Herzogin
Margarete, Herzogin von Tirol, zwingt selbst ihren Gegnern Achtung ab. Doch ihre groteske Häßlichkeit, die ihr den Namen »die Maultasch« einträgt, vergiftet ihr Leben und macht sie zum Gespött der Leute. Im Kampf gegen ihr abstoßendes Gesicht sucht Margarete auf grausame Weise zu erlangen, was der Schönheit von selbst zufällt: Anerkennung, Macht, Liebe.
Roman. 270 Seiten. Mit einer Nachbemerkung von Gisela Lüttig.
AtV 5605

Jud Süß
Der ehrgeizige, in die Intrigen am württembergischen Fürstenhof verstrickte Finanzmann Jud Süß gehört zu den schillerndsten Figuren aus Feuchtwangers historischen Romanen. Sein Schicksal erscheint als Gleichnis für die Sinnlosigkeit allen Machtstrebens.

Das mehrfach verfilmte Buch wurde ein Welterfolg.
Roman. 540 Seiten. Mit einer Nachbemerkung von Gisela Lüttig.
AtV 5600

Goya
oder Der arge Weg zur Erkenntnis
Der spanischen Inquisition sind die »Caprichos« des Malers Francisco de Goya überbracht worden, ketzerische Zeichnungen, Impressionen des Schreckens, visionäre Bilder der Anklage. Es scheint eine Frage der Zeit, bis das Heilige Tribunal den Ketzer und sein Werk vernichten wird. Aber die kühne, eigenwillige Kunst Goyas triumphiert über den Geist klerikaler Willkür.
Roman. Mit einer Nachbemerkung von Gisela Lüttig. 661 Seiten. AtV 5613

Mehr Informationen über die Bücher von Lion Feuchtwanger erhalten Sie unter www.aufbau-verlag.de oder bei Ihrem Buchhändler

A*t*V

Hans Fallada:

»Ich muß arbeiten, wie der Seidenwurm seinen Faden spinnen muß«

Geschichten aus der Murkelei
Diese Geschichten erfand Fallada
für seine eigenen Kinder, durchaus mit pädagogischen Absichten.
Den Ängstlichen machen sie
Mut, die Angeber werden verspottet und die Gedankenlosen
zum Nachdenken gebracht. Auf
vergnügliche Weise lehren sie,
alles Lebende zu achten und die
Welt mit Phantasie zu sehen.
*Mit einem Nachwort von Sabine
Lange. 158 Seiten. AtV 5304*

Fridolin, der freche Dachs
*Eine zwei- und vierbeinige
Geschichte*
Wenn der Dachs Fridolin nicht
vom frechen Fuchs Isolein aus
seiner behaglichen Höhle vertrieben worden wäre, hätte er der berühmteste Dachs der Welt werden
können: nämlich das faulste, verschlafendste und griesgrämigste
Exemplar seiner Gattung. Aber
nun muß er sich auf den Weg
machen, eine schöne neue Wohnung zu finden. Dabei hat er die
seltsamsten Erlebnisse, ganz besonders ärgerliche aber mit der
Familie Ditzen, die mit Fridolins
kulinarischen Exzessen in ihrem
Maisfeld gar nicht einverstanden
ist.
140 Seiten. AtV 5325

Damals bei uns daheim
*Erlebtes, Erfahrenes und
Erfundenes*
Erfahrenes und Erfundenes
mischen sich hier auf vergnügliche Art. Fallada erzählt von den
heiteren, schnurrigen Seiten seiner Kindheit und Jugend im
»reichsgerichtlichen« Elternhaus
im Berlin des ausgehenden 19.
Jahrhunderts. In bunten, anschaulichen Bildern berichtet er von
Familienfeiern, kindlichen
Freundschaften und Nöten und
von den Zwängen der Wilhelminischen Schulsystems.
369 Seiten. AtV 5323

Altes Herz geht auf die Reise
Professor Gotthold Kittguß will
sich nach 25 Lehrerjahren nur
noch dem Studium der Heiligen
Schrift widmen. Aber plötzlich
erhält er eine Botschaft: Rosemarie, das längst vergessene Patenkind, braucht Hilfe. Also
macht sich Professor Kittguß auf
die beschwerliche Reise. Nach
heftigen Turbulenzen und ungeahnten Verwicklungen wendet
sich auf heitere Weise alles zum
Guten, und auch des Professors
Lebensweg erhält eine unvermutete Wendung.
Roman. 303 Seiten. AtV 5314

A*t*V

»Brigitte Reimann taucht nun auf wie ein Phoenix aus der Asche.« Der Spiegel

Franziska Linkerhand
Zehn Jahre schrieb Brigitte Reimann an diesem Roman über eine lebenshungrige, kompromißlose, von einer Vision und einer Liebe besessenen Architektin. Obwohl unvollendet, zählt er zu den wichtigsten und schönsten Büchern der deutschen Gegenwartsliteratur. Die ungekürzte Ausgabe zeigt eine freimütigere, illusionslose Franziska – radikal wie ihre Autorin in den Tagebüchern. – »Ein aufregendes, aufwühlendes Buch.« FAZ
Roman. Ungekürzte Neuausgabe. Mit einem Nachwort von Withold Bonner. Bearbeitung und Nachbemerkung von Angela Drescher.
639 Seiten. AtV 1535

Ich bedaure nichts
Tagebücher 1955–1963
»Ein Parlando, in dem der Odem großer Literatur weht. Ich kann mich nicht erinnern, das Buch einer Frau in deutscher Sprache gelesen zu haben, in dem die Sehnsucht nach Liebe mit einer solchen Sinnlichkeit und Intensität gezeigt wurde. Dieses Buch hat die Qualität eines Romans und die Vorzüge eines Tagebuchs. Es hat mich ergriffen.«
Marcel Reich-Ranicki im Literarischen Quartett
Herausgegeben von Angela Drescher.
429 Seiten. AtV 1536

Alles schmeckt nach Abschied
Tagebücher 1964–1970
Es war der scharfe, auch gegen sich selbst unerbittliche Blick der Schriftstellerin Brigitte Reimann, der uns mit den Tagebüchern ein einzigartiges Lebenszeugnis hinterlassen hat: die beeindruckende Biographie einer leidenschaftlichen, extravaganten Frau und zugleich ein Zeitdokument, das Geist und Stimmung einer ganzen Periode der ostdeutschen Nachkriegsgeschichte einfängt.
Herausgegeben von Angela Drescher.
464 Seiten. AtV 1537

**BRIGITTE REIMANN
CHRISTA WOLF
Sei gegrüßt und lebe**
*Eine Freundschaft in Briefen
1964–1973*
Brigitte Reimann und Christa Wolf lernten sich 1963 kennen. Es war der Beginn einer Freundschaft zweier eigenwilliger Frauen, die sich in ihrem Anderssein akzeptierten. Für beide waren es krisenhafte Jahre, durchzogen von persönlichen Konflikten, bedrohlichen Erkrankungen und politischen Spannungen. Vom Tod überschattet, handelt ihre Korrespondenz gleichwohl vom intensiven Leben, zu dem eine der anderen Mut macht.
Herausgegeben von Angela Drescher.
190 Seiten. AtV 1532

A^tV

Eva Strittmatter ist Deutschlands erfolgreichste Lyrikerin

Zwiegespräch

Ich bin ich, heißt es in diesen Gedichten: mal trotzig-entschlossen, mal vorsichtig tastend, als wäre das Ich-Sagen behutsam einzuüben. Die hier spricht kennt ihre Rolle genau, ihre Pflichten im Alltag der Gewohnheit. Aber da gibt es noch das andere Ich, das ausscheren möchte aus den Konventionen, leicht sein und einfach leben: im südlichen Licht oder in der heimlichen Freiheit der Einsamkeit.
Gedichte. 132 Seiten. AtV 1323

Mondschnee liegt auf den Wiesen

Voll bohrender Unruhe wird in diesen Gedichten die Vergänglichkeit der Zeit reflektiert. Was ist geschehen mit den großen Erwartungen an das Leben? Eva Strittmatters eindringliche Fragen sind zugleich Annäherungen an Antworten: Die Dichterin bringt ihre Erfahrungen und Konflikte in anrührende, intensive Bilder.
Gedichte. 166 Seiten. AtV1324

Die eine Rose überwältigt alles

Die Gedichte rebellieren gegen den täglichen Tod durch Selbstaufgabe und Gewöhnung. Wie ist die Balance zu finden? Eva Strittmatter spricht von den Widersprüchen, die dabei auszuhalten sind und von den Wurzeln ihrer Kraft: Die liegen in der Bereitschaft, sich offen zu halten für die Signale der Welt.
Gedichte. 140 Seiten. AtV 1321

Briefe aus Schulzenhof 1965–1992

Die Briefe berichten vom Alltag in Schulzenhof, vom Leben Eva und Erwin Strittmatters, von den Höhen und Tiefen ihres literarischen Schaffens. Ein Kompendium an Lebensäußerungen, gerichtet an Freunde, Schriftstellerkollegen, Leser, Maler, an die Söhne.
3 Bände in Kassette. 1319 Seiten. AtV 1325. Alle Bände auch einzeln erhältlich

Liebe und Haß

»Es handelt sich um die Krönung ihres lyrischen Werkes. Lange mußte gewartet werden, bis eine Dichterin deutscher Sprache nach Gertrud Kolmar und Ingeborg Bachmann die Poesie wieder als Freiheitsgewinn, das Leben als sinnliche Entdeckung und die Natur als Raum eigener Gestaltung zu formulieren vermochte. «
LAUSITZER RUNDSCHAU
Die geheimen Gedichte. 1970–1990. 186 Seiten. AtV 1330

Weitere Informationen über Eva Strittmatter erhalten Sie unter www.aufbau-verlag.de oder in Ihrer Buchhandlung

AtV

»Erwin Strittmatter hat uns den Himmel gezeigt überm Tellerrand« DIE ZEIT

Der Laden

»Es ist die Dorfchronik eines großen Epikers, der in einem abgelegenen, halbsorbischen Winkel die Welt spiegelt. Bossdom – ein Kosmos; was Menschen irgend geschehen kann, geschieht ihnen hier; wie Menschen sein können, so sind diese Dörfler.« DIE ZEIT

»Im Kleinen das Große erkennen und zeigen und beschreiben – das hat Strittmatter getan, gleich Tolstoi, Hesse, Faulkner, Proust, Emerson.« SÜDDEUTSCHE ZEITUNG

Romantrilogie. 3 Bände in Kassette. Mit 24 Filmfotos. 1496 Seiten. AtV 5420. Alle Bände auch einzeln erhältlich

Der Wundertäter

Der große Schelmenroman zeichnet den schwierigen Weg des Stanislaus Büdner aus Waldwiesen vom poetisierenden Bäckergesellen zum kritischen Schriftsteller nach. Mit Erwin Strittmatters unverwechselbarer Erzählkunst aus Poesie, Menschenkenntnis und Humor gehört sie zu den großen Werken der neueren deutschen Literatur.

Romantrilogie. 3 Bände in Kassette. 1555 Seiten. AtV 5426. Alle Bände auch einzeln erhältlich

Ole Bienkopp

»Ole Bienkopp« zählt zu den schönsten und wichtigsten Strittmatter-Romanen, nachdem er in den sechziger Jahren für heiße Diskussionen sorgte, weil sein Held politisch nicht opportun war.

Ole trifft auf Vorurteile und Neid, als er seinen Traum von der gerechten Welt verwirklichen will. Voll Trotz und Zorn tritt er gegen die Bürokraten an.

Roman. 418 Seiten. AtV 5404

Vor der Verwandlung

Aus Manuskriptteilen und Bändern im Diktiergerät hat Eva Strittmatter nach dem Tode ihres Mannes dieses Buch zusammengestellt. »Ein Abschiedsbuch, wie es bewegender nicht sein kann.« FRANKFURTER RUNDSCHAU

Aufzeichnungen. Hrsg. und mit einem Nachwort von Eva Strittmatter. 173 Seiten. AtV 5431

Wie der Regen mit dem See redet

Das Strittmatter-Lese-Buch zeigt den großen Epiker in seiner einmaligen Mischung aus Poesie, Philosophie, Weisheit und Humor. Die Auswahl aus dem Gesamtwerk zum Selberlesen und Weiterverschenken folgt Strittmatters Leben von der Kindheit über die Kriegs- und Nachkriegszeit bis zum Leben in Schulzenhof.

Das große Erwin-Strittmatter-Buch. Hrsg. von Klaus Walther. 425 Seiten. AtV 5434

Weitere Informationen erhalten Sie unter www.aufbau-verlag.de oder in Ihrer Buchhandlung

A*t*V

Starke Geschichten.
Historische Romane bei AtV

DONNA W. CROSS
Die Päpstin
Der Bestseller: Millionen haben sie verschlungen, die mitreißende Geschichte der Päpstin Johanna von Ingelheim. »Donna W. Cross erzählt Johannas Geschichte als spannendes und historisch glaubwürdiges Beispiel einer unglaublichen Emanzipationsgeschichte.« BRIGITTE
Roman. Aus dem Amerikanischen von Wolfgang Neuhaus. 566 Seiten. AtV 1400. Audiobuch: Hörspiel mit Angelica Domröse, Hilmar Thate u. a. DAV 069

FREDERIK BERGER
Die Geliebte des Papstes
Rom, Ende des 15. Jahrhunderts: Der Adlige Alessandro befreit die junge Silvia aus der Hand von Wegelagerern. Beide spüren, daß sie ein besonderes Schicksal verbindet. Erst drei Jahre später treffen sie sich wieder. Sie lieben sich noch immer, Silvia ist aber einem anderen versprochen. Doch Alessandro gibt nicht auf. »Das ist beste Spannungslektüre voller Abenteuer, Leidenschaft und Sinnlichkeit und – das alles beruht dennoch auf Tatsachen!« WILHELMSHAVENER ZEITUNG
Roman. 568 Seiten. AtV 1690

PHILIPPA GREGORY
Die Farben der Liebe
Die Geschichte einer verbotenen Liebe während der Zeit des Sklavenhandels in England: Francis, ungeliebte Ehefrau eines Bristoler Kaufmanns, soll für ihren Gatten Sklaven von der Westküste Afrikas zu Hausmädchen und Butlern ausbilden. Unter Francis' ersten Schülern ist ein Schwarzer vornehmer Herkunft, viel gebildeter und sensibler als ihr raubeiniger Ehemann. In seinen Armen findet sie endlich Zärtlichkeit und Leidenschaft.
»Viel Intensität und innere Spannung« NEUE RUNDSCHAU
Roman. Aus dem Englischen von Justine Hubert. 540 Seiten. AtV 1699

HANJO LEHMANN
Die Truhen des Arcimboldo
Nach den Tagebüchern des Heinrich Wilhelm Lehmann
In den Kellergewölben des Vatikans wird im Jahre 1848 der junge Schlosser Calandrelli verschüttet. Er stößt dort auf Pergamente, die den Machtanspruch der Kirche untergraben. Zwanzig Jahre später vertraut er einem Ingenieur die Aufzeichnungen von damals an. Es entwickeln sich Intrigen und Machtkämpfe.
»... eine Mixtur aus Historischem und Fiktivem, wobei einem durchaus Bilder aus Ecos ›Der Name der Rose‹ in den Sinn kommen können.« THÜRINGISCHE LANDESZEITUNG
Roman. 699 Seiten. AtV 1542

AtV